KB035292

약편

仙道 체험기 18

신선神仙되는 길이 보인다
경이적인 현상이 눈앞에 펼쳐진다!!
선도수련의 현장을 체험으로 파헤친 충격과 화제의 소설

약편 선도체험기 18권을 내면서

『약편 선도체험기』 18권은 『선도체험기』 82권부터 85권까지의 내용에서 선별하여 구성하였다. 시기적으로는 2006년 1월부터 12월 사이에 일어난 삼공 김태영 선생님의 선도 체험 이야기, 수련생과의 수행과 인생에 대한 대화, 이메일 문답 내용이다.

이번 권의 핵심은 삼공선도의 수련체계인 현묘지도 12단계 수련 중 5단계부터 12단계에 해당하는 현묘지도 화두수련에 관한 부분이다. 지난 권에서 삼공 선생님께서 어느 수행자와의 이메일 공방을 통해 그동안 묻어두고 계셨던 현묘지도 화두수련을 상기하셨고, 제자들에게 이 수련을 전수하기 시작하신 이야기가 나온다.

그 현묘지도 화두수련을 마친 제자의 수련기가 이번 18권에 실린다. 처음으로 현묘지도 수련을 완료하고 삼공 선생님으로부터 이를 승인받고 도호를 부여받은 자는 16권에 많이 소개된 분이다. 이후 11번째 현묘지도 수련을 통과하여 도인들이 배출되었는데 그분들의 수련 이야기가 큰 공부가 될 것이다.

수행은 평생 해야 하는 구도 여정이다. 수행자들에게 『약편 선도체험기』가 참고와 도움이 되기를 항상 바라마지 않는다. 이번에도 교열을 도와준 후배 수행자 일연, 따지, 별빛자 님들께 고마운 마음을 전하며, 『약편 선도체험기』를 발행해 주시는 글터사 한신규 사장님에게도 감사의 인사를 드린다.

단기 4355년(2022년) 3월 8일

엮은이　조 광　배상

차 례

Contents

〈82권〉

다음은 단기 4339(2006)년 1월 1일부터 단기 4339(2006)년 3월 31일 사이에 있었던 필자의 수련 과정과, 필자와 수련생들 간에 오고간 수련과 인생에 대한 대화 그리고 필자와 독자 사이의 이메일 문답을 수록한 것이다.

체험은 모험이다

체험은 시험이고 모험이다. 모험하지 않으면 순간의 고통이나 슬픔, 두려움을 피할 수는 있지만 배울 수 없고 느낄 수 없으며, 깊이 사색할 수 없고, 이웃을 사랑할 수 없으며 크게 성취할 수 없다. 사색과 감정은 체험의 산물이다. 사색은 어떠한 언어보다도 요원하고 감정은 어떠한 사색보다도 심원하다. 구도야말로 끊임없는 체험의 과정이다.

체험은 항상 새로운 세계를 열어 준다. 그래서 체험을 생활화하는 사람은 해마다 달마다 날마다 시간마다 분초마다 순간마다 새로움 속에서 살게 된다. 순간 속에서 영원을 보고 영원 속에서 순간을 본다. 그런가 하면 무한소(無限小) 속에서 무한대(無限大)를 보고 무한대 속에서 무한소를 본다. 그에겐 항상 무한과 영원으로 충만해 있으므로 우주와 하나 되어 어떠한 경우에도 흔들리지 않는다.

체험이야말로 누구도 닮지 않는 주체적인 구도자인 무위진인(無位眞人)을 낳게 하는 요람이기도 하다. 독특한 자기 체험이 없는 사람은 자기만의 특이한 목소리를 낼 수 없다. 체험도 모험도 없는 수행은 투자도 없이 돈만 벌려는 기업인과 같다.

【이메일 문답】

무(無)와 우아일체(宇我一體)

안녕하세요, 선생님.

답장 감사합니다. 선생님께 한 달 동안 있었던 일에 대해 무엇부터 말씀드려야 하나 고민했었는데 자연스럽게 이야기가 흘러가는 것 같습니다. 수련에 새로운 전기를 맞았을 때 전생의 모습이 보인다고 하셨는데 꼭 그렇다고 생각되지는 않지만 연관이 있을 법한 사건이 있었습니다.

전에 오형일이라는 사이비 스승에 대해 말씀드렸었는데 그 사람을 소개시켜 준 친구와 오래간만에 만나게 되었습니다. 공통 화제로 자연스럽게 오형일에 대해 이야기가 나왔고 그 친구는 어이없게도 그 사람을 옹호하는 것이었습니다.

오형일이 진실에다 거짓을 엮어서 가르친 통에 어디서부터 어떻게 설명해야 할지도 모르겠고 그 친구도 구도에 관심도 지식도 별로 없으면서 자기가 옳다고 우기는 것이었습니다. 그래서 그냥 이야기를 끝내고 싶었지만 친구 때문에 자꾸 했던 이야기 또 하게 만드는 패턴이 이어지고, 결국은 주제가 다른 곳으로 넘어가서 어이없는 이야기로 끝을 맺었습니다.

그 후 저는 그 친구도 이해를 시키고 싶었지만 내가 알고 있는 설익은 진리만이라도 남에게 이해시킬 수는 없나에 대해 몰두하였습니다. 선생님이 『선도체험기』에 쓰신 이야기만으로도 타인에게 설명할 수 있지만 건방지게도 내가 스스로 깨닫고 안 것만큼은 내 목소리로 설명해 주고 싶은 그런 느낌이 들었습니다. 그러나 이런 생각 저런 생각을 하다가 남을 이해시키는 것이 아니라 우습게도 저 자신이 모든 것은 '무'라는 사실을 깨닫게 되었습니다.

작년에 『선도체험기』를 읽다가 우아일체(宇我一體)를 느꼈다고 메일을 드렸습니다. 그때 선생님은 깨달음은 다른 양상으로도 수없이 반복된다고 하셨는데 그 후로 『선도체험기』와 도서관에서 빌려 본 불교 서적으로 진리의 다른 양상을 볼 만큼 보았다고 생각했습니다. 이 세상은 덧없으면서도 모든 것이 있는 무라는 것을 이해했기에, 초능력이라든가 전에는 흥미를 가졌던 귀신이며 외계인과 UFO 등에도 심상해졌습니다.

그러나 제가 이날 스스로 생각해서 깨달은 '무'는 다시 한 번 가슴속에 강력하게 와서 박히는 것이었습니다. 작년에는 우아일체를 느꼈다면 이번에는 우아일체도 없다라고 확실히 못 박았다고 할까요... 그날 그것을 느끼고 명상을 하는데 상이라도 주듯 기운이 몰려와서 이 세상에 아무것도 없는 듯하였으면서도 환희를 느꼈습니다.

그때 그 친구와 오형일 이야기를 하면서 답답함과 지겨움을 느꼈는데 제 공부에 도움이 되었다고 생각하니 지금은 고마울 따름입니다. 그러나 지금은 그 친구에게 진리를 말해 주어 봤자 도움이 안 될 것 같아 설명해 주고픈 마음을 접었습니다. 그 점이 좀 안타깝습니다. 방금 동생이 퇴근해서 오늘은 이만 줄이겠습니다.

어제 메일에 이어서…

안녕하세요, 선생님.

어제는 동생이 와서 메일을 쓰다 만 것 같이 되어 버렸습니다. 저번 메일에 이어서 말씀드리자면 이생의 양지현이 특별해서 마음으로나마 진리를 알고 빙의령도 천도했던 게 아니라 전생의 제가 열심히 수련했던 결과인 것 같습니다.

그렇게 생각하면 빨리 전생의 수준을 뛰어넘어야 하는 건 아닌가 하는 강박관념이 생기려고도 합니다. (그러나 전과 달리 마음의 여유가 생겨서 그런 초조한 마음은 금방 누그러집니다.)

그리고 전에 제가 일일삼식을 다시 한다고 말씀드렸는데 현재 배가 많이 들어갔고 조금만 더 있으면 작년에 살이 빠졌던 만큼 다시 빠지지 않을까 싶습니다. 음양식을 하면서 곧바로 일일이식에 들어가는 것이 저에게는 만용이 아니었나 하고 뼈저리게 느낍니다.

요즘은 저희 어머니도 컴퓨터를 쓰셔서 더더욱 제가 컴퓨터를 할 시간이 없습니다. 그럼 오늘은 여기서 줄일까 합니다. 안녕히 계세요, 선생님.

양지현 올림

【필자의 회답】

메일을 읽다가 보니 어제저녁 텔레비전에서 본 "피플 세상 속으로"라는 프로그램 장면 떠올랐습니다. 집안 사정으로 조각가의 길을 걷지 못한 주인공은 지금은 처자식을 거느린 평범한 가장으로서 국방 화학 회사에 다니면서 시간만 나면 해운대 해수욕장 모래밭에 모래 조각을 하는 것이었습니다.

그러나 그 모래 조각은 만들자마자 아니 만드는 도중에도 햇볕에 말라 버리거나 바람과 파도에 변형이 되든가, 사라져 버리곤 합니다. 그래서 그는 완성된 작품을 카메라에 열심히 수록했습니다. 그러면서 하는 말이 "보통 조각 작품처럼 영원히 보존할 수 없는 것이 무척 아쉽다"고 말했습니다.

과연 그럴까요? 보통 석고로 만든 조각품이 영원히 보존된다고 생각하는 모양이지만 그것도 세월이 지나면 사라지게 되어 있습니다. 우리가 지금 향유하는 문명이 오래갈 것 같지만 시간과 공간의 지배를 받는 것으로서 영원한 것은 아무것도 없습니다. 문명도 영원하지 못하고 지구도 영원한 것은 아닙니다.

언젠가는 지구도 화성처럼 황량한 불모의 행성으로 바뀌게 될 것입니다. 결국 시공 속에 존재하는 모든 것은 허무로 돌아가게 되어 있습니다. 색즉시공(色卽是空) 공즉시색(空卽是色)의 이치를 깨달은 사람이라면 모래 작품이 영원히 보존되지 못하는 것을 아쉬워하지 않았을 것입니다.

결국 그 주인공은 색즉시공도 몰랐고 공즉시색의 이치도 몰랐습니다. 모든 것은 허무로 돌아가지만 그 허무 속에는 모든 것이 존재하는 이치 말입니다. 한낱 구도자인 나라고 하는 존재는 기실 아무것도 아니면서도 사실은 우주 그 자체입니다. 그래서 허무의 나락 속에 빠져 버리지 않고 무한과 영원의 충족감을 느낄 수 있는 것입니다.

양지현 씨는 어떤 일이 있어도 사이비 스승인 오형일 씨를 옹호하는 친구에게 이러한 이치를 가르쳐 주어야 할 것입니다. 지금 안 되면 어느 때라도 조건이 허락되면 반드시 그렇게 해야 할 것입니다.

그러기 위해서 끊임없이 공부하고 연구하고 궁리해야 할 것입니다. 상구보리(上求菩提)했으면 반드시 하화중생(下化衆生)을 해야 하기 때문입니다. 그리하여 그 친구로 하여금 그 사이비 스승인 오형일 씨를 자기의 발아래 저쪽에 굽어볼 수 있게 해 주어야 할 것입니다. 그렇게 하려고 노력하는 동안 양지현 씨의 수련도 뜻있는 진전을 이루게 될 것입니다.

"이 세상에 아무것도 없는 듯하였으면서도 환희를 느꼈습니다"하고 말하는 것을 보니 양지현 씨는 이미 무한과 영원의 자성을 본 것 같습니다. 앞으로 이러한 이유 없는 환희는 계속 찾아올 것입니다.

음양식으로 일일삼식을 일 년 또는 그 이상하게 되면 체중이 다시 늘어나는 때가 올 것입니다. 낮에 물 마시지 않는 일일이식은 그때 시작해도 늦지 않을 것입니다.

수련 중에 나타나는 영상들

안녕하세요? 선생님.

어제 삼공재에서 뵈었는데 안녕하시냐?니 좀 어색하네요. 어머니에게 애 좀 봐 달라고 억지로 우겨서 서울에 가긴 갔지만 삼공빌딩 앞에서 공사를 하길래 시끄러워서 수련이 되겠나 조금 걱정이 되었습니다. 그러나 그건 기우였고 공사 소리가 강 건너 개가 짖나 싶듯 집중만 잘되었습니다.

문제는 오히려 제가 가부좌 자세를 30분 정도밖에 유지할 수 없다는 거였습니다. 집중이 잘되다가도 몸이 이리 꼬이고 저리 꼬이고... 오래간만에 삼공재에 왔으면 총력을 다해서 집중을 해야 할 텐데 말이죠. 선생님 앞에서 명상을 하고 있으니 전과 다르게 빨리 마음이 가라앉는 것 같더니 잠시 후 높은 산이 보였습니다. 눈 덮인 모습이 히말라야 같은 외국의 산 같은 이미지였는데 봉우리가 뾰족하고 높았습니다. 좀더 집중하려고 하는 찰나 어떤 분이 질문을 하시는 바람에 거기서 영상은 끝나고 말았습니다.

그리고 어쩐지 촌스러우면서 쌍꺼풀이 크고 사나운 눈매를 지닌 젊은 여자를 보았는데 선생님이 빙의령이라 하셨죠. 여러 가지로 생각해 볼 때, 전생의 저와 차주영 님의 모습은 평상시의 무심하고 자연스런 표정이었는데 빙의령은 좀 다른 것 같습니다.

저는 수련을 한 이후에 그냥 상상일 뿐이지 하는 사람들의 모습을 평상시에도 가끔 보는데 그 영상들을 살펴보면 표정이나 감정이 강하게 나타났던 것 같습니다. 삼공재에서 본 빙의령의 영상도 그랬던 걸 보니 제가 평소에도 빙의령이 보이나 봅니다. 그때의 느낌은 라디오 주파수를 맞추다 어떤 방송이 나오듯 저의 뇌파가 점점 낮아진다고 해야 할지... 머릿속에서 판단이 사라지면서 멍해지는 가운데 주파수가 맞아서 보았다는 생각이 듭니다.

그런데 선생님이 빙의령이 있을 때는 머리에 뭐가 쓰인 것 같다는 등 자각 증상이 있다고 하셨는데 아버지의 빙의령을 천도했을 때만 유난스러웠을 뿐 다른 때는 있는지 없는지 잘 구분이 안 갑니다. 그냥 컨디션이 좀 나쁘거나 하면 빙의령이 들어왔나 생각하고 마음속으로 '없으면 말고 있으면 잘 놀다 가라' 하고 오래간만에 만난 친구 대하듯 말하고 그만입니다.

어제 부모님께서 아들을 잘 돌봐 주시고 오늘은 오붓하게 두 분이 외출하셨습니다. 아들이 또 성화네요. 오늘은 이만 줄이겠습니다. 또 삼공재에 가고 싶네요... 안녕히 계세요, 선생님.

양지현 올림

【필자의 회답】

수련 중이나 평소에 나타나는 영상들로 인하여 심신이 불편을 느낄 정도가 아니면 일체 신경을 쓰지 않는 것이 좋습니다. 물가에 앉아서 무심히 흐르는 물을 바라보듯 심중에 나타나는 모든 것을 흘려보내야 합니다. 신경을 자꾸 쓰면 나타나지 않아도 되는 영들이 나타나는 수가 있기 때문에 하는 말입니다. 심신이 불편을 느낄 정도의 빙의령이라면 그것을 관해야 합니다. 관하면 그렇지 않을 때보다 천도가 빠르게 진행될 것입니다.

삼공재를 다녀온 후

선생님 그동안 안녕하셨습니까?

두 번이나 첨부 파일로 메일을 보냈는데 무엇인가 잘못되어서 이번에는 첨부물을 보내지 않고 직접 글을 올립니다. 8월초 휴가 기간 중에 삼공재를 방문하여 생식과 수련 지도를 받고 온 지도 벌써 보름이 지났습니다.

삼공재를 다녀온 후 『선도체험기』를 읽으면서 수련을 하면 항문 쪽으로 기운이 가서 항문을 꽉 조여 주는 현상이 일주일 정도 있었으며, 그 후 양 옆구리, 손, 발끝이 전기에 감전된 듯 가끔씩 기분 좋게 쑤셔 오고 오른쪽 골반에는 파스를 붙여 놓은 듯 시원하기도 합니다. 그리고 어떤 일들을 하다가 잠깐 정신을 차리고 나면 단전에서도 그러한 현상이 일어나기도 합니다. 아직까지 단전이 따뜻해지지는 않지만 그런대로 미지근한 것 같습니다.

무더운 여름철에 생식을 먹은 후 두 시간이 지난 후에 물을 먹자니 무척 힘들었습니다. 한두 번씩은 어겨 가면서 물을 먹었지만 그때마다 후회막급이었습니다. 그리고 직장에서 동료들과 가끔씩 회식을 하는 자리에서 밥과 고기를 안 먹을 수도 없고 해서 생식 대신에 먹었지만 역시 다음날까지 몸 상태가 좋지 않아서 조그마한 고생을 하기도 했습니다.

아침에 조깅을 할 때 만나는 사람들에게 가볍게 인사를 하면 요즈음은 모두들 반갑게 인사를 받기도 합니다. 몸과 마음이 편안해서 얼굴이 부드러워지니까 모두들 저를 부드럽게 대해 주는 것이 아닌가 생각되어집니다.

귀중한 시간을 내어 글을 읽어 주셔서 감사합니다. 그리고 저같이 어떤 단체에 소속되거나 입회해서 수련을 할 수 없는 사람들을 위해 올바른 길을 제시해 주신 선생님의 은혜에 항상 고맙게 생각합니다. 『선도체험기』에 이메일 문답을 실어 주셔서 수련하는 데 많이 도움이 되었습니다. 선생님과 사모님 모두 건강하십시오.

구례에서 유주현 올림

【필자의 회답】

"항문 쪽으로 기운이 가서 항문을 꽉 조여 주는 현상이 일주일 정도 있었으며, 그 후 양 옆구리, 손, 발끝이 전기에 감전된 듯 가끔씩 기분 좋게 쏘셔 오고 오른쪽 골반에는 파스를 붙여 놓은 듯 시원하기도 하고 어떤 일들을 하다가 잠깐 정신을 차리고 나면 단전에서도 그러한 현상이 일어나기도 하지만 아직까지 단전이 따뜻해지지는 않지만 그런대로 미지근한 것"은 기문(氣門)이 열리면서 축기가 되기 시작할 때 일어나는 현상입니다.

수련이 잘되어 가는 좋은 징후입니다. 이런 때일수록 행주좌와어묵동정(行住坐臥語默動靜) 염념불망의수단전(念念不忘意守丹田)하여야 합니다. 그리고 도인체조, 조깅, 산행을 거르지 말고 열심히 해야 할 것입니다.

오행생식과 음양식은 누구나 처음부터 완벽하게 할 수는 없는 일입니다. 조금씩 어겨 가면서도 어기는 빈도(頻度)를 줄여 나가다 보면 어느덧 습관이 될 것입니다. 인내력과 지구력을 갖고 꾸준히 밀고 나가야 할 것입니다.

단전에 소형 불꽃이

선생님 그동안 안녕하셨습니까? 오늘은 저의 생애에 기록되어질 날입니다. 아침부터 배가 싸아 하니 설사를 할 것처럼 아프더니 손을 대면 따듯해지면서 괜찮아지고 그랬습니다. 이런 상태를 여러 번 반복하더니 얼마 후에는 단전에 소형 불꽃이 일어나기 시작하면서 따뜻해지기 시작했습니다.

그리고 그 후로도 오랫동안 따뜻한 감이 느껴집니다. 기분이 너무 좋습니다. 무려 7년 만입니다. 오늘이 있기까지 도와주신 모든 분들께 감사의 3배를 올립니다. 선생님 감사합니다. 선생님과 사모님 모두 건강하십시오.

구례에서 유주현 올림

【필자의 회답】

단전에 불꽃이 지펴졌다니 축하할 일입니다. 그 불꽃이 다시는 꺼지는 일이 없도록 해야 할 것입니다. 그 불꽃이 언제까지나 계속 타오르는지 지켜보셔야 합니다. 혹 중간에 꺼지는 일이 있어도 실망하지 말고 운기조식을 계속해야 할 것입니다. 그러다 보면 다시 불꽃이 지펴질 것입니다.

주색잡기(酒色雜技)는 절대로 피해야 합니다. 과음(過飮)과 과음(過淫)은 독이 될 수 있습니다. 도박 역시 맹독입니다. 물동이를 머리에 이고 가는 아낙처럼 매사에 조심하고 신중을 기해야 할 것입니다. 오행생식, 음양식, 달리기, 등산, 도인체조도 거르지 말고 꾸준히 계속해야 합니다. 그리고 행주좌와어묵동정(行住坐臥語默動靜) 염념불망의수단전(念念不忘意守丹田) 해야 할 것입니다.

감사의 눈물

선생님의 글을 읽고 나니 눈물이 앞을 가립니다. 사무실이라 울지도 못하고 참고 있습니다. 감정에 휩싸이지 않도록 마음을 다독거리고 있습니다. 물동이를 이고 가는 아낙처럼 조심, 조심 또 조심하겠습니다. (지금은 아랫배 전체가 후끈후끈 달아오릅니다.) 감사합니다.

구례에서 유주현 올림

선도수련은 저절로 되어지는 것인가요?

선생님 그동안 안녕하십니까? 일주일 전에 단전에 소형 불꽃이 일어나는 것을 느끼고, "물동이를 이고 걸어가는 아낙처럼 조심하고 신중하라는 선생님의 말씀"을 가슴속에 새기고 생활하고 있습니다.

며칠 전에는 닭고기를 몇 점 먹었는데 그게 체했는지 오전과 오후 내내 가슴이 답답하고 호흡도 제대로 안 되어서 저녁을 먹지 않고 걷기, 조깅, 행공을 3시간 정도 하고 잠을 자고 일어나니 괜찮았습니다. 앞으로는 육식을 먹지 말아야겠다는 생각이 들었습니다.

『선도체험기』에 나와 있는 내용처럼 아내가 사랑스러워지고 귀엽습니다. 저녁 10에서 11시 사이에 잠을 자면 새벽 3시 30분에서 4시 20분 사이에 자동적으로 일어나집니다. 잠이 덜 깬 상태로 일어나서 수련을 하다 보면 진동도 오고 합장한 손이 하늘 높이 들어지기도 합니다.

그리고 어제 새벽에는 처음으로 새벽부터 단전에 불꽃이 일면서 기운이 들어왔습니다. (그전에는 오전 9시가 지나야 단전에 불꽃이 일었습니다.) 기운이 들어온다는 것이 정확히 어떤 느낌인지는 모르지만, 손을 대지 않아도 단전에 소형 난로가 있는 것처럼 따뜻합니다.

의자에 앉아 호흡을 하면 단전이 따뜻해지면서 왼쪽 옆구리와 신장, 오른쪽 옆구리, 단전 오른쪽에서 손가락 한마디쯤 되는 곳에 구슬 모양으로 뜨거운 기운이 타오르거나 시원해집니다.

생식을 꿀에 타서 물 3숟가락에 비비고 있노라면 단전이 전기에 감전된 듯 찌릇찌릇 반응을 보입니다. 그리고 직감과 후각이 예민해지고 있다는 것을 조금씩 느끼고 있습니다. 음식을 적게 먹을수록 단전에 들어오는 기운이 다르다는 것을 『선도체험기』를 읽어 익히 알고 있고, 요즈음은 『선도체험기』에 나와 있는 내용을 제가 직접 체험하고 있다는 사실에 매사가 즐겁고 행복합니다.

처음 3번 정도 등산을 할 때는 단전에 양손을 대고서 오르막길을 올라갔는데, 4번째 등산을 할 때는 기독교에서 기도하는 것처럼 중단전 앞에 합장하고 가는 것이 좋을 것이라 생각되어 그렇게 해 보았습니다. 역시 산을 올라가는데 힘은 들지 않았지만 꼭 누군가가 저를 조종하고 있다는 생각이 들어 선생님께 문의드립니다.

귀중한 시간을 내셔서 변변치 못한 저의 글을 읽어 주셔서 감사합니다. 선생님과 사모님 모두 건강하십시오.

구례에서 유주현 올림

【필자의 회답】

지금 유주현 씨가 경험하고 있는 것은 『선도체험기』 초기에 필자가 경험한 것과 거의 일치합니다. 기문이 열리고 운기조식이 한창 시작될 때는 육류를 삼가는 것이 좋습니다. 닭고기를 먹으면 죽은 닭의 영이 빙의됩니다.

돼지고기를 먹어도 죽은 돼지의 영이 빙의되고 쇠고기를 먹어도 죽은 소의 영이 빙의됩니다. 가슴이 답답하고 체한 것 같은 것은 바로 빙의현상 때문입니다. 그러니 당분간은 육류를 들지 않은 것이 안전합니다.

시간이 좀 흐르고 나면 괜찮아질 것입니다.

등산할 때의 체험도 『선도체험기』 경험과 흡사합니다. 지금은 수련이 저절로 되어가는 것 같지만 이 세상에 노력 없이 저절로 되는 것은 아무것도 없습니다. 여지까지 노력한 공이 지금 현실로 나타나고 있을 뿐입니다.

평지에서 자전거 탈 때 한참 페달을 열심히 밟으면 한동안 쉬어도 자전거는 혼자서 달려갈 것입니다. 그러나 계속 페달을 밟지 않으면 자전거는 쓰러지고 말 것입니다. 그러니까 수련이 잘될 때도 조금도 고삐를 늦추지 말고 계속 용맹정진해야 합니다.

가을비 우산 속에

선생님 그간 안녕하신지요? 사모님께서도 건강 좋으시고요? 사당동에 사는 김혜영입니다. 너무 오랜만에 메일을 올리게 되어 민망함 금할 길 없습니다. 글재주도 너무 없고 성의 또한 부족하여 이렇게 늦게 메일을 올리게 되니 죄송스럽기 이를 데 없습니다.

전 체험기가 다시 나올 때마다 후배 도반들의 글들을 보면서 정신이 번쩍 들곤 합니다. 선배 삼공 수련자로서 부끄럽지 않은 삶을 살고자 다시 한 번 옷깃을 여며 보곤 한답니다.

제가 『선도체험기』를 만난 지도 벌써 15년이나 됐네요. 그간 제 인생이 확 바뀌어 버렸지요. 나약하고 겁이 많고 걱정은 또한 얼마나 많았었는지... 완전히 자신감이 결여된 생활이었지요. 자신의 행복을 밖에다가만 의지했었으니까요.

불혹의 나이 초반에 시작한 삼공선도가 이렇게 인생을 바꿀 줄을 어찌 꿈엔들 생각이나 했겠습니까? 가고 가고 또 가다가 보니까 언젠가부터 부딪치는 모든 문제의 해결을 제 안에서 찾게 되었지요. 괴로움도 어려움도 고통도 다 이 안에서 해결하는 방법을 말입니다. 그간의 주변 사람들에게 섭섭했던 마음도 원망스럽던 마음도 아니, 상대를 죽이고 싶었던 마음조차도 이젠 다 놔 버렸으니 말입니다.

글을 쓰다 보니까 아주 잊은 줄 알았던 일이 잠시 되살아나네요. 물론 이 기억이 떠올라도 웃음이 나니 걱정은 안 하셔도 됩니다. 다 사라진

줄 알았더니 기억의 저 깊은 곳에 남아 있었나 봐요. ㅎㅎ

이젠 보이는 것들이, 느껴지는 것들이 참으로 많아요. 예전엔 잡념으로 가득차 있던 마음이 요즘엔 그때그때 바로 청소가 잘되나 봐요. 마음이 비워지니 모든 순간들이 절절히 가슴에 와닿습니다.

마른 가지 속에서 갓 터져 나오는 새싹을 보며 탄성을 지르던 봄날의 감동을 예전엔 왜 미처 몰랐을까요? 외롭게만 느껴지던 그 많은 가을들이 자연의 어김없는 순환의 아름다움이었음을 예전엔 왜 몰랐을까요? 아마도 애착이 많았었던 게지요. 욕심이 작아지니 행복해짐을 불혹의 10년을 보내고 나서야 얻었지만 늦은 건 아니겠지요.

40세부터 시작한 수련이 50 지나면서 일상에서 정착이 되는 것 같습니다. 일상의 모든 것들이 수행이고 즐거움이니까요. 일상에서 늘 보고 하던 일들이 새삼스럽게 경이롭고 감사한 게 너무 많아졌어요. 특히 오후의 걷기 명상 시간, 저에겐 참으로 행복한 시간들입니다.

홀로 있음이, 아니 자연과 계절의 변화와 함께하는 그 시간들이 얼마나 감사한지... 저 메말라 가는 나뭇잎들을 보면서 오는 겨울과 다시 피어날 봄을 봅니다. 어디가 시작이고 어디가 끝인지... 시작도 없고 끝도 없는 무한을 봅니다. 아니 고요를 느낍니다. 그리고 다시 현실, 아 이제 남편의 아침 준비를 해야 할 시간입니다.

선생님과 사모님 두 분 모두 건강하시길 바라면서 -

선생님, 늘 깨어 있게 해 주심에 감사드립니다.

가을비에 흠뻑 젖은 제자 김혜영 올림

【필자의 회답】

마치 한편의 주옥같은 수필을 읽은 느낌입니다. 이만하면 어디 내다 놓아도 손색없는 좋은 글입니다. 자신감을 가지시고 앞으로도 계속 이런 글을 써서 후배 수련생들에게 유익한 읽을거리를 제공해 주시기 바랍니다.

이런 글은 수련과 깊은 체험이 없이는 나올 수 없는 글이니까요. 상구보리(上求菩提)는 대충 끝난 것 같으니 앞으로는 하화중생(下化衆生)하는 일에 관심을 기울여 주시기 바랍니다. 그렇다고 해서 지금까지 견지하여온 용맹정진을 그만두라는 말은 아닙니다. 왜냐하면 용맹정진 없이는 하화중생도 없으니까요.

【김혜영 씨의 회답】

선생님의 과찬의 답장 잘 받아 보았습니다. 선생님께서 걱정해 주시는 말씀들 늘 깊이 명심 하겠습니다. 니르바나의 세계도 현실에서는 영원하지 않음을 잘 알고 있습니다. 육신을 벗어 버리기 전까지는 언제나 용맹정진만이 있을 뿐, 변하지 않는 건 아무것도 없겠죠. 상(相) 속에서 무상(無相)을 놓치지 않기 위해서 언제나 관찰을 게을리하지 않을 것입니다.

또 봐도 늘 재미있는 글을 써 주시는 선생님께 감사드리며

선생님의 오래된 제자가

새집 짓기

삼공 선생님 전 상서

늘 가르쳐 주심에 깊은 감사를 드립니다. 그동안 선생님과 사모님께서는 안녕히 계셨는지요? 거의 5개월 만에 메일을 올립니다.

결론부터 말씀을 드리자면, 현 직장에 있어 2년이라는 비워 두었던 자리의 공백이 생각보다 크고, 그로 인해 제자리를 찾는 데 여러 가지 면에 영향을 받고 있습니다. 즉 2년 전의 자리로 돌아와 보니 주위의 모든 사람들은 싫든 좋든 옛 모습 그대로이나, 변한 것은 제 자신뿐이었습니다. 그러니 철저한 외톨이 상태에 놓여 있으니 이를 극복하기에는 의지만이 아닌 시간도 필요했던 것입니다.

지난 2년간 미국 유학생활을 하면서 선생님을 비롯한 인신의 도움을 받아 정진한 덕분에 그간의 묵은 때도 어느 정도 벗길 수가 있었고, 더불어 가치관마저 변화를 가져왔던 것입니다. 마치 누에가 때가 되면 잠을 자고 허물을 벗어야 한 단계 한 단계 성장하듯 제 자신이 막 오래된 한 꺼풀의 허물을 벗었던 것입니다. 그러니 새살에는 상처가 나기 쉽고 주위의 오물들에 물들기 쉽듯이 귀국하면서부터 6개월이 지난 현재까지 내면에는 상처 입지 않고 물들지 않기 위해 많은 갈등들을 겪었던 것입니다.

그리하여 도달한 결론은 이미 제가 과거의 자리로 돌아가기에는 너무 많이 변했고 마라톤으로 비유하자면 반환점을 훨씬 넘겼다는 것입니다.

그러니 되돌아가기보다는 앞만 보고 정진하는 것이 골에 먼저 도달할 수 있는 상태라는 것입니다. 아무튼 지금 제게 주어진 환경이 좋은 것이든 나쁜 것이든 간에 잘 조화를 이루며 다시 한 꺼풀의 허물을 벗는 데 노력하는 것이 오늘의 할일인 것 같습니다. 즉 주변을 좇지 말고 묵묵히 제 할일 하면서 제게 다가오는 것들에는 정직하게 대하기로 그리고 하루하루에 최선을 다하기로 하였습니다.

그리고 다행인 것은 고통스러웠던 마음과는 달리, 몸공부와 기공부에는 틈틈이 수행한 탓으로 현상 유지는 되고 있습니다. 또한 연구에 있어서도 성재모 은사님과 공동연구를 추진하려고 하고 있습니다. 미력하나마 같이 힘과 노력을 합쳐 볼까 합니다.

아무튼 수련도 마찬가지입니다만, 서두르고 내일에 대한 호기심을 갖기보다는 자성 찾기라는 목표만은 잊지 않은 채 그냥 하루하루를 점검하는 것이 흔히들 말하는 삶 자체가 아닌가 하는 생각이 듭니다.

끝으로, 선생님께 메일을 드리는 즐거움도 같이할 수 있는 생활이 찾아오기를 바라며, 오늘은 간단하게 인사만 드리겠습니다. 또한 대단히 송구스럽습니다만, 앞으로도 끊임없는 지도와 편달을 부탁드리겠습니다. 그럼 선생님과 사모님 두 분 모두 몸 건강히 안녕히 계십시오.

삿포로에서 제자 차주영 올림

【필자의 회답】

오래간만입니다. 얼마 전에 성재모 선생과 통화를 했는데 차주영 박사가 버섯 연구차 시베리아에 가 있다는 소식을 들었습니다. 그런대로 새 환경에 잘 적응하고 있다니 다행입니다. 수련은 현상 유지만 가지고는 안 됩니다. 성장 잠재력을 계속 키워야 합니다. 미국에서처럼 정성을 쏟아야 합니다. 수련이란 정성을 쏟은 만큼 성과가 있게 마련이니까요.

『선도체험기』 독자들 중에는 차주영 씨와 이메일 교신을 할 수 있게 해 달라는 사람들이 있기에 본인의 의견을 물어보고 대답하겠다고 했습니다. 『선도체험기』는 몇 권까지 읽었습니까? 읽고 싶은 책이 있으면 구해서 보내도록 하겠습니다.

꿈틀거림

삼공 선생님 전 상서

늘 변함없는 가르치심에 깊은 감사를 드립니다. 보내 주신 메일은 고맙게 받아 보았습니다. 오늘은 월요일입니다만, 이곳은 체육의 날로 지난 토요일부터 연휴 3일째입니다. 매스컴에도 자주 등장하듯 온난화의 영향인지 아직 가을다운 날씨는 아닙니다만, 아침에 조깅을 할 때나마 시원하고 상쾌한 가을 공기를 접할 수 있습니다.

선생님께서 가르쳐 주시는 대로 의식은 항상 단전에 두는 것을 잊지 않겠습니다. 그러나 어느 정도 익숙해졌는지 무의식적으로도 호흡 자체는 늘 단전으로 하고 있습니다. 그리고 상단전에 화두를 두고 수없이 일고 있는 잡념들을 동화시키는 작업도 이틀이 지난 지금은 거의 자동적으로 이루어지니, 처음에 하였던 것처럼 일부러 상단전까지 가지고 가 화두를 부르는 번거로움이 없어졌습니다.

마치 라라미에서 백회를 통하여 연쇄적으로 빙의령을 천도시키듯이, 온갖 잡념과 이기심들이 줄줄이 상단전으로 빨려들어 상쇄되어지고 있는 일련의 상황이 전개되고 있습니다. 아마도 이러한 현상이 어느 정도 지속이 될 듯싶으며, 비로소 평상심 찾기 입문을 위한 준비 과정인 듯한 느낌을 받습니다.

이제부터 제가 해야 할 단계는 의식은 단전에 그리고 수승화강을 유지하면서 꾹 참고 그냥 우직하게 밀고 나가는 과정에 놓인 듯합니다. 마치 운동선수가 코치로부터 기본기를 전수받은 후 의심하지 않고 믿고 또한 옆에 것에 한눈팔지 않고, 같은 동작을 반복에 반복을 해 가며 끈질기게 밀고 나가다 보면 자기도 모르게 자기만의 체형에 맞는 고유의 기술이 보이듯이 말입니다.

그야말로 지금부터가 제 자신과의 싸움이요 인내력을 키우는 과정인 듯싶습니다. 그러나 오늘부터는 단전이 조금씩 달아오르고 상단전이 쐐하면서 없어진 듯한 느낌이 오니 서서히 시작되는 듯싶습니다.

마지막으로, 책 및 생식 대금은 누님에게 부탁을 드렸습니다. 아마도 오늘내일 중으로 입금이 되리라 생각합니다만, 확인이 되신 후 보내 주시기 바랍니다. 그리고 책 『10년 후의 한국』의 구입을 위해 서점에까지 가시는 번거로움을 드린 점에 대해 송구스러운 마음을 금할 길 없습니다. 그러나 선생님의 가르침을 차질 없이 하나하나 실행하는 것이 제가 지금 보답할 수 있는 최선의 방책이라 생각하며 게을리하지 않겠습니다. 그럼 선생님과 사모님 두 분 모두 안녕히 계십시오.

샷포로에서 제자 차주영 올림

【필자의 회답】

라라미에서의 활력을 부디 샷포로에서도 되찾기 바랍니다. 생식과 책은 이미 부쳤고, 대금도 입금되었습니다.

실행의 단계

삼공 선생님 전 상서

변함없는 가르치심에 깊은 감사를 드립니다. 메일은 고맙게 받아 보았습니다. 그리고 즉시 생식과 책을 보내 주셔서 대단히 감사합니다.

사실 라라미에서는 선생님께서도 아시는 것처럼 인신의 도움으로 보호령과 여러 성인들의 모습들 그리고 우아일체요 신인일체 등과 같은 그야말로 난생처음으로 겪어 보는 체험과 그 체험들 덕분에 지루하기보다는 하루하루가 기다려지며 설레이던 나날이었습니다.

또한 그러한 과정을 지나 현재는 내가 왜 그리고 어떻게 살아야 하는지에 대한 갈등의 늪에서도 벗어나 방향마저 정해진 상태라고 감히 말씀을 드려도 될 것 같은 마음이 듭니다. 그리고 이와 같이 목표 설정이 되고 또한 비법의 가르침을 받았으니 그다음 단계는 두말이 필요 없는 실행의 단계이지요.

그런데 문제는 이 실행의 단계에는 그 비법을 익힐 때와 같은 신비함과 역동감이 없는 흔히 말하는 무미건조함만이 아니면 전혀 아무것도 느낄 수가 없는 과정이니 역으로 오리무중에 빠지기 쉬운 단계인 듯합니다. 아무튼 이제부터가 진정한 가아와의 싸움이요 수련 성패의 갈림길에 도달한 듯싶습니다.

늘 아낌없는 가르침을 주심에 다시 한 번 깊은 감사를 드립니다. 또 메일을 드리겠습니다. 그럼 선생님과 사모님 두 분 모두 안녕히 계십시오.

삿포로에서 제자 차주영 올림

【필자의 회답】

하루하루를 이 생의 마지막 날을 살 듯 바르고 착하고 지혜롭고 충실하게 열심히 살아나가다가 보면 연년시호년(年年是好年)이요 일일시호일(日日是好日)임을 몸으로 느낄 역동성 있는 삶을 살게 될 것입니다.

열심히 하기 싫어지는 마음

삼공 선생님 전 상서

언제나 변함없는 가르치심에 깊은 감사를 드립니다. 보내 주신 메일은 감사하는 마음으로 받아 보았습니다. 충실하게 그리고 "열심히"를 찾기 위한 고비에 온 것 같습니다. 하기 싫은 마음이 목구멍 끝까지 꽉 차오르고 곧 폭발할 것 같은 상태입니다. 그냥 꾹 참고 지켜보고 있습니다.

돌이켜보면, 정직하게 충실히 살았다고 느껴졌던 시기도 있었습니다. 케임브리지에서의 단식 진행 중 퇴근길 버스에 앉자 마음에 하염없이 평화로움이 일면서 더불어 찾아왔던 희열감, 그냥 모든 것이 내 것으로 다가왔던 만족감 이것들이었습니다.

글을 쓰고 있는 지금은 영어 학원을 마치고 집에 들려 식사를 한 후 다시 연구실에 앉아 있습니다. 워낙 어학에는 재주가 없는 탓으로 아직도 미적거리고 있으니, 시간과 돈이 들더라도 쉬지 않고 하는 수밖에는 별 특별한 방법이 없습니다.

인생은 미완성이라는 구절이 있듯이 뭐 하나 제대로 할 수 있는 것이 없는, 그저 서 있는 듯한 모양입니다. 그러나 현재 제가 할 수 있는 일은 이런 상태인 저의 모습을 철저히 감시하고 지켜보는 것인 듯싶습니다. 그리고 어떻게 변하나 끝까지 말입니다.

아마도 한고비를 넘기려나 봅니다. 다음에는 좀더 생기 있는 메일을 드릴 수 있을런지요? 그럼 선생님과 사모님 두 분 모두 안녕히 계십시오.

삿포로에서 제자 차주영 올림

【필자의 회답】

심신이 극도로 침체되어 있을 때는 독서에 깊이 몰입하는 것이 좋습니다. 그럴 만한 읽을거리가 없을 때는 사지를 움직이는 격렬한 등산이나 달리기, 걷기를 하는 것이 좋습니다. 그렇게 함으로써 심신의 신진대사를 활발하게 할 수 있도록 해야 합니다. 그런 연후에 정좌 수련을 하면 반드시 얻는 것이 있을 것입니다.

협상!

삼공 선생님 전 상서

늘 가르쳐 주심에 깊은 감사를 드립니다. 보내 주신 메일은 감사하는 마음으로 받아 보았습니다. 하루하루를 이생의 마지막을 사는 것 같이... 이것을 실행하기 위해서는 그럼 어떤 생활을 해야 하는지가 지금 제 앞에 놓여진 풀어야 할 숙제입니다. 그러나 지금까지 그래왔던 것과는 달리, 이번만큼은 정면 돌파를 택하기로 하였습니다. 어떤 문제에 부딪치거나 심신이 지칠 때는 동료들과 술을 마시면서 술기운에 그때그때 고비를 넘길 수가 있었습니다.

그럼 여기서 정면 돌파라 함은 무엇인가? 흔히들 미련스럽게 그리고 온갖 교만을 부려 가며 자기주장만 밀고 나가 관철시키려고만 할 것이 아니라 피하지 않고 정직하게 상대를 우선 테이블에 앉히는 것임을 익히 알고 있었기에 이번에야 돌파구를 찾기로 하였습니다.

그런데 오늘 아침 조깅을 하는데 갑자기 이틀 전 영어 회화의 주제였던 협상(negotiation)이라는 단어가 뇌리를 스치는 것이었습니다. 그럼 협상의 대상은 무엇과 무엇인가? 두말할 것도 없이 거짓 나와 참나가 그 주체인 것이었습니다.

그렇다면 하기 싫어지고 나태해지고 교만해지고 싶은 온갖 탐욕의 주체는 가아요, 정직하게 지혜롭게 그리고 열심히 살려고 하는 것이 참나라는 사실입니다. 그리고 지금의 나라고 하는 존재는 과거 생으로부터의 결과의 산물이니, 안타깝게도 원천적으로 진아만을 가지고 태어날 수는 없는 것이지요. 왜냐하면 가아의 산물인 업보가 없어지면 구질구질한 인간으로 되돌아오지 않기 때문입니다.

그러니 방법은 나라는 존재를 이루고 있는 두 주체를 어떻게 조절하는가에 달려 있다는 생각이 들었습니다. 즉 하기 싫어지는 마음의 주체인 가아를 달래 가면서 바르게 살려고 하는 진아를 서서히 키워 나가는 방법이 필요하다는 생각이 들었습니다.

왜냐하면 싫다고 해서 지금 당장 전부 쫓아 버리려고 하면 상대도 죽자사자 반격을 가해 오고, 만약 그를 이길 수만 있으면 문제가 달라지지만 졌을 때는 자폐증과 우울증 등과 같은 후유증에 시달려 아까운 기회를 그르칠 염려가 있기 때문입니다. 마치 막다른 골목에 쫓긴 쥐가 고양이에게 달려들 듯 말입니다. 그러니 최소한의 숨통은 열어 주어야 하는 것이 아닌지요?

그에 대한 구체적인 방법으로 가아와 진아를 서로 타협시키는 것이라는 생각이 들었습니다. 우선 하루의 일과를 진아와 가아의 시간을 나누어 계획적으로 쓰는 것이 아닐런지요? 예를 들어 아침 5시부터 한 시간 조깅 그리고 조식 후 출근, 출근 후 1시간의 기 수련 일과 수행, 그리고 오후부터 6시 10시까지 저녁 및 기 수련과 남은 업무 수행을 진아의 시간으로 편성하고 10시 이후에는 쉬고 싶으면 쉬고 술도 한잔하고 싶으면 가볍게 한잔하는 등 가아의 시간으로 배려하는 것입니다.

결국은 진아와 가아는 서로 상부상조요 상생하는, 그야말로 역지사지요 여인방편 자기방편인 삶의 패턴이 아닌지요? 왜냐하면 무명 중생들과 사회생활을 위해서는 물론 집착하지 말고 그리고 적으면 적을수록 좋지만 가아라는 주체도 어느 정도는 필요한 것이 아닐런지요?

물론 다른 이들이 모두 알고 있는 아주 평범한 결론에 도달했지만, 일단 실행해 가면서, 또한 필요하다면 궤도 수정을 하기로 하였습니다. 마치 햇볕에 의해 안개와 구름이 걷히듯이 가아를 걷어내고 그 자리에 진아가 충만되었을 때 비로소 얻고자 하는 것이 시야에 들어오는 것이 아닌지요?

아무튼 울퉁불퉁인 모습에 면목이 없습니다만, 지금 제가 할 수 있는 일이 그리고 꼭 거쳐야 할 과정이 아닌가 하는 생각이 듭니다. 많은 가르침을 부탁드립니다. 그럼 선생님과 사모님 두 분 모두 안녕히 계십시오.

삿포로에서 제자 차주영 올림

【필자의 회답】

가아는 실체가 아닙니다. 따라서 협상의 대상이 아니라 극복해야 할 대상입니다. 가아는 무지개와 같은 환상일 뿐입니다. 몽환포영로전(夢幻泡影露電)이라는 말입니다. 허깨비를 협상 상대로 대우해 주면 영원히 그 자리에 안주하려고 할 것입니다. 그러나 처음부터 무시해 버리면 안주할 생각을 버리고 일찍이 원래의 자리로 되돌아가게 되어 있습니다.

가아와 협상을 하겠다는 것은 허깨비에 지나지 않는 몽당비와 씨름을 하겠다는 것과 같습니다. 물질세계의 일체의 현상은 일체가 다 허깨비라는 것을 깨달아야 비로소 진리가 보이게 되어 있습니다. 『금강경』과 『반야심경』을 다시 한번 읽고 심신을 가다듬기를 바랍니다.

감사합니다

삼공 선생님 전 상서

늘 변함없는 가르치심에 깊은 감사를 드립니다. 보내 주신 메일은 고맙게 잘 받아 보았습니다.

모든 현상계가 사실은 있는 것도 그렇다고 없는 것도 아니니 마음 쓰지 않고 그냥 삼공 공부에만 최선을 다하는 것이 제가 할 도리라는 생각이 듭니다. 결국은 지금 제 주위의 것들에 집착하고 빨리 벗어나려 하다 보니 점점 더 마음이 좁아지고 허상의 구렁텅이로 빠져 들어가고 있었던 것 같습니다.

아마도 2년 동안의 공백에서 오는 후유증에서 아직도 벗어나지 못하여, 마치 제가 이렇게 무능했던가 하는 생각이 앞서니 하염없는 불안함과 함께 여기서 성급히 탈피하려고 욕심을 부린 탓인 듯싶습니다.

설사 금생에 못 이루더라도 그냥 오늘 하루를 성실하게 보냈는가 체크하는 것만이 제가 할 수 있는 최선의 방법인 줄 알면서도 성실함이 어떻게 하는 것인지에 마저 의문이 이는 등 종잡을 수 없는 초라함에 휘말렸던 것 같습니다.

아직은 이렇다 할 돌파구는 보이지 않으나, 선생님이 가르쳐 주신 대로 체험기 41권의 『금강경』과 『반야심경』을 재삼 살펴보았습니다. 내면에서 일어나는 것과 외부로부터 밀려오는 어느 것들에도 그냥 무심했어야 했는데 말입니다. 아무튼 현재로서는 삶 자체가 고역이라는 생각이 뇌리를 스치고 있습니다.

그러나 어렴풋이 상단전의 영안에는 아무것도 없는 망망대해에 천상천하 유아독존의 가부좌를 하고 있는 부처님과 같은 모습을 한 제 모습이 비추어지고 있습니다. 또한 자신감이 절로 생기고 그냥 기쁨이 흘러나오던 때가 새삼 그리워집니다만, 제가 체험한 일들이니 최선을 다하면 다시 회복되리라는 확신만은 잃지 않고 있습니다.

최근에는 그리 밝지 않은 메일이 이어지는 것 같아 송구스러움이 앞섭니다만, 부단히 노력해 보겠습니다. 그럼 선생님과 사모님 두 분 모두 안녕히 계십시오.

삿포로에서 제자 차주영 올림

【필자의 회답】

부디 지금의 침체기를 슬기롭게 극복하시기 바랍니다. 그 요령은 "고역인 삶 자체"에 의식을 집중하고 관을 하기 바랍니다. 무슨 해답이 나올 때까지 지치지 말고 그렇게 해야 할 것입니다. 때가 되면 반드시 돌파구가 열리게 되어 있습니다.

종잡을 수 없는 변덕

삼공 선생님 전 상서

늘 변함없는 가르치심에 깊은 감사를 드립니다. 보내 주신 책들과 생식은 오늘 고맙게 받았습니다. 아마도 지난번 메일을 올릴 때가 고비였던지, 어제부터는 아무런 일이 없었다는 듯이 마음도 가라앉고 기감도 되찾은 듯합니다.

그리고 오늘 새벽의 조깅 시에는 그야말로 백회가 시릴 정도로 쐐하며 기운이 들어오더군요. 이것이 다른 도반들이 자주 느끼는 폭포수와 같이 기가 쏟아져 들어오는 형상이 아닌가 합니다.

그러나 불과 며칠 사이를 두고 수련 상태가 이렇게 변덕스러우니 한편으로는 종잡을 수가 없을 것 같습니다. 그야말로 느닷없이 지옥에 있다 천당에 있다 하는 모습입니다. 모든 것이 마음먹기에 달려 있으니, 불안함을 드려 송구스럽습니다만, 차츰차츰 변덕을 떠는 변화의 폭을 줄여 가야 될 것 같습니다. 또한 한 술에 배부를 수 없듯이 이런 잦은 시행착오가 수련에 있어 선택 과목이 아닌 필수 과정이려니 생각하고 있습니다.

그리고 수련에 있어 모든 것을 완벽하게 하려고 하다 보면, 무너졌을 때 그에 대한 반작용이 너무나 크다는 것을 느끼고 있습니다. 그러니 사소한 곳에 집착하기보다는 우선 터를 다지고 골격을 만들 듯이 큰 틀을 짜는 것부터 튼튼히 하는 것이 옳은 것 같기도 합니다.

왜냐하면 사회생활 자체가 목적이 아니라 생의 수단이요 집으로 말하자면 반드시 필요한 것이 아닌 내부 부속물과 같은 존재이듯이, 그 생활 중에서 부딪치는 것들 또한 큰 틀에서 보면 하찮고 사소한 것들이니까요.

그러니 좋은 일이든 나쁜 일이든 자업자득이니 그냥 흘려버리면 될 것 같습니다. 결국은 집착이 모든 것을 망친다는 이치에 조금은 가까이 다가선 모습입니다. 지금은 이번 주까지 제출해야 할 연구계획서를 작성 중이라 길게는 인사를 드리지 못합니다만, 마음 한구석에서 일어나는 무상한 변화들을 빈틈없이 지켜보기로 하였습니다. 그리고 보내 주신 체험기도 다음 주에나 손에 잡힐 듯싶습니다.

늘 잊지 않으시고 이끌어 주심에 다시 한번 더 감사를 드립니다. 그럼 선생님과 사모님 두 분 모두 안녕히 계십시오.

삿포로에서 제자 차주영 올림

【필자의 회답】

무슨 일이든지 잘될 때가 있는가 하면 잘 안될 때가 반드시 있게 마련입니다. 전쟁터에서 지휘관은 이길 때도 있고 지는 때도 있는 것과 같습니다. 이길 때는 자만하지 말고 질 때를 대비해야 할 것이고 질 때는 실망하지 말고 지게 된 원인을 규명하여 다음엔 이길 수 있도록 대비해야 할 것입니다.

수련도 잘될 때가 있고 잘 안될 때가 있습니다. 신장기(伸張期)가 있는

가 하면 침체기(沈滯期)가 있습니다. 이처럼 모든 일에는 기복과 변화가 무상합니다. 관찰을 일상생활화 하는 구도자들은 이러한 변화와 기복에 일일이 구애받지 않고 으레 그런 것으로 알고 담담하게 받아들입니다.

변화와 기복에 대처하는 마음이 그만큼 여유가 있기 때문입니다. 앞으로 또 어떤 변화가 올지 모릅니다. 며칠의 간격이 아니라 수시로 올 수도 있습니다. 그 모든 가능성에 미리 대비할 수 있다면 그 어떤 역경이나 난관을 당하더라도 당황하거나 힘들어하는 일이 없게 될 것입니다.

한숨 돌리기

삼공 선생님 전 상서

늘 변함없는 가르치심에 깊은 감사를 드립니다. 그동안 안녕히 계셨는지요? 선생님으로부터 메일을 받은 지가 10여 일 전인데 이제야 답신을 드리게 되었습니다. 결국 아직도 제자리를 찾지 못하고 방황 중이라고 제 입으로 말씀을 드리지 않아도 될 것 같습니다.

아무튼 그간 빨리 처리해야 할 일들을 끝내고, 보내 주신 체험기 78, 79 그리고 『10년 후 한국』을 읽었습니다. 그런데 이번의 일들을 하면서 느낀 점은 집중을 하여 일을 할 때의 모습과 끝내 놓고 한숨 돌릴 때의 모습이 다르다는 것입니다. 즉 집중을 할 때는 물론 다른 곳에 한눈팔 여지가 없어서겠지만, 마음의 동요 없이 편안함이 같이한다는 점입니다. 결국 이 시간이 최선을 다한 그 순간이었던 것이라는 느낌이 왔습니다.

그러나 흔히들 열심히 하다가 한숨 돌린다고 잠시 휴식을 취하다가 감각을 잃어 그만 수렁에 빠지는 경우가 왕왕 있듯이 제 자신도 가끔은 쉬어야 한다는 통상적인 관념에서 벗어나지 못하고 있습니다. 문제는 이와 같은 생활이 계속 반복이 되니 그야말로 마음 편할 날이 없는 것이지요.

이야기가 바뀝니다만, 요즘 삼공재의 화두는 음양이식인지요? 저도 단식 후부터는 음양 2식을 하여 왔으나 철저한 음양식은 지키지를 못 하여 왔습니다. 그러나 조석의 일일 2식은 정착이 된 것 같습니다. 그리고 낮 시간에 차나 커피 등을 마시면 나른해지곤 하는 부작용을 느끼면서도 음양식은 아직도 지키지 못하고 있습니다.

하나 미국에서 돌아온 이후부터 일에 몰두할 수 있는 감각을 잃어 방황하고 있었으나 지난번의 일들을 처리하면서 서서히 제자리로 돌아오는 감을 느꼈습니다. 큰 것을 생각하기 전에 작지만 우선 지금 할 수 있는 일들을 하나하나 수행하는 것이 실마리를 푸는 첫 번째의 관문인 듯싶습니다. 더불어 음양이식도 철저히 하기로 하였습니다. 물론 오늘부터 하기로 하였는데 글을 쓰는 지금도 단전이 달아오르고 있습니다.

마지막으로 전체적인 제 모습을 보면, 아직도 직장에서는 주변인(周邊人) 상태요 그간 지은 업이 많은지라 아직도 많이 부대끼고 있습니다. 하나 이생의 목적이 그것이니 일과의 일부로 받아들이고 이에 순응하는 나날이 되도록 노력할 따름입니다.

앞으로도 끊임없는 가르침을 부탁드리면서 이만 줄이겠습니다. 그럼 선생님과 사모님 두 분 모두 안녕히 계십시오.

삿포로에서 제자 차주영 올림

【필자의 회답】

사람은 지금 당장 자기가 하고 있는 일에 집중할 수 있을 때 가장 행복을 느끼게 되어 있습니다. 일이든 스포츠든, 연구든 연애든, 독서든 글쓰기든, 명상이든 운전이든 어떤 일이든지 지금 하고 있는 일에 집중하거나 열중할 때 무아의 상태에 빠지게 되므로 능률도 한껏 오르고 시간 가는 줄 모르게 됩니다.

그런 사람은 운문 대사의 말 그대로 연년시호년(年年是好年)이요 일일시호일(日日是好日)이 될 수밖에 없습니다. 그렇게 되기 위해서는 무슨 일이든지 지금 하고 있는 일이 그에게는 가장 소중하다는 인식이 철저해야 합니다. 따지고 보면 지금 당장 하고 있는 일 이외에 그리고 지금 만나고 있는 사람 이외에 이 순간 이 세상에서 가장 중요한 일이 어디에 따로 있을 수 있겠습니까? 그런데도 불구하고 한 가지 일을 하면서 다른 일을 생각하면 얼마나 지루하고 싫증이 나고 따분하겠습니까?

그러므로 세상에서 가장 불행한 일은 지금 무슨 일을 하면서도 끊임없이 다른 일을 생각하는 것입니다. 온갖 부조리와 불안은 여기에서 싹트게 됩니다. 그래서 구도자는 언제나 지금 자기가 하고 있는 일에 집중함으로써 잡념이 끼어들지 않게 하는 훈련을 의식적으로 하지 않을 수 없습니다. 부디 그러한 생활이 일상이 되게 하시기 바랍니다.

이미 알고 있었던 것인데...

삼공 선생님 전 상서

늘 가르쳐 주심에 깊은 감사를 드립니다. 보내 주신 메일은 감사한 마음으로 받아 보았습니다. 선생님께서 다시 일깨워 주신 지금 만나는 사람, 지금 하고 있는 일 그리고 지금 주어진 이 시간이 가장 소중하다는 가르침들은 이미 여러 번 반복된 것이건만 아직도 제 것으로 소화시키지 못한 점이 마음에 걸립니다.

하나를 가르쳐 주시면 열 정도는 이미 알아들어야 가르치시는 선생님도 신이 나실 터인데 도리어 잊어버리는 것이 많으니 송구스러운 마음뿐입니다.

사실 우리에게 주어진 일들 그리고 지켜야 할 것들에 대해 정말로 할 수 없어서 지키지 못하는 것이 아니라 그냥 하기 싫고 지키기 싫어서 중요한 것들을 잊어버리고 사는 통상적인 제 삶이 된 것 같습니다. 그리고 이런 생활 자체가 마음 한구석에는 이미 상식으로 둔갑을 하여 한자리를 차지하고 있는 것이지요.

좋은 말은 몇 세기를 지나도 그 빛을 바래지 않듯이 진리의 가르침 또한 언제 들어도 새롭고 고마울 따름입니다.

어제부터는 낮에 차며 커피 등 아무것도 마시지 않기로 하였습니다만, 그간의 과정을 돌이켜보면, 진정 목이 말라 차며 커피를 마신 것이 아니라 그냥 서운하니까 마시는 것으로 타협해 왔던 것입니다. 그러나 음양식도 수련의 한 과정인 것이지 목적 그 자체가 아니니 절차에 집념하다가 큰 이벤트 자체를 망치고 싶은 생각은 않기로 하였습니다.

하나 이번에는 좀더 천천히 능동적인 생활을 바탕으로 지금 자체 모습의 분해를 통한 무엇이 얼마나 잘못되어 있는지 구성 요인 하나하나를 파악해 보려고 합니다. 아무튼 구도자의 길이라는 것이 한순간의 투지와 의지로만이 이루어지는 것이 아니고 철저한 자기성찰을 통한 끊임없는 궤도 수정이 필요한 길인 것 같습니다.

아직도 가야 할 길이 중요한 것이 아니라 밥숟갈 놓을 때까지 초심(初心)을 잊지 말고 그냥 앞만 보고 가는 것이 중요한 것이 아닌지요? 바쁘실 터인데도 불구하고 즉시 답을 주시듯 늘 변함이 없으심에 다시 한 번 더 깊은 감사와 존경의 마음을 드리고 싶습니다. 앞으로도 많은 가르침을 부탁드리며 오늘은 이만 줄이겠습니다. 그럼 선생님과 사모님 두 분 모두 안녕히 계십시오.

삿포로에서 제자 차주영 올림

【필자의 회답】

지난번 메일에서 지금 삼공재의 화두는 음양이식이냐고 했는데, 그렇지 않습니다. 음양이식은 이미 나에게는 일상생활이 되었으므로 더이상 화두가 될 수는 없습니다. 음양이식의 핵심은 아침에 식사하고 저녁 식사 때까지 물을 일체 마시지 않는 겁니다. 이것을 철저히 지켜 나가면 반드시 보상이 있을 것입니다.

변함없는 영원한 화두는 언제나 자기중심을 밝히는 것이 되어야 합니다. 자기중심을 밝힌다는 것은 거짓 나를 여의고 참나를 나투는 것입니다. 이때 소우주인 우리의 중심은 대우주의 중심과 일치하게 됩니다. 소우주인 우리의 중심이 대우주의 중심과 일치하는 정도에 따라 대우주의 무한한 사랑과 능력과 지혜를 구사할 수 있게 된다는 확신을 가져야 합니다.

중심이 밝아진 사람 주변에는 전등(傳燈)을 청하는 사람들이 모여들게 될 것입니다. 이때부터는 어디에 가든지 주변에만 머무는 일은 없어질 것입니다.

설사 밥숟갈을 놓게 된다 하여도

삼공 선생님 전 상서

늘 변함없는 가르치심에 깊은 감사를 드립니다. 선생님과 사모님께서는 그동안 안녕히 계셨는지요? 본격적인 음양이식의 시작 후 1주일이 지난 지금 명현반응 현상이 시작되었으며 그의 자초지종에 대하여 말씀을 드리겠습니다.

음양식 5일째인 지난 토요일 아침의 조깅 시에 평시와는 달리 몸이 무거움이 감지되었습니다. 조깅을 한 후 식사를 마치고 휴일이기는 하나 전날 조사를 다녀왔기에 정리할 일도 있고 하여 연구실에 나갔습니다. 그런데 몸에서 서서히 열이 나기 시작하고 소변이 잦으며 소변 시 통증과 피고름이 섞인 소변을 보았습니다.

그리하여 일단 일을 중단하고 집에서 쉬기로 하였습니다. 온몸에서 열이 나고 모든 뼈마디가 아프고 한기를 느끼는 등 큰 시련이 찾아왔습니다. 그러나 수련을 해 보니 몸이 불같아 정상적인 상태는 아니지만 단지 천기가 백회를 통해 단전까지 이어지는 삼합진공이 유지가 되었습니다. 그리고 혈뇨가 나와야 할 이유가 없을뿐더러 천기가 들어오니 명현 현상으로 판단하여 참고 견디기로 하였습니다.

그러나 믿어지지 않는 것은 당황함이나 걱정이 들지를 않고 그냥 명현반응이 왔구나 하는 마음뿐이었고, 설사 이것으로 밥숟갈을 놓게 된다 할지라도 이생에서 여기까지 온 게 그저 감사할 따름이지 하는 생각이 뇌리를 스치는 것이었습니다.

그렇게 마음은 동요 않고 몸은 병균과 열심히 싸우고 있으니 지금 제가 할 일은 과일 등을 먹어 줌으로써 힘을 보태는 것밖에는 없다는 생각에 저녁에 평시보다는 양을 늘렸습니다. 이렇게 하여 토요일을 보내고 일요일 아침이 되자 열도 내리고 늦은 아침 시간이었지만 조깅도 하였습니다.

3일째인 지금도 혈뇨를 보고 있으며 아직 미열이 있는 듯 머리는 평시처럼 맑지는 않으나 토요일 무사히 고비를 넘길 수 있었음에 감사하는 마음으로, 명현 현상이 끝날 때까지 지켜보기로 하였습니다. 오늘은 시내에서 학회가 있어서 참석을 하고 술을 마시면 안 되겠기에 연회석에는 참석을 않고 돌아와 메일을 쓰고 있습니다.

아무튼 아직 진행형 상태라 앞으로 어떤 고비가 더 이어질지는 모르나 순간순간을 정직하게 받아들이기로 하였습니다. 앞으로도 많은 가르침을 부탁드리며 이만 줄이겠습니다. 그럼 선생님과 사모님 두 분 모두 안녕히 계십시오.

제자 차주영 올림

【필자의 회답】

수련으로 인한 명현반응임을 알고 끝까지 병원에 가지 않은 것은 정말 천만다행이었습니다. 수행자들 중에는 그런 때 자기가 수련 중임을 깜빡 잊어버리고 습관적으로 병원으로 달려가 참변을 당하는 일이 많았습니다. 그러한 함정에 빠지지 않는 것은 아주 잘한 일입니다.

지금도 백회로 기운이 계속 잘 들어오고 수승화강이 제대로 되는지요? 만약 그렇다면 형편이 닿는 대로 서울에 한번 다녀가시는 것이 좋겠습니다. 인터넷이나 전화로는 할 수 없는 수련에 관한 일 때문입니다.

행복한 밤

감사한 마음, 행복한 마음으로 오늘밤을 맞는다. 몇 년 전부터 뿌렸던 씨가 이젠 싹을 틔우고 꽃을 피우니 얼마나 고마운지 모른다. 52세가 되도록 시집도 못 가고 늘 골골하던 그녀가 오늘은 너무나 환하고 당당한 모습으로 역지사지(易地思之)를 외치는 모습에 난 내심으로 얼마나 놀랐는지 눈을 의심 할 정도였다.

그녀는 나의 죽마고우로 삼십이 년간이나 함께 지내온 처지이다. 비교적 넉넉한 가정의 삼남 일녀 중 막내로 유아(幼兒) 티를 벗지 못한 걱정거리 친구였다. 팔순의 양친과 셋이서 살고 있는데 머지않아 홀로 남을 그녀를 생각하면 늘 안타까움에 마음이 아프던 친구였다. 물론 위로 세 분의 오빠가 있지만 그들은 다 각자의 생활이 바쁠 터, 동생의 인생까지 책임져 줄 순 없지 않은가.

그런대로 건강은 잘 유지해 왔던 그녀가 몇 년 전부터는 피곤 때문에 웬만하면 밖에 나가길 꺼려했다. 한의원에 가니 기가 허해서 그렇다고 하면서 단전호흡만 하면 아무 문제가 없을 거라고 했다고 한다. 그런 말을 듣는 순간 선도수련의 씨는 뿌려지기 시작했다.

그게 아마도 오륙 년 전쯤이었던 것 같다. 처음엔 나의 수련 제의에 마이동풍(馬耳東風). 야속한 세월은 그리도 그냥 흘러가더니 이삼 년 전부터는 가뭄에 콩 나듯 수련을 하기 시작했다. 야심적으로 권한 『선도체험기』를 십여 권 읽고도 시큰둥해하더니 드디어 오늘 삼 개월여 만에 만난 그녀는 완전히 다른 사람이 돼 있었다.

자신감이 넘쳐나고 의젓해졌다. 늘 조급하던 행동 또한 많이 느긋해졌다. 역지사지(易地思之) 이타행(利他行), 행주좌와어묵동정(行住坐臥語默動靜) 염념불망의수단전(念念不忘意守丹田)이 생활화되어 가고 있었던 것이다. 그저 모든 게 감사하다며 행복해하는 그녀. 모든 고통은 집착에서 생긴다고 설교하던 그녀, 그런 그녀의 모습에서 갱년기에 눌려서 짜증스러워 하고 무기력했던 그전의 모습은 어디에서도 찾아볼 수가 없었다. 자기 자신이 삶의 주인공이 되어 가고 있었던 것이었다.

그녀의 집에는 요즘 분위기가 많이 바뀌었다고 한다. 팔십사 세이신 노부(老父)께서 그전엔 여가 시간에 주로 컴퓨터 바둑을 두셨는데 요즘엔 거의 『선도체험기』 읽는 일과 단전호흡으로 하루를 보내신다고 한다. 그리고 자손들과 주변 분들에게도 선도수련을 적극 권한다고 하시니 나로서는 그저 감사할 뿐.

워낙 밝으신 분이라 빠른 시간 내에 성통공완하시길 믿어 의심치 않는다. 노모(老母) 또한 독서를 통해 마음공부를 열심히 하신다고 하니 얼마나 기쁜지. 눈을 감고 상상해 본다. 팔순의 노부부와 중년의 미혼 딸, 그들이 함께 독서하는 모습을.

선생님, 좋은 글감을 가지고도 이렇게 밋밋하게밖에 표현하지 못함에 그저 죄송스러울 뿐입니다. 선생님의 많은 관심과 지도 부탁드립니다. 겨울로 가는 길목에서 댁내 가족 모두가 건강하시길 바라며.

박혜영 올림

【필자의 회답】

참으로 훌륭한 일을 해내셨습니다. 이웃에게 진리를 일깨워 주는 것은 삼천 대천세계를 가득 채울 만한 팔보(八寶)로 보시하는 것과는 비교할 수 없는 큰 공덕이라고 석가모니는 말했습니다. 만약에 그분들로부터 나에게 도움을 청한다면 기꺼이 응해드릴 것입니다.

〈83권〉

다음은 단기 4338(2005)년 12월부터 단기 4339(2006)년 6월 30일 사이에 있었던 필자의 수련 과정과, 필자와 수련생들 간에 오고간 수련과 인생에 대한 대화 그리고 필자와 독자 사이의 이메일 문답을 수록한 것이다.

구도자란 어떤 사람입니까?

이영우씨가 말했다.

"선생님, 구도자란 어떤 사람입니까?"

"구도자(求道者)란 글자 그대로 도(道)를 추구하는 사람입니다."

"도란 무엇인데요."

"도란 바르고 슬기로운 것입니다."

"그럼 구도자란 바르고 슬기로운 사람이 되고자 하는 사람이란 말이 됩니까?"

"그렇습니다."

"그렇다면 바르다는 것은 무엇을 말합니까?"

"땅에 심어진 나무를 생각하면 됩니다. 앞으로 기울어지지도 않고 뒤로 자빠지지도 않고 왼쪽으로 기울지도 않고 오른쪽으로 쏠리지도 않고 바르게 서 있는 것을 말합니다. 사람도 그와 마찬가지입니다. 과공비례(過恭非禮)라는 말 그대로 너무 남에게 겸손하기만 한 사람은 너무 숙이기만 하다가 균형을 잃고 엎어질 우려가 늘 있습니다. 그와는 반대로 지나치게 거만한 사람은 배를 너무 내밀고 자기 자랑만 하다가 뒤로 자빠지는 수가 왕왕 있습니다.

그런가 하면 지나치게 급진적인 좌파는 항상 왼쪽으로 삐딱한 상태에 있으므로 조금만 충격을 받아도 왼쪽으로 쓰러질 위험이 있습니다. 이와는 반대로 너무나 보수적인 우파는 너무 오른쪽으로 기울어져 있어도 누가 살짝 건드리기만 해도 오른쪽으로 넘어지게 되어 있습니다.

그러나 전후좌우 어느 쪽에도 기울어져 있지 않고 똑바로 서 있는 사람은 설사 지나가던 사람과 심하게 부딪치는 경우가 있어도 처음부터 균형이 잡혀 있었으므로 어느 쪽으로도 쓰러지거나 기울어질 염려가 없습니다.

그뿐만 아니라 지나가던 깡패에게 갑자기 공격을 당해도 전후좌우 어느 쪽으로든지 피할 수도 있고 굴신(屈伸)도 자유자재로 할 수 있으므로 유연성을 최대로 발휘하여 쉽사리 쓰러지는 일이 있을 수 없고 방어와 공격을 얼마든지 마음대로 선택할 수 있습니다."

"그렇다면 슬기롭다는 것은 무엇을 말합니까?"

"바르게 선 사람은 전후좌우 상하를 늘 바르게 관찰할 수 있으므로 마음도 바르게 가질 수 있으므로 어떤 난관이 닥쳐와도 당황하거나 조급해하지 않고 여유 있게 처신할 수 있습니다. 슬기롭다는 것은 이러한 지혜로운 마음의 자세를 말합니다. 이러한 사람은 그렇지 않은 사람보다는 사기꾼의 함정에 빠지는 일이 훨씬 적을 것입니다. 어찌 그뿐이겠습니까? 항상 몇 수 앞을 내다보는 지혜가 열려 있으므로 식탐(食貪), 색탐(色貪), 탐욕(貪慾), 성냄, 어리석음, 오욕칠정(五慾七情) 따위에 호락호락 걸려드는 일이 없습니다."

"그러고 보니까 바르고 슬기롭다는 두 낱말 속에 구도자가 추구해야 할 모든 것이 다 들어 있군요."

"그렇습니다."

【이메일 문답】

현묘지도 수련 체험기 (첫 번째)

차 주 영

지난 11월 방문 때부터 시작된 선생님으로부터의 현묘지도 전수에 작은 결실을 얻을 수 있어 무엇보다 값진 시간이었습니다. 특히 모국을 떠나기 하루 전날의 결실이었기에 극적인 사건이기는 하나 아직 실감을 느끼지를 못하고 있습니다.

그럼 현묘지도 1단계 화두부터의 체험에 대하여 적어 보겠습니다.

1단계 화두 : 11월 23일 삼공재에 도착하여 문안 인사를 드린 후 처음으로 수련 점검을 받았을 때에는 긴장감도 있었습니다. 왜냐하면 그간 여러 가지 체험과 더불어 수련이 향상되었음을 알 수 있었으나 직접 삼공재가 아닌 이메일을 통하여 가르침을 받아 왔을 뿐이기 때문이었습니다. 아무튼 백회의 열림과 벽사문 달기 그리고 기 주고받기에 의한 대주천의 재확인 등 저에게는 흥분도 되었고 좀 외람된 말씀이 될지는 모르나 그간의 일들이 허사가 아니었구나 하는 안도감도 같이했었습니다.

이렇게 점검이 끝난 후 선생님께서 주신 첫 번째 화두를 암송하며 선정에 들자 하늘에 7개의 별자리가 뚜렷이 보이더니 안중근 의사가 떠오르면서 단전이 확 달아오르는 것이었습니다. 그리고 그 별들이 남북으로 길쭉한 일본열도의 지도와 겹쳐지는 것이었습니다. 이렇게 화면은 짤막하게 끝났습니다.

2단계 화두 : 그리고 이어서 주신 두 번째 화두를 암송하며 선정에 들었습니다. 그러자 성전이 보이고 선녀들이 제사를 준비하는 듯 분주히 움직이고 후에는 단군 할아버지가 나타나시더니 성단 앞에 앉아 있는 저에게 무언가를 말씀하시는 것 같은데 알아듣지는 못하였습니다.

3단계 화두 : 그 후 강원도 양양과 경상북도 봉화에서 학술 조사를 마치고 11월 31일 삼공재에 들러 선생님으로부터 세 번째 화두를 받아 선정에 들었습니다. 그러자 산천초목의 풍경화가 보이고 하얀 햇살이 비치는 화면이 있은 후에 시해(尸解, 유체이탈)를 하여 지구의 성층권을 벗어난 우주의 망망대해를 굽어보며 깊은 선정에 들어 있는 저 자신의 모습이 큰 스크린을 꽉 채웠습니다. 그야말로 부처님의 천상천하유아독존의 모습이었습니다.

4단계 화두 : 그 후 다시 춘천에 들러 남은 일을 마치고 4일 일본으로 돌아왔으며, 곧이어 모국의 대학교수님들이 심포지엄 참석차 이곳에 왔으므로 수련에는 소홀하게 되었습니다. 그 후 다시 연말연시의 휴가를 내어 모국에 돌아와 12월 23일 삼공재에 들러 선생님께 3단계의 화면에 대하여 설명을 드리자 이제부터 11가지 호흡법을 하라고 하셨습니다.

그러자 1번째인, 몸이 자동적으로 앞뒤로 끄덕끄덕거림을 체험하고 원주의 집으로 돌아왔습니다. 그 후 집에서 틈틈이 시간을 내어 선정에 들어 2단계로 양손이 부르르 떨리는 진동이 일었습니다. 그리고 3, 4번째는 단전과 중단전을 쥐여짜는 듯함을 느꼈습니다.

그 후 5, 6, 7번째인 고개에 진동이 오고 난 후 8, 9, 10번째는 호흡이 상단전, 중단전 그리고 하단전으로 몰리면서 자유자재로 상단전으로, 중단전으로 거침없이 호흡을 옮길 수가 있었습니다. 그리고 마지막 단계로 흡과 호도 자유자재로 할 수가 있었습니다. 아무튼 3번째부터 11번째까지 단숨에 마칠 수가 있었습니다.

5단계 화두 : 그리고 선생님께 전화로 11가지 호흡이 완료되었음을 말씀드리자 5번째 화두를 주셨습니다. 그 후 다시 며칠이 흘렀으며 12월 30일에 어머님을 모시고 원주에서 조금 떨어진 횡성에 있는 온천에 들렀습니다. 시골에 위치해 있지만 비교적 시설이 갖추어져 있고 평일이라 사람도 별로 없었으며 황토방에 앉아 선정에 들어 화두를 암송하였습니다.

그러자 망망대해에 파도가 일면서 배 한 척이 뭍에 닿자 왜군 복장의 한 장수가 내리는 화면이 보이는데 조선 시대의 남해안이라는 텔레파시가 왔습니다. 그 후 두세 명의 임금의 모습과 신하의 모습에 이어 당나라 사신의 모습으로 이어졌습니다. 그리고는 멀리 어렴풋이 단군 할아버지가 보이고 그 주위에 서성이는 이가 있었으니 아마도 단군 할아버지와 가까운 사이였던 느낌이 왔습니다. 그리고 마지막으로 제가 흰색의 천마를 타고 우주 속으로 질주를 하는데 처음에는 큰 동물에서 작은 동물, 벌레 그리고 갯벌의 지렁이, 미생물 등 큰 것에서 작은 쪽으로 마치 진화 과정을 거꾸로 거슬러 가는 형상이며, 거칠 것 없이 빠른 속도로 마지막에 도달하니 무사가 기다리고 있었습니다.

6단계 화두 : 온천에서 돌아와 선생님께 전화로 체험한 화면에 대하여 설명하여 드리자 6번째 화두를 주셨습니다. 다시 화두를 암송하며 선정에 들자 태양을 중심으로 한 우주 궤도가 화면의 왼쪽 절반을 차지하고 남은 오른쪽 절반은 토성의 모습으로 차 있었습니다. 이와 동시에 저의 출처가 화성이라는 텔레파시가 왔고 산천초목의 화면으로 바뀌면서 동물에서 식물 그리고 하등 동물들이 나타나면서 갯벌을 지나 바닷속으로 그리고 깊숙이 궤도의 맨틀 층을 지나 용광로처럼 붉은 빛을 내며 이글거리는 핵에 도착을 하였습니다.

그 순간 그 핵이 제 중단전에 정착하였는데 다시 한 번 마음이 바뀌는 것을 느꼈습니다. 이것으로 화면이 끝난 것으로 생각이 되어 다시 선생님께 전화 드려 자초지종을 알려 드리니 아직 진행형의 화면이니 더 박차를 가해 보라고 하셨습니다. 그러나 그 후 저희 집은 제가 연말연시 휴가를 내어 신정 명절을 지내는 관계로 며칠간 그냥 흘려버렸습니다.

그 후 모국에서 휴가를 마치고 돌아오기 전인 지난 1월 8일 문안 인사차 삼공재에 들러 화두를 암송하며 선정에 들자 다시 화면이 이어져 농경 풍경이 보이고 뒤이어 황금 궁궐의 성단에 이르렀습니다. 그 후 황금 복장 차림의 상제가 나타나시고 제가 그 앞에 앉아 선정에 들고 있는 모습이 보였습니다. 그리고는 복(福), 천(天), 명(命), 자(慈), 비(悲), 육(育) 자가 차례로 보였습니다. 그 후 일련의 화면 전체가 녹화되듯 반복되면서 끝이 났습니다.

7단계 화두 : 그 자리에서 화면에 대하여 말씀을 드리자 다시 7번째 화두를 주셨습니다. 다시 선정에 들자 저의 상단전과 중단이 없어지고 제 몸에서 단전이 있는 하체 부분만 남았습니다. 그 후 단전마저 없어지고 다시 화두를 암송하자 제가 지구의 형성층을 벗어나 우주에 있으며 나무가 되라면 나무가 되고, 동물이 되라면 동물이 되고, 갯벌의 지렁이가 되라면 지렁이가 되는, 마음먹은 대로 변하는 것이었습니다.

그리고는 화면의 중앙에 위에서 아래로 걸려 있는 프랑카드에 용변부동본(用變不動本)의 다섯 글자가 새겨진 화면으로 바뀐 후 다시 한 번 녹화되듯 전체가 반복되면서 끝났습니다.

8단계 화두 : 다시 이어 화면에 대하여 말씀을 드리자 마지막 단계로 8번째 화두를 주셨습니다. 그리하여 화두를 암송하며 선정에 들자 백회가 상단전으로 와 상단전에 동화되고, 상단전이 중단전으로, 중단전이 단전과 일치 동화되었습니다. 그리하여 백회, 상단전, 중단전과 일체가 된 단전은 둥글고 크게 딱딱하게 뭉쳐진 모습이며 이어 뜨겁게 달아오르더니 밝은 빛을 발하는 태양이 되었습니다.

그 후 그 태양을 중심으로 수많은 성인들이 보이면서 그들에 의해 떠받쳐진 태양은 점점 더 훨훨 타면서 위로 솟아 우주에 이르렀습니다. 우주에 이른 태양은 드디어 폭발하여 흰 연기를 만들어 내고 서서히 한 올 한 올 연기가 사라지는 것이었습니다.

연기가 모두 사라지고 고요함과 함께 제 영혼만의 모습이 보였습니다. 그리고 그곳에는 여러 성인들의 영혼들이 같이했으며 그 후 제 영혼이 호랑이가 되고, 그보다 작은 동물, 그보다 작은 생물, 그보다 더 작은 생물들로 마치 진화의 역과정을 재현하듯이 이루 표현이 불가능한 속도로 거슬러 진행되어 아주 작은 점에 도달되더니 결국에는 그 점마저 없어져 표현이 불가능한 무의 상태가 되며 화면이 끝났습니다.

이 과정을 선생님께 말씀을 드리자 이제 모두 끝냈다며 견성은 했지만 해탈은 아니라면서 이제부터 보림을 해야 하는데 특히 그동안 수많은 생을 통해 짊어지고 다니는 습(習)을 하나하나 떼어 내야 한다고 말씀하셨습니다. 그리고 이제부터는 내과 계통의 병은 없을 것이고 이 세상 떠날 때 우화(羽化)는 몰라도 시해(尸解)는 할 수 있을 것이라고 말씀을 하셨습니다.

또한 이미 선계와 연결이 되어 있으니 지혜도 생기며 특히 6단계에서 받은 명을 늘 염송하여 그 뜻을 새기라고 하시면서, 늘 행주좌와어묵동정(行住坐臥語默動靜) 염념불망의수단전(念念不忘意守丹田)을 잊지 말라고 하셨습니다.

그러나 그 당시뿐 아니라 며칠이 지난 지금도 제 자신은 별로 실감이 나지 않으나 마음의 변화는 있는 듯합니다. 즉 주위의 것들에 초연해진 것 같습니다. 그리고 늘 백회를 통하여 하늘과 연결되어 있음을 느끼고 생각과 판단을 뇌에서 하는 것이 아니라 백회와 연계된 하늘과 같이하는 듯합니다. 또한 호흡에 들면 금방 선정에 들 뿐 아니라 더하지도 덜하지도 않은 알맞은 정도의 유유자적에 젖어 들고난 후에는 다시 활기가 살아남을 체험하고 있습니다.

마지막으로 받은 명을 제 나름대로 해석하면 복이 있어 하늘의 뜻을 전하니 대자대비하라로 귀결이 됩니다. 하나 선생님께서도 가르침을 주셨듯이 이제부터가 중요하니 한층 더 태만에 주의를 기울일 생각입니다.

【필자의 논평】

현묘지도 8단계 수련은 지금까지 하여 온 선도수련을 총정리하여 도법으로 체계화한 것입니다. 차주영 씨는 내가 현묘지도 8단계 수련법을 전수받은 후 14년 만에 전수한 첫 번째 이수자입니다.

그동안 내 지시를 성심껏 잘 따라 주어 무사히 소정의 과정을 마치게 된 것을 축하합니다. 수련 과정을 상세히 잘 기억했다가 앞으로 후배에게 전수할 때 참고로 삼아야 할 것입니다. 현묘지도를 전수해야 할 때는 반드시 그래야 할 계기가 마련될 것입니다.

이제 시간이 흐르면 차츰 수련에 자신감을 갖게 될 것이고 어떠한 의문에 부닥치더라도 그것에 마음을 집중하면 자연 해결책이 떠오르게 될 것입니다. 말하자면 누구에게 의존하지 않아도 독자적으로 모든 일을 해결할 수 있는 능력을 갖게 될 것입니다. 도육(道育)이라는 선호(仙號)를 사용하기 바랍니다. 많은 후배 도인을 육성해야 할 사명을 완수하게 될 것입니다. 부디 평생 보림으로 자신의 약점을 고쳐 나가야 할 것이며 만사에 자중하기 바랍니다.

졸업장

삼공 선생님 전 상서

늘 변함없는 가르치심에 깊은 감사를 드립니다. 그동안 선생님과 사모님께서는 안녕히 지내셨는지요? 이곳 삿포로는 다설(多雪) 지역이고 예년에 비해 두 배 이상의 폭설이 내리기는 하였으나 해양성 기후인지라 모국의 강원도에 비하면 포근한 감이 듭니다.

일주일 전 삼공재에서 현묘지도 수련을 완성하고 돌아온 후 3일 전 선생님으로부터 도착한 메일을 열기 위해 받은 편지함을 마우스로 두 번 클릭할 때까지도 긴장감은 가시지 않고 있었습니다. 아직 이것이다 하는 것이 피부에 와닿지는 않았지만 그리 길지는 않은 기간에 한 고개를 넘은 것에 대한 안도감은 느꼈습니다.

돌이켜보면 불과 5년여 전 삼공재를 찾아 처음으로 선생님을 뵙고 마음만 편해질 수 있다면 하는 심정으로 시작된 수련이었기에 흐지부지하였던 시간들이 많았습니다. 그러던 중 일본 본토에 있는 와카야마 연구림으로 전근을 오게 되었는데 그야말로 산 좋고 물 맑고 골 깊은 곳에서 근무하면서 수련의 기틀을 그나마 잡은 것 같습니다.

그 후 3년간의 연구림 근무를 마치고 2년간의 일정으로 미국 유학을 가게 되어 처음 도착한 곳이 북미 대륙의 서부를 남북으로 달리는 로키 산맥의 중턱에 자리잡은 몬태나 주립대학이 위치한 보즈만에 이르자 갑상선종과 같은 명현반응이 오기 시작하였습니다.

한 6개월 후 다시 몬태나주의 옆 주며 와이오밍대학이 위치한 라라미로 거처를 옮기면서부터는 이메일을 통한 선생님으로부터의 본격적인 지도를 받으면서 날로 놀라운 체험들을 하게 되었습니다.

그때 선생님과 신령들로부터의 인신(人神)의 도움을 받은 일은 그리 흔한 일이 아니며 그럴 만한 이유가 있다는 말씀이 저에게는 신선한 충격이요 자극제가 되었습니다. 아마도 그 당시에는 제 자신보다는 선생님을 비롯한 인신들의 가르침이 더 적극적이었으며 꿈같은 나날이었습니다.

그 후 다시 동부 지역인 하버드 대학가가 있는 케임브리지시로 옮겼으나 대도시임에도 불구하고 숲이 짙게 우거진 곳이기에 자연도 가까이할 수 있었습니다. 그곳에서는 주로 빙의령 천도를 통하여 수련이 향상되었으며 단식 또한 도움이 되었던 것 같습니다.

그리하여 2년간의 유학을 마치고 다시 현 직장으로 돌아와 보니 그새 제가 설 자리가 없어졌으며 그를 다시 찾기 위해 근 1년간을 절박하게 보냈던 것 같습니다. 그와 더불어 수련도 흐지부지되는 듯하다가 지난 11월에 있은 명현반응과 함께 삼공재를 찾아 선생님으로부터의 본격적인 현묘지도를 전수받게 되었습니다.

불과 2개월이 채 안 된 기간이었으나 연말연시 휴가도 얻고 하여 삼공재에서 직접 지도를 받은 덕분에 원만히 이루어졌다고 생각하며 특히 모국을 떠나오기 하루 전에 마지막 단계까지 마치게 된 것이 저에게는 하나의 행운이었습니다.

지금 이와 같은 체험들이 마치 한 편의 드라마처럼 펼쳐집니다만 선생님께서도 말씀하셨듯이 단지 한 과정의 졸업이요 다음 숙제를 풀기 위한 시작이라는 생각이 듭니다. 즉 제가 몸담고 있는 연구직에 비유하자면 학점을 따고 작은 한 편의 논문 작성을 통하여 얻은 일종의 박사 학위증 같은 것이 아닌지요?

왜냐하면 박사 학위증의 의미는 단지 이제부터 혼자 연구를 하여도 주위의 불안감을 좀 덜 뿐이며 앞으로 얼마나 충실하게 노력하여 연구 성과를 내느냐에 따라 진정한 프로로서 인정을 받게 됨이니, 시작에 불과하다는 것은 당연한 것이 아닌지요.

아무튼 결론은 선생님께서도 지적하셨듯이 습(習)을 이겨 내고 모든 것에서 자유로울 수가 있는가가 최대의 목표가 될 것 같습니다. 이를 위해 당분간은 특별히 필요하지 않는 한 말을 삼가고 참견하지 않으면서 관하여 보기부터 시작해 볼까 합니다.

앞으로도 많은 가르침을 부탁드리며 이만 맺을까 합니다. 그럼 선생님과 사모님 두 분 모두 안녕히 계십시오.

삿포로에서 제자 도육 올림

【필자의 회답】

지난번에 마친 현묘지도 수련에 대한 선행학습(先行學習)은 이미 라라미에서 그 핵심은 거의 다 끝낸 상태였습니다. 이번 수련은 그것과 함께 지난 5년 동안에 이루어진 수련을 총정리하여 필요한 때 다른 구도자에게도 그 성과를 전수할 수 있는 하나의 체계를 세웠다는 데 의미가 있습니다.

그리고 이 공부는 박사 학위증과는 그 성질이 근본적으로 다릅니다. 학위증은 세속적인 학문의 한 과정을 마쳤을 때 받는 것이고 이 세상을 떠날 때는 가지고 갈 수 없는 것이지만, 구도자로서 얻은 공부의 성과는 금생을 마칠 때도 마음속에 품고 떠난다는 것을 알아야 합니다.

또 수련 중에 받은 복(福) 천(天) 명(命) 자(慈) 비(悲) 육(育)의 여섯 글자는 두고두고 마음에 새기면서 깊이 명심하여 늘 잊지 말고 참구(參究)해야 합니다. 그 여섯 자 속에 도육이 맡은 소임의 깊은 뜻이 함축되어 있다는 것을 알고 그것을 캐어 내어야 할 것입니다.

업그레이드

삼공 선생님 전 상서

늘 친절한 가르치심에 깊은 감사를 드리며, 보내 주신 메일은 잘 받아 보았습니다. 지난 5년여 간 체험한 것들에 대한 줄거리는 대체적으로 정리가 되는 듯합니다. 아마도 보다 구체적인 작업이 필요할 것 같으나 구상은 떠오르지 않고 있습니다. 물론 물 흐르듯 하면 되는 줄 알지만 예를 들면 하루의 일과 중에 『선도체험기』 등을 포함한 관련 서적 읽기, 수련 시간과 직업 시간의 배분 등입니다.

엊그제는 누님께 전화를 드리자 "이제 수련에만 마음이 가 있는 것은 아니겠지?" 하는 것이었습니다. 물론 여기에는 남들과 같은 세속적인 삶과 가족들의 일원으로서 아직 포기하고 싶지 않은 바램도 내포되어 있는 것이지요. 그러나 삼공선도가 원래 생활행공이고 중생들과 부대끼면서 행하는 수련이니 마음을 놓으셔도 된다고 답을 드렸습니다. 허나 한편으로는 눈에 보이는 피해를 주지 않더라도 지금의 제 삶이 주위분들에게 안도감을 주지 못하는 점도 있구나 하는 생각이 들었습니다.

아무튼 요즘에는 그간의 생활 패턴을 생각하면서 앞으로의 방법에 대하여 그리고 본업에 대하여도 천천히 정리하고 있습니다. 그러나 지금까지의 기본 틀에는 변함이 없으나 앞으로 하고자 하는 일에 대하여 무리수를 둔다든가 과한 욕심을 부린다든가 그리고 안주하려 한다든가 하는 거품을 뺀 일 자체가 정직과 순수함이 되어야 하며 그를 위해 하나하나 정리해 가고 있습니다. 물론 이는 급히 서둘러서 되는 일도 아니나 아마도 이달 중에는 마무리해야 될 것 같은 생각이 듭니다.

아무튼 현묘지도를 마치고부터는 금방 선정에 들고 운기도 온몸 골고루 잘되고 또한 반가부좌의 자세도 안정을 찾는 듯합니다. 선정에 들면 서서히 몸이 떠올라 무릉도원과 같은 계곡에서 무위를 즐기기도 하고 한편으로는 글로 표현하기에는 적당치 않은 세속적인 향락에 푹 빠져 있는 화면 등이 파노라마처럼 보이곤 합니다.

그러나 파노라마의 주인공으로서가 아닌 제3자인 관객으로서의 모습이니 아마도 과거 모습의 관람을 통한 두터운 습을 하나하나 벗겨 가려는 공부의 한 과정이라는 생각이 듭니다. 어제는 6자를 암송하며 선정에 들자 청천벽력처럼 한 자 한 자가 메아리가 되어 상단전의 벽에 꽂혔습니다.

앞으로도 많은 가르침을 부탁드리며 오늘은 이만 맺겠습니다. 그럼 선생님과 사모님 두 분 모두 안녕히 계십시오.

삿포로에서 제자 도육 올림

【필자의 회답】

수련이 업그레이드되었으므로 앞으로는 사물을 보는 관점도 현저하게 변화가 있을 것입니다. 그 변화가 이미 시작되었습니다. 과거의 습관에서 과감하게 벗어나야 할 때가 많을 것입니다. 부디 새로운 환경에 재빨리 수용하고 적응하면서 수련의 단계를 계속 높여 나가기 바랍니다.

기감의 변화

삼공 선생님 전 상서

늘 변함없는 가르치심에 깊은 감사를 드립니다. 보내 주신 메일은 고맙게 받아 보았습니다. 지난번의 메일에도 말씀을 드렸듯이 기 수련에는 뚜렷한 변화가 감지됩니다. 즉 요즘 며칠 사이 선정에 들면 단전에서 오라가 생겨 찬란한 빛을 발산하고 서서히 온몸 전체를 감싸기 시작하여 저를 중심으로 둥글게 마치 태양 빛을 발하는 형상입니다.

물론 한가운데 있는 반가부좌의 모습에 대한 존재 의식은 있으나 형상은 없는 상황입니다. 그리고 그 후에는 강한 기운이 단전으로 똘똘 뭉쳐져 아주 강한 덩어리의 형상이니 밖으로 금방이라도 마치 불꽃을 발하듯 강한 기를 뿜어낼 것 같은 충동이 일기도 하였습니다. 또한 금방 선정에 들며 황홀감보다는 그저 편안함을 느낀다고 하는 편이 옳을 듯 싶습니다.

그러나 이와 같은 일련의 수련의 변화와는 달리 먹고 사는 기본 생활에 대하여는 별반 다른 것이 없는 듯합니다. 무언가 확 터져야 혹은 버려야 할 것 같은 감도 일기는 합니다만 아직 그 무언가인 꼬투리를 찾지 못하고 있습니다. 결국에는 그간 살아온 인생의 총 결산물인 습과 아상을 버려야 함이 살아가는 목적이니 이에 대한 의문은 더이상 가지고 있지는 않지만 말입니다.

최근에는 한 가지 정리해야 할 일도 있었습니다. 작년 미국에서 돌아올 때 배편으로 부친 책 박스 일부가 거의 1년이 다 되어 가도 도착하지 않고 있습니다. 이미 도착된 짐도 3월에 부친 짐이 작년 6월과 9월 두 번에 나뉘어져 장시간이 걸렸기에 나머지 것들도 이제나저제나 기다렸

건만 앞으로 무작정 더 기다릴 수밖에는 없는 상황인 것 같습니다. 그러나 모든 짐이 와야 그곳에서 하던 일들을 정리하고 이곳에서의 일들에 대하여도 추진할 수 있는데 좀 안타까운 일이 발생했습니다.

사실 금년 4월경에 다시 지방 연구팀으로 옮겨가기 전에 전체적으로는 아직 안정된 밑그림을 그릴 수 없으니 엎친 데 덮친 격이 된 것 같습니다. 그러나 아까운 자료와 책들이지만 잊어버리기로 마음을 먹었습니다. 즉 이로 인해 여러 가지 일들이 뒤로 미루어졌지만 더이상 버벅거리지 말고 지금 가능한 일부터 하여야 될 것 같습니다.

아무튼 지금 당장 시급한 일은 다시 일에 전념하는 것이기는 하나 한편으로는 서두를 필요는 없다는 생각이 듭니다. 왜냐하면 기다려야 할 때가 있고 멈추어야 할 때가 있듯이 제 주위에서 일어나는 모든 일들은 제 삶에 꼭 필요하기 때문에 존재하듯이 기본적으로 큰 흐름에 맡기는 것일 것이라는 생각이 듭니다.

아무튼 미국에서 돌아와 지금까지 먹고 사는 문제에 대하여는 헤매고 있다고 함이 옳을 듯싶으나 이것도 오늘내일로 종지부를 찍어야 될 것 같습니다. 또한 앞으로 모국이든 어디든 한곳에서 수련과 일에 푹 빠져 보고 싶은 생각뿐입니다.

물론 지금 일어나는 모든 일들이 그를 위한 준비 과정이기는 하지만 말입니다. 아무튼 그간 모국 방문이다 하면서 깨어진 리듬과 함께 변해버린 몸 만들기부터 시작해야 될 것 같습니다. 그리고 가까운 시일 내에 일일시호일(日日是好日)이요 연년시호년(年年是好年)이 느껴질 것만 같기도 합니다만, 노력 없는 성과는 없지 하는 생각이 뇌리를 스칩니다.

앞으로도 많은 가르치심을 부탁드리며 이만 줄이겠습니다. 그럼 선생님과 사모님 두 분 모두 안녕히 계십시오.

삿포로에서 제자 도육 올림

【필자의 회답】

은백색 발광체를 대약(大藥)이라 하고 황금색 발광 현상은 백호방광(白毫放光)이라고 합니다. 최상의 수련의 한 단계입니다. 연년시호년(年年是好年)과 일일시호일(日日是好日)은 가까운 시일에 느껴져야 할 미래의 일이 아니라 지금 당장이어야 합니다. 아무쪼록 신변 정리가 하루속히 끝나기 바랍니다.

아기 배기

삼공 선생님 전 상서

지난 한 해 동안도 늘 변함없이 가르쳐 주심에 깊은 감사를 드리며 새해에도 끊임없는 지도 편달을 부탁드리며 삼공재에도 많은 결실이 있는 한 해가 되기를 기원합니다. 아울러 선생님과 사모님의 건강이 함께하는 새로운 해가 되시기 바랍니다.

수련에 점차 진전을 보이는 것 같아 안심입니다. 연년시호년이요 일일시호일 같은 생활은 늘 선정에 들어 있는 생활인 듯싶습니다. 즉 호흡을 시작하자마자 즉시 마음이 편해지고 선정에 들고 있으니 이러한 일련의 과정이 일상생활이 되도록 정착을 시키는 것이라는 생각이 듭니다. 지금까지는 호흡수련을 하루에 한두 번 정도 하듯이 일상생활과 나누어 했는데 결국은 수련 자체가 생활이 되도록 트레이닝을 해야 할 것 같습니다.

그리고 미국에서의 미도착 짐에 대하여 말씀을 드리겠습니다. 마지막으로 마음을 정리하는 마무리 단계로 하버드대학의 우편 취급 담당자에게 전화를 걸었습니다. 그러자 작년 10월경에 보안에 결함이 있다는 이유로 되돌아 왔다고 하면서 다시 저에게 재발송을 하였다고 합니다. 사실 이전에도 여러 번 메일이며 전화를 했는데 연락이 닿지 않더니 이번에는 다행히도 통화를 할 수가 있었습니다. 그러니 아마도 3, 4월까지는 더 기다려야 할 것 같습니다.

그리고 어제는 집안 청소 등을 하고 온천에 가서 묵은 때를 벗겼습니다. 그런데 탕에 앉아 호흡을 하자 이씨 조선 시대의 선비 모습이 온몸에서 수도 없이 빠져나가는 것이었습니다. 그리고 이어서 장수의 모습과 왕의 모습 그리고 국모의 모습들이 이어지며 제 전신을 떠나더니 빈 깡통이 된 제가 그만 찌그러지더니 아예 없어져 버리는 것이었습니다.

그리고는 조금 시간이 지난 것 같더니 갑자기 제 단전에 어린 아기가 들어 있는데 백일 사진의 제 모습이 해맑게 생글생글하는 것이었습니다. 그러면서 저의 모든 중심이 그 아기에로 쏠리는 것이며 아주 소중한 자랑스런 마음이 일면서 보호심리가 작용하는 것이었습니다. 그리고는 얼마 후 아기의 모습이 점점 더 부풀어오르더니 저와 겹쳐지는 것이었습니다. 그러나 하루가 지난 지금도 아직 제 단전에는 아기의 여훈(餘薰)이 남아 있으며 마치 귀중한 단지를 품은 것처럼 푸근하기도 합니다.

이러한 일련의 과정은 생전에 선비요 장수요 임금이요 국모와 같은 생활을 하면서 쌓여 온 습과 아집을 벗어던짐으로써 가아가 마치 깡통처럼 찌그러져 결국에는 없어진 것이 아닌지요? 그리고 단전에 아기를 밴 것은 진아의 소생을 뜻하는 것이며, 결국 현재는 진아만 남아 있는 모습임을 암시하고 있는 것이 아닌지요? 그러니 아마도 이제부터의 언행에 나타나겠지요.

아무튼 억겁을 거치면서 남자의 몸도 그리고 여자의 몸이었고 특히 아기에 대한 보호심리며 그 무한한 사랑도 느끼니 대자대비의 상태를 알려 주는 것 같습니다. 그리고 집에 돌아와 호흡에 들자 처음에는 부모며 형제들과 그 가족들 그리고 가까운 사람들 또한 더 나아가서는 지구가 그리고 우주가 아기가 있는 단전으로 들어와 있으며 언제든지 자유자재로 들락날락하고 있습니다.

메일을 쓰고 있는 지금도 아기와 우주를 품고 있는 단전은 푸근하고 만물의 평화로움이 충만하고 저의 전부가 된 모습입니다. 그저 대자대비입니다. 아무튼 수련에도 새로운 국면에 접어든 것 같습니다. 오늘은 이만 줄이겠습니다. 그럼 선생님과 사모님 두 분 모두 안녕히 계십시오.

삿포로에서 제자 도육 올림

【필자의 회답】

수련에 확실히 진전이 있군요. 나타나는 화면의 뜻이 얼른 머리에 오지 않을 때는 그것을 화두로 삼아 만족한 해답이 나올 때까지 참구(參究)해야 합니다. 조만간에 만족한 해답이 반드시 나오게 될 것입니다.

나는 아직 건강에 이상이 없는데 집사람은 눈 때문에 고생을 하고 있습니다. 황반변성(黃斑變成)이라는 노인성 안과 질환이라고 합니다. 원인은 장기간 눈에 가해지는 스트레스가 제때에 해소되지 않고 축적된 결과라고 합니다. 오른쪽 눈은 첫 번 수술로 시력을 회복했는데 왼쪽 눈은 수술이 잘못되어 세 번이나 재수술을 했는데도 아직 시력을 회복하지 못하고 있습니다.

나처럼 선도수련을 일상생활화 했더라면 그런 일은 미연에 방지할 수 있었을 터인데 그렇지 못한 것을 아내도 후회하고 있습니다. 그렇지만 이미 때가 지난 뒤에 뉘우쳐 본들 무슨 소용이 있겠습니까? 하긴 아내도 내 권유를 받고 단전호흡을 해 보려고 무척 애도 써 보았지만 실패했습니다.

사람의 일이란 연때가 맞아야지 뜻대로만 되는 것이 아닌 것 같습니다.

학습 방법

삼공 선생님 전 상서

늘 변함없는 가르치심에 깊은 감사를 드립니다. 보내 주신 메일은 잘 받아 보았습니다. 우선 하루빨리 사모님의 눈이 쾌유되시기를 기원합니다.

습과 아상에서 벗어나는 것은 화면으로 오는 것이 아니니 지난번 메일에서의 화면에 대한 풀이는 잘못된 것 같습니다. 즉 선비, 장수, 임금 등이 빠져나가고 찌그러진 깡통이 되어 흔적마저 없어진 것은 속세에서 이는 모든 권력과 부귀영화 등은 빈깡통과 같이 속이 빈 허상이니 이를 좇지 말고, 단전에 아기를 밴 현상은 제 안에 진아가 있음을 암시하고 모든 것은 진아의 중심인 단전에 내려놓으라는 공부의 방편을 가르쳐 준 것이 아닌지요?

즉 주위의 타인들에 의해서 걸리적거리는 모든 것은 자성에 맡기고 오로지 지금 이 순간 제가 하고 있는 일에서 눈을 떼지 않는 것이 아상 벗기기의 최선의 방법이라는 것을 가르쳐 주고 있는 듯합니다.

아직도 실생활에 대하여는 헤매고 있으며 변화에 대한 몸부림을 하고 있는 형상입니다. 견성이라는 관문을 통과함으로 해서 윤리와 양심을 어기는 행동은 없으리라 생각하니 조금은 안도가 됩니다만, 습 벗기기란 아마도 지금까지 겪어온 것보다는 더 험한 길이 될 것 같습니다.

그러나 지금 제가 할 수 있는 유일한 방법은 모든 것을 자성에 맡겨

버리는 것이지요. 이것이 제 것이 되는 날이 일일시호일이 되는 날이라는 생각이 듭니다. 아직도 갈팡질팡이기도 합니다만 한번 밀고 나가는 데까지 가 보기로 하였습니다.

앞으로도 많은 가르침을 부탁드리며 이만 줄이겠습니다. 그럼 다시 한 번 더 사모님의 건강이 함께하시기를 바라며 안녕히 계십시오.

삿포로에서 제자 도육 올림

【필자의 회답】

화면에 대한 해석은 전번 것도 맞고 이번 해석도 맞다고 할 수 있습니다. 또 다른 해석도 얼마든지 가능합니다. 어떤 해석이 최종적으로 맞는지는 자기 자성과 상의해야 합니다. 이제 도육은 그럴 만한 수준에 도달해 있습니다. 그런 일로 일일이 나에게 문의하는 것은 젖을 뗀 아이가 어미에게 계속 젖을 달라는 것과 같아서 어울리지 않습니다. 부디 과거의 타성에서 벗어나 현재의 수련 수준에 알맞게 변화된 모습을 보여 주시기 바랍니다.

진공묘유

삼공 선생님 전 상서

아직 습성을 버리지 못한 시점이기에 지난번의 화면의 해석에 대하여 말씀을 드리겠습니다. 즉 진공묘유(眞空妙有)의 뜻인 것 같습니다. 마음을 말끔히 비워야 비로소 모든 것들이 다시 생성이 되고 삼라만상을 포함한 우주를 품을 수 있으며 또한 무한한 사랑과 지혜도 나온다는 것을 암시하고 제 갈 길을 인도하고 있는 것 같습니다.

아마도 조만간 이루어질 것이라는 감도 있으며 사실 지금 저를 둘러싸고 있는 환경의 틀을 깨어 버리고 있습니다. 즉 지금까지 일에 대한 선입견이며 행하여 온 기존의 방법에서 탈피하기 위한 통증을 겪는다고도 말씀을 드릴 수 있습니다. 아무튼 이런 일련의 과정들이 그리 쉽지는 않지만 멀리로부터 광채가 서서히 다가오는 듯하니 곧 끝나리라 봅니다.

마지막으로 여담입니다만 제가 외아들로 태어난지라 아마도 늦젖을 먹었던 것 같습니다. 모든 것에 서두르지 않고 대기만성(大器晩成)을 지향하는 경향이 있습니다. 안녕히 계십시오.

샷포로에서 제자 도육 올림

【필자의 회답】

구도자가 추구하는 진리라는 것이 알고 보면 아무것도 없는 허공이라는 것이 뼈에 사무치게 가슴에 와닿아야 합니다. 그 아무것도 아닌 것 속에서 무한과 영원을 그리고 생불생(生不生) 사불사(死不死)를 체득해야 합니다. 그래야 우주 전체를 자기 내부에 수용할 수 있습니다. 현묘지도 수련의 목적도 바로 이것을 확실히 하자는 것입니다. 그런 화면이 나타나는 것은 그러한 공부가 아직은 미흡하기 때문입니다. 더욱 용맹정진(勇猛精進)해야 할 것입니다.

효소 분해

삼공 선생님 전 상서

요즘 일주일은 별 변화가 없는 잔잔히 고요가 흐르는 생활입니다. 실험도 시작하였으나 그냥 주어진 일로서 당연히 하는 것 이외에는 더이상의 의미 부여가 되지 않으니 그전과는 다른 양상으로 리듬이 변해 가는 것 같습니다.

오늘은 학교에서 자동차로 한 시간 거리인 산림 내의 조사지에 적설량 조사차 스키를 타고 겨울 산의 찬 공기를 만끽했습니다. 아무튼 자연과 같이할 수 있는 지금이 좋다는 생각이 문득 들었습니다. 그리고 모국 방문 등으로 깨여진 리듬과 늘어난 체중도 2주간의 노력 덕분에 하향곡

선으로 꺾이기 시작하고, 일일 2식 음양식도 제자리를 찾고 있습니다.

수련에 대하여는 선정에 들면 마치 분해 효소에 의해 분자의 연결고리가 하나하나 끊겨 독립된 원자들이 제자리를 찾아가듯 제 몸이 쏴하고 분해되는 과정을 거치고 있습니다. 그리고 제 자성이 즉 단군 할아버지요 성인이라는 텔레파시를 느끼고 있습니다. 아무튼 습을 한 꺼풀씩 벗고 있고 가벼워짐을 느끼고 있으며, 결국에는 큰 충격이 감으로 다가가는 모습인 것 같습니다. 그러나 수련이며 전반적인 생활 자체가 아직은 정돈된 상태가 아니니 좀더 치밀한 실행이 필요하다는 생각이 듭니다.

끝으로 사모님의 병환이 하루빨리 완쾌되시기를 바라며 이만 줄이겠습니다. 안녕히 계십시오.

삿포로에서 제자 도육 올림

원상 회복

삼공 선생님 전 상서

늘 변함없는 가르치심에 깊은 감사를 드립니다. 그동안 안녕히 계셨는지요? 그리고 사모님의 눈에는 차도가 있으신지요?

저의 요즘은 별로 큰 변화 없이 정체기에 접어든 듯합니다. 그리고 아직 뒤틀려진 리듬이며 몸의 상태가 회복되고는 있으나 아직이란 말이 쉽게 되뇌어집니다. 해이해지고 망가지기는 일순간인데 원상 복귀에로의 길이 얼마나 힘든지를 새삼 느끼고 있습니다. 모든 것이 공부의 한 과정입니다만 이미 이런 단계에서는 졸업을 할 때도 된 것 같은 데 아직도 헤매고 있습니다.

일전에는 수련 중에 제 자신 전체가 마치 분해 효소에 의해 분해되어 나가듯 분자의 연결고리가 끊기고 해방된 원자들이 각자 제자리로 돌아가는 느낌을 받았습니다. 아마도 이런 일련의 과정들이 수없이 되풀이되어야 할 것 같기도 하고 하나하나 습을 얽어매고 있는 고리들이 풀리고 있다는 생각도 들었습니다.

아무튼 선정에 들어도 변화무쌍한 기운의 변화는 감지되지 않으나 멀리서나마 환한 광체가 다가오고 있으며, 도육을 암송하면 갑자기 뜨거운 기운을 느끼기도 하니 선생님으로부터의 선호는 저에게 맞는다는 확신도 듭니다. 그러나 역시 과제는 도육에 어울리는 행동거지가 나와야 하는데 아직인 것 같습니다.

마지막으로 지난주에는 보잘것없는 연구비지만 작년 10월 모 재단에 응모한 연구 과제가 채택이 되었다는 통지를 받았습니다. 미국에서 돌아와 처음으로 응모한 것이고 연구비가 바닥이 난 상태이니 가뭄 속의 단비를 맞은 듯했습니다. 그러나 연구 대상지가 러시아 연해주이니 수행상 여러 가지 어려운 점도 많고 장기 출장 등 좀 바빠질 것 같습니다.

그리고 일전에 메일을 보내 드렸는데 선생님께서 아직 읽지 않으신 상태로 서버에 남아 있기에 혹시 부재중이시라는 생각이 들고 있습니다. 그럼 사모님의 병환이 하루빨리 완쾌되시기를 바라며 이만 줄이겠습니다. 안녕히 계십시오.

삿포로에서 제자 도육 올림

추신 : 『선도체험기』가 발간이 되었는지요? 송료를 포함한 대금을 알려주시면 입금하여 드리겠습니다. 그리고 일전에 말씀하신 이메일 주소를 알려 주셨으면 합니다.

【필자의 회답】

지난번 메일을 읽고 15일에 『선도체험기』 81권을 항공우편으로 부쳤습니다. 우편 탁송물이라 시간이 좀 걸리는 것 같습니다. 대금은 생식 주문할 때 함께 청산하면 됩니다. 집사람의 눈은 다행히도 조금씩 좋아지고 있습니다.

도육의 수련은 꾸준히 향상되고 있는 것 같습니다. 늘 자아 성찰과 세 가지 공부에 정성을 기울이고 행주좌와어묵동정 염념불망의수단전하다 보면 어느 날 자기도 모르는 사이에 목표 지점에 도달해 있게 될 것입니다.

더이상 도망갈 곳이 없어졌습니다

삼공 선생님 전 상서

늘 변함없는 가르침에 깊은 감사를 드립니다. 선생님과 사모님 모두 편안하시리라 생각합니다. 며칠 전에 보내 드린 메일과 같이 요즘은 정체기인 듯하기도 하나 또한 역경의 시기인 듯하기도 합니다.

이곳 일본은 신학기가 4월에 시작되는 관계로 3월에는 졸업이나 정년을 맞는 교수님들의 마지막 강의에 이은 송별회 등으로 모임에 참가해야 하는 시기이기도 합니다. 그러니 이런 생활도 어느덧 9년에 접어들었으니 당연히 연례행사의 일부로 자리잡기도 했지만 같은 한 조직체이니 어느 정도는 의무적인 면이 컸던 것도 사실입니다. 왜냐하면 서로 좋은 게 좋고 타지에서 살아남기 위한 최소한의 방어적인 면도 있었다고 표현하는 것이 옳을 듯싶습니다.

그러나 요즘의 경우에는 저의 행동에 변화가 있음을 감지하였습니다. 자주 날아드는 알림 메일에 대한 출석과 결석에 대한 답변에 스스럼없이 결정하여 즉시 보내는 자신입니다. 물론 거의 참석하지 않고 있지만, 그에 대한 소외감이나 불안감이 일지 않으며, 물론 떠나는 분들은 최소한 동료로서는 마지막이니 참석하여도 되지만 출석을 하든 결석을 하든 단지 행사일 뿐 변하는 것은 아무것도 없다는 생각이 들기 때문입니다.

더욱이 더불어 살아가는 사회생활이니 가능한 한 참석하는 것이 무난하다는 것도 알고 있지만 현재로서는 흥미를 잃고 있으니 잃어버린 것

찾기에 서두를 필요 없이 그냥 지켜보는 것도 중요하고 아마도 이 시기 또한 성장하여 가는 한 과정으로 생각합니다.

왜냐하면 지금 메일을 쓰고 있는 제 자신도 메일을 끝낼 때는 변해 있을 것이기에 객관적으로도 불균형을 느끼는 순간이 있을지라도 참고 관하는 것이 무엇보다 중요하기 때문입니다.

오늘은 좀 색다른 체험을 하였습니다. 새벽 눈이 뜨여 조깅을 나갈 시간인데 백회로 묵직하고 강한 기운이 들어오면서 제 중단전을 육중하게 억누르더니 헌 집을 부수어 낼 때 사용하는 중장비인 포크레인이 앞부분에 삽 대신 집게를 달고는 제 가슴을 무참하게 뜯어내고 있는 것이었습니다.

그렇다고 통증이 이는 것도 아니니 그냥 지켜보면서 아직 남아 있는 아상의 근원지가 깨어져 나가는구나 그리고 이렇게 가아의 본체라고도 할 수 있는 몸을 뜯어내니 더이상 병들 것도 말 것도 없을 것이고 지금 갑상선에 대한 부종 등도 곧 뜯어내야겠구나 등의 생각이 이는 동안 앞가슴의 갈비뼈 부분이 없어져 버리고 개운함과 시원한 감이 들었습니다.

그러나 남아 있는 하체며 등줄기며 윗부분도 모두 정리하여야 한다는 생각이 일었습니다. 만약 요즘처럼 수련과 생활에 난조를 겪는 시기에는 주변 정리를 하여 훌쩍 떠나 수련에만 열중하고픈 현실 도피욕이 강하게 일기도 합니다. 그러나 떠난다고 해결되는 것이 아니고 자리를 옮긴다고 지금 겪고 있는 것들이 없어지는 것이 아니라는 생각이 들면서 더이상 도피처가 없으니 할 수 없이 지금 이 자리에서 해결해야 하는구나 하는 생각으로 정리가 되었습니다.

아무튼 이러다 보니 조깅은 생략하고 출근을 하려고 일어나 샤워를 하면서 지금의 일련의 체험들은 무엇을 암시하는가 하는 의문이 일자, 이미 세속적인 틀에서 벗어나 흔히 말하는 속세를 떠나 더이상 도망을 가려고 발버둥쳐도 갈 곳이 없어졌구나 하는 생각이 번득였습니다.

그런데 쥐구멍도 못 찾았으니 좋건 나쁘건 우선 빠져나가려고 발버둥쳐야 하는데 아주 미미하지만 평화로움이 이는 것이었습니다. 그러면서 이것이 보림의 참뜻이구나 하는 깨달음이 왔습니다. 즉 보림은 아상과 습을 버리는 것이라는 것은 알고 있습니다. 그러나 좀 피상적인 면이 있어 구체적인 실현 방법이 어렴풋이 떠올랐습니다. 결국 현묘지도에서 체험한 것들을 하나하나 정리하는 것이로구나 하는 것으로 결론이 났습니다.

그리고 이야기가 바뀝니다만 요즘 어느 도우님과 메일 교신을 하고 있는데 어느 선까지 터치를 해야 하는지 망설일 때가 많습니다. 그리고 메일이라고 하는 것은 문자로 남아 보존되는 것이니 선도를 알고 수련을 하는 당사자 간에는 별문제가 없는 문장이라도 혹 제3자가 보았을 때에는 오해를 살 수 있는 표현도 나올 수 있으니 말 고르기에 애를 먹고 있습니다.

그러다 보니 주제와 문장 자체가 딱딱해지고 마치 결벽증에 걸린 듯하니, 좀더 편한 표현으로 상대를 편안하게 하여 수련에 도움이 되어야 할 메일이 혹 역효과를 내지나 않을까 하는 생각도 듭니다. 아무튼 이번 일을 겪으면서 수많은 독자들에게 일일이 회신을 보내시는 선생님의 어려움을 간접적으로나마 체험하고 있는 시기입니다. 앞으로도 변함없는 가르침을 부탁드리며 이만 줄이겠습니다. 그럼 선생님과 사모님 두 분 모두 안녕히 계십시오.

삿포로에서 제자 도육 올림

【필자의 회답】

내가 보기에는 갑상선 명현반응도 나아가고 있고, 아상과 습에서 벗어나는 보림도 꾸준히 진행되고 있습니다. 계속 밀고 나가면서 용맹정진하기 바랍니다. 서로 뜻이 통하는 도우들과 메일 교신을 하는 동안 문장도 자연히 세련될 것입니다. 무슨 일이든지 자기 앞에 닥치면 해결 못할 것도 없다는 각오로 임하시기 바랍니다. 상구보리만 중요한 것이 아니고 하화중생도 중요하다는 것을 늘 잊지 마시기 바랍니다.

북해도의 겨울 날씨처럼

삼공 선생님 전 상서

늘 변함없는 가르치심에 깊은 감사를 드립니다. 그리고 무엇보다도 사모님의 병환에 조금이나마 진전이 있으셨다니 반갑습니다. 보내 주신 메일은 감사히 받아 보았습니다. 또한 가르쳐 주신 대로 갑상선 부위를 늘 관하며 기운을 보내 보겠습니다.

그러나 근본적으로 마음이 뒤틀려 얻어진 병이니 성급한 완치는 생각지 않고 있습니다. 아마도 수억 겁을 윤회하면서 조금씩 조금씩 얻어진 것이기에 무리수를 두는 것이 잘못된 것으로 생각되며 근본적인 틀을 바꾸는 것이 최선의 방법인 듯싶습니다. 그런 의미에서는 이번의 갑상선 명현 현상은 두드러기며 치통 등과 같은 국부적인 문제가 아니라 큰 마음의 틀을 바꾸어야 하는 근본적인 치료를 요하는 것으로 이해하고 있습니다.

오늘 새벽 조깅을 위해 밖으로 나오니 밤새 발목이 빠질 정도로 눈이 내려 있더군요. 요즘 이곳의 주간 일기예보를 보면 오전에는 맑음인 태양 마크, 오후에는 눈 마크로 거의 일주일을 채웁니다. 그러니 잠깐 개였다가는 눈이 오고, 멈추었다가는 또 눈발이 날리는 말하자면 변덕스런 계절입니다. 그러니 추우면 한 겹 더 입고 더우면 벗어 들고 그때그때에 맞추어 가는 것이라는 생각에 잠기면서 달렸습니다.

물론 날씨를 무시하고 노익장을 과시한다든가 일본에는 겨울에도 신사축제가 가끔 열리는데 젊은이들이 행사의 일환으로 벌거벗고 강으로 뛰어드는 모습을 텔레비전이 방영하곤 합니다. 단지 한순간의 이벤트성이라는 것을 알기에 기분전환용으로 기획되는 것이니 모두들 흘려버리리라 생각하고 있습니다. 그러나 어떤 이들은 이벤트가 많으면 많을수록 좋다고 하지만 단지 일장춘몽의 연속에 불과한 것이니 남는 것이 없습니다.

이와 비슷하게 주어진 한 생을 가능한 한 많은 이벤트를 기획하며 살아가는 방법 또한 꼭 나쁘다고는 말할 수 없지만 결국에는 삶의 본체가 아닌 단지 축제의 일환에 불과한 것이지 평상시의 생활을 대변할 수는 없는 것이지요.

그러니 주어진 한순간의 반짝 빛나는 환상을 좇는 것이 아니라 지금 주어진 조건에 순응하면서 묵묵히 큰 틀의 명현 현상을 겪고 이겨 나가는 것이 결국에는 지름길이라는 결론을 얻으면서 조깅을 마쳤습니다.

염려하여 주신 덕분에 갑상선은 조금 좋아지고 있고 또한 통증은 없이 단지 목 부분에 거부감만 일 뿐이니 생활에는 아무런 지장을 받지 않고 있습니다. 아마도 저에게 있어 마지막 단계의 극복 대상인 듯합니다.

어제는 작은 기쁨을 느낄 수 있었던 맑은 날씨였는데 곧 메일을 마치면 다시 눈발이 날릴 것 같은 마음의 일기예보가 감지됩니다. 이만 줄이겠습니다. 그럼 선생님과 사모님 두 분 모두 안녕히 계십시오.

삿포로에서 제자 도육 올림

【필자의 회답】

"큰 틀의 명현 현상"이 부디 수행의 진전을 향한 한소식으로 이어지기 바랍니다. 구도자에게 있어서 이 세상에서 의미 있는 일이란 무한과 영원으로 이어지는 자기 존재의 실상에 도달하는 것 이외에 다른 일이 있을 수 없을 것입니다.

수련의 난항

안녕하세요, 선생님.

얼마 전 전화를 드리고 현묘지도 두 번째 화두를 받긴 하였습니다만 『선도체험기』 14권을 다시 읽다 보니 첫 번째 화두에서 선생님께서는 하늘과 땅과 인간의 형상을 보셨다고 나와 있었습니다. 그 점이 저에게 있어 개운하지 못한 감정을 안겨 주었습니다.

아들을 재우고 너무 피곤한 가운데 명상을 해서 이제 더이상 기운이 안 내려온다고 오해한 것은 아닌지? 그래서 이미 두 번째 화두를 받았지만 제 자신 스스로가 납득할 수 없다는 생각이 들어 다시 첫 번째 화두를 들고 명상을 하였습니다. 그래서 어제 첫 번째 화두를 외우는데 그림자 같은 남자 형상이 성큼성큼 걸어오는데 곧 흩어지며 우주라고 해야 할지 별들이라 해야 할지 그런 것으로 변하였습니다.

또 곰곰 생각해 보니 다른 영상도 생각이 났습니다. 참 설명하기 힘든 상황인데 위에서 다른 차원이 둥근 쟁반처럼 열려 있는 가운데 가득한 별들이 저에게 확 밀려오는 장면도 있었습니다. 특정 별을 보기 이전이었고 참 특이한 경험이었는데도 무슨 뜻인지도 잘 모르겠고 하니 그냥 넘어가 버렸다는 생각이 듭니다.

이런 가운데 사실 두 번째 화두도 사실은 몇 번 집중해 보았는데 영상은 안 보이고 옆에서 누가 가르쳐 주는 듯 동물 이름이 마구 떠올라서 헷갈립니다. 첫 번째 동물은 즉각 떠오른 그 동물이 맞지 않을까 싶지만 뒤의 것은 점점 엉키는 느낌입니다. 『선도체험기』를 미리 보고 현묘지도 수련을 하니 많이 헷갈리고 미리 정보를 조금이라도 아는 것이 좋은 것은 아니라는 생각이 듭니다.

어쨌든 이 모든 사실이 제가 너무 능력이 모자라서 겪는 난항이겠지요. 무념으로 하는 수련보다 화두수련이 더 힘들다는 생각까지 들지만 열심히 하겠습니다. 그럼 안녕히 계세요, 선생님.

양지현 올림

【필자의 회답】

같은 화두를 잡고 백 사람이 수련을 해도 그 내용이 같을 수는 없습니다. 백인백색입니다. 남이 어땠으니까 나도 그래야 한다는 생각은 일체 버려야 합니다. 일단 화두를 받았으면 자의적인 해석을 하려고 하지 말고 그 화두 자체에만 온 신경을 집중해야 합니다. 확실한 변화가 포착되면 지체 없이 전화나 메일로 알려야 합니다.

열반의 체험 그리고 일상

안녕하세요 선생님! 박영숙입니다.

지난주에 구입한 체험기 81권의 "라즈니쉬 논쟁"은 흥미진진하게 읽었습니다. 저 역시 지나온 15년간 삼공선도를 해 오면서 기선태 님과 같은 고민을 많이 했었습니다. 그중 핵심 사항인 탄트라적 수행 방법에 대해서 연구도 많이 해 봤죠. 선생님이 체험기에서 소개하신 『제목이 필요 없는 책』을 교재로 삼아서 말이죠. 아이들이 볼까 봐 달력으로 표지를 싸서 꼭꼭 숨겨 놓고 보던 옛날 일이 생각납니다.

기공부, 몸공부가 마음공부의 성과가 나타나기 시작하면 우선 정(精)이 충만해지면서 처음 나타나는 증상이죠. 하단전을 충만하게 채운 기운은 대맥을 돌면서 상하좌우 전후로 기가 뻗치기 시작합니다. 사지는 정력이 넘쳐 걷지 못하고 늘 뛰어다니게 되고, 손은 가만두질 못하고 뭐라도 치고 싶은 심정이었죠. 기가 강해지면 갖가지 감각기관조차도 예민해져 젊은 수행자는 자연히 탄트라적 수행 방법에 강한 흥미를 느끼게 되는 것 같습니다.

수련초기 : 전 어쩌다 욕심이 없는 상태에서 열반의 체험을 해 봤습니다. 감각을 느끼는 나는 물론이고 시작도 없고 끝도 없는 무한대의 공간이었습니다. 그 후 똑같은 체험을 해 보고자 많은 노력은 기울여 보았지만 비수련자인 남편이나 수련에 열성적인 저나 일단 일을 시작하면 감각을 느끼는 데 심취해서 승화된 에너지의 각성 상태로까지는 이르기

힘든 노릇이었습니다.

이제는 기억조차도 희미한 일별이었을 뿐입니다. 제 경험에 의하면 확률이 거의 없는 비능률적이라는 결론입니다. 젊은 구도자로서 한때의 호기심이었을 뿐 구도자가 지향해야 할 방편은 분명코 아닌 것 같습니다.

수련 중기 : 연정화기의 단계로 중단전이 열릴 때가 생각납니다. 임맥이 열리느라 임맥 노선의 전체가 열꽃이 피어 긁느라고 수많은 날들을 잠 못 이루곤 했지요. 처음 전중혈 부근에 물방울 같은 것이 오르락내리락할 때는 참 신기하기도 했습니다.

그 후 중단전이 열리면서 환희지심이 끝없이 일어나면서 눈에 보이는 만물이 얼마나 사랑스러웠던지요. 생물 무생물을 막론하고 모두가요. 골목길 차에 치여 창자가 튀어나온 채 나뒹굴어 있는 쥐조차도 가슴이 아파 발걸음이 무겁곤 했었습니다. 길가 보도블럭 사이로 고개를 내민 새싹의 생명은 감탄을 자아내기에 충분했습니다.

가슴이 열리고 또 열리기를 여러 번 나중엔 늑골의 연골이 늘어나 매일 하던 브래지어가 작아져 도저히 착용할 수가 없었습니다.

수련 말기 : 1991년부터 시작한 삼공선도는 8년간 책만 보고 혼자 책대로 거의 다 따라 한 시간이었습니다. 1999년 처음으로 선생님을 찾아뵈었습니다. 매주 토요일 삼공재를 드나든 시간이 약 1년여가 조금 넘는 듯합니다.

40일간의 단식. 2000년 6월 중순, 드디어 꿈에 그리던 단식을 실행할 기회가 왔습니다. 10년간의 직장생활과 병행했던 그 치열했던 수행의 시간들... 처음 단식을 시작했을 땐 무슨 거창한 목표가 있었던 건 아니었습니다. 다니던 직장생활도 접었고 책에서 본 선생님의 단식 체험이

늘 부러웠거든요. 수련 방편 중 따라 해 보지 못한 게 단식뿐이었거든요.

처음엔 그저 가능하다면 21일까지는 혹시 할 수도 있지 않을까 하는 정도였습니다. 처음 일주일 정도만 힘이 들고 한 열흘이 지나니 지극히 편해져 다시는 먹고 싶지 않을 정도였으니까요. 단식 전날 밤, 우주 폭발과 같은 소우주가 폭발하더군요. 임독맥이 뜨겁고 빠르게 돌면서 터져 나갈 것만 같았습니다.

처음 3일간은 몸의 중심이 안 잡혀 몸의 껍데기만 움직이는 것 같더군요. 그리고 며칠 후부터는 기운이 빠져 늘어져 앉아 있을라치면 몸의 뒤쪽의 경혈들이 50원짜리 동전 크기로 뻥뻥 뚫리며 시원한 기운이 삽시간에 들어오곤 했습니다. 아주 강한 피부호흡으로 인해 힘들지 않게 단식을 마칠 수 있었습니다. 단식 후 복식 시에는 온몸이 산산이 부서져 나가는 고통 때문에 오히려 단식 때보다 무척 힘이 들었습니다.

단식 시작 후 20일째 되는 날이었습니다. 명상 중 시작도 없고 끝도 없는 무한 공간을 잠깐 엿보았지요. 그 순간이 지나고 나서야 그것이 열반의 순간적인 체험, 즉 일별이었음을 알았습니다. 그때는 제가 마치 성인(聖人)이라도 된 것 같은 착각이 들기도 했었지요. "천상천하유아독존"이라고 외치고 싶었었으니까요. 그 후 저희 집 거실로 들어오는 햇빛 한줄기만으로도 너무나 충만해 감사함으로 하루하루를 살아갑니다.

눈에 보이는 자연의 변화를 보며 잠시도 머물러 있지 않는 나의 마음과 행동을 보며, 상(相)) 속에서 무상(無相)을 봅니다. 눈을 감으면 꽉 찬 우주가 느껴집니다. 시간도 없고 공간도 없는 그 꽉 찬 우주가 말입니다. 선생님, 긴 시간을 짧게 서술하다 보니 두서없는 글이 되지는 않았나 모르겠습니다.

저의 체험을 나열한 거라 저의 해석이 혹시 착각인지도 모르겠습니다. 선생님의 지도를 부탁드립니다.

2006년 2월 28일
제자 박영숙 올림

참고: 전 한 번도 화면을 보지 못했고 천리천음을 듣지 못했습니다.

【필자의 회답】

열반 체험이란 견성(見性)을 말합니다. 글자 그대로 성(性) 즉 마음이 태어난 자리를 보았을 뿐입니다. 성(性)이란 진리를 말합니다. 생사도 시공도 없는 경지입니다. 그다음 단계는 해탈(解脫), 성통(性通), 성불(成佛)과 같은 구경각(究竟覺)의 절대의 경지가 있습니다.

그런데 박영숙 씨는 견성은 했는데 아직 기공부가 좀 미흡한 것이 문제입니다. 초견성을 한 상태에서 주위 사람들에 대한 동정심이 지나치게 발휘되어 기운을 소모해 버렸으므로 기공부에 써야 할 기력을 너무 많이 소모한 것입니다.

기공부가 성숙한 후에 견성을 했더라면 좋았을 터인데 그렇게 되지 못한 것이 유감입니다. 그러나 지금도 늦지 않으니 기공부를 할 수 있도록 전심전력을 기울여야 할 것입니다. 물론 기 수련을 하지 않는 기선태 씨처럼 견성을 하는 경우도 있지만 선도 수행자의 입장에서 보면 기공부가 미흡한 견성은 불안할 수밖에 없습니다.

견성을 한 것이 틀림없는 고위 성직자나 고승들이 고혈압, 중풍, 당뇨, 뇌졸중 따위 성인병으로 숨을 거두는 것은 기 수련이 안 되어 있기 때문이라는 것을 명심해야 할 것입니다. 그리고 현묘지도 8단계 수련은 구경각을 이루는 중간 단계라는 것을 잊지 마시기 바랍니다. 화면과 천리전음은 현묘지도 수련이 본격화되었을 때 나타나게 되어 있습니다.

현묘지도(玄妙之道) 수련 체험기 (두 번째)

정 무 영

읽으시는 데 이해를 돕고자 저의 소개를 하겠습니다. 나이는 58세, 부천에서 동네 목욕탕을 운영하고 있는 남자입니다. 1993년 인천에 있는 선원에 3개월 다녔고, 1994년 3월 김태영 선생님을 찾아뵈면서 대주천 수련을 받았고 생식을 하면서 매주 화요일 삼공재를 찾았습니다.

2002년 3월에 16일간의 단식도 하였습니다. 아내도 직업과 수련을 같이 하기 때문에 모든 걸 얘기하면서 행동을 같이하게 될 때가 대부분입니다.

2005년 11월 15일 화요일

대주천 수련 시작 11년 8개월 만에 삼공재에서 현묘지도 첫 번째 화두를 받고 수련 중 더운 기운이 약간 들어옴을 느낄 정도였다.

2005년 11월 16일 수요일

점심 식사 후 아내와 같이 수련을 하고 있는데 암벽에 박쥐가 날아다녔고 심층 해저의 풍경이 10분 정도 화면에 나타났다.

2005년 11월 17일 목요일

『선도체험기』 14권 현묘지도 수련 편을 읽고 있으니 강한 기운이 들어왔다. 약간 졸았는데 선생님께서 저와 아내의 손을 잡아 주시는 꿈을 꾸었다. 밤에 수련 중에는 처음 느껴 보는 강한 기운이 들어오며 얼굴과 복부와 하체 부위에 붉은 반점이 나타났다가 이튿날은 없어졌다.

2005년 11월 19일 토요일

나는 이 화두를 어릴 때 형, 누나들로부터 이야기를 많이 들어왔기 때문에 거의 정확하게 알 수 있었다. 암송하고 있으니깐 앞이마 쪽으로 빗줄기처럼 시원한 기운이 들어오고 하반신 전체가 시원해진다. 몸살기운이 있다.

2005년 11월 20일 일요일

수련 중 어릴 적 고향 마을과 산야가 그리고 하늘에는 별들이 보인다. 배 부위에는 붉은 반점이 나타났다가 사라지고 얼굴에는 피부가 벗겨진다.

2005년 11월 22일 화요일

04:00~05:00 수련하고 있는 내 모습이 눈사람같이 보인다. 가랑비 같은 기운이 나의 몸과 주위에 계속 내려온다. 내가 기운으로 변하고 나는 없어지고 내가 실제 있는지 만져 보았으나 그대로 존재하고 있었다. 삼공재에서 아내와 같이 수련하고 왔다.

2005년 11월 23일 수요일

수련 중 어릴 적 고향 큰 저수지의 물 빠지는 수로가 나의 백회가 되고 물이 순식간에 내 몸에서 다 빠져 버린다. 백회가 기운의 흡입구 같다. 이후로 마음을 열고 이야기를 하면 상대방의 사기와 탁기가 물과 같이 들어옴을 느낀다.

2005년 11월 24일 금요일

밤 10:00~12:30 인당에 기운이 들어오면서 얼굴 전체가 시원해진다. 얼굴에 서치라이트를 켜고 앞을 보는 것 같다. 몸살기로 피곤하여 30분 정도 잠을 자다 머릿속이 시원하여 정좌하였다. 머리를 위에서 누가 드릴 같은 것으로 가로세로로 전체를 촘촘히 뚫는다. 지나간 자리는 아주 시원하다.

1시간가량 작업을 한 후 그가 하늘로 자꾸만 올라간다. 나도 뒤따라 가 보았다. 하늘에서 흙탕물과 돌덩이들이 나를 덮친다. 하지만 나는 전혀 아프지도 않고 다치지도 않았다. 두 개의 별이 땅에서 위로 올라왔다.

잠시 후 밝은 햇살, 시원한 바람과 밝음이 찾아와 대지를 생명의 터로 바꾸고 파란 새싹과 꽃들이 만개한다. 머리가 시원하다. 하늘, 땅, 산과 내가 같이 살아감을 느낀다.

2005년 11월 26일 토요일

계룡산 동학사 앞에서 중학교 졸업 40주년 동기회 모임에 참석했다. 동학사 주변의 기운, 풍경과 친구에 취했다. 빙의도 많이 들어오고 술도 취했다. 노래도 부르고 춤도 추었다. 나는 빙의가 많이 들어오면 음식이 소량밖에 먹히지 않는다.

2005년 11월 28일 월요일

어제, 오늘은 토요일 모임으로 인한 술과 빙의의 후유증으로 시달렸다. 아침에 일어나 나의 얼굴을 보니 험상궂다. 이후로는 모임에 거의 나가지 않는 계기가 되었다.

2005년 11월 29일 화요일

삼공재에서 수련 상황을 말씀드리고 두 번째 화두를 받았다. 기운이 첫 번째 화두 때와는 다르다. 첫 번째 화두 때가 강하고 덥고 역동적이라면, 두 번째 화두 때는 부드럽고 온화하고 정적이다.

2005년 12월 1일 목요일

새벽 2시에 기운에 의해 깨어나 정좌하니 기운이 들어오며 백회 부분에 빙의만 콩알만하게 감지되고 몸은 없는 것 같다. 깊은 산의 정경이 보이고 크낙새 같은 날짐승도 보였다. 몸의 내장으로 기운이 들어가고 방귀도 많이 나온다.

2005년 12월 3일 토요일

02:00~03:00 기운에 의해 깨어나 앉았다. 하늘에서 기운이 내려와 나의 몸을 관통하고 땅으로 들어간다. 백회 부위에 콩알만한 빙의와 기운

만 감지된다.

2005년 12월 8일 목요일

점심 식사 후 아내와 수련 중 빙의가 나가고 기운이 들어오면서 비둘기, 원앙새, 닭, 물개, 개, 호랑이 등이 보였다.

2005년 12월 13일 화요일

한반도 상공을 비행기 같은 것을 타고 날아다닌다. 잠시 후 큰 광장이 보인다. 백회에서 전기 코드가 나와 하늘에 연결되어 몸 전체가 전기가 통하는 것 같다. 산의 절경이 보인다. (시해(尸解) 즉 유체이탈 장면이다. 필자 주)

2005년 12월 21일 수요일

최근 빙의가 심해 수련이 소강상태다. 몸살로 운동도 할 수가 없다. 아침에 일어났을 때는 목욕탕 문도 못 열 것 같았는데 일을 시작하니 몸이 회복되었다. 이런 때는 『선도체험기』 14권과 15권 현묘지도 수련 편을 읽으면 기운이 들어와 수련을 도와준다.

2005년 12월 22일 목요일

오후 4시 선정 상태에서 끝이 보이지 않는 지하 굴속으로 빠른 속도로 지나간다. 나의 백회를 밑에서 위로 보았는데 금방울로 치장되어 금빛 찬란하게 보였다.

2005년 12월 24일 토요일

점심 수련 때 전생의 나의 모습이 보였다. 관복을 입고 갓을 쓰고 높은 의자에 반쯤 누워 거만하게 웃는 지방관 같은 모습이 보이며, 현생에 서비스업에서 남에게 고개 숙이는 이유를 가르쳐 주었다.

2005년 12월 27일 화요일

삼공재에서 세 번째 화두를 받고 수련하고 있는데 일본에서 온 수련생의 빙의가 심하게 들어왔다. 2주 후에 천도되었다. 저녁에는 빙의에 녹초가 되었다.

2006년 1월 4일 수요일

04시~05시 수련 중 대한민국과 주변 국가의 지도가 상공에서 내려다보이고 부천과 서울인 듯한 곳이 밝게 빛나고 서해안 도로가 밝게 보였다. (역시 시해 장면이다. 필자 주)

2006년 1월 6일 금요일

점심 수련 때 고양이, 쥐, 앵무새, 기타 날짐승이 보였다.

2006년 1월 7일 토요일

03시경에 잠결에 사람인(人) 자가 7개, 수레거(車) 자가 6개 보였다(人人人人人人人 車車車車車車).

일어나니 머리가 맑았다. 정좌하고 있어도 뚜렷하게 보인다. 점심 수련 중 꿩보다 2, 3배 큰 새가 나에게로 날아왔다. 선생님께서 주작이라고 말씀하셨다.

2006년 1월 10일 화요일

삼공재에서 세 번째 화두를 받고 있으니 자동으로 1시간 만에, 네 번째 화두인 11가지 호흡이 진행 완료되었고, 선생님께서 다섯 번째 화두를 주셨다. 화두 암송을 하고 있는데 수련을 도와준 아내와 선생님께 잘하라는 감응이 왔다.

2006년 1월 14일 토요일

독서 중 졸고 있는데 사찰에서 동료와 이야기하고 있는 스님의 모습이 보였다.

2006년 1월 19일 목요일

새벽부터 오늘은 기운이 많이 들어오더니 저녁 7시~8시 사이에 지상과 하늘을 반가량 차지하는 큰 대웅전 같은 건물이 보였고, 황금색 구슬이 상단전에 박히더니 회전하면서 야구공만 하게 커지고 의사가 봉합수술을 마친 것처럼 마무리 짓는다.

황금색 공의 위치는 상단선임을 감각적으로 느껴졌고 모양과 색상은 뚜렷하게 보였다. 후일 이 황금색 공이 머릿속에서 빙글빙글 돌면서 기운이 들어오게 하고 빙의와 탁기를 몰아내는 데 도움을 주고 있다.

2006년 1월 20일 금요일

어제 상단전에 박힌 황금색 공이 빙글빙글 돌면서 머리 전체가 시원해지고 속에는 파스를 붙인 것 같다. 허허벌판에 불이 활활 타오르는 모습과 오곡이 익어 가는 농촌 가을 풍경이 화면에 보인다.

2006년 1월 21일 토요일

03:20~05:00 기운에 의해 잠에서 깨어 정좌했다. 기운이 백회와 양 귀에서 들어와 중단전을 통해 하단전에 쌓인다. 강아지, 매, 돼지가 뚜렷하게 보인다. 튼튼한 시골 소년이 내 앞에 나타난다.

삼베 적삼을 입었고 상의는 검은색, 머리는 박박 깎고 얼굴은 둥근, 건강을 상징하는 시골 소년이다. 점점 커지더니 나와 마주앉아 나에게 안기면서 몸이 하나가 된다. 힘껏 껴안았다. 기쁘고 행복했다. 나의 몸을 돌보아 주는 것 같은 기분이 들었다.

'현묘지도를 세상에 알려라'는 감응이 왔고 두 팔에 힘을 주고 위로 벌려 올렸다. 이 자세는 이런 사람 저런 사람, 이러쿵저러쿵 다 받아들이라는 것을 가르쳐 주는 것이라고 이튿날 감응이 왔다.

아내 몸이 건강치 못한데 하면서 생각하니깐 나의 앞에서 자고 있는 아내 옆에 건강한 시골 소녀가 나타났다. 검은 머리를 길게 땋고 흰 저고리에 검은 무명 치마를 입었다. 자고 있는 아내에게 수련하자고 깨운 후 자초지종 설명을 했다.

아내의 말에 의하면 이때는 아무 반응이 없었으나 며칠 후 소녀가 수련 중에 안기었다고 한다.

밤 23시~24시 전생의 모습들이 보였음. 시골 청년, 관복을 입은 문관, 칼과 활을 차고 말을 타고 양쪽 군사들이 싸우는 것을 지켜보고 있는 무관.

2006년 1월 22일 일요일

밤 23:00~00:15 기운이 비가 오듯이 온몸에 쏟아진다. 비는 몸속으로 통과하지 못하지만, 기운은 전혀 지장을 받지 않고 몸이 없는 것처럼 쏟아진다.

2006년 1월 24일 화요일

07:30~08:15 삼합진공이 되면서 기운이 고체화되어 기둥처럼 박혀 있는 듯하다. 얼마 후 온몸에 가랑비처럼 기운이 내려오고 몸은 없어지고 기운만 안개처럼 있는 것 같다. 잠시 후 백회에 빙의만 콩알만 하게 감지된다.

오후에는 삼공재에서 다섯 번째 화두수련 시 일어난 것에 대해 말씀드렸다. 수련 시 나타난 소년과 소녀는 기운이라고 하셨고, 상단전에 황금색 공이 들어온 것은 수련 단계가 높아졌기 때문이라고 하셨다.

선생님께 여섯 번째 화두를 받고 수련 중 산 정상에 내가 있고 멀리서 산등성이로 기운이 계속 나에게로 왔다.

2006년 1월 27일 금요일

02:40~03:10 태어난 고향집이 보이고 용암이 흘러넘치는 큰 웅덩이가 보이더니 내 단전 안으로 들어온다.

2006년 1월 29일 일요일(구정)

상단전 머리 뒤편 중앙에서 경혈이 열리는 작업이 진행되었다. 혈자리가 보이고 돌아가는 팽이 모양이 5회 정도 보이고 황금색과 천연색으로 끝이 보이지 않는 긴 터널이 된다. 2시간 정도의 개혈(開穴) 작업이 진행된 후 상단전과 머리 뒤 중앙 사이가 시원해졌다.

2006년 2월 6일 월요일

02:50~04:15 누워 자고 있는데 기운이 하체로 몰리면서 양쪽 발목 주위로 내려간다. 반가부좌로 앉았다. 기운이 모였다 흩어졌다 한다. 기체조로 춤도 나온다. 다시 인당으로 기운이 모이면서 터질 것만 같은 감이 든다. 다시 흩어진다. 아무것도 없어지고 고요가 찾아온다. 그냥 즐겁다.

2006년 2월 7일 화요일

삼공재에서 여섯 번째 화두를 받고 암송하고 있으니 기운이 많이 들어오고 1시간 정도 되었는데 '하나이다'라는 감응이 가슴에 왔다. 눈을 떴다. 행복감이 밀려오고 주위가 밝아 보였다. 한동안 그냥 즐거웠고 처음 느껴 보는 웃음이 나왔다.

2006년 2월 13일 월요일

15:00~16:00 인당 개혈 작업이 진행된다. 인당에 돌아가는 팽이 모양이 보이더니 긴 터널처럼 길게 나타나고 인당이 시원해진다.

2006년 2월 14일 화요일

삼공재에서 수련 후 귀갓길에 인천에 사는 도우와의 얘기 도중 하루 몇 시간 수련하느냐고 물었다. 현묘지도 화두 받고는 24시간 수련하는 것 같다고 대답하니까 이해를 못 한다는 표정이다. 사실 잠자기 전 화두를 암송하고 운동량도 줄였고 기운과 정성을 오직 수련에만 집중했기 때문이다.

그리고 일어나는 일들이나 사람을 만날 때도 수련의 견지에서 생각하려 했고 생활 자체를 수련장으로 생각하려고 노력하고 있기 때문이다. 그 도우가 삼공재에 오기 전 다른 선원에서의 수련 이야기들을 들려주었는데 많은 빙의에 시달리고 있었고, 인연 때문이겠지만 스승을 잘 만난다는 건 구도자에게 중요함을 얘기했다.

2006년 2월 15일 수요일

12:30~13:30 얼굴 앞쪽으로 찐득한 기운이 한참을 내려오더니 얼굴 부분만 순식간에 6회 바뀌는 모습이 나타난다.

2006년 2월 16일 목요일

12:30부터 인당 개혈 작업이 계속되고 15:30경 회전하는 팽이 모양의 긴 터널이 보이면서 시원한 기운이 인당으로 들어왔다.

2006년 2월 17일 금요일

지난 1월 19일 황금색 공이 상단전에 들어온 후로 공이 움직이면 기운도 움직이고 혈도 뚫고 빙의를 몰아내고 있다. 깊은 골짜기가 내려다 보이고 바위 사이로 오솔길이 보인다. 시냇물이 흘러내리고 시원함이 밀려온다. 앉아서 산천을 구경하며 만끽하고 있다.

『선도체험기』 15권 『대각경』 부분을 읽다 다음과 같이 도(진리)에 대해 생각을 했다.

『천부경』의 '일시무시일 일묘연만왕만래 용변부동본 본심본태양앙명 인중천지일 일종무종일', 『삼일신고』의 '창창비천 현현비천 천 무형질 무단예 무상하사방 허허공공 무부재 무불용'으로 도가 아닌 것이 없다는 것을 느낀다. 이것도 도이고 저것도 도이고, 여기도 도가 있고 저기도 도가 있다. 나도 도이고 너도 도이다. 도는 바른 행동이다. 바른 행동이 아닌 것도 도이다. 왜냐하면 바른 행동을 역으로 가르치기 때문이다. 석가도 예수도 성인이고, 악인도 성인이다. 왜냐면 악인은 역으로 가르치기 때문이다. 모두가 하늘의 심부름꾼이다. 매사가 나를 가르치기 위해서 일어난다.

2006년 2월 18일 토요일

07:00~07:30 잠시 비둘기, 참새, 까마귀, 까치 떼들이 보인다. 12:30~13:00 동물이 태어나기 전 광경이 보였다. 산과 들판, 푸른 나무는 간혹 보이고 이끼, 물, 마른 풀이 대부분인데 물에 잠겨 있다. 태고 시대인 듯하다.

2006년 2월 19일 일요일

지난밤에는 빙의 때문에 3번이나 일어났다 자다를 반복했다. 빙의가 점점 강해져 나를 덮쳐 숨을 막히게 하려 한다. 나는 이겨낼 수 있다. 절대로 지지 않는다. 필히 천도시키리라 다짐했다. 수련이 올라갈수록 빙의가 점점 강해지고 있다.

이 관문을 뚫고 넘어가야 수련의 단계가 올라갈 것 같다. 화두 암송도 할 수 없을 정도로 괴롭다. 낮잠을 자는 순간 천연색 한복을 입고 활을 가지고 노는 남자가 보였다. 12:30~13:30 도에 관한 얘기를 아내와 나누는 도중 빙의가 나가고 고약같이 진한 기운이 백회로부터 천천히 들어오고 잠시 후 돌아가신 지 15년 이상이나 지난 아버지 어머니가 생각나더니 눈시울이 적시어진다.

이렇게 수련을 할 수 있는 것은 두 분의 덕분이라는 생각이 들었다. 며칠 후 선생님께 여쭈어보았더니 수련이 조상분들께도 영향을 미치기 때문이라고 설명해 주셨다.

2006년 2월 20일 월요일

03:00~04:45 잠자리, 늑대, 멧돼지, 토끼가 보이고 뱀같이 생긴 긴 동물이 산등성이로 꼬리에 꼬리를 물고 기어 다닌다. 잠시 후 천연색 찬란한 부챗살 모양의 빛이 인당으로 박히더니 기운이 많이 들어왔다.

2006년 2월 21일 화요일

02:40~03:20 꿈에서 깨어나 정좌하고 있으니 강아지, 병아리, 문어, 너

구리, 늑대, 매미가 잠시 보이곤 또다시 잠이 들었다. 06:00-07:00 개울 비슷한 습지에서 작은 벌레들이 보이고 잠시 후 큰 벌레들도 보였다. 아주 깊은 산의 나무들과 풀들이 보이더니 고요함이 주위에 느껴지고 여기가 나의 생의 시발점이라는 감응이 왔다. 진공묘유가 생각났다. 잠시 후 산불이 일어났다. 그리고 산의 폭파 현상이 일어났다.

천연색 팽이 모양의 회전체가 보이고 점점 커지더니 공 모양이 되어 나를 완전히 감쌌다. 인당, 백회에 맑은 기운이 들어오고 기운이 가랑비처럼 온몸으로 내려온다. 탁구공 크기의 하얀 빛이 나의 앞에 보이더니 한 개가 되었다 두 개가 되었다 하면서 점점 가까이 오는 순간 아내가 형광등을 켜니 오렌지 색상으로 변하면서 다시 인당으로 들어왔다.

나의 생을 출발점으로부터 정리하여 보면 화산 같은 지구의 폭발이 일어나고 산불이 나고 식물이 자라나서 깊은 산, 고요가 깃든 한적한 곳에 씨앗이 잉태되어 미생물에서부터 습지 혹은 시냇물의 벌레, 곤충 그리고 날짐승, 인간으로 진화되어 옴을 알 수 있다.

15:00~17:00 삼공재에서 여덟 번째 화두를 받고 암송하고 있으니 천지인 삼매 때와 비슷하게 강한 기운이 들어오고 있으나 화두 내용을 보니 헷갈린다. 이제까지의 수련이 '하나'라는 것에 귀착했는데 뒤집어 버리니 방향이 잡히지 않는다.

2006년 2월 23일 목요일

03시에 일어났다. 마지막 단계 화두를 받고는 몸살이 심하다. 밖의 기온은 낮지 않으나 옷을 겹겹이 입고 큰 이불을 뒤집어쓰고 있으나 춥기는 여전하다. 빙의도 심하고 명현 현상도 심하다. 잠시 호랑이, 얼룩말,

산불 장면이 보였다.

2006년 3월 1일 수요일

그저께 밤에 목욕탕 심야 전기보일러에 전기가 들어오지 않았다. 7년 전부터 사용한 보일러인데 어제는 설치한 이 부장에게 고장 사실을 알렸다. 새벽에 이 부장이 오니 보일러는 정상으로 돌아가고 있으니 나도 그도 이해하지 못할 일이었다.

거실에 올라와 차를 한잔하고 있는데 심한 빙의가 들어왔다. 이 부장이 자초지종을 설명하는데 며칠 전부터 유체이탈이 되어 잠을 잘 수 없을 정도로 빙의에 시달린다고 했다. 아내와 나는 마지막 단계의 숙제임을 알았다.

이제까지 겪은 것 중 가장 강력한 빙의임을 감지했다. 전기보일러에 2일 전 전기가 오지 않은 이유를 전문가인 이 부장도 알 수 없는 일이라고만 했다. 나도 아직 이해를 못 한다. 살아가면서 화가 나거나 문제가 발생하면 '지켜보자'는 것이 가슴에 감응이 왔다.

2006년 3월 4일 토요일

수련의 결과로 얻은 것으로 후배를 도와주었을 때 보답 방법을 묻는다면 고마움을 느낀 만큼 남에게 베풀라고 얘기하고 싶다. 예를 들면 휴지를 줍거나 질서를 지킨다거나 아내를 사랑한다든가 좋은 말씨를 쓴다든가 이웃에게 먼저 인사를 하기 등이고 다음에 만날 때는 그동안 베푼 것에 대한 얘기를 나누는 것도 좋은 수련이 될 것이라는 생각을 해 보았다.

2006년 3월 5일 일요일

마지막 화두에 대한 문제로 아내와 다음과 같은 얘기를 나누었다. 물은 사람이 마시면 사람이 되고 뱀이 마시면 뱀이 되고 소가 마시면 소가 되지만 물은 그대로 물이다. 상대방과 하나가 될 때 나는 상대방이 되나 나는 그대로 존재한다.

마음이 같으면 하나가 되고 마음이 다르면 둘이 된다. 그럼 상대가 바르지 못할 때는 어떻게 할 것인가? 가능한 마음을 밀착시켜 몸을 껴안고 춤을 추듯이 바른쪽으로 이동하고 남과 완전히 하나가 될 때 무한한 힘을 발휘한다. - 자성구자(自性求子) 강재이뇌(降在爾腦).

남과 하나가 되는 것은 자기의 모습은 없으나 실제로 하나(큰 사랑, 자비)로 존재하고 있다.

2006년 3월 6일 월요일

08:30~09:30 바닷가에서 거북선 같은 배 위에 타고 있는 나의 모습이 자꾸만 커지면서 출항을 한다. 무념처 삼매의 호흡이 일부 진행되다가 온몸에 탁기를 기운으로 몰아낸다.

낮 11:40~12:00 낮잠을 자려고 누워 있는데 진공 상태의 병 따는 소리처럼 '펑'하고 나의 머리에서 소리가 나서 이상한 소리가 난다고 생각했다.

12:30~14:00 기운이 들어오면서 아픈 눈을 솜으로 소독하는 것이 보인다. 아픈 눈의 원인은 탁기라는 느낌이 왔다. 아픈 허리와 다리로 맑은 기운이 계속 내려간다. 아내에게도 기운을 보내어 보니 기운이 온다고 얘기했다.

2006년 3월 8일 수요일

빙의에 대한 자세. 하나가 되어 이해하고 하화중생이라는 학교를 가진 학교 이사장은 학생이 들어오고 학생이 있다는 것은 기쁜 일이다. 이를 실천하려면 많은 노력이 필요할 것 같다. 수련이 간선도로, 국도를 타서 고속도로에 진입한 느낌이다. 기운이 온몸으로 밀려오면서 행복감에 젖는다. 세상과 내가 하나가 되는 기분이다.

2006년 3월 11일 토요일

오전 11:00~11:45 창공에 형체를 알 수 없는 것들이 번갈아 가면서 무수히 보이더니 기운이 이슬비처럼 잔잔히 내리고 내가 융화되어 없어진다. 내가 다른 것과 융화되면 내가 없어지나 없는 것도 아님을 느낀다. 내가 있는 것도 아니고 없는 것도 아니고 없지만 있고 있지만 없다.

비유상(非有相) 비무상(非無相), '이것이다'라는 느낌이 왔다. 내가 상대방과 생각을 같이하면 나는 없지만 존재한다. 존재하지만 나는 없다. 거울에 물체가 나타나면 물체가 보이고 사라지면 거울은 그대로 남는다. 영화 스크린과 같은 원리다. 행복감과 잔잔한 충만감 그리고 밝음이 온몸에 와닿는다. 오늘이 나의 58회 생일이다.

2006년 3월 13일 월요일

4개월 동안 현묘지도를 졸업할 수 있도록 지도해 주신 선계 선생님, 김태영 선생님, 아내 도우님 너무 고맙습니다. 아내도 수련이 끝나는 것 같다고 했다. 마주보고 세 분께 삼배씩 감사의 표시를 했다. 가능한 이

생에 깨칠 수 있도록 정진하겠습니다. 최선을 다해 보고 다음 생을 기다리겠습니다.

2006년 3월 14일 화요일

선생님께서 도계(道溪)란 선호(仙號)를 주셨다. 이제 선생님께서 더이상 가르쳐 줄 게 없다 하시면서 도가 계곡의 물처럼 힘차게 흘러내려 해탈의 경지까지 가라고 하셨다. 12년 전 선도에는 문외한이었던 저희들에게 산길, 간선도로, 국도를 거쳐 고속도로까지 데려다주셨다. 정말 감사합니다. 삼배를 드렸다. 이제 시작하는 마음이다. 오직 바르게 살아갈 뿐이다.

2006년 3월 21일 화요일

현묘지도를 졸업한 지 일주일째다. 전과 비교해 보면 수련 시 『천부경』과 『삼일신고』가 저절로 암송되고 있을 때가 많으며 몸은 단식의 후유증으로 고생하고 있었으나 달리기를 재개할 수 있을 정도로 좋아지고 있고, 주위의 권유로 속보(速步)를 하고 있으며 빙의는 빨리 천도되나 양도 많고 센 빙의가 많이 들어오고 있으며, 마음은 안정되어 가고 있으나 넘어야 할 산이 많다. 그렇기 때문에 계속 수련이 필요한 것 같다.

진리는 언제 어느 장소에나 있지만 오직 나의 마음과 업장이 받아들이는 것을 막을 뿐이다. 우연은 없다. 필연만이 있을 뿐이다. 깨치는 것 이외는 전부 군더더기에 불과하다. 다른 모든 것은 깨치기 위해 일어날 뿐이다. 현묘지도 법은 선계 선생님이 가르쳐 주시기 때문에 완벽한 것 같다.

도계 정무영

현묘지도(玄妙之道) 수련 체험기 (세 번째)

김 양 숙

2005년 11월 15일 화요일

지난 11월 6일(일요일)에 뜻밖에 김태영 선생님께서 전화를 주셨다. 특별한 수련을 시켜 주신다고 말씀하셨다. 우리 부부는 한편으로는 놀라고 또 한편으로는 너무 기쁘고 고마웠다. 오늘 선생님을 찾아뵙고 『선도체험기』 14권, 15권에 나오는 현묘지도의 수련을 받기 시작했다.

선생님으로부터 첫 번째 화두를 받아서 외었다. 화두가 이 수련의 아주 중요한 열쇠이다. 대주천이 정착되어 하늘의 기운을 제대로 받을 수가 있어야 화두수련이 가능하다. 함부로 화두를 외우면 아주 불행한 결과가 되니 화두는 해당 수련자 외에는 누구에게도 알려 줄 수 없다. 선생님께서는 우리 부부도 서로 알려 주지 말아야 된다고 하셨다.

오늘 수련을 마치면서 선생님께서 '수련하면서 어떤 현상이 일어났나?' 하시며 질문하셨다. 1. 허공이 보이고 기운의 기둥이 느껴진다. 2. 기운이 아주 많이 들어오고 몸이 반으로 나누어져서 오른쪽의 기운은 아주 빠르게 돌고 왼쪽의 기운은 조금 늦게 돌아다닌다. (오른쪽보다 나의 왼쪽 몸이 좋지 않은가?) 3. 왼쪽 다리가 바늘로 찌르듯이 아팠다.

오늘 수련에서 느낀 것은 정말 이제까지 수련을 했지만 이렇게 강한 기운이 들어오는 것은 처음이다. 마치 기운의 폭풍우 한가운데 있는 것 같았다.

2005년 11월 16일 수요일

점심식사 후(1:00~3:00) 남편과 함께 수련 중 1. 하늘이 아침 태양이 떠오르는 것처럼 붉은색이 되고 하얗게 되더니 별이 하나 반짝이고 하나 더 반짝인다. 2. 어떤 사람이 배에 오르고 두 사람이 타더니 어디서 또 한 사람이 나타나 함께 타고 배가 떠난다. 도포를 입은 남자분들이다. 안개가 자욱한 강물에 배가 떠난다. 3. 단전이 풍선처럼 크게 부풀어오르고 호흡이 느려지며 깊어졌다. 4. 머리에 소용돌이 같은 기운이 돌고 있다.

저녁 수련 시(9:00-11:00) 하늘에 별이 많이 보인다. 기운 덩어리인가? 구름들이 보인다. 이제까지 선생님께 1994년 3월부터 수련 지도를 받았지만 화면이 보인 적은 별로 없었다. 이번 수련은 이상하게 수련 다음날부터 화면이 보여서 나 자신도 정말 놀라고 있다.

2005년 11월 17일 목요일

1. 빙의가 하루 종일 빨리 나가며 가슴이 뻥 뚫린 것처럼 시원하다. 2. 기운이 많이 들어와서 빙의가 나가는 것이 잘 느껴진다. 3. 온몸의 혈이 풀리는 것인가? 몸속에서도 다리에서도 경혈이 폴록폴록 움직임이 느껴진다. 4. 별이 반짝이며 우주 같은 것이 보인다. 5. 배 속에서 가스가 많이 나온다(몸속의 탁기가 많이 나온다).

2005년 11월 20일 일요일

소변 양이 많아지고 아주 피곤하고 기침도 하며 감기 앓는 것처럼 춥고 아프다. 왼쪽 무릎도 많이 아프다. 아주 큰 빙의가 포착된다.

2005년 11월 21일 월요일

왼쪽 다리가 파스 바른 것처럼 시원하다. 몸의 변화가 아주 심하다. 그러나 화두를 외우면 기운이 많이 들어온다.

2005년 11월 23일 수요일

저녁 수련 중에 별이 많이 보였다. 밤늦게까지 수련했다.

2005년 11월 24일 목요일

새벽에 수련 중 굉장한 기운을 느꼈다. 수련 중에 별들만 보이고 파란 하늘은 보이지 않았다. 낮 수련 중 1. 들판에 줄 서 있는 곡식들 가운데 길이 나 있고 내가 그 길을 걸어가는 화면이 보인다. 산들이 보이고 들판도 보이고 물이 흘러가는 강도 보인다. 2. 큰 집 앞에 아름다운 코스모스 같은 꽃들이 보인다. 하얀색 빨간색의 꽃들이고, 뒤의 집은 시골학교 같기도 하고 큰 성 같기도 한데 빨간 벽돌집이다. (이렇게 선명한 천연색의 화면을 보는 것은 처음이다.)

3. 사람들이 바위 위에 앉아 있는 모습이 보인다. (나이든 남자는 도포를 입고, 젊은 사람은 점퍼 차림이라 현대와 과거의 의상이 섞여 있다.) 오늘은 수련이 잘되어 여러 화면이 보였다. 기운이 많이 들어오고

색상이 있는 화면을 보기는 처음이다. 굉장히 욕심내어 화면을 보려고 며칠 동안 애썼지만 욕심이 수련에 얼마나 방해가 되는지 알 것 같다. 욕심내지 말고 성심껏 수련해야지 (오늘 느낀 생각).

저녁 수련 중 머리 앞 인당에 구멍이 난 것이 보인다. 나의 머릿속의 기운이 하얀 안개처럼 빠져나갔다.

2005년 11월 25일 금요일

낮 수련 중 빙의가 나간 후 황금색 기운이 내 몸을 감싸고 실제로 내 몸도 따뜻한 기운에 쌓여 있다. 화면 속의 내가 아주 밝은 황금색 기운 안에 있고 기운은 하늘과 닿았다. 내 속의 기운들은 그 황금색 기운과 같이 되고 나는 없어졌다. 그 기운 속에 녹아 버렸다. 너무나 기분이 좋아서 집안일들을 해야 되는데 삼매에서 나오기 싫었다. 굉장한 기운이었다. 삼매에서 나오니 몸도 마음도 가벼웠다. 더 열심히 수련해야겠다.

저녁 수련 중 내 머리의 백회혈 주위에 큰 구멍이 나서 하늘로 검은 기운이 빠져나갔다. 무슨 폭발물이 터진 것처럼 머리의 구멍이 뾰족하게 보였다.

2005년 11월 28일 월요일

2주에 걸쳐서 첫 번째 화두수련이 끝났다. 정말 내가 믿을 수 없을 정도의 수련이다. 수련하는 나도 이럴 수가 있을까 싶다. 세상에 이런 경지가 있다니 참으로 신기하다. 그리고 얼마나 대단한 수련인지... 정말 믿을 수가 없다. 나에게 일어난 일이지만.

2005년 11월 29일 화요일

두 번째 화두를 선생님으로부터 받았다. 화두를 받고 수련하니 기운의 성질이 바뀌었다. 이번 수련의 기운은 아주 온화하고 따뜻하다. 선생님께서 15명의 선계의 스승님들께서 우리를 도와주신다고 하셨다. 그리고 백회에서 구멍이 나고 인당에 혈이 열리는 것은 큰 공사를 하기 때문이라고 하셨다. 몸의 막힌 혈을 뚫고 아픈 곳을 낫게 하는 공사 중이니 꼭 필요하지 않는 곳은 가지 말고 열심히 수련을 하고 모든 것을 적어두라고 하셨다.

오늘 아침에 불덩어리들이 나에게 빛을 쪼여 주었다. 불덩어리는 태양이 쪼개진 것처럼 아주 빛나고, 여러 개인데 거기에서 나오는 빛이 나의 몸에 비쳐 왔다.

2005년 11월 30일 수요일

두 번째 화두의 기운은 많이 부드럽다. 첫 번째 화두 기운이 폭풍이라면, 두 번째 화두는 산들바람이랄까? 거의 기운이 잘 느껴지지 않지만 주위에 온화하게 둘러싸는 느낌이다. 첫 번째 화두수련처럼 배 속의 가스가 계속 나온다. 아직 몸속의 정화가 계속되나 보다.

2005년 12월 1일 목요일

낮 수련 중 야산에 나무들이 보인다. 수련을 하면서 '내가 화면을 보고 있구나'라는 생각을 하면서 수련함. 하루 종일 머리가 복잡하고 탁기, 사기가 많이 나간다.

2005년 12월 2월 금요일

새벽 3~4시경 자다가 수련하려고 일어남. 머리에 많은 변화가 있다. 마치 머릿속을 숟가락으로 호박 속을 파내듯이 기운이 머리 안을 파고 있다. 처음에는 뒷머리를, 나중에는 앞의 인당 주위를 마구 파헤친다. 어느 정도 시간이 지나니 거의 다 된 듯 머리가 시원해졌다.

낮 수련 중, 새벽 수련 중에 머리가 시원하여 빙의가 훨씬 쉽게 나간다. 몸속의 가스와 소변 양이 많아지고 머릿속의 사기, 탁기가 많이 나가니 내 몸을 많이 정화시키나 보다.

저녁 9시 반~11시 반 : 수련하면서 너무 많은 기운이 들어와 온몸이 흔들린다. 머리에 집중적으로 기운이 들어와 여기저기 혈을 뚫는가 보다. 몇 시간이나 흔들려서 피로할 지경이다.

2005년 12월 3일 토요일

오늘도 기운이 계속 들어온다. 마치 수돗물처럼 화두만 외우면 기운이 들어온다. 앉아서 수련을 해도 서서 무슨 일을 하면서 화두를 생각하면 기운이 들어온다. 새벽 수련 중에 아주 맑은 기운이 조용히 들어왔다. 어젯밤에는 아주 험한 비포장 길을 차로 달리는 기분이라면 오늘 아침에는 포장도로를 달리는 것 같다. 아랫배 부분의 혈자리가 기포가 볼록볼록 올라오는 것같이 보글거린다.

2005년 12월 4일 일요일

몸이 아프다. 기몸살인지 목도 아프고 온몸이 아프다. 계속 화두를 외우지만, 화면도 보이지 않고 설사를 두 번이나 했다. 춥고 아프다.

2005년 12월 6일 화요일

삼공재에서 수련하고 왔다. 밤 2시에 깨었다. 몸 뒤편의 방광경에 기운이 흘러 아프고 가렵고 시원했다. 인당에 첩첩이 동그라미가 보이고 마지막 원에는 망원경처럼 렌즈가 보였다. 발등과 다리 허리에 기운이 많이 들어간다. 종아리 발뒤꿈치까지 아프다.

수련 중 남자 한 사람과 여자 한 사람이 나에게 절을 한다. 옛날 옷인가 도복 같은 옷을 입고 남자는 손을 앞으로 모으고 깊숙이 고개를 숙이고 반절을 하고, 여자는 무릎을 꿇고 큰절을 한다. 내가 놀랐다. 선생님께서 빙의가 나가며 절한다는 말씀을 들었지만 내가 직접 영에게 절 받기는 처음이다.

2005년 12월 8일 목요일

수련 중 화면이 보였다. 큰 산이 보이고 아주 큰 집 안이 보였다. 가구도 보이고 주방도 보이고, 그리고 큰 화장실도 보였다. 굉장히 화려한 집이다. 사담 후세인의 집을 TV로 구경하는 것과 비슷하고, 스페인 여행 중에 왕궁을 본 것처럼 아주 큰 집이다. 또 독수리, 멧돼지 동물들이 보였다.

2005년 12월 9일 금요일

수련이 잘되고 있는데 오늘은 남편과 부부싸움을 했다. 별것도 아닌 것을 서로 감정적으로 대했다. 수련 중에 이런 일이 있어 유감이다. 아직 우리 둘은 멀었나 보다. 가능하면 화를 내지 않으려 했는데 화를 내고 말았다. 후유증이 크다. 참으로 유감이다. 이미 지난 일이다. 앞으로 이런 일이 없어야 한다.

2005년 12월 10일 토요일

남편과 화해했다. 아직 감정의 찌꺼기가 남았는지 수련이 잘되지 않는다.

2005년 12월 13일 화요일

선생님께 수련하고 왔다. 기운이 많이 들어왔다. 이도 아프고 또 온몸이 아프다. 몸살인가 보다.

2005년 12월 17일 토요일

밤 수련 중 독수리, 호랑이, 사슴, 비둘기, 개구리, 뱀, 늑대(개) 그리고 돼지가 보였다. 첫 번째 화두 때처럼 아주 또렷하지 않고 조금 흐릿하게 보인다. 지난번보다 한 단계 위인데 희미하게 보이니 수련이 잘 안되는 것인지 불안하다.

2005년 12월 18일 일요일

빙의가 많아서 고생했다. 밤 수련 중 빙의들인지 사람들이 마치 극장이나 운동장에 많은 인파들이 줄지어 표 사려는 것처럼 줄지어 나에게 보인다. 나는 '아, 이 사람들이 모두 나의 도움을 받을 빙의령들이구나' 생각된다.

수련을 마치고 생각하니 내가 어떻게 저렇게 많은 빙의를 천도시키나 싶다. 내가 할 수 있는 만큼 최선을 다해서 하화중생해야지. 내가 힘든 만큼 도와주어 누구라도 편하다면 도와주고 싶다. '선생님께서는 혼자서 너무나 많은 영을 천도시키셨는데 얼마나 힘드셨을까' 생각하니 한없이 감사한 마음이 든다.

2005년 12월 27일 화요일

삼공재에 가서 두 번째 화두수련을 마치고 세 번째 화두수련에 들어갔다. 동물이 보였다. 선생님께서 '동물의 모습을 본 것은 우리를 지도하시는 선계의 스승님들이 동물 모습으로 우리에게 나타나 보여 주신다'라고 하신다. 서른 분이 계시는데 그중의 몇 분이 나를 지도해 주신단다.

이번 화두는 두 번째, 첫 번째와는 또 다른 기운이 느껴진다. 오늘 수련 중 '내가 아주 힘들고 어렵지만 특수한 수련을 받고 있고 선계의 스승님이 나를 지도하고 계신다'라는 강한 느낌을 받았다. 이제까지는 정말 놀랍고 신기하여 이것이 접신이 아닌가 생각이 들 때도 있었다. 하지만 수행을 하면서 정말 대단한 수련이 진행되는 것을 느낀다. 죽을 힘을 다해서 최선의 노력으로 힘껏 노력할 생각이다.

2005년 12월 28일 수요일

수련 중에 아주 큰 기와집을 보았다. 큰 절의 대웅전 같은 아주 큰 건물이었고 큰 불상인지 기둥인지 보였다. 그 옆에 어떤 사람이 화려한 의자에 앉아 있었다. 건물의 단청이 매우 화려하고 전형적인 우리나라 건물이었다. 아주 햇빛이 밝아서 눈부실 지경이다. 아마 염라대왕이 사는 건물인가? 나는 그 앞에만 갔다가 왔다.

화면이 바뀌어 건물이 길 양옆에 연달아 있고 중앙에 길이 있다. 큰 도로 옆에 건물들이 줄지어 있어서 자동차로 달리는 것 같다. 나에게 보이는 것은 길바닥에서 달릴 때 보이는 것이 아니고 건물의 위쪽이다. 하늘에서 보고 있다. 앞의 화면은 천연색이고 뒤의 화면은 흑백이다.

수련 중에 왜 이렇게 몸이 흔들리나 모르겠다. 허리에 기운이 들어가는 것일까? 그러면 목은 왜 끄덕이고 도리도리 돌리고 그러는 것일까? 수련을 마치니 빙의도 많이 가볍고 기분도 아주 상쾌하다.

2006년 1월 2일 월요일

오늘 수련 중에 화면을 보았다. 내가 하늘을 날았나 보다. 화면 속에서 사람들이 위를 쳐다보고 있고 나는 아래를 내려다보고 있다. 화면은 북한 지역인가 북한 군복을 입은 군인도 있고, 아이들도 남루한 옷을 입고 고무신 신고 있으며, 여자들도 한복을 입고 있다. 인원은 7~8명이고 뒤에는 아름다운 바다 위의 포말이 보이고 해변가였다. 바다가 아주 아름다운 파란색이고 북한 군복 입은 군인의 어깨 위의 빨간 견장이 뚜렷하고, 하얀 러닝샤쓰와 검정 고무신 한복이 밝은 햇살 속에 뚜렷이 보였다.

그리고 다른 장면이 보였다. 누구의 집인지 부엌 모습과 안방이 보였다. 옛날식 부엌인데 아궁이가 보이고 그릇 얹은 시렁이 보였다. 안방에는 이조 시대인가 보료와 작은 반닫이 옷장이 보였다. 왜 이런 모습이 보이는지 모르겠다. 뒤의 화면은 사람은 보이지 않았다.

수련 중에 기운이 아주 많이 들어오고 짧은 시간에 깊은 삼매에 들어가는 것이 이 수련의 특징이다. 기운 속에 있으면 삼매에서 나오기 싫다.

그리고 빙의가 아주 심하다. 그런데도 기운은 계속 들어오는 것이 신기하다. 전에는 빙의가 심하면 기운이 막혀 들어오지 않았다. 수련 중에 온몸이 흔들리는 것이 심하다. 다음 단계에서 흔들린다고 선생님께서 말씀하셨는데 나는 왜 세 번째 화두 삼매 수련부터 흔들리는지 모르겠다.

지금은 아주 춥다. 빙의의 영향인지 피부호흡인지 잘 모르겠다. 손이 차다가 따뜻하다가 몸이 춥다가 덥다가 정말 여러 가지 변하여 혼란스럽다. 하도 수련이 급진전되고 몸도 아프고 많이 변해서 나 자신도 어리둥절하다. 모든 것은 변하고 "몰락 놓아라" 하는 말을 생각한다. 이 모든 것을 담담하고 여유 있게 받아들이자. 마음도 수련과 함께 커지고 있을까?

2006년 1월 3일 화요일

삼공재에서 수련하면서 본 장면을 이야기했더니 북한에 내가 갔다 왔다고 하셨다. 그것이 시해(尸解)라고 하셨다. 이것을 출신(出神) 또는 유체이탈(幽體離脫)이라고도 한다. 아직 어떤 사명을 보지 못했다고 하시면서 사명을 받을 땐 글자가 뚜렷하게 보인다고 하셨다. 더욱 열심히 수련해야지.

2006년 1월 4일 수요일

오늘 오후에 나의 왼발 새끼발가락이 아팠다. 갑자기 기운이 통하는가 꽤 아프다. 다리를 절룩일 정도로 아프다. 요즈음 빙의로 우리 부부 둘 다 고생이 심하다.

2006년 1월 5일 목요일

어제 아프던 발가락이 오늘은 괜찮다. 언제 아팠냐 하는 것 같다. 빙의는 아직도 너무 심해서 힘들다. 하루 종일 시간만 나면 수련인데도 너무 기운이 진해서 툭하면 졸고 힘이 없다. 참 어려운 수련이다.

2006년 1월 9일 월요일

세 번째 화두수련은 참 잘 안된다. 지난주 삼공재에 다녀온 후로는 화면도 보이지 않고 머리에는 빙의가 가득 차서 아프기도 하고 답답하다. 오늘 아침에는 몸살 하듯이 온몸이 아프다. 그리고 재채기도 하고 콧물도 조금 나온다. 감기는 아닌 것 같기도 하고 몸살 하듯이 온몸이 오슬오슬 한기가 온다.

피부호흡처럼 온몸이 서늘하기도 하다. 전 같으면 당장 드러누워서 하루 앓았겠지만, 이번에는 누워도 소용이 없었다. 하지만 온몸이 서늘하고 춥다. 왜 이렇게 이번 수련에는 빙의가 심한지 모르겠다. 두 번째 화두수련 시에는 빙의가 있어도 기운이 많이 들어오고 수련도 잘되었는데, 이번에는 기운은 들어오는데 화면도 보이지 않고 글자도 보이지 않는다. 지난주보다 더 수련이 안 된다.

저녁 수련 시 큰 쥐와 고양이가 잠시 보였다. 큰 쥐가 보이고 고양이가 비슷한 크기로 나타나 싸웠다.

2006년 1월 10일 화요일

삼공재에 수련하러 갔다. 나는 이번 주 수련이 잘되지 않는다. 남편은 수련이 잘되어 오늘 네 번째 수련에 들어가고 수련 중에 다섯 번째 화두 수련의 화두도 받았다. 굉장히 수련이 빠르다고 선생님께서 말씀하셨다. 차주영 도우는 벌써 수련을 마쳤다고 하셨다. 하지만 나는 아직 세 번째 화두수련 그대로다. 나도 열심히 수련하여 다음 단계 수련을 하고 싶다.

오늘 선생님께서 이 수련을 받고 있는 사람은 14명이라고 하셨다. 내가 질문을 드렸다. '이제까지 1명만 후계자를 두었는데 선생님께서는 여러 명에게 전수하실 계획이십니까?' 선생님께서도 여러 명에게 전수되는지 실험하고 계신다고 하셨다. 벌써 한 명의 전수자는 나왔다. 그리고 차주영 씨 다음으로 우리 부부가 잘되고 있다고 하셨다.

2006년 1월 11일 수요일

오늘은 간절히 수련에 임했다. 같이 가다 나만 뒤처지나 생각도 되고 선계의 스승님께서 나를 버렸나 생각도 되었다. 하지만 '어떤 경우에도 열심히 수련하면 도와주실 것이다' 생각하면서 간절히 수련했다.

밤에 3시간 정도 수련했다. 1시경에 잠자리에 누웠다. 누워서도 화두를 외우고 있었는데 갑자기 화면이 보였다. 식탁이 보이고 식탁 위의 하얀 꽃(연꽃) 두 송이가 보였다. 꽃은 도자기 그릇 위에 꽂혀 있었다. '내가 화면을 보고 있구나' 생각하니 화면은 사라졌다. 하지만 그래도 화면을 보니 '수련이 전혀 안 되지는 않구나' 생각되어 안심하고 잠을 잤다.

2006년 1월 12일 목요일

월요일부터 몸살을 하였는데 오늘은 훨씬 나았다. 낮 수련 중 산속에서 어떤 사람이 폭포를 가르켜 주었다. 나의 눈에 폭포가 보이지 않고 '폭포가 있다는데 어디에 있을까?' 하면서 혼잣말을 하는데 어떤 사람이 '여기도 있고 저기도 있고 저쪽도 있다'라고 말해 주었다. 나는 보이지 않는데 산너머 있다고 한다. 도복을 입은 사람이다. 내가 '아, 그렇습니까?' 하고 대답했다. 그리고 화면이 보이지 않았다.

나도 이번 단계(무위 삼매)를 마치고 싶다. 이제 화면이 보이니 열심히 수련하면 언젠가 수련을 끝내게 될 것이라는 생각이 든다. 오늘은 그래도 좀 안심이 된다. 그동안 정말 걱정이 되었다. 수련이 중단되면 어찌하나 싶었다.

2006년 1월 13일 금요일

밤 11시에 수련을 시작했는데 기운이 많이 들어 왔다. 아주 기분이 좋고 수련이 즐거웠다. 며칠 전에는 머리가 텅 빈 것 같았는데 오늘은 온몸이 비어 있고 형상만 껍질처럼 남아 있다. 몸안은 공기가 가득차서 풍선 같은 내 몸이 느껴졌다. 나의 몸속에는 뼈와 장은 없어지고 공기가 차 있다. 온몸이 시원하고 가벼웠다. 수련이 즐거워서 몇 시인지도 몰랐는데 남편이 자다가 일어나 2시가 넘었단다. 나는 시간 가는 줄도 모르고 수련했다.

2006년 1월 14일 토요일

낮 수련 시 내가 혼이 나간 모습을 보고 있다. 유체이탈인가? 이것이 시해인가 보다. 의자에 앉아 있는 내 모습은 껍질만 남아 있는 마치 벗어 놓은 옷 같은, 힘없이 늘어진 나의 육체가 보였다. 그리고 도복을 입은 세 사람이 보였다. 여자 1명, 남자 2명이었다. 빙의인지 도인인지 전혀 모르겠다.

2006년 1월 17일 화요일

오늘 아침에 수련하니 백조의 모습이 보였고, 백조가 머리와 몸을 움직여 한자 새을(乙) 자 모양이 보였다. 그리고 하얀 공작 같은 새가 날아가고 호랑이 모습이 나에게 다가오고 사람의 모습이 체조하며 춤추는 형태가 연달아 보였다. 그리고 나도 모르는 여러 모습들이 보였다. 7~8개의 모습들이다.

사람인(人) 자가 크게 보였다. 그리고 옆에 人 자가 보이고 아래로 人 자가 보였다. 人人처럼 보였다. 큰 人 자 옆에 작은 人 자가 호위하는 것처럼 보였다. 큰 人 자는 황금색이고 불꽃놀이하는 것처럼 보였다. 불꽃들이 모여서 人을 형성하는 것이다. 그것이 특이했다. 글자 수가 너무 적어서 의심이 된다.

선생님께 수련에 관해 말씀드렸더니 조금 더 수련하라고 하시고는 집에 올 때 11가지 호흡 수련을 하고 다음 주에 화두를 주신다고 하셨다.

2006년 1월 19일 목요일

11가지 호흡 수련은 잘되었다. 나는 어쩐 일인지 처음부터 자꾸 흔들리고 있었는데 이번 수련이 전부터 되고 있었나 보다. 오늘 낮에 남편이랑 함께 수련 중에 기운이 많이 들어오고 하단전, 중단전, 상단전이 모두 빙글빙글 돌아갔다. 중단전이 아직 약하지만 상단전, 하단전은 물레방아가 돌듯이 기운이 돌았다. 저녁에 남편은 황금구슬이 상단전에 박히는 것을 보았단다. 정말 축하할 일이다.

어제 남편이랑 이 수련에 대한 이야기를 나누었다. 나는 '아직 긴가민가한다. 접신이 아닐까 생각도 든다. 하도 믿어지지 않는 일의 연속이어서 그렇다'고 말했다. 남편은 '아니다. 정말 우리의 수련을 도와주시는 신들이다'라고 말했다. 나도 이제 무엇인가 좋은 선생님들께서 도와주시는 것 같은 생각이 든다. 더 열심히 정성껏 수련해야겠다.

2006년 1월 20일 금요일

어젯밤에는 잠을 거의 자지 않고 수련을 했다. 11시부터 수련하여 조금 자고 2시부터 4시까지, 4시 30분부터 7시까지 약 4시간 자고 계속 수련했다. 수련 중 계속 11가지 호흡이 계속되었다. 엄밀히 말하면 밤새 끄덕끄덕 고개 흔들고 몸통을 앞뒤로 좌우로 흔들고 부르르 떨고 요란하게 몸을 흔들었다.

11가지 호흡 수련 중에 글자가 적게 보였는데 더 글자가 나올까 생각하며 화두를 외워도 아무런 화면도 보이지 않고 오직 흔드는 것이 몇 시간 계속되었다. 머리가 맑고 상단전 부위는 아주 없는 것 같았다. 그런데도 막힌 혈자리인지 빙의인지 머리 아픈 곳이 있었다. 그곳을 집중적으로 뚫는 작업을 하는데 아주 많이 막혀 있는지 아직 다 뚫리지 않고 있다. 가슴이 갑자기 뜨거워지며 온몸에 따뜻한 기운이 돌았다.

빙의가 많이 되었는데 오늘밤 '빙의도 나의 한 부분이라 생각하고 내 몸의 탁기이고 막힌 혈자리이다'라고 생각하니 한결 쉬웠다. 일체유심조(一切唯心造)라더니 마음먹기에 달렸다.

2006년 1월 23일 월요일

낮에 수련 시 머리 안이 빙글빙글 도는 기운을 느꼈다. 남편도 황금구슬이 빙글빙글 도는 것을 느낀단다. 나도 공 같은 것이 머릿속에서 빙글빙글 돈다. 빙의가 심하면 더욱 강하게 돌고 나가면 거의 잘 돌지 않고 제자리에 있다. 남편도 나와 같단다.

밤에 수련을 했는데 빙의가 보인 것 같다. 머리가 긴 여자가 보이고(귀신 같았다) 한복 입은 남자도 보였다. 여러 사람이었고 별로 분위기가 좋지 않았다. 어두운 얼굴들이다. 천도시키고 나면 또 빙의고 또 빙의다. 아직도 많이 있어 남편도 나도 힘들다. 요즈음 매우 피로하다. 수련하느라 잠도 잘 자지 못하고 집안일도 많다.

2006년 1월 24일 화요일

새벽에 수련하면서 빙의를 본 것 같다. 머리를 길게 기른 여자가 보이고 남자도 여자(하얀 옷을 입은)도 보였다. 선생님께서 다섯 번째 화두 수련의 화두를 주셨다. 이제 8단계 중에서 4단계가 지나고 5단계에 이르렀다. 이번 수련에서는 나의 전생이 보이는 수련이다.

어젯밤에 수련 중 뒷머리에 큰 혈자리가 열렸다. 남편은 나보다 한 단계 먼저 가서 6단계 수련이다. 오늘 선생님께서 소리가 수련 중 들리지 않냐고 물어보셨다. 귀에서 소리도 들린다면서 소리도 들어 보라고 하셨다. 내가 빙의 이야기를 말씀드리니 전생의 모습이 미리 보이는 것 같다고 말씀하셔서 놀랐다.

첫 번째 수련 시에 남녀 도복 입은 사람이 절을 하고, 두 번째 수련 시에 여러 사람이 줄지어 기다리고, 세 번째 수련 시에 여자 1명과 남자 2명이 보이고, 네 번째 수련 시에 머리를 길게 기른 여자와 다른 남녀가 여럿이 보였다. 나는 전생인지 빙의인지 모르겠다.

2006년 1월 25일 수요일

어젯밤 마음 수련이 시작되었다. 밤 10시경에 부산의 시동생 부부가 미국에 10일 정도 갔다 온다고 설날 인사를 미리 한다면서 전화했다. 밤에 수련하면서 생각했다. '동서는 참 복이 많구나. 우리나라의 대부분의 여자가 설날에 시댁에서 제사와 가족 모임으로 스트레스 받는데 설날에 부부만 미국 여행 간다니 대단한 복이다.' 이렇게 생각하고 있었다.

그런데 갑자기 '나는 더 복이 많은 사람이다. 왜냐하면 사람으로 태어나 어떻게 이런 공부를 할 수 있는가? 보통 사람이 어떻게 도 공부를 할 수 있나? 더구나 여자이면서... 물질적인 행복이 이 공부하는 것보다 더 행복할 수 있을까? 나는 정말 행복한 사람이다.

그리고 이 공부를 시켜 주시는 선계의 스승님, 김태영 선생님 그리고 나와 같이 수련하는 나의 남편과 이 공부를 하는 데 이해해 주시고 도와

주시는 나의 어머니, 모두가 정말 고맙고 행복한 마음이 가득했다. 특히 나를 낳아서 길러 주시고 항상 내 편이 되어 주시는 나의 엄마에 대한 감사는 더욱 나의 마음에 가득하다.

나의 마음과 몸을 힘들게 하는 빙의 또한 나의 수련을 도와주며 서로 도움이 됨으로써 감사한 마음이 들었다.

다섯 번째 화두수련에서는 사랑하는 마음이 든다고 하더니 아직 시작 단계라서인지 고마운 마음이 가득하다. 참으로 신비한 수련이다. 몸의 변화는 백회 뒤부터 엉덩이까지 기운의 기둥이 서서 아프면서도 시원한 기운이 들어왔다.

낮 수련 시에 나타난 화면

1. 올빼미가 보인다.
2. 여자 한 사람이 한복을 곱게 차려입은 아주 고상한 귀부인처럼 보였다. (아주 기품이 있고 단정하며 깨끗한 느낌이다.)
3. 남자가 보임 - 얼굴이 둥글고 대머리이고 안경을 쓰고 있으며 콧수염을 길렀다. 제복 차림이다. (아마 대한제국이나 일제의 고관대작 같다.)
4. 여자 한 명이 하늘을 향하여 팔을 벌리고 있음(춤추는 모습일까?)이 보였다. 모두 나의 전생인가? 남자일 때도 있었나 보다.

2006년 1월 26일 목요일

낮 수련 시 내 인당 앞에 조그만 동그라미 공 같은 것이 보였다. 처음에는 하얀 기운 덩어리였는데 한참 보고 있으니 노란 황금색이 되었다.

남편이 본 황금구슬인가 생각했다. 조금 뒤 빙글빙글 돌더니 내 앞으로 다가왔다. 거의 나의 인당에 부딪칠 지경으로 가까워지고, 가까워지니 아주 커 보였다.

나의 마음속에 '저것이 어떻게 내 머릿속으로 들어올까?' 생각되었다. 그 순간 내 머릿속에서 그 구슬이 빙글빙글 돌고 있는 느낌이 왔다. 그러자 머릿속이 마치 불 꺼진 방에 불을 켠 것처럼 환해졌다.

머리 안 전체가 황금빛이다. 그리고 밖에 있는 동그란 부분은 가운데가 비어 있었다. 남편에게 방금 일어난 일을 이야기하니 자기가 경험한 것과 비슷하단다. 나의 수련이 빠르다고 한다. 하지만 나는 아직 남편보다 한 단계 늦다.

2006년 1월 28일 토요일

저녁에 수련하니 갑자기 한반도 지도가 보였다. 지구본에서 보는 우리나라 지도가 마치 우주선에서 보는 것처럼 보였다. 처음에 내가 잘못 봤나 생각했는데 남편도 며칠 전 한반도가 보인다더니 나도 보이는구나 생각된다.

2006년 1월 29일 설날

밤에 수련 중 바다가 보였다. 섬도 보이고 배도 여러 척 보였다. 내가 남자였는지 배의 앞면에 서 있다. 아주 작은 보트 같고 옆에 여러 척의 보트가 함께 가고 있다. 내가 대장인가 나를 따라 옆의 보트들이 가고 있다. 그다음에는 여러 장면이 지나갔는데 수련을 마치니 생각이 나지 않는다. 화면이 빠르게 바뀌었는지 희미했는지 졸았는지 모르겠다. 그냥 화면이 흘러간다.

2006년 2월 1일 수요일

오늘 새벽 수련 시에 갑자기 내 눈앞의 기운들이 뱅글뱅글 돌면서 팽이가 도는 것처럼 모든 것이(우주 전체가) 뱅글뱅글 돌았다. 마치 빅뱅인 것 같다. 나도 무슨 일인지 모르겠다.

낮 수련 중에 본 모습

1. 여자 한복 입은 부인이 내게 큰절을 함(이번 수련 시 왜 이렇게 절하는 모습을 많이 보는지?)
2. 스님인가 머리 깎은 사람이 도복을 입고 있는 모습.
3. 머리에 선비모자(두건)를 쓴 사람인데 주위에 아이들을 가르치는 서당 선생님 모습이 보이고.
4. 남편이 먼저 보고 나에게 얘기해 준 긴 댕기 머리를 엉덩이까지 길게 기르고 땋은 머리 모습의 소녀가 수련하는 나의 양팔 안에 들어와 나를 안고 있는 모습이 보인다.

(이 여자아이는 남편에게 먼저 보였다. 남편에게 건강한 남자아이가 와서 힘껏 안았는데 남편이 몸이 약한 내게도 건강한 아이가 와서 나를 도와주었으면 하고 기원했는데 여자아이가 내 옆에 앉아 있는 모습을 보았다고 했다. 그런데 오늘 내가 그 여자아이를 보았다). 나의 말을 듣고 남편은 이제 나도 건강해질 것이라고 하면서 매우 기뻐했다.

2006년 2월 2일 목요일

잠에서 깨어나 수련하면서 파란 하늘이 보이고 산들 속에 마을이 보였다. 아주 아름다운 집들이 나무들과 함께 있는 것이 너무 아름다웠다. 꿈속의 마을처럼, 스위스의 아름다운 집들처럼 예쁘고 평화로웠다. 내가 하늘에서 보고 있었고 하늘은 너무나 파랗고 맑았다.

2006년 2월 3일 금요일

아침에 눈을 뜨기 전에 기운이 가득한 것을 느꼈다. 갑자기 눈앞이 훤하며 밝은 빛이 내 주위에 감돌았다. 2000년인가 태양이 내 눈앞에 보이는 것보다는 덜하지만 며칠 전 황금구슬이 내 머리에 들어온 뒤의 밝음보다는 더 밝았다. 한참을 그렇게 기운에 쌓여 황금빛 기운 속에 있다가 정상 생활로 돌아왔다.

2006년 2월 7일 화요일

선생님께 여섯 번째로 새 화두를 받고 수련에 들어갔다. 오늘 선생님께 수련 중 두 가지 질문을 드렸다.

1. 수련을 많이 하여 높은 단계에 올라간 사람도 접신이 되는 이유는 무엇인가?

2. 접신이 되지 않고 꾸준히 수련하려면 어떤 마음으로 수련해야 되는가?

선생님께서 대답하셨다.

1. 수련하면서 항상 바른 마음을 가져야 한다.

2. 항상 자기 속에서 해답을 찾으라. 밖에서 구하지 말고 자성(하나)

에게서 구하라.

정말 큰 도움을 주신 대답이다. '언제나 바른 마음을 가지고 자성에게 의문을 찾으면 해답이 나온다.' 이 말씀을 가슴 깊이 새겨서 수련에 임해야겠다.

이 수련을 마치면 선생님께서 우리 스스로 보림하면서 독립하라고 하셨다. 이제 스승은 필요 없단다. 의문이 생기면 그것에 마음을 집중하면 해답이 나온다고 하신다. 벌써 영안이 뜨이고 출신(出神)이 되는 경지이니 무엇이든지 집중하면 의문이 풀린다고 하신다. 하지만 나는 아직도 2단계가 더 남아서 그런지 자신이 없다. 열심히 수련하여 최종 단계까지 다다르면 알지 모르겠다. 그때까지 열심히 수련해야지...

밤 수련 중 4~5세 정도의 아이 두 명이 보였다. 여자아이 남자아이인데 한 아이가 아주 행복한 미소를 지었다. 천상의 미소가 이럴까? 나도 함께 따라 정말 행복하게 웃었다. 수련하면서 이렇게 즐거울 수가 없다. 참 행복했다. 이것이 행복한 마음인가?

2006년 2월 8일 수요일

밤 수련 중 백두산 천지인지 한라산 백록담인지 산 중간에 물이 담긴 호수가 보였다. 아주 파랗고 맑은 물이다. 물속에 빠질 것 같은 많은 물이다. 백두산 천지인가?

2006년 2월 10일 금요일

낮 수련 중 옛날 우리 할아버지 집이 보였다. 내가 태어난 집이다. 그리고 우리 마을 산이 보이고 바다를 지나고 사막을 날아서 다녔다. 사막을 뒤로 두고 하늘로 높이 올라갔다.

2006년 2월 12일 일요일

아침 수련 중 달처럼 보이는 별 속에 희미한 모양이 보였다. 보름달 속에 계수나무와 토끼가 보이는 것처럼 어떤 별인지 그 속에 무늬가 보였다.

2006년 2월 13일 월요일

새벽 수련 중 달 같은 별 속에 가부좌를 한 부처의 모습이 보였다. 둥그런 원 속에 앉아서 단정히 선정에 잠긴 모습이다. '절에서 보아온 부처의 상이 왜 저기에 앉아 있을까?' 생각했다.

2006년 2월 14일 화요일

이번 주에도 대단한 빙의가 계속되었다. 한 단계마다 마치 시험 치는 것처럼 더 힘든 빙의들이 들어온다. 지난주에 심한 빙의가 계속되었는데 오늘 아침에 나갔다. 빙의가 나가고 나니 아주 고요한 평화의 마음이 찾아왔다. 마음속에서 이것이 평화라는 느낌이 팍 들어왔다. 아주 평온하고 편한 느낌, 고요하고 조용한 느낌이다. 무어라 말로 표현이 안 된다. 하지만 참으로 넉넉하고 만족하는 마음이다. 마음공부는 평화인가 보다.

2006년 2월 14일 화요일

선생님께 수련 점검 후 새로운 화두를 받았다. 화두가 길지만 정말 수련에 적합한 화두인 것 같다. 이 수련이 갈수록 좋아진다. 화두도 갈수록 마음에 든다. 정말 알고 싶은, 공부하고 싶은 화두이다.

서울의 형님에게서 전화를 받았다. 형님의 외사촌 동생분도 선생님께 수련을 받고 계신단다. 만나 보라고 하신다. 삼공재에서 사형을 만났다. 함께 수련하게 되니 기쁘다. 열심히 수련하셔서 인생에 좋은 도움이 되면 좋겠다.

이번 수련이 끝나고 다음 단계면 마지막 8단계이다. 아직 완벽하지는 않지만 열심히 마지막까지 수련하여 무사히 마치고 보림도 오래 해야겠다. 그리고 우리를 필요로 하는 사람에게 도움을 주자. 항상 바른 마음으로 안에서(자성으로) 해답을 얻자.

2006년 2월 15일 수요일

하루 종일 빙의에 시달렸다. 수련이 올라갈수록 빙의는 더 심해진다. 시험을 쳐서 합격해야 한 단계 올라가듯 우리의 수련은 빙의가 시험인가 보다.

2006년 2월 19일 일요일

아침에 눈을 뜨니 등 뒤에서 종아리 발까지 방광경이 흐르고, 조금 아프기도 하고 시원하다. 나의 몸 중에 신·방광경이 제일 막힌 것 같았는데 이제 그 경이 흐르나 보다. 낮에 남편과 같이 도에 대한 대화를 나누었다.

남편은 "눈앞에 보이는 모든 것이 진리이다"라고 말했다. 이제 하나(자성)의 개념이 우리에게 다가오는 것 같다. 나도 요즈음 여백에 대해 생각하고 있다. 앞에 나타나는 사물이나 개념보다 뒤에 있는 배경이나 바탕 그리고 희생이나 인내에 대한 개념이다.

성공이 앞의 개념이면 인내가 여백의 개념인가? 희생, 나눔 그리고 인내, 고생, 가난, 병, 이런 것들이 기쁨, 자랑, 성공, 건강, 행복의 또 다른 한 면인 것이 나에게 느껴진다. 동전의 양면인 뒷면과 앞면은 같은 것이라는 느낌이다.

우리의 삶이 그림이라면 앞에 나타난 모습이 아닌 그림의 배경, 뒤에 숨어 있는 것처럼 보이는 것도 모두 그림이듯이, 정말 희생과 아픔 그리고 인내, 이것이 성공, 행복, 건강처럼 중요한 것이라는 느낌이 깊이 내게 온다. 이것이 하나(자성)의 개념인 무위가 아닌가? 이제까지 내게 멀게만 느껴지던 무위계의 개념도 이제 어렴풋이 느낌이 온다.

밤 수련 중 남편과의 대화

'선도 악도 하나인데 왜 선한 행동을 해야 하나?' 나의 생각은 "진리는 나 자신의 존재를 자꾸만 없애는 공부인데 악은 나의 욕심을 쌓아서 이기심, 자존심 등의 먼지를 쌓아서 본래의 나의 모습을 보이지 않게 한다. 선한 행동은 나눔이다. 자기 자신보다 남을 생각하는 것이라 자기를 없애는 것이다. 결국 자기 자신을 생각하지 않음으로 진리에 가까워지는 것이라서 선한 행동을 하라고 종교계에서 권하는 것이다"라고 말했다.

남편은 그 말이 맞는 것 같다고 하였다.

'항상 바르고 착하게 살아야 한다. 이것이 진리에 이르는 길이다. 이것이 보림 하는 길이다. 성통공완으로 나아가는 길이다'라고 말했다. 둘이서 함께 나누는 대화가 즐겁다. 마음으로는 수련이 진척되는 것 같다. 기운 수련은 아직 빙의로 고생하고 있다. 지금의 고비가 지나면 좀 낫겠지.

2006년 2월 20일 월요일

낮 수련 시 화면이 보였다. 나의 아버지께서 나를 안고 계셨다. 내 나이는 3~4세의 아이인데 아버지께 안겨 있는 것이 기쁜지 너무 기쁜 웃음을 웃고 있다. 아버지도 활짝 웃고 계셨다. 나의 아버지는 돌아가신 지 14년이 되었다. 그동안 꿈에도 한 번도 뵌 적이 없는데... 그리고 생전에 화를 많이 내셔서 그렇게 즐겁게 웃는 모습을 뵌 적이 잘 없는데, 늘 화난 모습만 생각이 나는데...

그리고 화면은 계속된다. 돌쟁이 아기가 보이고, 강보에 싸여 있는 갓난아기, 자궁 속에 움츠린 태아가 보였다. 그리고 화면은 끊어졌다.

아버지의 모습에서 화해와 용서와 사랑을 느꼈다. 요즈음 용서에 대한 생각들이 아버지 모습으로 보였나? 그래도 아버지와 연관하여 생각해 본 적은 전연 없다. 하지만 나도 아버지께 사랑과 화해와 용서를 빌었다. 눈물이 한 방울 툭 떨어졌다. 처음으로 아버지를 용서하고 용서받는 기분이다. 돌아가신 아버지와 살아 있는 딸이 서로 마음으로 통하고 용서하고 사랑하다니. 너무나 감격스럽다.

정말 이 수련이 얼마나 대단한 것인가? 그리고 이 수련을 할 수 있는 나는 얼마나 복 받은 사람인가? 너무나 기쁘고 감격스럽다. 이 기분을 어떻게 말로 표현할 수가 있을까? 오늘 이 기분은 도저히 표현이 되지 않는다.

내 마음 깊숙이 자리 잡은 아버지에 대한 사랑과 증오를 이렇게 단숨에 용서와 화해와 사랑으로 바꾸다니... 이제 아버지에 대한 어떤 감정도 다 없어졌다. 아주 오랫동안 빚진 것을 다 갚은 기분이랄까? 이제 아버지에 대한 생각도 담담하게 떠올릴 수 있다. 마지막으로 '아버지 저를 용서해 주세요. 감사합니다. 그리고 사랑합니다.'

무어라고 표현할 수 없지만 정말 감격스럽다. 아주 깊숙이 상처받은 내 마음이 치료되는 기분이다. 어떻게 이런 수련이 있는지 모르겠다. 처음에는 너무 신기하여 의심도 했지만 수련이 진행되어 갈수록 너무나 신비하다. 지금의 내 마음은 너무나 행복하여 표현할 수가 없다. 기분이 상쾌하여 날아갈 것만 같다.

2006년 2월 21일 화요일

삼공재에 방문하여 남편은 마지막 단계의 화두를 받고 수련이 시작되었다. 나는 한 주일 더 수련을 해야 한다. 밤에 화면이 보였다. 사람으로서의 나의 전생이다. 한복 입은 여자의 모습, 남자의 모습, 아이의 모습, 여러 모습의 사람의 모습들이 빠르게 지나간다.

2006년 2월 22일 수요일

저녁 수련 중 동물들이 보였다. 공작이 보이고 거북, 개, 다람쥐, 닭, 병아리 등이 보이고 화면이 보이지 않는다. 밤에 다시 나비, 잠자리, 장수벌레 등 곤충이 보이고 물이 흘러가는 강물에 내가 지나가며(날아가며) 한쪽은 절벽이 보인다. 어느 물이 적게 흐르는 웅덩이에 아주 작은 먼지가 물속에서 뿌옇게 보이고 그 옆에 작은 돌멩이들이 여기저기 보인다. 아주 작은 미생물들인가 보다. 연기 같은 먼지들이 들썩인다.

2006년 2월 23일 목요일

남편은 어제부터 아프다. 빙의가 심해서 기운이 모자란 것일까? 둘이서 몹시 괴로워하고 있다. 정말 힘든 단계다. 이 고비를 넘어야 하는데 참 괴롭다. 예수님도 악마의 유혹을 받고, 부처님도 많은 유혹을 깨치기 전에 받았다는 것을 기억하자.

하지만 참 힘들다. 이제까지 많은 빙의를 천도시켰지만 제일 힘든 빙의 중의 하나다. 며칠 전만 해도 빙의를 보내 준 사람을 미워했는데 오늘 생각해 보니 '그들도 얼마나 힘들었을까?' 싶다. 모르고 몇 년이나 계속 함께 있었을 텐데. 겨우 며칠을 고생한다고 원망하다니... 도리어 내가 이상하게 느껴졌다. 나의 고통으로 이기심이 생겼나 보다.

우리가 빙의를 천도하는 일은 빙의 자신이 깨달아 제 갈 길을 가서 좋고, 빙의당한 사람을 도와주니 좋고, 우리도 조금 괴롭지만 수련이 올라가서 좋은 일이다. 하지만 참 괴롭다.

2006년 2월 24일 금요일

밤 1시경 수련 중에 길 위에 고층 빌딩이 줄지어 있고 텅 빈 하늘이 보인다. 길은 지구처럼 둥근 모양이다. 아주 낯익은 모습이다. 지난 12월 28일 무위 삼매 수련 시에도 이 모습이 보였다. 조금 더 멀리서 본 것이다.

밤11시부터 빙의가 조금씩 나가고 있다. 참 기뻐하면서 잠자리에 들었다. 빙의가 나가지 않아도 너무나 피곤하여 잠에 빠졌다.

2006년 2월 25일 토요일

새벽에 가슴이 아프고 목이 아파 도저히 잘 수가 없어서 일어났다. 어제 나간 줄 알았던 빙의가 아직 남아서 아프다. 시계를 보니 3시 반이다. 수련 중 지난 화요일 삼공재에서 만난 도우 한 분이 '김춘식 선생님과 김태영 선생님께서는 왜 사주는 틀리는 학문이라고 하셨는지 모르겠다. 오행도 사주와 같은 음양 학문인데' 라고 한 말이 생각났다.

'사주는 근본이 음양 두 개로 시작되고 세상은 음양중 세 개로 이루어져 있어서 그렇다'라고 대답했다. 하지만 나도 음양과 음양중 정도만 알지 자세히 모르겠다.

오늘 수련 중 이 문제를 곰곰이 생각했다. (이 생각들은 선계의 스승님들의 가르침이다)

천부경에서 '일시무시일 석삼극 무진본'이 처음 나오는 구절이다. 하나로 시작하되 하나로 시작됨이 없다. 삼으로 나누어도 근본이 다함이 없다. 하나를 3으로 나누어도 그 근본 자체는 변함이 없다는 말이다.

천일일 지일이 인일삼 - 하늘이 첫 번째 하나이고, 땅이 두 번째 하나이고, 사람이 세 번째 하나이다. 우주를 3으로 나누면 하늘, 땅, 사람이 대표적인 동식물, 자연 등 하늘과 땅 사이의 모든 것을 세 번째로 두었다.

3으로 나누는 것은 우리 주변에도 사람 중에 몸과 마음과 기운, 음과 양과 중, + - 0, 불 법 승, 성자와 성부와 성신 등 3으로 나누어진 것들은 많다.

그러면 2로 나누어진 것은 어떨까?

천이삼 지이삼 인이삼 - 하늘이 셋 중에 둘이요(밤낮) 땅이 셋 중에 둘이요(음양) 사람이 셋 중에 둘이다(남녀).

먼저 3으로 나누고 또 2로 나누어진다. 그래서 6으로 나누면 세상 이치가 맞지만 4로 나누면 맞지가 않는 것이다. 만약 사주가 아니고 육주이면 미래가 맞아질 수도 있을 것이다. 사주는 과거의 시제를 뽑아서 미래를 맞추는 학문이다.

과거는 현재와 연관되어 있어 현재의 요소를 포함해야 미래가 나오는데 연월일시는 이미 우리가 태어난 과거일 뿐이다. 그래서 우리가 바라는 미래가 나오지 않는다. 틀릴 때도 있고 맞을 때도 있다. 이것은 진리가 아니다.

그래서 '사이비'라는 말이 생각났다. '4는 아니다' 한자로 어떻게 쓰던 뜻은 이런 게 아닐까? 사이비는 가짜라는 뜻도 있으니 '하도 사주에 사람들이 매혹당해 있으니 가짜를 조심하라고 알려 주는 말인가?' 생각도 든다.

나에게 선계의 스승님들의 가르침은 마음속에 생각으로 솟아나는 것 같다.

선생님께서 '소리가 들리지 않느냐? 소리로 가르쳐 주실 수도 있다'고 하셨는데 소리가 아니고 내 마음에서 생각으로 나타나는 것 같다. 왜냐하면 이런 생각은 평소에는 전연 생각지도 못한 것들이 자꾸만 줄줄이 떠오르기 때문이다.

다섯 번째 공처 수련부터 나의 수련 시에 생각나는 것은 선계의 스승님들의 가르침인 것 같다. 자성은 밖에 있지 않고 안에서 찾으라는 말처럼 '정말 내 안에 모든 것이 있구나' 싶다. 앎이 한 발짝 가까워지는구나. 수련이 조금씩 깊어질수록 더욱 겸허하고 부드럽고 정직해야 한다. 내가 나를 더욱 지켜보고, 나쁜 습관들을 고쳐 나가야 한다. 이제 겨우 빙의가 나간 모양이다. 참 힘들다.

부산에 사는 친구 아들 결혼식 날이다. 집에서 12시에 출발하여 1시 기차로 4시에 부산에 도착하고, 5시에 결혼식 마치고 식장에서 저녁 식사하고 7시에 다시 부산 출발, 10시에 서울역 도착하여 11시에 부천 집에 도착했다. 요즈음은 KTX가 있어서 빨리 갔다 오는 데는 참 편리하다. 무엇이 바쁜지 사람들은 빠른 차로 허둥지둥 다닌다. 그중에 나도 정신없이 바쁘게 산다.

요사이는 수련 중이라 평소의 일들과 함께 더욱 바빠서 잠잘 시간이 거의 없다. 밤중에도 수련하느라 잠을 거의 자지 못하고 낮에도 시간만 나면 화두를 외우고 수련 중이다. 그래도 견디는 것은 워낙 기운이 많이 들어와 체력을 유지하는 것 같다.

기차 안에서도 화두를 외우며 수련했다. 숲이 보이고 산이 보였다. 산꼭대기에서 무언가 흘러내린다. 가만히 보니 용암이다. 용암과 함께 수증기가 나와서 하늘로 올라간다. 나는 수증기에서 하늘의 공간이 된다. 나는 하늘(허공)에서 나왔나? 이것이 이번 단계의 마지막 화면인가? 이제 이 단계는 끝난 것 같다. 참으로 많은 가르침을 받았다. 이제 마지막 단계만 남은 것 같다.

2006년 2월 28일 화요일

선생님께 새 화두를 받았다. 화두가 외우기도 어렵고 화두의 뜻도 어렵지만 수련의 마지막 단계로는 너무 적절한 화두인 것 같다. 선계의 스승님들께서 만드신 것이라 완벽할 것이다.

화두를 외우니 기운이 아주 세게 흐른다. 첫 번째 천지인 삼매 때처럼 온몸에 기운이 흐른다. 심포삼초경이 흐르고 폐·대장경에 자극이 온다. 바늘로 찌르는 것처럼 짜릿짜릿하다. 다리에도 기운이 많이 흐른다. 화두가 바뀌니 어떻게 이렇게 다른지 모르겠다.

이번 수련들은 정말 상상마저도 할 수 없는 것들이었다. 이런 수련을 할 수 있다는 것만으로도 행복하다. 지난겨울은 수련하는 재미로 어떻게 겨울을 보냈는지도 모르겠다. 시간 가는 줄도 모르겠다. 참 힘들었지만 또 너무나 즐거웠다. 이제 마지막 단계에 왔다. 한 단계 한 단계마다 빙의 또한 쉽지 않았다. 하지만 만화 같은 꿈같은 일들이 현실이었다. 다시 마지막 단계의 수련이 시작된다.

2006년 3월 1일 수요일

아침에 일어나 수련하면서 생각이 떠올랐다. 아무것도 없는 것은 하나라도 존재하는 것보다 자유롭다는 생각이 든다. 존재 자체마저도 없는 가벼움이랄까? 나의 개성을 가지는 것보다 없는 것은 유지할 에너지도 필요 없는 것.

물을 예로 들면 물 자체이다가 소가 먹으면 우유가 되고, 독사가 먹으면 독이 되는, 성질과 형태가 없이 변화의 자유로움 같은 것일까? '나의 개성이 없이 그냥 동화되면 한마음이 되는 것' 그러면 '싸움이나 갈등이 없는 평화만이 있는 것' 그런 것일까? 아직 개념이 떠오르지 않는다.

우리집 심야 전기보일러를 놓아 주신 이 부장님이 새벽에 왔다. 그제 밤에 심야 보일러가 전기가 들어오지 않아 멈추었다. 어제는 쉬는 날이라 고쳐 달라고 연락했는데 어제는 오지 않고 오늘 새벽에 왔다. 그런데 보일러는 어제 아무렇지도 않은 듯이 잘 가동되었다.

이 부장은 접신이 된 사람이었다. 그동안 몇 번 만났지만 아무 말도 않더니 오늘 우리집에 와서 요즈음 자기는 밤마다 가위에 눌리고 자기의 영이 빠져나가 자기 모습을 본다고 한다. 육체에서 나가서 다시 돌아오면 힘이 없고 기분이 아주 나쁘다고 한다. 물론 본인의 마음대로 하는 유체이탈이 아니고 자기는 나가기 싫은데 억지로 혼이 나간다고 한다. 그러면 옆에 있는 부인을 깨운다고 한다.

처음에는 그런 줄도 몰랐는데 여러 번 그런 일이 있고는 부인에게 이야기하고 흔들어 달라고 한단다. 이런 이야기는 우리의 수련 후 처음 듣는 이야기다. 혼이 나가는 빙의는 우리도 처음이다. 이번 수련은 이 빙의를 천도시키는 시험인가 보다. 마지막 단계라서 그런지 정말 힘든 빙의들이다. 한 단계마다 빙의 수련의 단계도 높아지는 모양이다. 『선도체험기』에서도 이런 빙의는 들어 보지 못했다.

낮 수련의 생각

물은 소가 되었다가 독사도 되었다 만물이 되어도 합칠 때 그 물체가 되지만, 나오면 다시 물이 된다. 바뀌어도 본래의 모습이 되어도 유연하다. 서로 다치지 않고 자연스럽게 결합하고 다시 분리되어도 상처 입지 않는 부드러움…

이것이 비비상처인가? 우리가 빙의를 받을 때도 나갈 때도 전혀 의식하지 않는 경지에 다다르면 이것을 이해할 수 있을까? 아직은 잘 모르겠다.

2006년 3월 2일 목요일

어제 빙의가 오늘 우리를 많이 힘들게 한다. 얼마나 힘이 센지 자꾸 기운이 빠지고 화가 나려고 한다. 밤에 수련을 했지만 아직 며칠 우리와 함께해야 되나 보다.

검은 밤하늘에 별이 많은 하늘이 보이고 낮의 파란 하늘이 보인다. 낮의 하늘에는 건물들이 아래에 있고 하늘이 텅 비어 있다.

2006년 3월 3일 금요일

빙의가 심해서 숨쉬기 힘들 때가 있다. 그런데도 기운은 아주 많이 들어온다. 밤 수련 중 갑자기 세상이 고요하고 내가 혼자이다. 내가 아주 큰 부처가 되어 홀로 벌판에 서 있는 모습이 된다. '천상천하유아독존'인가? 하는 생각이 들었다. 마치 법주사의 은진미륵처럼 큰 부처가 있고 멀리 산이 보이고 들이 보이는, 아무도 없는 벌판에 서 있다. 참으로 고요하고 평화로운 모습이다.

2006년 3월 6일 월요일

어젯밤 수련 중에 남편과의 대화에서 '우리가 많이 변했다. 몸도 많이 좋아졌고 마음도 많이 편해지고 안정이 되고 기운도 많이 들어와 빙의천도 수련도 많이 되었다' 라고 말했다.

나도 지금 온몸에 기운이 들어가는 것을 보면, 이 수련으로 얼마나 많은 기운이 흐르는 것인가 알 수 있다. 손이 많이 찼는데 요 근래 3~4일 사이에 따뜻해졌다. 아주 찼다가 조금 나아졌다가 했는데 이제는 따뜻한 시간이 더 많다. 그만큼 기운이 잘 흐르는 것일까?

다리에도 기운 흐름이 느껴진다. 아직은 발이 조금 차다. 그래도 예전보다는 아주 좋아졌다. 다리 전체가 시원한 것은 피부호흡이 되는 것이라지만, 기운의 흐름이 찬 것을 몰아내는 것일까?

밤 수련 시 화면이 보였다. 아주 높은 산들이 보였는데 하얗게 눈이 내렸는지 온통 흰 모습이다. 한동안 산들의 모습만 보였다. 마치 히말라야산맥처럼 하얀 눈들만 쌓인 산, 산, 산의 풍경이었다.

그리고 벌판이 보였다. 여기에도 하얀 눈이 쌓여 있다. 아무것도 움직이지 않았고 식물들도 없었다. 하얀 산과 하얀 벌판이 보이면서 무슨 말이 들렸는데 기억이 안 난다. 소리가 아주 낮게 들렸는데 끝이 나고 나서 문득 생각이 났다. 아차, 무슨 소리였는데... 이미 지나가 버렸다. 도저히 기억이 안 난다. 중요한 가르침인데... 조금 더 지켜보아야겠다.

2006년 3월 7일 화요일

새벽에 일어나 수련 중 동그란 기운 중에 한가운데 태양이 빛나고 있다. 2000년에 본 찬란한 태양은 아니지만 황금색 태양이다. 그때는 깜짝 놀라서 다시 보려고 노력했지만 다시 볼 수 없었다. 오늘 아침 운동 후에 수련 중 다시 태양을 보았다. 이 태양은 천지가 놀라는 그런 찬란한 태양이 아니고 앞에 안개가 가득하고 우리가 늘 대하는 온화한 태양이다. 이제 나의 습을 말리고 안개를 걷으면 태양과 늘 함께할 것 같다.

이 태양이 내 마음속에 있는 자성인가?

삼공재에서 수련 중 생각난 일 :

계속 화두를 외우고 있었다. 빙의가 아주 심했다. 화두를 생각하며 집에서 남편과 나오며 이야기한 내용을 생각했다. 그 이야기는 물처럼 소가 되었다 독사가 되었다 하는 것은 모양이 바뀌는 것이다. 하지만 '그것은 우리의 수련과 무슨 상관이 있을까?' 그런 생각을 하면서 '왜 빙의는 우리를 괴롭히나?' 이런 생각도 했다.

갑자기 장자의 나비 생각이 났다. '나비가 나일까, 내가 나비일까?' 하는 말속에 나비와 나는 하나라는 생각이 났다. 나비와 장자가 하나라는 생각은 나비의 마음과 장자의 마음이 합해진 것. 우리도 빙의와 하나가 될 때 고통이 없어지는 것은 아닐까? 하나 되는 것은 나 자신을 없애는 것이다. 내가 상대의 의견에 동의하는 것, 그리고 상대가 떠나면 내가 되는 것이 그런 것이다.

상대편이 기뻐하면 함께 기뻐하고, 슬퍼하면 함께 슬퍼하고 위로하며, 화내면 그의 마음을(생각을) 들어 주고 나의 감정을 정지하며 상대와 동화되면 괴로움과 아픔이 없이 감정 동요도 일어나지 않는다. 그러면 마음의 평화가 온다. 마치 거울처럼 앞에 서는 사람이 자신의 모습을 비추다 떠나면 본래의 거울이 되듯이.

깨달은 사람은 그렇지 못한 사람과 어울려 자기 자신의 마음은 갖지 않고 모든 사람에게 친절하고 이해하고 불쌍히 여기는 마음으로 들어 주고 위로해 주며 사랑을 베푸는 것이다. 그래서 마음의 평화를 항상 가질 수 있고 아무것도 바라지 않고 줄 수가 있다.

결국 주고받기는 깨닫지 못한 사람들끼리 업장을 더 짓지 않는 방법으로 쓰인다. 깨달은 사람은 언제나 주어도 하나와 같은 것이라 한없는 기운과 힘과 지혜가 나오는 것이다. 이런 깨우침이 나의 선계의 스승님께서 나에게 주신 보물이다. 이 생각은 『천부경』에서 '일묘연만왕만래용변부동본'의 뜻과 같은 것이다.

2006년 3월 8일 수요일

아침에 일어나서 화두를 외우며 생각했다. 어제 남편과 대화한 부분을 생각하고 무엇인가 미진한 것을 다시 한 번 재점검했다. 아직 한없는 기운과 힘과 지혜가 없는데 어떻게 남을 도울 수 있을까? 그 많은 빙의를 어떻게 다 천도시키나 하는 걱정이다.

『천부경』의 마지막 구절이 생각났다. '본심본 태양 앙명 인중 천지일' 본마음으로 태양을 향한 밝은 마음을 가질 때 사람 속에 하늘과 땅이 하나다.

항상 바르고 밝은 마음을 가지면 하늘과 땅의 무한한 힘이 하나 되어 사람 속에 있다는 말인가? 바로 큰 힘은 밝은 마음에서 나오는 것이다. 누구나 바르고 밝게 대하면 힘은 하나에서 바로 받는 것이다. 이것을 실천하면 어두운 마음, 비뚤어진 마음을 도울 수 있다. 하여튼 수련하면서 느끼는 것은 『천부경』이 너무 대단한 경전이라는 것이다.

2006년 3월 11일 토요일

낮에 남편의 수련이 잘되었다고 들었다. 나도 듣던 중에 갑자기 3월 6일 하얀 벌판을 보면서 무슨 소리를 놓친 생각이 났다. 그 말은 '있는 것도 아니고 없는 것도 아니다'라는 것이었다. 그런데 그 화면에서는 전혀 생각이 나지 않았는데 오늘 갑자기 생각나다니 놀랍다.

저녁 수련 시 생각난 구절 :

『삼일신고』에 '철은 지감 조식 금촉하야 일의화행 반망즉진 발대신기하나니 성통공완이 시니라.' 정말 감정(感情)을 통제(統制)해야 한다. 내가 없어야 상대가 보이고 상대의 마음을 이해하고 함께 느낀다. 나의 욕심과 가아를 없애는 길이 보림의 길이다. 앞으로 나의 욕심으로 상대가 미워지고 싫어질 때가 많을 것이다. 하지만 그런 습기는 나의 자성으로 말려서 조금씩 줄일 것이다. 자꾸만 나를 지켜보면서 아집과 습기를 없애고 지감 조식 금촉에 노력할 것이다.

2006년 3월 13일 월요일

큰 힘은 가아인 내가 없고 하나가 되는 과정에서 나온다. 큰 지혜 또한 상대를 이해하고 나의 자존심, 욕심을 버리면 거기에서 나오는 것 같다. 자성은 바로 그곳에 있는데 나의 가아와 욕심, 자존심이 자성을 보지 못하게 한다. 욕심을 버린 그곳에 큰 힘과 지혜와 사랑이 있는데 그것을 모르고 바로 앞의 이해와 득실을 따진다.

요즈음 나는 머리만 조금 깨친 것 같다. 아직은 일의화행 반망즉진의 단계에 들어가는 시작이다. 이제부터 다시 '본심본태양앙명인'의 인간이 되도록 수련을 계속해야 한다.

바른 마음을 알았으면 바른 행동이 반드시 따라가야 한다. 물론 바르지 못한 것도 무위계에서는 다 같지만 지금 우리는 유위계에 살고 있다.

바르지 못한 행동은 이기심을 낳는다.

올바른 행동, 착한 행동이 이기심을 없애고 진아에 가까이 가는 길이다. 악은 나를 진아에서 멀어지게 하는 행동이다. 자꾸만 나를 없애는 수행을 하면 진리 속에 있게 되고 항상 마음이 편안하다. 진리와 함께 하면 항상 평화롭고 안정되며 기쁘다. 바로 이 길이 도의 길이다.

2006년 3월 14일 화요일

선생님께 우리의 수련이 끝났다고 말씀드렸다. 이제 앞으로 계속 수련을 하겠지만 현묘지도 8단계 수련은 끝난 것 같다. 지난 4개월 동안 정말 최선을 다했다. 그동안 많은 것을 느끼고 배웠다. 영안이 뜨이고 전생을 보고 출신(出神)도 해보고, 전에는 내가 전혀 상상도 하지 못한 일들이 일어났고 경험을 했다. 한 번 나도 해 보았으면 하고 원했지만 나에게는 도저히 일어날 것 같지 않는 일들을 막상 경험하고 나니 이 모든 것이 정말 사실이구나, 나도 되는구나 하는 느낌이 든다.

말로만 듣고 글로만 보았던 일들을 실제로 내가 겪어 보는 체험이 되었고 거짓이 아니라는 것도 느꼈다. 하지만 이 모든 것을 버릴 수 있는 마음도 배웠다. 그런 초능력보다는 하나를 깨달았고, 인간은 어떻게 살아야 하며 나는 누구인가를 깨달은 것이 더 큰 수확이다.

이제 어떤 일이 나에게 다가와도 흔들리지 않고 마음의 평화가 내 안에 있을 것이라는 생각이 더욱 나를 기쁘게 한다.

그리고 하나에 가까워지려면 항상 가아인 나를 없애는 생활을 하며 여러 생에 걸친 습을 없애는 노력을 해야 한다. 아직은 행동이 바로 따르기에는 먼 길이다. 다시 수련을 처음 시작하는 마음으로 생활하자. 더욱 나를 없애고 남과 하나 되는 생활을 일상화할 것이다.

선생님께서 우리 부부에게 선호(仙號)를 지어 주셨다. 남편에게는 道溪(도계) : 도가 계곡의 물처럼 힘차게 흐르라는 뜻으로. 나에게는 道松(도송) : 도의 기운이 언제나 소나무처럼 늘 푸르고 꿋꿋하게 뻗어 나가라는 뜻으로 지어 주신다고 하셨다.

어젯밤 우리 부부는 마주보고 선계 스승님께 삼배, 김태영 선생님께 삼배, 우리 부부에게 삼배, 자성에게 일배, 완성된 수인 10배를 했다.

12년 전에 김태영 선생님에게 수련받기 전 100일간 하루에 103배씩 수련하고 선생님을 찾아뵈었다. 10배의 절을 올리니 그때 생각이 났다. 그때는 정말 기운이 무엇인지 도가 무엇인지 우리가 공부할 목적이 무엇인지 아무것도 모르고 이 수련을 시작했다. 오직 선생님의 자애로운 지도와 가르침으로 오늘까지 왔다. 무어라 감사를 드려야 할지 할말을 모르고 가슴만 벅찬 느낌이다.

우리 부부가 오늘의 이 수련을 마친 것은 서로 도우며 의지하며 함께 수련함으로써 힘든 것들을 견뎌낼 수 있었기 때문이다. 그동안 힘든 시간도 아주 많았다. 하지만 수련하는 것이 너무 즐거웠고 무엇인가 꼭 끝내리라는 결심을 하면서 오늘 여기까지 왔다. 혼자서 수련하는 것보다 부부가 함께 수련하면 즐거움은 2배, 괴로움은 반이다. 그리고 수련의 진도는 1+1=??이다. 생활 속에서 서로 수련하면서 대화하고 인내하면 부부 사이도 좋고 수련도 힘을 합해 더욱 정진한다고 본다.

이제 우리 주위에서 누가 도움을 요청하면 힘껏 돕고 싶다. 선생님께서 아낌없이 우리에게 가르쳐 주시고 도와주셔서 이만큼 왔는데 우리 또한 힘껏 아는 만큼 도와주고 싶다. 이것은 우리의 의무이자 도리이다.

깨친 사람이 무애행을 하는 것은 아직 깨치지 못한 것이다. 하나 되는 사람은 이상한, 남이 이해 못 할 행동을 할 수가 없다. 태양은 항상 밝다. 어쩌다 구름이 가리지만 항상 제자리에서 밝다. 어두운 사람이 가까이 있더라도 항상 바르게 행동하고 밝게 살아야 깨친 사람이다.

우리 부부는 항상 바른 행동과 밝은 마음을 가지고 살려고 노력할 것이다. 처음의 수련하는 마음으로 도의 길을 갈 것이다. 오랫동안 파랑새를 찾으러 다니다가 집으로 돌아와 찾은 기분이다. 본래의 자리로 돌아온 느낌이다.

도송 김양숙

【필자의 독후감】

2005년 11월 5일부터, 전수받은 후 13년 동안 새까맣게 잊고 있던 현묘지도를 오늘(2006년 4월 8일)까지 19명에게 보급하고 있는 중이다. 그동안 4명이 수련을 마쳤다. 수련 초기부터 후배와 자기 자신을 위해서 반드시 체험기를 써 놓으라고 했는데 정무영, 김양숙 씨 부부가 제일 충실했다. 그중에서도 김양숙 씨의 것이 더 생동감이 있고 돋보인다.

세상에 무슨 일을 성취하려면 만만한 것이 있을 리 없다. 국회의원이 되고 대통령이 되는 일에서부터 사법고시에 합격하는 일도 그렇고 하다못해 은행과 건물을 헐값에 인수하려고 밤잠을 안 자고 연구하고 궁리한 론스타의 씨이오에 이르기까지 이 세상에 공짜란 절대로 있을 수 없다.

무슨 일에든지 전력투구를 하지 않으면 성공하기가 어렵다. 더구나 도의 세계에서 생사대사(生死大事)인 견성을 하고 해탈을 하는 것 역시 아무나 이럭저럭 어영부영 물결치는 대로 바람 부는 대로 남들이 하는 대로 따라해서는 절대로 성취될 수 없다.

전력투구에다가 하늘을 감동시킬 수 있는 지극정성이 있어야 한다. 그런 의미에서 아직도 현묘지도 화두를 잡고 있는 수련자들은 말할 것도 없고 모든 수행자들에게 이들 부부의 사례는 훌륭한 귀감(龜鑑)이 될 수 있을 것이다.

〈84권〉

서두 : 작년 11월 5일부터 필자는 지금까지 총 23명의 수행자에게 현묘지도를 전수했다. 그 중에서 10명이 통과되었다. 『선도체험기』 83권에 이미 그들 중 3명의 체험기가 나갔고 84권에 그에 뒤이어 7명분이 나갔는데 원고 들어온 순서대로 실었다. 총 10명 중 남녀 각각 5명씩이다.

『선도체험기』 83권에 나간 체험기를 읽고 많은 감명을 받았다는 독자의 반응이 계속 답지하고 있다. 그들은 감동만 받은 게 아니고 자기네들도 더이상 미룰 수 없어서 수련을 본격적으로 해 보기로 작정했다면서 삼공재를 찾아오기도 했다. 내가 은근히 바랐던 경쟁 유발 효과를 보는 것 같았다.

다음은 단기 4339(2006)년 3월부터 단기 4339(2006)년 9월 30일 사이에 있었던 필자의 수련 과정과, 필자와 수련생들 사이에 오고간 수련과 인생에 대한 대화 그리고 필자와 독자 사이의 이메일 문답을 수록한 것이다.

부적(符籍)이 효과가 있습니까?

중년 수련자인 오영숙 씨가 수련을 하다가 물었다.

"선생님, 질문이 하나 있습니다."

"말씀하세요."

"부적이 효과가 있습니까?"

"부적요?"

"네."

"부적이 전연 효과가 없다면 시중에 매매되지 않았을 것입니다. 그러나 부적 만드는 사람이 고객의 소원에 맞추어 부적을 그릴 때 그에게서 얼마나 강한 기운이 부적 속에 스며드는가에 따라 정도의 차이는 있을 것입니다.

마치 침놓는 의사의 기(氣)의 강도에 따라 치료 효과가 달라지듯이 말입니다. 여기서 기라는 것은 일종의 에너지이므로 그것을 수용하는 고객에게 분명 어떤 작용을 하는 것은 있을 수 있는 일입니다. 그러나 그런 외부적인 작용에 의지하는 것은 구도자로서 취할 바 태도라고는 말할 수 없습니다."

"그럼 구도자는 어떤 태도를 취해야 합니까?"

"구도자는 어디까지나 자기 자신의 마음과 기와 몸을 자력으로 보다 바람직한 방향으로 향상시킬 뿐 신(神)이나 부적(符籍) 같은 외부적인 것에 의존하지 않습니다. 구도자는 자신의 존재의 실상을 추구해 들어가면 결국 우주의 주재자가 자기 자신임을 알게 됩니다. 그러한 구도자에게 부적 따위가 무슨 소용이 있겠습니까?"

"그래도 보통 사람들은 부적의 효력을 상당히 믿고 있고 이용도 하는 것은 현실이 아닙니까?"

"그러나 그러한 사람들의 태도도 알고 보면 근본적으로 잘못된 것입니다. 가령 어떤 상인이 부자가 되기 위해서 부적을 이용한다면 그건 잘못된 것입니다."

"왜죠?"

"부자가 되는 것은 그 사람이 부지런히 일하고 검소하게 생활하고 절약하고 고객으로부터 얼마나 신용을 얻느냐에 달려 있는 것이지 몸에 부적을 지니고 다닌다고 해서 되는 것은 아니기 때문입니다.

사주팔자(四柱八字)는 불여(不如) 관상(觀相)하고 관상(觀相)은 불여(不如) 심상(心相)이라는 말이 있습니다. 사주팔자는 관상 보는 것만 못하고 관상은 마음먹기보다 못합니다. 여기에 부적(符籍) 역시 불여(不如) 심상(心相)이라고 하나 덧붙여야 합니다.

어떤 상인(商人)이 부자가 되느냐 못 되느냐 하는 것은 그가 마음을 어떻게 먹느냐에 달려 있는 것이지 부적을 몸에 지니고 다닌다고 해서 되는 것이 아닙니다. 어떤 구도자가 견성하고 해탈하느냐 못 하느냐 하는 것은 그가 얼마나 지극정성으로 수행을 하느냐에 달려 있는 것이지 부적을 차고 다닌다고 해서 되는 것은 아닌 것과 같습니다."

"그래도 선생님, 아무리 부지런히 일하고 검소하고 절약해도 돈이 모이지 않는 사람이 있습니다. 그건 무엇 때문입니까?"

"그건 업장(業障) 때문입니다."

"업장이라뇨?"

"이 세상에서 일어나는 어떠한 일이든지 우연히 일어나는 일은 하나도 없습니다. 모두가 어떤 원인이 있었기 때문에 그러한 결과가 있는 것입니다. 다시 말해서 이 세상에서 일어나는 일 중에서 인과응보 아닌 것은 하나도 없다는 얘기입니다.

아무리 부지런하고 검소하고 절약해도 돈이 모이지 않는 사람은 전생에 부자로 살 때에 물자를 낭비하고 남에게 인색했던 인과(因果)입니다. 그 업장이 해소될 때까지는 부자 되기가 어려울 것입니다. 빚진 사람은 그 빚을 다 갚기 전에는 부자가 될 수 없는 것과 같은 이치입니다.

그러니까 무엇이 뜻대로 안 되는 것은 남의 탓이 아니라 자기 자신에게 그 원인이 있다는 것을 깊이 깨닫고 참회하고 새로운 인생으로 거듭나야 합니다. 그렇게 하지 않고는 그 업장에서 벗어날 길이 없습니다.

다시 말해서 내가 가난한 것은 부자의 착취나 사회 제도 때문이라고 생각하는 사람은 평생 파업과 투쟁은 할 줄 알아도 자기 자신을 반성하고 생활을 근본적으로 개선해 나갈 줄은 모릅니다.

그러나 인과의 이치를 깨닫고 지금의 역경을 꾸준히 극복해 나가면서 부지런하고 검소하고 절약하는 생활을 밀고 나가는 사람은, 비록 아버지의 소 판 돈을 훔쳐 갖고 서울로 도망쳤다고 해도, 정주영 씨처럼 끝내 성공하게 되어 있습니다. 결론적으로 말해서 어떤 분야에서든지 성공 여부는 부적을 지니고 다닌다고 해서 되는 것이 아니고 마음을 어떻게 먹고 얼마나 노력하느냐에 달려 있다는 얘기입니다."

"구체적으로 부자가 되고 싶은 사람은 어떻게 하면 될까요?"

"부자들이 자수성가한 전례를 유심히 보아 두었다가 그대로 따라 하기만 해도 처음엔 누구나 부자가 될 수 있습니다. 마치 구도자가 성인(聖人)의 발자취를 따라가면 반드시 성인이 될 수 있는 것과 같습니다.

그렇게 하지 않고 내가 가난해진 원인은 부자 때문이라고 생각하고 어떻게 하든지 부자를 때려잡는 데 평생을 보낸 사람은 절대로 부자가 될 수 없습니다. 그것은 매일 달걀을 낳는 암탉의 배를 갈라 아직도 부화 중인 달걀을 꺼내 먹는 것과 같이 어리석은 짓입니다. 가난한 사람은 근검절약(勤儉節約)만 해도 큰 부자는 못될망정 작은 부자는 될 수 있습니다."

"하도 빈곤해서 근검절약할래야 할 것도 없는, 찢어지게 가난한 사람은 어떻게 하면 됩니까?"

"그런 사람도 남보다 부지런하고 검소하고 절약하는 생활을 함으로써 어떻게 하든지 돈을 모아 가난에서 벗어나야 하겠다고 굳은 결심을 일단 하고 나면 반드시 그에게는 좋은 기운이 모여들어서 절약할 만한 재물이 생겨나게 되어 있습니다.

대부분의 가난한 사람들은 월급을 타든가 돈이 생기면 어떻게 쓸까 하는 것부터 궁리하지만 근검절약이 몸에 밴 사람은 돈이 생기면 무슨 일이 있어도 최소한의 생활비 외에는 은행에 저축부터 먼저 합니다. 티끌 모아 태산이라고 이렇게 한 푼 두 푼 모은 재산이 큰돈이 됩니다. 처음엔 10만 원이 어느덧 백만 원이 되고 백만 원이 천만 원, 1억 원이 되는 식으로 불어나게 되어 있습니다.

그러나 대부분의 가난한 사람들은 목돈이 생겼다 하면 공연히 마음이 들뜨고 쓰지 못해서 안달을 합니다. 이런 사람은 돈 욕심 때문에 도박을 하든가 사기꾼에게 속기를 잘하여 곧 빈털털이가 되곤 합니다. 이런 사람의 손에 돈이 모여들 리가 없습니다.

인재는 인재를 아낄 줄 아는 경영자에게 모여들 듯이 돈은 돈을 아낄 줄 아는 사람에게 모여드는 속성이 있습니다. 돈을 벌되 고작 자기 자신과 가족을 위한 이기적(利己的)인 목적을 위해서만 돈을 쓸 줄 아는 사람에게는 큰돈이 모이지 않습니다."

"그럼 어떤 사람에게 큰돈이 모입니까?"

"자리이타(自利利他)행을 할 줄 아는 사람에게 큰돈이 모입니다. 쉽게 말해서 내 배만 채우려고 할 것이 아니라 나와 거래하는 상대방도 생각할 줄 아는 사람에게 더 큰돈이 모여든다는 얘기입니다. 남을 생각한다는 것은 자기만 생각하는 사람보다는 마음이 한층 더 깊고 넓어야 합니다. 마치 깊고 큰 물에 더 많은 고기가 모여드는 것과 같은 이치입니다.

구체적인 실례를 하나 들겠습니다. 소매상을 하는 상인이 이윤만 많이 남기기 위해서 고객의 이익은 전연 생각지 않고 비싼 값으로 팔면 당장은 돈을 벌 수 있겠지만, 고객의 이익도 늘 생각하여 싼값에 많이 파는 사람만큼 오래 가지도 못 할뿐더러 큰돈도 벌 수 없습니다. 큰 상인이 되려면 고객의 이익을 자기 이익 못지않게 생각하는 사람이 되어야 합니다. 이처럼 큰돈 버는 상인은 그의 마음 씀씀이와 그로 인한 지혜와 행동거지 여하에 달려 있는 것이지 부적을 몸속에 지닌다고 하여 돈을 많이 버는 것은 아닙니다."

매맞고 시원해진 사연

건설 현장에서 잔뼈가 굵은 형틀공인 30대 후반의 수련생인 유남호 씨가 말했다.

"선생님, 저는 어젯밤에 같이 술 먹던 친구에게 하도 되게 얻어터져서 어금니들이 전부 다 흔들리고 고관절이 잘못되어서 잘 걷지도 못할 정도입니다. 기도(氣道)가 상했는지 숨도 제대로 쉴 수 없습니다."

"유남호 씨는 어쩌다가 그렇게 얻어맞기만 했습니까? 그렇게 맞는 동안에 유남호 씨의 팔다리는 관광여행이라도 하고 있었습니까?"

"상대가 하도 억세어 놔서 저는 제대로 대항 한 번 못 해 보고 내내 일방적으로 얻어터지기만 했습니다."

"그렇게 일방적으로 얻어맞기만 하는 것도 웬만한 자제력을 가지고는 쉬운 일이 아닐 텐데요."

"기운으로 상대에게 제가 완전히 제압당하는 통에 미처 어찌해 볼 새도 없이 당하기만 했습니다."

이렇게 말하면서 그는 벌겋게 내출혈이 되어 있는 매맞은 얼굴을 쓰다듬는가 하면 아직도 결리는지 얼굴을 찡그리면서 옆구리를 매만지기도 했다.

"그렇게 매맞은 것이 억울하면 지금이라도 당장 진단서를 한 통 떼어다가 해당 지서에 제출하기만 해도 가해자는 당장 폭행범으로 체포되어 구속되고 재판을 받아 형을 살게 될 것입니다. 그렇게 되기 싫으면 합의

금을 싸 들고 와서 손이 발이 되도록 싹싹 빌어야 하게 되어 있습니다. 그래서 요즘은 매맞는 사람이 이기는 세상입니다."

"그런데 선생님 저는 왜 그런지 몰라도 그렇게는 하고 싶지 않습니다. 제가 지난 13년 동안 『선도체험기』를 읽으면서 마음공부를 하지 않았더라면 저도 당연히 진단서를 끊었을 것이지만 지금은 전연 그렇게 하고 싶지가 않습니다."

"과연 유남호 씨의 마음이 그렇게 넓어졌다면 내가 잘못 짚은 것 같은데. 혹시 유남호 씨가 그에게 얻어맞을 짓을 한 거 아니예요?"

"아닙니다. 제가 이생에 그런 일을 한 기억은 없습니다. 저는 원래 가끔 남에게 매를 맞아 보기는 했어도 제가 먼저 남을 때린 일은 없습니다."

"그런데도 그렇게 얻어맞고도 억울하지도 않고 반발심도 일어나지 않는다면 그건 그야말로 보통 일이 아닌데. 예수는 왼쪽 뺨을 맞으면 오른쪽 뺨마저 내밀고 누가 겉옷을 달라고 하면 속옷까지 내주라고 했습니다. 그러나 막상 그런 경지에 오르려면 웬만한 마음공부를 하지 않고는 어림도 없습니다."

"저는 그런 차원이 아닙니다."

"그럼 어떤 차원입니까?"

"좌우간 그렇게 코가 삐뚤어지게 얻어터지고도 억울하거나 복수심 대신에 마치 몇십 년 묵은 체증이 확 뚫려나간 듯이 시원한 것은 무엇 때문인지 모르겠습니다. 제가 알고 싶은 것은 바로 그겁니다."

"그래요. 그렇다면 유남호 씨는 전생에 그를 흠씬 두들겨 패주었던 죄값을 치른 것이 틀림없습니다."

"정말 그런 걸까요?"

"아니면 자타일여(自他一如)를 체득했든가 둘 중의 하나일 것입니다. 어쨌든 매맞고도 대항하지 않을 수 있다면 그 사람은 최후의 승자임에는 틀림이 없습니다. 왜냐하면 복수는 반드시 복수를 낳아 영원한 복수의 악순환을 초래할 것이며 동시에 끊임없는 생로병사의 윤회를 가져오게 되어 있으니까요.

그러나 매맞고 나서 복수할 능력이 있으면서도 끝내 참아 낸다면 이 복수의 악순환의 고리는 끊어지게 됩니다. 이것이 빌미가 되어 그는 자기 존재의 실상에 도달할 수 있으니까요."

"자기 존재의 실상이 무엇입니까?"

"더이상 윤회를 겪지 않는 시비와 생사를 초월한 참나 즉 니르바나의 경지에 도달할 수 있다는 말입니다."

"니르바나요?"

"그렇습니다."

"니르바나는 열반이 아닙니까?"

"니르바나나 열반이나 피안의 세계를 뜻하는 말입니다."

"열반과 자성(自性) 또는 진아(眞我)와는 어떻게 다릅니까?"

"그것도 다 같은 뜻입니다."

불사조처럼 되살아난 『다물』

여러 해 전부터 이미 절판되었던 나의 장편 소설 『다물(多勿)』을 지상사에서 새롭게 개정판을 내게 되어 며칠 동안 정신없이 교정에 몰두했었다. 내가 쓴 것인데도 전연 새로운 소설을 읽은 것 같은 감회를 받았다. 확실히 다시 읽어 볼 만한 가치가 있는 것이 글이 아니고는 이런 느낌이 들 리가 없을 것이라는 생각을 해 보았다.

하긴 이 소설을 쓰기 위해서 나는 20년 이상 한국 상고사 공부를 했다. 그러는 동안 한국 선도를 알게 되어 지금도 선도수련을 하고 있다. 따라서 이 책은 나의 인생의 코스를 바꾸어 놓은 전환점이 되었다.

『다물』은 정신세계사 송순현 사장의 청탁으로 씌어진 나의 첫 번째 장편소설로서 지금으로부터 21년 전인 1985년 5월에 출판되었다. 1985년이라는 한국 사회의 시점에서 시작하여 그로부터 30년 후의 미래까지를 내다본, 최만주(崔滿州)라는 '한국사 찾기 운동가'의 생애를 그린, 당시로서는 좀 특이한 작품이었다.

줄거리는 최만주가 주장하는 대륙민족 사관과 일제가 한국을 영원히 지배하기 위해서 날조한 반도식민 사관과의 대결을 그린 것이다.

이 소설은 출판되자마자 각계각층 독자들로부터 큰 호응을 얻었다. 이 책이 나오기 전에는 다물이라는 낱말이 무슨 뜻인지 아는 사람은 극소수를 빼고는 전무한 상태였는데 그 이후로 다물회니 다물학교니 다물학회니 다물동호회 같은 수많은 모임이 각 직장과 군과 경찰 내에 생겨나게 되었다.

이 소설은 출판된 후 10여 년 동안 한때는 베스트셀러에도 올랐었고 증보판을 내는 등 내내 스테디셀러로서 성가를 유지해 왔었다. 마지막으로 나온 것으로 보이는 1998년 판은 29쇄를 기록하고 있었다. 그 뒤에는 출판사에서 나에게 인세 도장을 찍어 달라는 주문이 끊어졌었다.

시간은 흘러 2002년부터 중국은 동북공정이라는 것을 시작하여 고조선(단군조선), 부여, 고구려, 발해와 같은 한민족의 뿌리에 해당하는 나라들은 원래 중국 중앙 정권에 소속된 한갓 지방 정권에 지나지 않는다는 억지를 부리기 시작했다.

요즘은 여기에 한술 더 떠 '장백산(백두산) 공정'이라는 것을 추가하여 배달민족의 영산(靈山)인 백두산까지 완전히 집어삼키겠다는 속셈을 드러내기 시작했다. 그뿐만 아니라 북한 정권이 붕괴할 경우 과거 고구려 영토였던 한강 이북의 북한 지역까지도 모조리 먹어 버리겠다는 음모까지 드러내 보이고 있다.

북한은 한국의 원조 외에도 중국으로부터 식량과 에너지 지원으로 근근이 살아가는 처지이니 한마디 항의조차 못 하는 판이지만 한국 국민들의 여론은 분기탱천해 있다. 독도 문제에는 유달리 민감하게 대응하면서도 노무현 정권은 우리의 상고사를 송두리째 날치기해 가려는 중국에는 항의다운 항의 한마디도 제대로 못 하다가 2004년에야 중국과 동북공정 문제로 더이상 상대에게 손상을 입히지 않는다는 양해각서를 교환했다.

그러나 중국은 이 약속을 깨고 동북공정을 계속 밀어붙였다. 참여정부는 아무 말 않고 있지만 여론은 그와는 정반대로 비분강개 그대로다.

드디어 사극 "주몽(朱蒙)"과 "연개소문(淵蓋蘇文)"이 인기리에 방영되기 시작했고 "대조영(大祚榮)"도 방영되기 시작했다.

사극 주몽에는 '다물활'이니 '다물군'이니 하는 낱말이 나왔다. 시나리오 작가가 『다물』을 읽지 않고는 이런 말이 나올 수 없다는 생각이 들었다. 분위기가 이렇게 돌아가자, 내가 21년 전에 썼던 『다물』을 찾는 독자들이 늘어나기 시작했다.

그들은 책방에 가서 찾았지만 『다물』을 구할 수가 없었다. 그러자 그들은 그 책의 저자인 나에게 직접 전화를 걸어 『다물』을 구할 수 없느냐고 했다. 내가 소장하고 있던 10여 권은 순식간에 동이 나 버렸다.

출판사에 알아보니 그 책은 이미 절판(絕版)이 되었다면서 반품으로 들어와 있던 다섯 권을 겨우 보내 주었다. 이것까지 바닥이 나 버리자 전화로 문의하는 독자에게 나는 국립도서관이나 서울대 도서관 같은 데 가면 소장본이 있을 테니 복사를 하는 수밖에 없다고 알려 줄 수밖에 없었다.

읽어 본 독자들은 알 수 있는 일이지만 『다물』은 여느 책들처럼 한 번 읽고 말 책이 아니다. 『다물』이라는 낱말 자체가 잃어버린 옛 영토를 되찾는다는 뜻이다. 그러므로 우리 조상들이 4천 년 이상 경영했고 대대로 그들의 뼈가 묻힌 우리의 옛 강토인 중원의 양자강 이북의 광대한 대륙 즉 만주, 시베리아 연해주를 회복하고 이 땅에서 반도식민 사관이 일소되지 않는 한 이 책의 효용가치가 사라지는 일은 결코 없을 것이다.

그뿐만 아니라 고구려 시조 주몽의 다물 정신이 우리 시대에 어떻게 구현될 수 있으며 중국의 동북공정에 대한 효과적인 대응책은 무엇이냐에 대한 해답은 바로 이 책 속에서 구할 수 있을 것이다. 동시에 동북공정이야말로 우리민족의 잠재의식 속에서 천년 이상 잠들어 있던 다물 정신을 일깨워 주는 강력한 기폭제가 될 수 있을 것이다.

이런 것을 생각할 때 『다물』을 정신세계사에서 성급하게 절판시킨 것을 은근히 아쉬워했었는데 때마침 지상사의 최봉규 사장의 청탁이 들어왔기에 기꺼이 응한 것이다. 부디 그의 모험이 대박이 되어 국민 필독서로서 최소한 천만 부만 팔려 나갈 수 있었으면 좋겠다.

『다물』을 읽고 나서도 좀 미진하다 싶은 독자들은 필자가 쓴 『소설 한단고기』 (상, 하권), 『소설 단군』 (전5권)과 『선도체험기』 시리즈 (2009년 4월 현재 93권 발행) 그리고 지상사 간행 『김태영 소설 선집』 (전 3권)을 읽어 주기 바란다. 이 책들에는 소설 『다물』에서 필자가 미처 다하지 못했던 얘기들과 『다물』과 관련된 일화들이 풍부하게 수록되어 있으니까.

【이메일 문답】

디오게네스

삼공 선생님 전 상서

늘 변함없는 가르치심에 깊은 감사를 드립니다. 그동안 선생님과 사모님께서는 안녕히 지내셨는지요?

그간 선생님께서 염려하신 것처럼 비관이나 자책감에 눌리지는 않았지만 목에서 느껴지는 압박감과 그에 따른 눈물이 눈물샘을 통해 흐르지 못하고 역류하는 것이 좀 불편했으니 축 쳐진 생활을 한 것은 사실입니다.

지난 주말에는 그간 손가락 부상으로 걸렀던 온천을 찾아 평온한 휴식을 취하였습니다. 늘 하던 대로 탕에 앉아 호흡에 들어가자 갑자기 거렁뱅이와 같은 서양인이 영안에 보이는데 몸 전체는 물론 이목구비마저 선명히 분간해 낼 정도로 뚜렷하였습니다. 그리고 전체를 훑어보자 장발에 단정치 못한 차림이었으나 눈빛만은 비범하다는 느낌이 오는데 목 부분으로 시선을 옮기자 갑상선이 부풀어 축 늘어질 정도였습니다.

그 순간 아, 그리스의 디오게네스라는 텔레파시가 오면서 빙의였구나 하는 생각이 들었습니다. 물론 그 유명한 철학자며 성인이었던 디오게네스가 갑상선을 앓았는지는 문헌상 접한 일이 없으니 알 수는 없지만 아무튼 빙의임에는 틀림이 없고 또한 원인을 알았으니 해결방법은 천도를 시킬 뿐이라는 생각으로 수련을 이어 갔습니다.

월요일이 되자 막혔던 백회가 시원해지고 영안으로 보니 흰옷으로 갈아입은 디오게네스가 훌쩍 떠나는 것이었습니다. 그리고 메일 쓰기 조금 전 휴식 겸 연구실에서 선정에 들자 디오게네스가 떠난 후 큰 범이 단전으로 들어오면서 '아 이제야 인간으로서 쌓아 온 습은 해소되고 동물이었던 시절로 거슬러 이어지는구나' 하는 생각이 들었습니다.

그러자 진화의 역순으로 포유동물에서 초식동물들, 지렁이와 같은 절지동물들, 초본류들로 화면이 바뀌면서 순식간에 이어지는 것이었습니다. 결국에는 단숨에 모든 것을 버리자 선정하고 있는 저의 앞이 차츰 밝아 오더니 창호지 한 장 밖의 태양을 보는 듯한 서광이 비치더니 드디어 창호지마저 사라져 찬란한 태양의 빛을 직접 받았습니다.

그러나 마음은 처음이나 지금이나 잔잔하고 동요도 일지 않았으며 아 이제야 모든 것들은 버린 것인가 하는 생각이 들자 선정에 들던 제 모습마저 사라진 상태입니다. 서운함도 그렇다고 희열도 없는 그냥 무 그리고 유, 부동심 등등... 일련의 형용 어귀들을 대신해 주는 상태인 것입니다.

어제부터는 부풀었던 갑상선도 가라앉고 이전의 상태로 전혀 거부감이 없으니 모든 것들이 원상 복귀되었으나 마음만은 더욱더 안정되고 부동심에 가까이 다가선 것 같습니다. 아무튼 어려움 속에서도 진리를 위해 끊임없이 움직여 준 자성에 대한 고마움을 느끼며 메일을 맺을까 합니다.

마지막으로 금주 일요일부터 연구차 2주일 정도 모국을 방문할 예정이며 시간을 내어 인사를 드리도록 하겠습니다. 그럼 선생님과 사모님 두 분 모두 안녕히 계십시오.

삿포로에서 제자 도육 올림

【필자의 회답】

갑상선을 앓는 대형 빙의령이 천도되어 원상 회복이 된 것은 다행입니다. 그러나 이것은 억겁의 세월에 걸쳐 쌓이고 쌓여 온 누생(累生)의 습(習)과는 관계가 없는 것 같습니다. 습은 그렇게 간단히 빙의령 천도되듯 떨어져 나가는 것이 아니기 때문입니다.

대주천 수련을 마친 문하생들 중에도 삼공선도에 대한 확신이 없어서 이런 경우 병원에 가서 수술을 하여 목숨을 잃은 경우도 있고 폐인(廢人)이 되다시피 된 사람이 있었습니다. 이것을 감안할 때 선도에 대한 도육의 부동의 신념과 인내력은 평가받아야 할 것이고 후배들의 모범이 되어야 할 것입니다.

천약(天藥)?

삼공 선생님 전 상서

늘 변함없는 가르치심에 깊은 감사를 드립니다. 선생님과 사모님께서는 그동안 안녕하셨는지요? 지난번 출장에서 선생님을 뵙고 온 지 벌써 10여 일이 지났습니다. 무엇보다 지난번 출장을 전후해 제 주변에는 여러 가지 의미 있는 변화들을 겪었기에 짤막한 작은 주제로 하여 적어 보겠습니다.

1. 오계(五戒) 지키기

지난번 출장을 마치고 선생님께 문안 인사차 삼공재에 들렀을 때가 갑상선 이상으로 인한 온몸의 부종도 최대의 고비였던 것 같습니다. 물론 모국에 머물 때 주위 분들이 갑상선에 좋다는 민간요법의 치료약도 권하기도 하였으나 이것은 수련으로 인한 명현 현상으로 수련을 통한 치료가 순리라고 말씀을 드리고 정중히 거절을 하기도 하였습니다.

그러면서 얼굴을 비롯한 온몸의 내부마저 퉁퉁 부은 듯하고 양 옆구리의 콩팥마저 통증이 오며 기능에도 이상이 감지되기는 하였으나 아마도 이렇게 겉으로 표출되게 몸의 변화가 이는 것에는 아마도 특별한 의미가 있으리라는 생각이 들었습니다.

그러자 이번 기회에 술을 끊으라는 신호라는 생각이 뇌리를 스치더군요. 아마도 친한 술친구라고 할지라도 고약한 직장 상사를 빼고는 이렇게 퉁퉁 부은 사람에게 같이 술 안 먹는다고 나무랄 사람은 별로 없으리라는 생각도 들면서 확신이 서고 이곳에 돌아와서 2~3번의 회식이 있었지만 술 대신 차를 들어도 별 불편 없이 지내고 있습니다.

그러니 저에게 있어 오계 중에서 가장 난적이었던 술 안 마시기가 이루어지고 있으니 서서히 기나긴 습의 터널에서도 빠져나올 기미가 보이는 듯합니다.

2. 천약(天藥)

일주일 전부터 일고 있는 현상입니다만, 모국에서 돌아와 2~3일간은 잠을 잘 수 없을 정도로 중단전이 막히고 아랫배 전체에서 복통이 이는 등 심장, 폐장, 간장 등 모든 장기에 고장이 난 듯 최악의 상태였습니다. 때로는 속이 미식미식하여 오전 근무만 하고 휴가를 내고 휴식을 취해야 하기도 하였습니다.

그리고 3일째 되던 새벽녘에는 배 전체에서 심한 통증이 오기에 와공을 하면서 다시 잠을 청하였으나 자는 둥 마는 둥 하다 이대로는 안 되겠다는 생각에 그간 하지 못하던 조깅을 하기로 하고 밖으로 나섰습니다. 그런데 엎친 데 덮친 격으로 평시 같으면 조깅을 나서려 하면 오던 비도 멈춰 주던 것이 현관문을 나서려 하자 갑자기 빗발이 세어지는 것이었습니다.

그러나 하기로 하였고 또한 나를 시험하려는 것이 아닌가 하는 생각에 속행하기로 하고 늘 달리던 코스를 두 바퀴째 도는데 갑자기 하얀 도포 차림의 근엄하고 온화하신 지금까지의 분들과는 도력에 있어 비교가 안 될 정도로 안정이 되신 보호령이 보이고 뒤이어 제약사인 신명이 열심히 한약을 달이는 것이었습니다.

저는 조깅을 하면서 그 제약사가 정성을 들여 달인 약을 솔솔 백회로 취하였습니다. 물론 제약사의 모습도 또렷하고 지금까지 참고 견딘 것에 대한 보상이 아닌가 하는 생각과 이것이 진인사대천명(盡人事待天命)인 것이로구나 하는 느낌이 오더군요.

물론 그 후부터는 갑상선도 많이 가라앉고 지난 일요일에는 온천수에 발을 담그고 호흡에 들자 마치 일벌들이 열심히 꿀을 물어 나르듯 제약사가 달인 약을 신명(神明)들이 줄줄이 갑상선에 그리고 콩팥에, 간장에, 폐장에 이어 드디어는 온몸의 세포 하나하나에까지 나르는 것이었습니다. 그러면서 인간의 수명에 대한 수수께끼 같은 것이 풀릴 듯하고 여러 가지 숫자들이 보였으나 이 이상은 말을 하지 말거라 하는 느낌이 왔기에 더이상 적지는 않습니다만 수련이 총체적으로 진전이 되고 있음에는 변함이 없는 듯합니다. 아직도 제약사의 모습이 보이니 아마도 서너 달 정도는 약을 취해야 할 것 같습니다.

적다 보니 오늘은 좀 길어진 것 같습니다. 늘 변함없이 이끌어 주심에 다시 한 번 깊은 감사를 드리며 이만 줄이겠습니다. 그럼 선생님과 사모님 두 분 모두 안녕히 계십시오.

삿포로에서 제자 도육 올림

【필자의 회답】

과학자로서 삼공선도를 믿고 끝까지 현대의학에 의존하지 않고 확고한 신념으로 시종일관 인내력을 발휘한 대가가 드디어 왔습니다. 모든 수행자들이 귀감(龜鑑)으로 삼아야 할 훌륭한 사례입니다.

삼공선도 수련으로 운기조식(運氣調息)이 원만하게 되는 수행자는 명현 현상이 일어날 때 병원에 가면 그때부터 끝장입니다. 어떤 수행자는 이가 아프다고 아무 생각 없이 치과에 달려가 어금니를 뽑고 나서야 뒤늦게 후회합니다. 어떤 수행자는 신부전증이라고 해서 투석(透析)을 하다가 사망한 일도 있습니다. 또 어떤 수행자는 심근경색이라고 해서, 치질이라고 해서 덜컥 수술부터 하고 나서 멍청한 사람으로 변한 일도 있습니다.

일단 운기가 시작되고 소주천, 대주천이 되는 사람은 보통 사람들과는 완전히 다른 생리 현상 속에서 살고 있다는 것을 명심해야 되는데, 이것을 깜빡 잊고 이런 실수를 저지르게 됩니다. 이러한 수행자는 현대의학이 관여할 대상이 아닙니다. 수련을 하다가 명현 현상을 극복하지 못하고 수술을 받고, 치매 비슷하게 멍청한 사람이 될 바에는 아예 처음부터 수련을 하지 않는 것이 차라리 낫습니다.

일전에 도육이 삼공재에 왔을 때 보니 얼굴이 너무나 심하게 부어 있어서 혹시나 이 시련을 참지 못하고 병원으로 달려가는 것은 아닌가 하고 걱정이 되었습니다. 그러나 삼공재에서 명현반응을 겪으면서 마음속에 갈등을 느끼고 있는 한 수행자를 도육이 보고 열심히 설득하는 것을 보고 안심을 한 일이 있습니다.

어떤 사람은 도육의 체험담을 읽고 과연 제약신(製藥神)이 약을 달이고 신명들이 과연 그것을 몸에 주입할까 하고 의문을 가질 수도 있을 것입니다. 그러나 이것은 엄연한 사실입니다. 나도 지금부터 16년 전 도봉산에서 암벽에서 실족하여 큰 부상을 당했을 때 이러한 신명들의 도움을 받은 경험이 있기 때문에 이를 보증합니다. 지성(至誠)이면 감천(感天)입니다. 그 어려운 고비를 끝까지 훌륭하게 극복한 것을 진심으로 축하합니다.

전면 개조

삼공 선생님 전 상서

늘 변함없는 가르치심에 깊은 감사를 드립니다. 보내 주신 메일은 잘 받아 보았습니다. 자성을 본 이후로는 주위에서 일어나는 것에 별다른 마음의 동요만 일지 않을 뿐 명현반응이며 기본 생활에는 변함이 없습니다.

그러나 이번에는 지금까지 써먹었던 몸이며 마음까지도 확 바뀌려는 것이 아닌가 하는 감이 들기도 합니다. 즉 최근 2~3주부터는 언어 장애라고 할까, 말을 좀 빨리하려 하면 술 먹은 사람처럼 발음이 제대로 되질 않아 한 마디 한 마디 확인하면서 발음을 하고 있습니다.

원래부터 빠른 말투가 교정되려는 듯합니다만, 3~4일 전부터는 목이 꽉 잠겨 말을 제대로 할 수 없을 정도가 되었으나 서서히 좋아지고 있습니다. 그리고 이와 함께 뇌의 움직임도 더디어지는 것을 느끼고 가끔씩 무언가 막혔던 것이 확 뚫린 것 같은 강한 에너지의 흐름과 소용돌이가 느껴지곤 합니다.

물론 아직도 간이며 허파며 신장 등도 가끔씩 통증이 동반되기는 하나 전체적으로는 안정되어 가고 있음에는 의심의 여지가 없지만 구도자로서의 균형된 모습에는 아직까지 거리감이 있음이 감지되고 있습니다. 무언가 2%가 부족하다고나 할까요?

다시 한 번 베풀어 주심에 깊은 감사를 드리며 이만 줄이겠습니다. 그럼 선생님과 사모님 두 분 모두 안녕히 계십시오.

샷포로에서 제자 도육 올림

【필자의 회답】

구도자에게 막상 중요한 것은 견성보다는 보림입니다. 보림은 한두 번으로 끝나는 것이 아니라 평생 죽을 때까지 수없이 되풀이된다는 각오로 임해야 할 것입니다. 인간의 육체 자체가 억겁의 세월을 살아오면서 업장이 쌓이고 쌓인 결과물이므로 모두가 보림의 대상이 되지 않을 수 없기 때문입니다.

그렇다고 좌절할 필요는 조금도 없습니다. 보림이 성취될 때마다 구도자는 남다른 희열을 느낄 수 있기 때문입니다. 이 보림 하나하나가 모여서 인간 개조가 되고 환골탈태(換骨奪胎) 또는 전면 개조 작업으로 이어지게 됩니다. 계속 분발하시기 바랍니다.

현묘지도 수련 체험기 (네 번째)

이 종 림

2005. 11. 13.부터 2006. 6. 24.까지 삼공 선생님으로부터 화두를 받아 현묘지도 수련에 들어갔다. 처음 수련을 시작할 때는 내가 이런 수련을 받을 자격이 있을까 걱정이 되기도 하고, 한편으로는 수련을 한 단계 업그레이드할 수 있는 계기가 되었으면 좋을 것이라는 기대도 있었다.

7개월이 조금 넘는 기간 동안 오로지 화두수련에 매진하였다고는 할 수 없지만 항상 마음과 생각이 화두에서 떠나지 않도록 노력한 결과 현묘지도 수련을 무사히 마칠 수 있었다. 이는 오로지 선계 스승님들과 삼공 선생님이 도와주신 덕분이고, 이제 겨우 걸음마 단계를 지났다는 심정으로 다시 삼공 수련에 매진할 것을 다짐하여 본다.

다시 한 번 삼공 선생님께 감사의 말씀을 올리며 그동안 있었던 수련의 경과에 대하여 요약하여 놓은 일기를 토대로 정리하여 본다.

1. 첫 번째 화두수련 : 2005년 11월 13일부터 2005년 11월 20일까지

2005. 11. 13. 일요일

오후 3시 삼공재에서 수련을 하려는데 선생님께서 나에게 특별한 수련을 해 보라고 하셨다. 그 수련은 『선도체험기』 14권과 15권에 선생님께서 받으신 내용이 나오는데 다만, 자세한 내용은 천기에 속하는 것이라 밝히지 않으셨다고 한다. 선생님께서는 『선도체험기』를 다시 읽으시면서 이 수련을 때가 된 제자들에게 전수하여야겠다고 생각하셨다고 한다.

그런데 이 수련을 하면서 받은 화두나 그 내용에 대하여 다른 사람에게 알려 줄 때가 되지 않은 사람이 화두를 잡게 되면 반신불수가 되는 등 아주 위험한 사태가 벌어질 수 있으니 절대로 남에게 화두를 알려서는 안 된다고 당부하셨다.

최근 수련이 정체되고 단조롭다는 느낌을 가지고 있던 나는 그 소리에 귀가 번쩍했다. 이전에 『선도체험기』 14권, 15권을 읽으면서 정말 이런 경지가 있을까? 나도 한 번 경험해 보았으면 좋겠다고 생각했던 것이다. 이제 나에게도 기회가 온 것이다.

선생님은 나에게 종이에 적어 놓은 첫 번째 화두를 보여 주셨다. 볼펜으로 적은 화두가 나의 눈을 통하여 가슴으로 들어왔다. 하단전을 응시하고, 화두를 잡고 수련에 들어갔다. 그런데 신기하게도 화두를 마음속으로 반복 암송한 지 채 몇 분도 되지 않아 백회로 메가톤급에 해당하는 기운이 들어와 기둥을 형성하고 그 기운이 곧장 하단전으로 내려가 쌓이는 것이었다.

그동안 수련을 하면서 느꼈던 기운의 강도와는 비교가 되지 않을 정도였다. 기운에 놀라 화두를 놓쳤다가 다시 정신을 차려 화두를 암송하니 연두색 바탕에 화면이 보이기 시작한다. 처음에는 빛의 덩어리가 커졌다 작아졌다 하면서 아른거리더니 조금 있으니 그것이 별 모양으로 변하여 여러 군데에서 반짝반짝 빛나는 것이었다.

그리고 그 별로부터 기운이 쏟아져 내 몸을 적시면서 온몸이 기운에 젖어 짜릿짜릿한 느낌이 들었다. 이렇게 기분 좋은 느낌은 처음 삼공 수련을 하면서 기운을 느꼈던 기분과 맞먹는 것이었다.

화두를 계속 암송하니 별들은 사라지고, 연두색 바탕이 걷히고 파란 하늘이 펼쳐지는데 그 아래로 시냇물이 흐르며 돌 등이 보였다. 아마 땅의 모습인 것 같다. 잠시 발을 바꿔 앉으면서 시계를 보니 오후 4시였고, 다시 눈을 감고 화두를 암송하니 왼쪽에 누군가 서서 나를 지켜보고 있었는데 누구인지 알 수 없는 얼굴이었다.

계속 강하게 화두를 암송하면서 화면의 변화를 지켜보았더니 이제는 수십 명의 병사들이 창과 칼을 들고 어디론가 왔다갔다하는 모습이 보인다. 오후 5시가 되어 수련생들이 자리를 뜨기 시작했고, 오늘 수련 때에 본 화면의 모습을 선생님께 알려 드려야 하나 망설이다 화면이 끝난 것인지, 계속되는지를 확인하고 경과를 말씀드려야겠다는 생각에 그냥 인사를 드리고 삼공재를 나섰다.

화두를 암송하는 것만으로 엄청난 기운과 함께 무엇인가가 화면에 나타난다는 것이 참으로 신기하고 놀라웠다. 집에 돌아와 잠자리에 들 때까지 계속 화두를 암송하면서 수련을 하였는데 큰 원 안에 나무와 전통 가옥, 수풀 등이 보였다. 기운은 계속 강하게 들어온다.

2005년 11월 14일 월요일

나는 평소에 사무실까지 3, 40분 정도 걸어서 다니는데 오늘은 출근 시에 첫 번째 화두를 염송하면서 걸어갔다. 그런데 평소와는 달리 하단전이 따가울 정도로 짜릿한 느낌이 들어 화두수련이 어떤 식으로든 기운에 영향을 미치는 것이 틀림없다는 생각이 들었다.

사무실에서 일하면서도 화두를 놓지 않으려고 애를 썼다. 그렇지만 마냥 책상에 앉아 눈을 감고 있을 수는 없는 상황이라 화면을 볼 수 있을 정도로 집중하기는 어려웠다.

나는 지금 현재 가족이 모두 미국에 있어 혼자 관사에서 주로 저녁 시간에 집중적으로 화두를 잡았는데 오늘 화면에서는 수많은 별들이 보이고, 그 별들에서 엄청난 기운이 소용돌이치면서 백회를 통하여 상단전, 중단전을 거쳐 하단전으로 모이는데 그 색깔이 연두색, 보라색, 붉은색으로 변한다.

이 화두수련을 하면서 생긴 기운의 변화로 그냥 단전에 의식을 집중할 때보다 엄청난 양의 기운이 백회를 통하여 들어오더니 단전에 모이는 것이다. 주로 상단전 부위가 많이 욱신거려 기운이 상단전으로 쏠릴 것 같아 단전을 의식하면서 화두를 잡으니 기운이 하단전으로 내려온다.

2005년 11월 15일 화요일

아침에 조깅을 하면서 화두를 암송하였는데 문득 하늘을 쳐다보았다. 그런데 그곳에 특정 성좌가 보이는 것이었다. 삼공재에서 본 것과 똑같은 것이어서 "아하, 그것이었구나" 하는 생각이 들었다. 근무지인 춘천의 새벽하늘은 서울과 달라 별들을 뚜렷이 볼 수 있고, 새벽 조깅을 하면서 별들을 보며 저곳에는 무엇이 있을까? 하고 생각하곤 했다. 특히 최근에는 그 별들이 자주 나의 눈에 들어왔는데 내가 화두수련을 하게 될 것임을 암시한 것일까? 우연인지는 몰라도 하늘의 그 별들로부터도 많은 기운이 백회로 들어옴을 느꼈다.

출근하기 전에 정좌하고 화두를 염송하였는데 환한 빛의 덩어리가 보이고, 그 안쪽으로 큰 화면처럼 무언가 펼쳐져 있는데 뿌연 안개에 가려 잘 보이지 않았다. 아무튼 화두수련을 하면서 이전과 다른 기운과 화면 현상에 수련이 새로운 전기를 맞는 느낌이다.

2005년 11월 16일 수요일

오전에 사무실에서 잠시 눈을 감고 화두를 염송하니, 희미한 안개 속에 무엇이 왔다갔다하면서 보였는데 무엇인지는 알 수가 없다. 오후에는 경매 사건의 현황 조사를 나갔다가 집행관들과 함께 저녁 식사를 하면서 술을 마셨는데 그만 화두를 놓치고 말았다. 회식 자리에서 빙의가 되어 온몸이 무겁고, 집에 돌아와 화두를 잡았지만 화면은 보이지 않아 그냥 잠자리에 들었다. 될 수 있는 대로 화두수련 시에는 술자리를 피해야겠다는 생각을 했다.

2005년 11월 17일 목요일

어제 술을 마시고 빙의가 된 탓인지 온몸이 무거워 새벽 조깅을 하지 못하였다. 그러나 화두수련으로 기운을 많이 받아서인지 숙취는 남아 있지 않은 것 같다. 이전에도 술을 적당히 마셨을 때는 괜찮았지만 술과 고기 등을 과식하였을 때는 그 다음날 기운이 빠지고 고생을 한 경험이 몇 번 있다.

그럴 때마다 다음에는 조심해야지 하면서도 사회생활에서 어쩔 수 없이 내 뜻이 좌절되는 경우가 있다. 그렇지만 곰곰이 생각해 보면 정신을 바짝 차리고 나의 행동을 철저히 관찰하면 자제력을 잃는다든지 호기를 부리는 경우가 없을 것이므로, 회식 때문에 수련에 반드시 지장이 된다고는 말할 수 없고 다 자기 하기 나름일 것이다.

요는 마음이 어디에 있느냐이다. 수련에 매진하여 수련 속에 일상생활이 녹아 있어야 한다. 결국 수련만이 살길이다. 오후에 사무실에서 일을 잠시 놓아두고 화두수련을 했다. 이제는 별은 보이지 않고 환한 빛의 덩어리가 기운이 되어 나의 온몸을 포근하게 감싼다. 빙의령이 나갔다.

2005년 11월 18일 금요일

오늘도 아침 조깅을 걸렀다. 화두수련으로 강한 기운을 받아서인지 온몸이 물에 젖은 솜 모양 무겁다. 특별히 아픈 곳은 없지만 아침 운동을 하지 않으니 기분이 상쾌하지는 않다. 평소 사무실까지 출퇴근하면서 1시간 정도 걷기, 아침 조깅 1시간 총 2시간 운동을 하였고, 퇴근 후 20분 정도 도인체조를 하고서도 힘들지 않았는데, 이제는 아침 운동을 생략하고도 힘이 든다. 그래도 처음 선도수련을 하면서 나와 한 약속인 "눈을 감을 때까지 수련의 줄을 놓지 말자"를 되새기며 화두수련에 몰두했다.

저녁에 갈증이 나 매실차를 마신 후 또다시 커피를 마셨는데 속이 더

부룩하니 좋지 않다. 음양식에서 지나치게 수분을 섭취하지 말라고 하였는데 이를 어기니 그 대가를 톡톡히 받는 것 같다.

2005년 11월 19일 토요일

아침 9시부터 저녁 6시까지 법원에 나와 다음 주에 있을 재판 준비를 하였다. 날씨가 추워 전기난로를 켜 놓고 일을 하였다. 중간중간에 틈을 내어 화두를 잡고 수련을 하였는데 이제 첫 번째 화두수련이 끝났는지 특별한 모습이 화면으로 보이지는 않고, 강한 기운만이 백회를 통하여 내 몸으로 들어온다.

잠시 지난 15년을 되돌아본다. 나는 1987년 대학교 4학년 1학기를 마치고 입대를 하였다. 3년 반의 무절제한 대학생활 동안 나에게 남은 것은 무기력과 절망이었다. 다른 친구들은 사법시험 준비에 열중일 때 계획 없이 마냥 놀기만 한 나는 부모님과 주위의 따가운 눈초리를 피하기 위하여 입대를 선택하였다.

1987년 광복절 하루 전날에 논산훈련소에 입대하여 27개월간의 군생활을 마쳤다. 육체적으로 힘들기는 하였지만 도피처로 삼기에는 군대가 좋았다. 그러나 고참이 되어 제대가 가까워질수록 친구들의 근황, 앞으로의 진로에 대한 걱정으로 나는 다시 예전의 나의 상태로 돌아갔다. 1989년 11월 제대를 하자, 이제 나는 현실로 돌아와 취직이냐 시험이냐를 앞에 두고 고민을 한 끝에 자취방에 틀어박혀 3개월 동안 죽으라고 사법시험 1차 준비를 하였다.

그러나 당시 나의 체력은 바닥나 있었고, 더이상 2차 시험 준비를 할 수 없어 고민하던 차에 발견한 것이 단전호흡을 가르치는 ○○선원이었다. 00선원에서 도인체조와 단전호흡을 하면서 안정을 찾게 되었고, 그 과정에서 『선도체험기』와 삼공 선생님을 알게 되었다.

시간이 지나면서 ○○선원은 『선도체험기』에 나타난 것처럼 타락해 갔고, 낌새를 알아차린 나는 ○○선원의 만류에도 불구하고 그곳에 다니는 것을 그만두었다. 1991년에 치른 사법시험 2차 시험은 예정된 대로 낙방이었다.

대신 나는 건강을 회복했고, 『선도체험기』가 요구하는 등산에도 열중한 결과 이제는 모든 것에 자신이 생겼다. 다만, 시험공부에는 관심을 잃어 가고 그저 이것저것 평소 해 보지 못한 스포츠 등에 몰입하고 있었다. 그러나 권수를 거듭하는 『선도체험기』에서 수련을 하기 위해서는 "경제적 자립이 꼭 필요하다"는 내용이 결국 나의 마음을 바꾸게 하였다.

그만큼 『선도체험기』는 당시 나의 절대적인 위로자인 동시에 지도자였던 것이다. 1992년 다시 사법시험에 도전했으나 준비 부족으로 낙방하였다. 그러나 이제는 배수진을 치고, 제대로 된 수련을 위해 몸을 던지기로 했다.

철저한 사법시험 문제 분석, 최악의 경우에도 합격할 수 있는 실력을 길러야 한다는 다짐으로 다시 시작하여 1993년 사법시험 1차에 무난히 합격하였다. 시험을 준비하면서도 나는 『선도체험기』를 잊지 않고 틈틈이 읽어 나갔다.

자주 서점에 나가 새로 나온 『선도체험기』를 찾았다. 『선도체험기』의 가르침대로 일기도 꼬박꼬박 썼다. 그때 일기를 쓴 것이 2차 논술식 시험에 많은 도움을 준 것 같다. 지금은 그 일기장들이 큰 가방 속에 보관

되어 있는데 지금 읽어 보면 지금보다 더 진지하게 하루하루를 살아간 흔적을 확인할 수 있다.

그때 나는『선도체험기』에 나온 그대로 생활하고자 노력하였다. 시험 공부 도중 신림동 오행생식원에 가서 생식 처방을 받고 하루 2끼 정도를 생식을 하면서 아침 9시부터 저녁 11시까지 공부하였다. 오후에는 남들이 엎드려 잘 때 뒷산에 올라가 단전호흡과 운동을 하였고, 경제적 자립을 할 수 있다는 기대로 하루하루가 힘들지만 보람 있는 수험생활이었다. 그 당시 소원은 나도 남들처럼 삼공재에 앉아 당당하게 수련하는 것이었다.

1994년 2차 시험에 우수한 성적으로 합격했다. 나는 마음속으로 그 공을『선도체험기』로 돌렸다.『선도체험기』아니 삼공 선생님이 아니었다면 나는 아직도 직업을 갖지 못하거나 적당한 직업을 가지고 되는 대로 살아가는 중생이 되었을 것이다.

물론 직업에 귀천이 있다는 말을 하자는 것이 아니다. 다만, 온 정성을 다하면 뜻이 이루어지고, 남들이 힘들어하는 것도 성취할 수 있다는 것이 진리라는 것을 강조하고 싶을 뿐이다. 제대로 공부한 것은 1년 반이지만 시험을 마치고 책을 다 버렸을 정도로 시험공부에 최선을 다했다고 생각한다.

그런데 합격을 하고 나자 이제는 수련에 매진해야 한다고 하면서도 삼공재 방문을 차일피일 미루다, 어느 날 문득 이러다가는 이생에 삼공재 수련을 못하는 것이 아닌가 싶어 삼공재에 향한 것이 10년 정도의 세월이 흘렀다.

그때 선생님께서는 진작 왔으면 수련에 많은 진전이 있었을 텐데 왜 이제 왔느냐고 하시면서 따듯하게 나를 맞이하셨다. 너무 멀고 높게만 느껴지던 선생님께서 우리 아버님처럼 다정하게 느껴졌다. 그때의 인연이 지금까지 연결되었고, 선생님께서는 나와 전생에 많은 인연이 있었던 것 같다고 말씀하셨다.

그동안 많은 도우들이 왔다가 사라지고, 그들과 함께 도봉산, 관악산 등산을 한 것이 엊그제 같기만 하다. 혼자 수련하면서 방황하던 내가 삼공재를 찾으면서 안정을 찾게 되었고, 세속적으로는 결혼을 하여 아들을 하나 두었으며 삼공 수련에 있어서는 이제 대주천 수련을 넘어 현묘지도 수련을 받기에 이르게 되었다. 모든 것이 선계의 스승과 삼공 선생님의 덕분이다.

나는 평소 주위로부터 참 복이 많은 사람이라는 소리를 많이 들었다. 형제들 중에서도 유독 내가 제일 일이 잘 풀린다고 한다. 이런 이야기를 들을 때 한편으로는 전생에 내가 덕을 쌓아서 그럴 것이라는 생각이 일기도 하지만, 다른 한편으로는 그 이야기는 그만큼 복을 받았으면 이제는 베풀어야 한다는 가르침이라는 사명감을 느끼기도 한다.

특히 삼공 수련을 통하여, 기운을 통하여 너와 내가 둘이 아닌 하나임을 깨닫고, 남을 위하는 것이 결국 나를 위하는 것이라는 것을 체득하게 되기까지 하였는데 이제 화두수련을 통하여 그동안 수련의 결과를 종합하여 마무리하는 것이 되었으면 하는 바람이다.

2. 두 번째 화두수련 : 2005년 11월 20일부터 2006년 4월 2일까지

두 번째 화두를 부여받고 수련한 기간은 연말연시와 정기인사, 이사 등 여러 가지 일이 겹쳐 화두수련에 집중하지 못하여 시간이 오래 걸렸다. 좀더 철저하지 못한 나의 잘못이다.

2005년 11월 20일 일요일

새벽 4시에 일어나 차를 몰고 관악산으로 갔다. 서울 구의동에 살 때는 새벽 3시쯤 일어나 새벽 3시 반이나 4시부터 등산을 시작했는데 춘천으로 근무지를 옮긴 후에는 시간을 조금 늦추었다. 춘천에서 관악산까지는 새벽 시간에 차로 1시간 20분 정도 걸린다.

대개 5시 30분 정도에 관악산에 오르게 된다. 요즘에는 삼공 수련을 하는 사람들 중에 관악산에서 만나는 사람이 고작 3, 4명 정도에 불과하다. 게다가 삼공 선생님께서 관악산 등산을 중단하신 이후로는 더욱더 사람이 줄었다.

은행에 다니시는 박종칠 씨, 한국전력에 다니시는 김용남 씨 외에는 없다. 삼공 선생님은 아직 정정하신데 왜 좋아하시던 등산을 중단하셨나 하는 생각을 해 보았다. 모두들 아직 등산을 못할 체력이 아니라고 생각하고 있다 (내가 화두수련을 마칠 무렵 삼공 선생님께서 등산을 재개하셨다).

처음 내가 등산을 시작했을 때는 무작정 『선도체험기』를 믿고 따라했다. 『선도체험기』 초반에는 삼공 선생님께서 도봉산에 다니시는 줄 알고, 도봉산 암벽을 배울 겸 도봉산에 갔는데 나중에 알고 보니 관악산으로 장소를 바꾸신 것이다.

다행히 삼공 선생님처럼 바위를 잘 타는 정기영 씨를 만나 함께 몇 년 바위를 타면서 암릉 등반에 자신감이 생겼다. 처음 바위를 배울 때는 정말 그 전날 잠을 설칠 정도로 설레기도 하고, 한편으로는 무서워 머릿속에 바위를 그려서 산에 오르기까지 하였다.

그렇게 힘들고 무섭던 바위가 이제는 다정한 친구가 되었다. 힘이 들고 어렵게 보일수록 정복한 후에 느끼는 쾌감과 자신감은 큰 것이다. 매주 5, 6시간 정도 등산을 한 것이 10년이 넘었다. 이제는 주위에서 하지 말라고 말리더라도 등산만은 어떻게든지 해야 하는 등산 중독증이 나에게도 생긴 것이다.

내가 자신 있게 말할 수 있는 것은 규칙적이고 힘든 등산 없이는 삼공 수련의 큰 진전은 없으리라는 것이다. 삼공 선생님이 귀가 따갑도록 말씀하시는 이유를 이제는 알 것 같다! 특히 나는 지금도 웬만하면 등산을 마친 후 삼공재에 간다. 몸이 충분히 이완되어야 수련이 잘되기 때문이다.

이제는 관악산으로 산행 장소를 바꾸었지만 나의 등산은 죽을 때까지 계속될 것이다. 어떨 때는 힘든 바위를 타면서 이런 생각도 해 보았다. 이렇게 바위를 타면서 기분 좋은 상태로 우화등선할 수 있으면 좋겠다고 말이다.

관악산 산행을 마치고, 과천 종합청사 근처 목욕탕에서 목욕을 한 후 오후 3시쯤 삼공재를 방문하였다. 삼공 선생님이 첫 번째 화두 때 어떤 모습을 보거나 소리를 들은 것이 있으면 말해 보라고 하시길래, 특정한 별들의 모습의 별을 본 것과 빛의 덩어리, 하늘, 땅을 보았다고 말씀드리니 두 번째 화두를 주셨다.

두 번째 화두를 염송하면서 수련에 들어갔는데 저번보다 강하지만 다소 부드러운 기운이 백회로 들어온다. 곧 두 사람의 얼굴이 나타났는데 한 사람은 나이고, 한 사람은 삼공 선생님이었다. 아마 전생에 함께 수련을 한 적이 있는 것 같다. 그다음에는 오래된 큰 궁궐 같은 집이 나왔고, 그 속에 역시 두 사람이 수련을 하고 있었는데 곧 그 장면은 사라졌다.

2005년 11월 21일 월요일

아침에 오랜만에 조깅을 하였다. 조깅 후에 조금 힘이 들어 잠시 누웠다가 출근하였다. 두 번째 화두를 잡은 후 기운이 훨씬 강해지고 기운의 질이 바뀌었는지 몸에서 느끼는 강도가 훨씬 강하다. 여전히 기몸살이 진행되고 있다. 특히 상단전과 중단전이 몹시 아프다. 가끔씩 방귀도 나온다. 저녁에 정좌하고 앉아 화두수련을 하는데 환한 금빛의 덩어리가 소용돌이치고 그 뒤로 오래된 건물, 수풀 등이 계속 나타나고는 사라졌다.

2005년 11월 24일 목요일

저녁 수련 시 수풀 속에서 황금색의 새(봉황이라는 느낌이 들었다)가 날아가는 장면이 보였다. 이후 여러 가지 사정으로 화두수련에 집중하지 못해서 별다른 화면을 보지 못했다. 『선도체험기』 속의 『소학(小學)』 중에서 다음과 같은 글귀가 생각난다.

"시작과 끝이 한결같아야 한다. 관직에 오르면 벼슬아치는 게을러지고, 병은 조금 나았다 싶을 때 악화되기 쉬우며, 게으르고 나태할 때 재

앙은 닥치고, 처자를 거느릴 때 효심은 줄어든다. 이 네 가지를 잘 살펴서 초심을 잃지 말고 유종의 미를 거두도록 신중을 기해야 한다. 『시경(詩經)』에도 '처음은 잘하지만 끝을 잘 맺는 일은 드물다'는 말이 있다."

지금 내가 새겨 두어야 할 말들이다. 고작 운 좋게 시험에 합격하여 관직에 올랐다고 우쭐하면서 수련이나 일을 게을리한 경우가 있었고, 결혼하여 가정을 꾸리면서 고향 부모님께 인사드리거나 찾아뵙는 일이 줄어들었으며, 처음에는 큰 뜻을 세우고 나아가지만 조금 지나면 흐지부지하여 마무리를 못 짓는 경우가 많이 있었기 때문이다.

처음 화두수련을 시작할 때는 혼신의 힘을 다하여 해 보자고 해 놓고는 삼공재를 나선 순간 그 뜻이 작아지고, 다시 직장에서 일을 하면서 화두마저 놓치기가 일쑤였다. 삼공 선생님 말씀대로 화두수련에서는 마치 고양이가 생쥐를 잡으려고 쥐구멍 앞에 앉아, 온정신을 집중하고 있듯이 하여야 한다고 하셨는데 그래서 그런지 화두를 암송하면서 잠자리에 들었는데 고양이가 쥐를 노려보는 모습이 보였다.

2006년 1월 7일 토요일

지난 12월에는 미국에 있는 가족을 만나러 10일 정도 다녀왔고, 연말에는 각종 모임이 있어 거의 화두를 놓다시피 하였다. 삼공 선생님께서는 메일로 어떠한 일이 있더라도 화두수련을 게을리하지 말라고 당부하셨는데 서울에서 떨어져 춘천에 나와 있어서 그런지 몸과 마음을 가다듬기가 힘이 든다.

올 2월 중순경에는 정기인사가 있고, 그때 서울로 근무지를 옮기게 되는데 조금이라도 삼공재와 관악산에 가까운 곳으로 가야겠다는 마음이 일어 구의동에 있는 아파트를 전세 놓고 도곡동에 새로 지은 아파트로 이사를 가기로 하였다. 삼공재와는 걸어서 2, 30분 정도 거리에 있는 곳인데 더욱이 관악산도 가까워 미리 전세 계약을 체결해 놓았다.

그렇지만 몸만 가까워지면 무엇 하나 하는 생각이 들면서 내일 삼공재에 가기 전에 이번 화두를 마무리 짓자고 다짐하면서 정좌하고 화두 수련에 임하였다. 그런데 수련에 임하자마자 서울 쪽에서 폭포수 같은 기운이 백회로 들어와 이날 기운 때문에 숙면을 취하지 못하였다.

2006년 1월 8일 일요일

여느 때처럼 새벽 4시에 일어나 관악산으로 향하였다. 평소보다 조금 늦은 시간에 산을 오르기 시작하였는데 평소 만나던 박종칠 씨와 김용남 씨는 보이지 않았다. 이날 바위를 탈 수 없을 것 같아 암릉화 대신 일반 등산화를 신고 왔는데 예상과 달리 날씨가 그리 춥지 아니하였고, 바위 쪽은 눈도 다 녹아 암릉화를 신었더라면 바위를 다 탈 수 있었을 것 같았다. 바위를 2, 3개를 생략하니 산행이 평소보다 재미가 없었다.

산행을 마치고 목욕을 한 후 삼공재로 갔다. 삼공재에는 박종칠 씨, 어느 여자분, 그리고 마침 일본에서 교수로 있는 차주영 씨가 현묘지도 수련을 하고 있었다. 차주영 씨는 『선도체험기』에서 선생님과의 이메일 교신으로 유명한 분인데 그분이 미국에 있을 때 나와 이메일로 수련에 관한 교신을 하였고, 내가 미국에 간 후에도 몇 번 이메일을 주고받으며 수련에 관한 이야기를 나누기도 하였다.

상당한 수련의 경지에 있고 기 감각이 뛰어나 수련 시 많은 느낌을 화면과 기운으로 느끼고 있는 것 같았다. 거기에 비하면 나는 상당히 둔감한 편이다. 그는 역시나 오늘 하루에 화두수련을 모두 마쳤는데 수련 중에 복(福), 자비(慈悲), 천명(天命), 육(育), 용변부동본(用變不動本)의 글자를 보았고, 상단전, 중단전이 없어지며, 주위에 옛 성현들이 지켜보며 환한 빛의 덩어리 속으로 자신이 없어지는 모습을 보았다고 한다.

마지막으로 자신이 우주 밖으로 나가 큰 호랑이로 변하더니 나중에는 점점 작아져 그 모습이 사라졌다고 한다. 옆에 앉아 수련의 경과를 들으며 저렇게 빠른 속도로 수련이 진행되는 사람도 있구나 하는 생각을 해보았다. 그런데 앞으로 내가 수련을 하면서 비슷한 현상을 겪으면서 위와 같은 모습이 실제로 나타나게 되는 것을 알았다.

나에게 기운은 강하게 들어오는데 특별한 화면은 보이지 않고, 연두색 환한 빛의 덩어리가 상단전에서 커졌다 작아졌다를 반복한다. 삼공 선생님께서는 차주영 씨에게 화두수련이 끝났다고 선언하시고, 선계 스승, 현세 스승, 조상님들에 대한 3배를 시킨 후 앉아 있는 우리들에게 차주영 씨를 소개하셨다. 우리 모두 그에게 축하한다는 인사를 하였다.

2006년 3월 30일 수요일

저녁에 화두수련을 하면서 닭, 뱀, 거북, 호랑이, 용, 학 등의 동물들을 차례대로 보았다. 그리고 이 모습을 본 후 몸 전체로 호흡이 되는지 피부가 시원하고 짜릿짜릿한 느낌이 든다. 출퇴근을 하면서 화두를 잡으니, 공평무사(公平無私)라는 글자가 가슴에 와닿는다.

아마 내가 이 세상에서 일을 처리하면서 사사로움을 벗어나 편견에 사로잡히지 않은 상태에서 판단을 하라는 것이 아닌가 하는 생각이 강하게 들었다. 또한 수련을 하면서 사적인 가아에서 벗어나라는 의미이기도 한 것 같다.

3. 세 번째 화두수련 : 2006년 4월 2일부터 2006년 4월 16일까지

2. 20. 정기인사로 서울 서초동에 있는 행정법원으로 근무지를 옮겼다. 집도 2. 17. 춘천에서 도곡동으로 이사를 했다. 이제는 생활권이 서울로 바뀌었고, 가까운 곳에 관악산, 삼공재, 직장이 있어 수련에 매진하기에는 정말 좋은 곳이 되었다.

남들은 도곡동으로 이사 간 것이 아이 교육 때문이라고 생각할지 모르지만 나의 본심은 수련에 있었다. 2, 30분 정도의 거리에 삼공재가 있으니 이보다 더 좋은 곳이 어디 있는가 말이다. 그렇지만 이런 좋은 환경에도 불구하고 2월과 3월은 이사, 집 정리, 업무 파악, 각종 모임으로 분주하여 화두수련은 정체되고 있었다.

그러나 나의 마음은 언제나 수련에 가 있었고, 어느 정도 정리가 되면 본격적으로 화두수련에 매진하려고 기회를 엿보고 있었다. 그 과정에서 기몸살과 빙의는 계속되었다. 덕분에 아침 조깅을 자주 걸러야 했고, 관악산 등산도 평소보다 늦은 시간인 아침 6시 반이나 7시쯤 시작해야 했다.

예전에 삼공 선생님과 함께 관악산을 오르면서 선생님께서 빙의나 기몸살로 힘겹게 산을 오르시는 모습을 보아 왔었는데 지금의 나의 모습이 그 모습과 같고, 아마 겪고 있는 현상도 동일한 것이 아닌가 하는 생각이 들었다.

세 번째 화두수련부터는 주변이 정리되고, 마음도 집중이 되어서 그런지 수련에 매진하여 빠른 속도로 진전이 되는 것 같다. 평소 급하던 마음도 안정이 되고, 집이나 직장에서 스트레스를 받지 않게 되었다. 집이나 직장에서 문제가 생겨도 모두 내 탓이라고 생각하면 일이 의외로 잘 풀렸다.

너와 내가 하나인데 내 탓, 남 탓이 따로 있을 수 없다. 화두수련에 있어서도 욕심을 버리고 묵묵히 밀어붙이기로 했다. 항상 초발심을 잊지 않고, 언젠가는 도달하리라는 자신감을 가지고 수련에 임하였다.

2006년 4월 2일 일요일

평소 관악산에 오르면 처음 30분 정도가 힘들고 그 이후로는 몸이 풀려 가볍게 나머지 바위들을 탔는데 이번 화두수련을 하면서는 1시간, 어떤 때는 2시간이 지나야 겨우 몸이 풀려 그에 따라 산행 시간도 길어지게 되었다. 엄청난 기운 때문일 것이라고 자위했지만 한편으로는 나의 몸이 쇠약해진 것이 아닐까 하는 의구심도 들었다. 역시 오늘도 초입부터 힘이 들었다. 다행히 하산하면서부터 몸이 풀려 무사히 산행을 마쳤다.

등산을 마치고 삼공재에 들러 선생님께 두 번째 화두수련 시 보았던 동물들에 대해 말씀드렸다. 다만, 공평무사에 대해서는 화면으로 나타난 것이 아니어서 말씀드리지는 않았다.

선생님께서는 작년 11월 중순경 여러 사람에게 화두를 주었는데 그들의 수련의 진전에 비하면 나의 진도가 너무 늦다고 하시면서 좀 열심히 하라면서 이제 세 번째 화두를 주셨다. 세 번째 화두를 염송하면서 수련을 하니 두 번째보다 더 강한 기운이 백회로 들어오면서 화면에는 환한 빛의 덩어리가 사람의 형태로 변하는데 가만히 보니 내가 수련을 하고 있는 모습이다.

그 모습을 위에서 아래로 굽어보고 있는 형국이다. 내가 나의 몸에서 빠져나온 것 같다. 그런데 나의 모습은 조금 있으니 산산이 부서져 빛의 덩어리가 되었다가 다시 없어지는 것을 반복한다. 화면 속에 옛 건물과 무슨 글자가 있는 것 같은데 잘 보이지 않았다.

화두수련을 한 이후로 빙의가 심해졌다. 처음에는 기몸살 정도로 생각했는데 가만히 지켜보니 기몸살에다 빙의가 겹쳐 있는 것이다. 그런데 다행인 것은 빙의가 되었지만 기운은 화두 때문인지 약해지지 않고 강하게 들어오는 것이다.

『선도체험기』에서 항상 빙의령 천도를 하더라도 전혀 기운이 약해지지 않을 정도가 되어야 한다고 되어 있는데 이제 나도 그러한 경지로 나아가고 있다니 그저 스승님들께 감사할 따름이다.

2006년 4월 3일 월요일

어제 잠자리에 들면서도 화두를 놓지 않으려고 화두를 잡고 계속 마음속으로 염송을 하면서 잠을 청했는데 계속 기운이 들어오는 바람에 잠을 잘 수가 없었다. 할 수 없이 그냥 들어오는 기운을 받으면서 계속 화두를 염송하였다.

아침에 일어나니 온몸이 물에 젖은 솜마냥 무거웠다. 틈만 나면 화두를 염송하면서 화면에 무언가 나타나기를 기다렸지만 별다른 모습은 보이지 않고 환한 기운 덩어리가 산산이 부서지는 모습이 비쳐진다. 그리고 오른쪽 어깨 부분이 몹시 아프다. 강한 기운이 막혔던 경혈 속으로 진출하여 뚫으려고 하는 것 같다.

저녁 수련 시 환한 빛 속으로 웅장한 건물이 보이고, 그 안에 사람은 보이지 않는다. 전신으로 기운이 들어오는지 이전처럼 단전으로 집중되지 않지만 온몸이 뽀송뽀송하고 상쾌한 느낌이 든다. 확실히 기운의 강도와 질이 전과는 달랐다.

2006년 4월 9일 일요일

아침 5시에 일어나 5시 40분쯤 관악산으로 향했다. 아침 6시경부터 관악산 등반을 시작했다. 날이 벌써 밝아져 있고, 이른 시간이라 사람들도 없어 기분 좋게 산행을 했다.

역시 새벽 일찍 등산을 하는 것이 내 몸에는 좋은 것 같다. 해가 길어지므로 가능하다면 1시간 정도 일찍 등산을 시작해야겠다. 이른 새벽 산행이 좋은 것은 아침 일찍 등산을 시작할수록 산행을 일찍 마칠 수 있어 나머지 시간을 충분히 활용할 수 있기 때문이다.

대부분 사람들은 아침 식사 후 10시나 11시쯤에 산에 올라 오후 늦게 하산하는데, 나의 경우는 아침 5시부터 10시 반 정도에 산행을 마치니 점심 식사 후부터 다른 업무를 볼 수 있다. 물론 등산 후 피로감 때문에 곧바로 다른 업무를 보기는 어려울지 몰라도 나의 경험상 습관화되면 곧바로 독서 등을 할 수 있다.

국기봉을 지나 8봉 끝부분을 향하는데 박종칠 씨를 만났다. 아침 5시에 산에 올라 마지막 봉까지 갔다가 돌아가는 길이라고 한다. 현묘지도 수련을 하는 도반이라 돌아가는 길에 만나서 함께 가자고 했다.

그래서 조금 발걸음을 재촉하여 마지막 러브코스를 탄 후 곧바로 되돌아와서 헬기장 못 미쳐 큰바위 아래에서 다시 만나 함께 내려왔다. 박종칠 씨에게 평소 궁금하던 현묘지도 수련에 대한 어려움을 토로하니 박종칠 씨는 너무 집착하지 말고 나름대로 수련을 하여 그 경과를 삼공 선생님께 알려 드리면 된다고 하신다. 역시 나보다 선배로서 한 수 위에서 수련을 하고 계시는 것 같다.

오전 11시쯤 돌아와 휴식을 취하고, 오후 3시가 조금 넘어 삼공재에 가서 5시까지 수련을 했다. 오늘은 충분히 등산을 해서 그런지 기운에 취하여 몇 번씩 혼침(昏沈)에 빠졌다. 아주 달디단 졸음 후에는 강한 기운이 들어왔다. 이러한 기운 때문에 내가 계속 선도수련을 하면서 삼공재에 들르게 되는 모양이다. 이러한 느낌은 부부의 운우지정과는 비교가 되지 않을 정도로 강력한 쾌감이다.

세 번째 화두를 잡고 호흡을 하는데 초반에는 왼쪽 귀(오른쪽에서는 왼쪽보다 조금 작게 들림)에서 매미 소리 비슷한 소리가 시끄럽게 한참 동안 들렸다. 그리고 그와 함께 황금색 빛의 덩어리가 점점 커졌다가 나중에는 흰색 구름 모양으로 변하더니 마지막으로는 투명한 모습으로 바뀌었다. 그런데 그 투명체도 산산이 부서지면서 없어지는 것이었다.

조금 있으니 네모난 수중 궁궐이 보이고 그 앞으로 황금색 물고기 2마리가 유유히 헤엄쳐 지나가는 모습이 보였다. 그런데 현묘지도 수련을 하면서 예전에 조금씩 통증을 느낀 부위인 오른쪽 뒷목덜미, 어깨 쪽이 다시 아프기 시작한다.

10년 전 삼공 수련을 시작하고, 등산에 맛을 들이기 시작할 때도 하산길에 갑자기 한쪽 발이 몹시 아파 걸음을 걷지 못할 정도였다가 풀린 적도 있었는데 지금 오른쪽 어깨 부위의 통증도 그때처럼 몹시 아파 팔을 들면 통증 때문에 소리칠 정도가 되었다.

4. 네 번째 화두수련 : 2006년 4월 16일부터 2006일 4일 30일까지

세 번째 화두수련을 기점으로 수련이 가속화되기 시작한다. 그런데 이때부터 중단전이 몹시 아파 오기 시작하였다. 물론 다음 단계로 나아가면서 중단전의 통증은 해소되었지만 어떤 때는 숨을 쉬지 못할 정도로 아팠는데, 나중에 생각해 보면 나의 좁은 마음이 열리려고 그러했던 모양이다.

단계가 높아질수록 마음은 넓어지고, 남의 입장에서 나를 지켜보는 시간이 많아졌다. 가지기보다는 베풀기를, 움켜쥐는 것보다는 놓아 주기에 힘썼다. 기몸살은 조금씩 나아지고 있고, 빙의는 계속 되었지만 천도 속도는 점점 빨라졌다. 그 결과 빙의에서 느끼는 답답함, 짜증도 사라지게 되었다.

2006년 4월 16일 일요일

오전 등산을 마치고 집에서 휴식을 취한 후 오후 3시쯤 삼공재에 수련을 하러 갔다. 역시 등산으로 몸이 녹녹해져 수련이 잘되었다. 지난 7일간 있었던 현상(황금색의 물고기 2마리, 환한 빛의 덩어리가 산산이 부서지는 장면, 오래된 건물 형상, 귓가에서 큰 매미 소리가 들린 것 등)을 말씀드리니 『선도체험기』 14권 225페이지에 나오는 11가지 호흡을 해 보라고 하신다. 11가지 호흡의 내용이 적힌 종이를 건네주셔서 살펴보니, 다음과 같은 내용이었다.

1. 몸이 앞뒤로 끄덕끄덕 움직인다. 2. 몸이 좌우로 부르르 떤다. 3. 배 속을 주걱이 휘젓는 것 같다. 4. 주걱이 가슴을 휘젓는다. 5. 고개가 좌우로 흔들린다. 6. 고개가 앞뒤로 흔들린다. 7. 고개가 자동으로 도리질을 한다. 8. 호흡이 일시에 상단전으로 몰린다. 9. 호흡이 일시에 중단전으로 몰린다. 10. 호흡이 일시에 하단전으로 몰린다. 11. 흡과 호가 일정치 않고 자유자재로 움직인다.

11가지 호흡 중에 화두수련을 하면서 이미 몸이 앞뒤로 끄덕끄덕 움직이는 현상, 몸이 좌우로 떨리는 현상, 고개가 좌우, 앞뒤로 흔들리고, 도리질하는 현상, 호흡이 일시에 상, 중, 하단전으로 몰리는 현상, 호흡이 일정치 않고 제멋대로 되는 현상을 겪어 특별히 새로운 느낌이 들지 않았다.

저녁에 집에 돌아와 저녁 식사를 마치고, 누워서 화두를 잡고 있으니 온몸에 강한 기운이 상단전, 중단전, 하단전으로 갑자기 쏠리고, 아프던 오른쪽 어깨로 기운이 몰려가는데 온몸이 갑자기 뜨거워져 숙면을 취할 수가 없었다. 그리고 호흡도 일정치 않고 제멋대로 움직이는 현상이 일어났다.

2006년 4월 17일 월요일

오전에 일어나는데 기운 때문인지 몸이 천근만근이고, 머리도 멍한 상태이다. 출근하여 오후 4시가 지나서야 제정신으로 돌아온다. 이럴수록 열심히 수련해 보자고 다짐한다. 서울로 근무지를 옮긴 후 초반에는 빡빡한 업무량, 도시민들의 강한 권리 의식 등으로 적응하기 힘들었다.

전 근무지인 춘천은 업무량도 적고 재판 당사자들도 모두 소박한 서민들이라 일 처리하기가 쉬웠는데, 서울에는 복잡한 이해관계가 얽힌 힘든 사건이 많아 매주 재판을 하는데 이전의 사고방식으로는 몸이 따라가지 않았다.

즉, 수련이 일에 밀려 뒤처지게 되었다. 그러나 그럴 때마다 신기하게도 『선도체험기』가 새로 나온다든지 아니면 삼공재에서 새로운 자극제를 만나게 되어 다시 수련이 일을 이끌게 되는 현상이 반복되었다. 만약 이번에 화두수련이 없었더라면 나는 일에 치여 수련을 게을리했을지 모른다.

어떤 일을 하든지 어느 정도의 목표를 설정해 놓고 매진하는 것이 좋듯이 삼공 수련에 있어서도 현묘지도 수련이라는 좋은 방법으로 단계, 단계 밟아나갈 수 있는 것도 수련생에게는 좋은 활력소가 될 수 있다. 지금 열심히 삼공 수련에 매진하는 도우들도 더욱더 열심히 분발하여 나처럼 현묘지도 수련을 받을 수 있었으면 좋겠다는 생각을 해 본다. 아무튼 확실히 삼공 수련은 나의 인생의 지침이 되었다고 자부한다.

2006년 4월 18일부터 2006년 4월 30일까지

11가지 호흡 중 평소 겪어 보지 못했던 배 속과 가슴을 주걱으로 휘젓는 현상을 겪었다. 특히 가슴(중단전) 쪽으로 통증을 일으킬 정도로 강한 느낌을 받았다. 다른 11가지 호흡은 저절로 또는 의식적으로 잘되었다.

2006년 4월 27일 목요일

10여일 정도 계속되던 기몸살에서 벗어나고 있다. 대신 처와 아이에게 감기 증상이 나타나기 시작한다. 혹시 나 때문에 아픈 것이 아닌가 하는 미안한 생각이 들었다. 가족이 모두 건강하고 화목해야 수련도 잘 된다.

화두수련을 하면서 수련에 집중하기 위해서는 생활을 단순화시켜야겠다고 다짐했다. 즉, 수련에 할애할 수 있는 시간을 많이 확보하고, 수련에 임할 수 있는 마음 상태를 만들기 위해서는 쓸데없는 번잡한 일에 마음이 빼앗겨서는 안 되기 때문이다. 항상 수련이 우선순위를 차지하여야 하고, 염념불망 의수단전이다.

5. 다섯 번째 화두수련 : 2006년 4월 30일부터 2006년 6월 3일까지

이번 수련으로 몸이 크게 바뀌었다. 10일 이상 최근 10년간 한 번도 앓아 보지 않은 감기 증상으로 콧물이 나고, 목이 잠기면서 크게 앓았다. 도저히 화두수련 때문이 아니라면 이러한 증상을 이해할 수가 없다.

평소 건강에는 자신이 있다던 가장이 골골하고 있으니 아내도 은근히 걱정을 한다. 그동안 빙의도 계속되었다. 마음속으로 상구보리 하화중생을 외면서 나의 고통으로 많은 영들이 혜택을 받는다면 이 정도의 고통쯤은 아무것도 아니라는 생각을 하면서 수련을 계속해 나갔다.

다만 수련에 있어서는 상단전으로 황금색 빛의 덩어리가 계속 보이고,

인당 부위가 큰 통증을 받으면서 구멍이 뻥 뚫어지는 느낌을 받았다. 그동안 아파 오던 중단전은 많이 풀렸고, 하단전으로는 주걱이 휘젓고 가듯이 아파 왔다.

또다시 내가 왜 이런 고통을 받아야 하나 하면서 회의가 들기도 하고, 내가 혹시 접신이 되어 무당이 되는 것이 아닌가 하는 걱정도 되었지만, 수련 시 들어오는 기운과 나의 행동이 누군가에 의해 조종되는 것이 아니고, 또 마음이 더욱더 넓어지는 것을 확인하면서 그러한 생각들이 잘못된 것이라는 것을 깨달았다.

잠을 잘 때도, 누군가와 이야기 할 때도, 심지어 화장실에서 용변을 볼 때도 화두를 놓지 않으려고 노력했다.

2006년 4월 30일 일요일

오전에는 관악산에서 박종칠 씨와 만나서 함께 하산하였다. 관악산 멤버가 이제는 2, 3명으로 줄었다. 수련에 대하여 이야기하던 중 지지난주 일요일 삼공 선생님께서 11가지 호흡을 해 보라고 하셨는데 그것이 현묘지도의 네 번째 단계라는 것을 알았다.

평소 호흡을 하면서도 고개가 도리질하고, 기운이 상, 중, 하단전으로 쏠리는 현상을 겪었는데 지금은 의식적으로 그렇게 해 보라는 것이다. 11가지 호흡으로 인한 명현반응 때문인지 한 보름은 앓은 것 같다.

오후 3시 반에 삼공재로 갔는데 선생님께서 11가지 호흡이 잘되는지, 이제 마무리되었는지를 물어보셨다. 나는 이전에도 11가지 호흡이 되었고, 잘되고 있다고 말씀드리니 다섯 번째 화두를 주셨다.

1시간 정도 새로운 화두를 잡고 선정에 들었는데 이전과 다르게 백회

보다는 주로 온몸으로 기운이 들어왔다. 상당히 포근한 기운이 전신을 감싸고, 나의 온몸이 산산이 부서지는 것이었다. 정말 나의 몸이 없어졌나 싶어 잠시 눈을 뜨고 살펴보니 나의 몸은 그대로 있었다. 이때 받은 느낌은 나의 근원은 텅 비었으면서도 꽉 찬 허공인 것 같았다.

수련 도중에 여러 가지 인물들을 보았다. 먼저 금관을 쓰고 화려한 의상을 갖춘 고조선 시대쯤(실제 연대는 알 수 없지만 그러한 느낌을 받았다)의 황제의 모습이 나타났는데 얼굴을 보니 나의 얼굴이었다.

조금 있으니 의관은 조금 다르지만 역시 화려한 임금 의상(아마 조선시대 왕인 것 같았다)을 한 왕이 신하들과 이야기를 하는 장면이 나타났다. 뒤이어 직급이 높아 보이는 군인이 나타났고, 전래 한복을 입은 여자가 나타났다. 아마 전생의 나의 모습들인 것 같은데 내가 여자였을 때도 있었구나 하는 생각을 했다. 또 한 번 기운이 바뀌고 있음을 느꼈다.

2006년 5월 10일 수요일

지난 1주일은 어린이날 행사로 보육원 견학, 부자(父子) 캠프에 다녀오느라 정신없이 보냈다. 생활의 리듬이 깨져서 다시 원상태로 복구시키는데 1주일이 소요되었다. 간간이 화두를 잡았지만 뚜렷한 성과는 없다.

주로 주말에 일정이 잡히는 바람에 등산도 삼공재 방문도 생략할 수밖에 없는 답답한 처지가 되었다. 아내는 수련에 관심이 없는 데다 내가 수련을 한다고 육아나 가족 행사에 빠지게 되면 화목하던 가정에 문제가 생기게 될까 봐, 될 수 있는 대로 가장의 본분을 지키면서 수련을 하려니 어떨 때는 할 수 없이 삼공재로 향하던 발길을 돌려야 할 때가 있다.

이럴 때는 결혼을 하지 않고 혼자 수련을 했더라면 얼마나 좋을까 하며 한숨을 쉬지만 다 나의 업보로서 이생에서 해결해야 할 과제라고 나 자신을 위로하기도 한다. 기필코 다음 생에는 인연의 사슬을 끊고 깨달음에 도달하리라 다짐한다.

다만 오늘은 어느 정도 심신이 안정되고, 혼잡스럽던 생각들이 하나둘씩 정리되고 사라짐을 느낄 수 있었다. 될 수 있는 대로 집착함이 없이 묵묵히 맡겨진 일에 최선을 다해 보리라 다짐도 하였다. 오늘의 이 마음이 큰 깨달음에 이르는 하나의 출발점이 되었으면 하는 생각이 들었다.

2006년 5월 20일 토요일

아들이 오전에 유소년 스포츠 센터에서 축구를 배우고 점심때쯤 돌아오기 때문에 일요일보다 토요일 새벽에 등산을 한 후 삼공재에 들르는 것이 가족과 함께하는 시간을 가지는 데 좋을 것이라는 생각에, 오늘부터 특별한 일이 없으면 토요일에 등산을 하기로 하였다.

일요일에 등산을 하고 삼공재에 가게 되면 일요일에는 가족과 함께하는 시간을 만들기 어려워 그동안 고민을 했는데 이제 해결책을 찾았다. 비록 수련을 하지 않지만 나에게는 챙겨야 할 가족들이 있기 때문이다. 특히 아들은 아빠와 함께 하는 시간을 몹시 아쉬워하고 있기 때문에 일요일에는 가족과 함께 하기로 했다.

등산을 마치고 삼공재에 들러 다섯 번째 화두를 잡고 수련을 하였다. 다섯 번째 화두수련 후 몸과 기운이 또 한차례 크게 바뀐 것 같다. 기몸살은 계속되지만 체력이 나아지고 있고, 빙의령 천도는 별로 의식이 되지 않을 정도가 되었다.

이날 수련 도중에 뱀, 쥐(투명한 모양), 고양이 등 동물이 보였고 갓난 아기, 아리따운 처녀의 모습도 보였다. 또한 내가 어디선가 앉아서 수련을 하는 모습도 보였고, 여러 병사들을 이끌고 왔다갔다하는 모습도 보였다. 한편 옛날 궁전에서 임금 노릇을 한 모습도 2차례 다시 나타났다. 내가 저러한 동물들에서 차례대로 진화하여 사람이 되었다는 생각이 들었다.

6. 여섯 번째 화두수련 : 2006년 6월 3일부터 2006년 6월 11일까지

여섯 번째 화두수련 역시 일사천리로 진행되었다. 수련의 고삐를 잡았다고나 할까, 첫 번째 화두수련 이후에 정체되었던 수련이 다섯 번째 수련 이후로 계속 가속도가 붙고 있다. 그렇다고 수련을 대충할 수는 없으니 혼신의 힘을 다해 수련에 임하기로 했다.

춘천에서는 걸어서 출퇴근을 했지만, 서울로 와서는 전철로 출퇴근을 한다. 다행히 집에서 전철역까지 사이에 매봉산이 있어 15분 정도 산길을 넘게 되는데 매일 흙을 밟으며 나무숲을 지나면서 화두수련을 할 수 있어 하루의 즐거움으로 삼는다. 매봉산 정상 부근에는 체육 시설이 있고, 길이가 제법 되어 아침 조깅 시에도 정상까지 갔다가 돌아오는데 서울 중심에 이런 곳이 있다니 나에게는 큰 혜택이 아닐 수 없다.

이 화두수련 기간에 한두 번의 회식이 있었지만 정신을 바짝 차려 무사히 지나갈 수 있었다. 정신일도하사불성(精神一到何事不成)이다. 회식 자리에서는 수련과 무관한 이야기만 오가고 하여 나는 마음속으로 화두를 암송하면서 답답함을 달래야 했다.

기몸살에서 거의 벗어나고, 빙의령 천도에 휘둘리는 일도 없어졌다. 모든 것이 마무리 단계에 접어든 느낌이다. 기운과 화면으로 내가 누군인지를 알았으니 이제는 다음 단계인 나의 근원으로 가야 한다는 생각이 들었다.

2006년 6월 3일 토요일

새벽에 관악산에 다녀왔다. 일요일 등산과는 달리 토요일 등산은 사람들이 적어 시끄럽지 않아 좋다. 다만, 아직도 일요일 등산이 습관이 되어서인지 몸이 풀리는 시간이 더 걸리는 것 같다.

삼공재에 가서 선생님께 그동안의 경과 보고를 하였다. 화면에 나타난 파충류 그리고 임금의 모습을 한 사람들을 보았다고 말씀드리니 선생님께서 다시 왕의 모습은 몇 번 보았느냐고 물으시길래 2번 보았다고 말씀드리니 전생에 2번이나 왕이었다니 대단하다고 하셨다. 비록 내가 전생에 임금이었다고 하더라도 아직 윤회를 거듭하고 있는 걸 보면 아직 갈 길이 먼 것이라는 생각이 들었다.

2시간 동안 수련을 하는데 갑자기 내가 나의 몸에서 위쪽으로 빠져나와 앉아 있는 나를 위에서 지켜보았고, 내 몸에서 벗어난 영체가 지구 밖으로 빠른 속도로 빠져나와 우주 공간을 헤매더니 어느 큰 별로 향한다. 그 별에는 지구와 비슷한 모습으로 건물, 숲, 나무 등이 있고, 내가 어느 숲에서 수련하는 모습이 보인다. 그리고 그 모습은 곧 큰 빛의 덩어리에 휩싸여 회오리치더니 산산이 흩어져 안개처럼 사라졌다.

정말 신기롭고 놀라운 모습이다. 처음으로 이러한 모습을 보았는데 그 황홀함은 아직도 잊을 수 없고, 이날 집에 돌아와 잠자리에 들면서도 그 느낌이 생생하여 혹시 내가 꿈을 꾼 것이 아닌가 하는 생각이 들기도 했다. 아마 내가 그 별에서 온 것이 아닌가 하는 느낌이 든다.

7. 일곱 번째 화두수련 : 2006년 6월 11일부터 2006년 6월 17일까지

수련이 막바지에 든 것 같다. 그동안 화면 속에 보았던 갖가지 모습과 황홀한 광경은 나의 수련의 자극제가 되었고, 통증이 있던 상, 중, 하단전은 모두 뻥 뚫린 듯 시원하고 포근하다. 이제 내가 수련을 하는지 안 하는지 모르게 자동적으로 수련이 되는 듯하다. 기몸살도 빙의령 천도도 계속되지만 수련에 지장을 주지 않는다. 화면상으로는 주로 큰 동물인 코끼리, 용, 사자가 나의 주위를 맴돌며 마치 나를 호위해 주려는 모습이 나타났다.

2006년 6월 11일 일요일

어제 등산을 다녀온 후 비가 내려 아들이 매주 토요일에 다니는 축구 클럽 일정이 오늘로 옮겨지는 바람에 삼공재에 가지 못하고, 대신 오늘 법원에 들러 잠시 일하다가 오후 3시쯤 삼공재로 갔다. 일요일이어서 꽤 많은 사람들이 앉아서 수련을 하고 있었다. 오늘은 점심때까지 별로 먹은 것이 없었지만 배가 고프지 않았다.

수련 도중에 선생님께서 여섯 번째 화두수련 결과를 물어보시길래 지난주에 보았던 모습을 알려드렸다. 선생님께서는 그 화면이 끝났느냐고 다시 물으셔서 더이상 화면이 나타나지 않는다고 말씀드리니 일곱 번째 화두를 주셨다. 이제 이 화두를 마치면 마지막 하나의 화두만 남게 된다고 하셨다.

벌써 내가 여기까지 왔나 하면서 받은 화두에 집중하였다. 그런데 화두를 잡은 지 얼마 지나지 않아 수련하는 나의 모습이 보이고, 그 모습이 점점 엷어져 투명체로 변하더니 환한 빛 속으로 빨려 들어가 빛과 하나가 되고, 그 빛이 산산이 부서지며 회오리치더니 화면에서 사라졌다.

2006년 6월 12일 월요일

저녁에 잠자리에 누워 계속 화두를 잡았는데 화면으로 내 주변에 큰 사자와 용이 맴돌더니 소용돌이치면서 나와 하나가 되어 하늘 높이 사라졌다. 이렇게 큰 동물들이 생생하게 화면에 나타난 것은 이번이 처음이다.

8. 여덟 번째 화두수련 : 2006년 6월 17일부터 2006년 6월 24일까지

최근에는 일주일 단위로 화두수련의 단계가 높아지고 있다. 주로 삼공재에서 화면을 보았고, 집에 돌아와서는 큰 코끼리, 아이의 모습을 보았다. 기운은 강하게 들어오지만 전혀 저항감이나 부담이 느껴지지 않고, 마음은 평화롭고 한없이 넓어져 누가 갑자기 나를 아무런 이유 없이 때린다고 해도 화를 낼 수 없을 정도가 되었다. 마지막 수련까지 최선을 다하여 유종의 미를 거두자고 다짐해 본다.

2006년 6월 17일 토요일

아침 일찍 일어나 등산을 가려고 했는데 온몸이 무거워 6시에 겨우 일어났다. 이것저것 준비하고, 관악산에 도착하니 아침 8시가 다 되었다. 아침 햇살이 강하게 비치는 가운데 산을 오르는데 몸은 천근만근 무겁다. 화두를 잡으며 천천히 몸을 이끌고 헬기장을 지나 국기봉으로 향하는데 박종칠 씨를 만났다.

오늘은 국기봉까지만 다녀오기로 하고, 돌아오는 길에 박종칠 씨와 과일을 나누어 먹으며 이런저런 이야기를 하였다. 그런데 박종칠 씨는 나와 지금 같은 화두수련 단계에 와 있는데 화두를 잡다가 화두를 잊어버려 다른 도우에게 확인을 하였다고 한다.

오후 3시 10분쯤 삼공재에 가서 수련을 하였다. 지난 화두수련 시 나타난 현상을 말씀드리니 이제 마지막 화두를 잡으라고 하신다. 내가 벌써 여기까지 왔나 의문이 들었지만 마지막 마무리를 잘하리라 다짐했다. 이날 박종칠 씨도 마지막 화두를 받았다.

마지막 화두를 잡고 3, 40분 정도 수련을 하는데 지난 화두 때와는 다른 섬세하면서 짜릿한 기운이 백회를 통해 들어와 단전으로 흡수된다. 그리고 나의 모습이 상단전부터 하단전까지 차례로 없어지더니 큰 빛의 덩어리에 흡수되어 큰 공간을 빙빙거리며 소용돌이친 후 반짝거리더니 이내 부서지며 흩어져 사라졌다. 텅 빈 공간이지만 전혀 쓸쓸하지 않고 포근하고 아늑하다. 온 우주가 다 나였는데 그 우주마저 사라져 없어졌으니 나라는 존재는 결국 없는 것이라는 느낌이 강하게 들었다.

2006년 6월 24일 토요일

새벽에 한국과 스위스전 월드컵 예선전 후반전을 조금 지켜보다 5시 반쯤 관악산으로 향했다. 결과는 2-0으로 패했다(신기하게도 직장에서 스위스 전 득점에 대하여 모두들 예상을 했는데, 나는 왠지 2점 차로 질 것 같다고 했었는데 그 예상이 적중했고, 덕분에 상금까지 타게 되었다).

지금 온통 전국이 월드컵 열풍에 휩싸여 있지만 나는 별로 흥분이 되지 않는다. 오히려 화두수련의 단계가 높아질수록 마음은 차분해지고, 주변의 일들이 저절로 하나씩 정리가 되어 간다. 몸과 마음이 안정되니 일도 안정이 되어 가는 모양이다.

오전 6시쯤 산행을 시작했는데 월드컵 때문인지 사람들이 별로 없어 산행하기에는 좋았다. 오전에 일이 있어 평소보다 일찍 산행을 마치고 돌아왔다. 화두수련 특히 5단계를 넘어서면서부터 산행을 하는데 굉장히 힘이 들었다. 혹시 체력이 떨어진 것이 아닐까 걱정을 했는데 오늘 산행을 하면서 그 걱정을 떨쳐버릴 수 있었다. 『선도체험기』에서 삼공선생님께서 화두수련을 하면서 많은 기몸살을 하셨는데 아마 나도 기몸살로 그동안 몹시 힘들어한 것 같다.

오후 3시 반쯤 삼공재에 들렀다. 네 사람이 수련을 하고 있었다. 마지막 화두수련의 결과를 말씀드리니 삼공선생님께서는 이제 화두수련이 끝났다고 하신다. 이날 1시간 반쯤 수련을 하는데 그동안 화두수련을 마감하려는지 엄청난 기운이 백회로 들어와 단전을 무차별 공격하여 눕고 싶은 생각이 들었지만 꾹 참았다. 하지만 참 기분 좋은 느낌이었다.

현묘지도 수련을 마치며

그동안 짧다면 짧고, 길다면 길 수도 있는 7개월 조금 넘는 화두수련을 하면서 화면을 통하여, 때로는 가슴으로 나의 존재, 나의 전생, 나의 근원을 절실하게 느낄 수 있었다. 그동안 알고 싶었던 전생의 모습을 화면으로 보고, 출신(出神)도 하면서 삼공 수련이 전혀 허구가 아니라는 것을 몸소 체험했다.

비록 화두수련 시 나타난 현상이 이미 화두수련을 하기 이전에 보았거나 겪었던 것도 있었지만 현묘지도 수련은 이를 보완하여 좀더 종합적이고 체계적으로 생생하게 기운과 화면 때로는 느낌을 통하여 진리를 나에게 깨우쳐 준 것이라고 믿어 의심치 아니한다.

나는 이 수련을 통하여 몸, 마음, 기운이 통째로 변한 것 같다. 그렇지만, 만약 삼공 선생님과 같은 훌륭한 스승님이 없었다면 나는 아직 나의 본성을 제대로 깨닫지 못하고 방황하고 있었을지도 모른다. 다시 한 번 이런 좋은 수련을 통하여 나의 수련의 수준을 한 단계 높여 주신 삼공 선생님께 감사의 말씀을 드린다.

이제부터 항상 바른 마음을 가지고, 더욱더 철저히 나 자신의 자성에 의지하여 살아가면서! 이제는 상구보리하였으니 하화중생하리라 다짐한다.

【필자의 독후감】

현묘지도 8단계 수련 중 처음 4단계는 인도의 요가나 중국 선도와 같은 다른 수련 체계에는 없는 것이다. 오직 현묘지도에서만 대주천을 마친 수행자가 이 수련을 받을 수 있는 자격이 있다. 대주천이 안 된 수련자는 이 수련을 해도 진전이 없는 것만 보아도 알 수 있다. 처음 4단계는 선도인(仙道人)으로 심신을 완성하는 과정이라고 할 수 있다.

이 수련을 마치면 시해(尸解)를 할 수 있다. 시해를 보고 심령과학에서는 유체이탈(幽體離脫)이라고 하고 중국 선도에서는 출신(出神)이라고도 한다. 수련 중에 자기 자신이 수련하는 모습을 보거나 우주를 여행하는 장면이 나오는 것은 시해를 하기 때문이다.

시해를 하는 사람은 이승을 하직할 때까지 적어도 내과 계통의 질병이나 성인병을 앓는 일은 없게 될 것이다. 그러나 깜빡 잊고 수술을 했다가는 생명을 잃을 수도 있고 멍청한 사람이 될 수 있음을 명심해야 할 것이다.

이 세상을 하직할 때도 앓거나 치매로 마감하지 않고 자의로 자기 몸을 떠날 수 있게 될 것이다. 이것을 일컬어 천지인(天地人)삼재(三才)를 뚫는다고 한다. 그러나 수련은 죽는 순간까지 지속되어야만이 그런 혜택을 받을 수 있음을 명심해야 할 것이다.

그 나머지 4단계는 수행자가 자기 존재의 실상을 깨달아 가는 과정이다. 이와 비슷한 과정은 불교에도 있다. 삶과 죽음은 알고 보니 같은 것이고, 시간과 공간을 초월하여 우주 그 자체와 더불어 영원무궁하다는 것을 각종 시청각 교육 자료를 통하여 깨닫게 하는 과정이다.

나는 아무것도 아니면서 우주 전체이고 그런가 하면 끝없이 작은 존재이면서도 우주 자체를 내포한 무한하고 영원한 존재임을 깨닫게 된다. 이것이 바로 초견성이다. 자성의 정체를 알았으므로 앞으로 무슨 난관에 부닥치더라도 다시는 그전처럼 마음 흔들리는 일은 없어질 것이다.

현직 판사인 이종림 씨는 격무에 시달리면서도 현묘지도 8개 화두에 끈질기게 매달려 7개월 만에 기어코 끝마무리를 보았다. 그 인내력과 지구력을 평가 아니 할 수 없다. 그리고 그동안에 겪은 수련 내용을 후배 수행자들을 위해 꼼꼼하고 생동감 있게 펼쳐 보이고 있다.

그러나 수련은 이제부터 본격적인 단계에 접어들었다고 보아야 한다. 견성은 앞으로 수없이 반복될 것이다. 견성은 완전한 깨달음에 이르는 관문이라고 할 수 있다. 구경각에 이를 때까지 억겁의 생을 살아오면서 쌓여온 습(習)인 업장(業障)을 벗는 보림은 숨이 다하는 날까지 계속되어야 할 것이다.

이종림 씨는 지금의 수련에 만족하지 말고 그 마지막 목표를 향하여 수행의 고삐를 조금이라도 늦추는 일이 없이 용맹정진하기 바란다. 이종림 씨는 수련 중에 분명 공평무사(公平無私)라는 네 글자를 직감했다고 했다. 이것이 바로 그가 이생에서 성취해야 할 직업적 사명이다. 진리에 입각하여 공평무사하게 법률을 운용하라는 뜻에서 그의 선호(仙號)를 도율(道律)로 정하기로 했다.

현묘지도 수련 체험기 (다섯 번째)

박 종 칠

본인은 1951년 1월생으로 현재 직장인으로 시간적 여유는 다소 있는 편이며, 선도(仙道)와의 인연은 1992년부터 ㅇㅇ선원 2년 반, 1996년부터 국선도 2년 3개월 체험했다. 1997년 6월부터 삼공재(三功齋)에 일주일에 대략 한 번 정도 참여하고 있으며, 일요일 관악산 산행과 생식(아침저녁)과 화식(점심)을 겸하여 하고 있고, 단식을 3회 하였으며 음양식도 일부 하는 편이다.

첫 번째 화두 (2005년 11월 06일~11월 13일)

수련 시 새로운 화두를 받다. 과연 모든 과정을 순조롭게 끝맺을 수 있을지 의문이지만 성의를 가지고 정진하면 좋은 결과를 얻을 수 있다고 기대하고 노력하자.

첫날이라 잡념은 생기지만 몸 전체가 열기로 땀이 흐르고 기운은 머리를 통하여 등줄기로 연결된다. 또한 별자리가 둥근 머리에 각인되는 것처럼 기운을 발산하고 중심 별 하나가 붉은빛을 띠면서 반짝인다. 고대의 건축물들도 어른거린다. (11. 06)

새벽 수련 시 간절한 마음으로 화두를 암송하고 싶다. 초반에는 강한 기운으로 몸이 열을 내는 것 같으며 점점 편해지면서 단전 자체가 저절

로 숨을 쉬는 것 같다. (11. 07)

조용히 화두를 암송하면 맥박의 울림과 전자파 같은 울림소리가 더욱 선명하게 들리며 소리 내어 화두를 부를 때에는 모든 사물이 불쌍하여 내 자신이 비애에 젖어 드는 느낌이다. 정신 집중으로 목소리를 크게 하는 것도 수련에 많은 도움이 되리라. 성기원도(聲氣願禱) 절친현(絕親見)의 문구가 생각난다. (11. 10)

일반적으로 나이가 들수록 기억력과 활력은 감소한다. 그것을 극복하기 위해서는 간결한 사고와 행동을 하도록 유의해야 좋을 것 같다. 욕심과 희망을 줄이고 살아간다면 언제나 흡족한 상태에서 살 수 있을까?

두 번째 화두 (2005년 11월 13일~2006년 02월 12일)

전의 화두를 완전히 소화했는지 모르나 새로운 화두를 받았다. 화두를 암송하니 첫 번째 화두와는 또 다른 기운이 등줄기가 아플 정도로 흐르고 몸 전체에 벌레가 기어 다니는 것처럼 스물거린다. 지금 내가 하는 공부가 생사를 초월할 수 있는 수련임을 염두에 두고 자중자애(自重自愛)하여 빈틈없는 공부를 해야겠다. (11. 13)

지루한 것도 모른 상태로 2시간 이상을 암송하다. 하늘과 땅 그리고 나의 존재가 무의 상태로 융합하는 것이 자연의 이치 같다. 머리, 가슴, 단전호흡이 저절로 이루어지고 나는 자유자재로 활동할 수 있는 느낌이다. (11. 15)

몸으로 느끼는 것을 글과 말로 표현하기가 어렵고 막연하다. 귀에는 자연의 전파 소리가 들리고 몸 전체로 동시에 숨을 쉬고 있으며 검은 칠판에 흰 점이 몸 쪽으로 다가온다. (11. 18)

화두를 암송하면 몸에 기운은 많이 느껴지나 성과는 없다. 적절한 진도로 나가야 하나 수련은 수학 공식처럼 노력으로만 될 수 없는 것 같다. 열심히 하는 것 자체가 기쁨을 주는 것이 되어야 하지 않을까? (12. 06)

나의 주변의 만물이 불쌍한 생각이 든다. 만물의 존재 가치와 소중함을 인식하여 언행을 삼가야겠다. 진리와 가까이 있다고 느껴질 때 마음의 불안이 해소된다. 대화 속에는 다른 의견들이 많을 수도 있으나 이해하는 것은 각자의 그릇의 차이이리라. 남의 말을 많이 받아들이는 것이 좀더 현명하고 너그러운 사람이리라. (12. 14)

명현 현상인지 오늘은 몸 전체가 쑤시듯이 만사가 귀찮다. 몸과 마음이 같이 변화하고 있는 것일까? 명상 시 머리로 기운은 잘도 들어오고 머리 위에 백열등이 밝은 빛을 발한다. 빛과 단전이 연결되고 따뜻한 느낌이다. (2006. 01. 21)

세 번째 화두 (2006년 02월 12일~03월 17일)

머리, 등 쪽의 근육들이 숨을 쉬는 기분이고 붉은색 불 속을 통과하는 느낌이다. 화두를 암송하다 보면 슬픈 감정이 생긴다. 무엇이 슬픈가 이유도 모르면서. (02. 12)

호흡과 명상이 집중되면서 밝은 상태의 명상 화면이 된다. 숨쉬는 것은 저절로 되며 세상일이 모두 순환의 고리에 따라 저절로 되어지는 것 같다. (02. 25)

푸른 창공에 수많은, 빛나는 은하수가 밝은 빛을 내면서 타원형으로 움직인다. 밝은 것은 하늘이요 흐릿한 언덕과 산봉우리가 선명하다. (03. 10)

지금 수준에서 공부가 더이상 발전이 없다고 해도 꾸준히 공부하리라. 공부할 수 있는 목적이 있다는 것 자체가 다행이라는 생각이 든다.

네 번째 화두 (2006년 03월 17일~03월 26일)

어느 정도 이해되는 화두로 이번에는 바로 통과될 것 같은 느낌이다. 평소에도 수시로 하는 호흡법이기 때문이다. 매사에 감사하는 마음으로 성의와 진실로 대하며 하루하루를 보내자. (03. 17)

홀로 관악산 산행 시 꽃들은 만발하고 산새들은 지저귄다. 자연의 위대함을 인식하고 우리 모두 자연의 일부란 것을 느낀다. 자신의 중요성은 망각한 채 타인의 생활에 관심이 많으며 정신없이 살아가는 일반인들에게 조금은 자신들의 소중함을 가르쳐 주고 싶다. (03. 19)

여러 종류의 호흡법을 순차적으로 행한다. 저절로 숨이 되어지는 느낌이며 몸으로 충만함을 느낀다.

다섯 번째 화두 (2006년 03월 26일~05월 07일)

수시로 자문한 화두이나 언제 확실한 느낌이 올지 모르겠다. 그러나 어제와는 또 다른 느낌이 몸 전체에 피어난다. 신기하다. (03. 26)

암갈색의 창공에 빛이 밝은 수많은 별들이 반짝이고 그들 중 일부가 폭포 속으로 스며든다. 밝은 날 햇빛에 시냇물에 빛이 반사되고 맑은 물은 대지에 흐른다. 머리로부터 단전까지 기둥이 서 있다. 바람에 꿋꿋이 서 있는 나의 모습이다. 모든 주변 일이 긍정적이고 용서하는 자비심(慈悲心)이 생긴다. (04. 02)

명상 시 모든 세상과 같이 호흡하고 나 자신을 잊어버릴 듯한 호흡이다. 육체는 조각난 별들 모양 구분이 선명하다. (04. 07)

새벽에 홀로 등반을 하면서 아래와 같은 생각이 든다.

나를 어떻게 설명할까? 시간은 수없이 흐르고 공간은 어디로 확정하는가? 그저 내가 존재하기 때문에 나인 것인가? 산을 설명하라면 공간과 시간 속에 정확히 설명을 할 수도 없고 각자의 입장에 따라 상황 변화를 설명하는가? 그저 산은 산일 뿐이다.

설명이 필요 없듯이 알려고 하는 내가 아둔한 사람일 뿐이다. 지혜로운 사람은 산을 그저 산이라고 볼 수 있을 때 조건이 없기 때문에 지감, 조식, 금촉 공부가 저절로 되는 것이 아닐까? (04. 09)

눈이 가득 덮인 산들이 물 흐르듯이 펼쳐지고 둥근 해가 떠올라 나를 비추며 밝은 빛으로 내가 가득하고 퍼져 나가는 느낌이다. (05. 04)

여섯 번째 화두 (2006년 05월 07일~06월 04일)

정수리의 기운이 단전까지 조용히 숨 쉬듯이 들고난다. 화두에 따라 기운은 또 다르다. 좀 더 정화(淨化)되었다고나 할까? (05. 07)

몸 전체가 네 부분으로 갈라지는 느낌이며 서서히 오장육부가 보인다. 기운의 흐름으로 서서히 따라가도 본다. 명상 시 코에서 물이 흐르고 슬픈 감정도 생긴다. (05. 18)

가끔은 아내와의 불화가 수련을 더 잘할 수 있는 기회가 되기도 한다. 게을러지는 생활이 지속되면 아내의 근면을 통하여 그 습관을 버리도록 힘쓴다. 아내의 불만을 내가 모두 해결하고 아내 스스로 좋은 길을 갈 수 있도록 해야겠다. (05. 19)

일곱 번째 화두 (2006년 06월 04일~06월 19일)

몸 전체가 물방울 입자로 퍼지면서 온 세상이 모두 내 본성과 연관 안 된 것이 없는 느낌이다. 물방울 입자가 두루두루 퍼진다. (06. 04)

공부가 순조롭게 진행되어 타인을 지도할 수 있는 실력이 생긴다면 차후 후학들과 같이 공부하는 기회가 오기를 기원해 본다. 화두를 암송하다가 호흡이 길어지면서 자주 화두를 잊어버리는 경우가 있다. 공부 단계가 아직 낮아서 그런지 모르겠다. 내가 빛으로 화하여 퍼져나가기도 하고 바다의 파도에 의해서 모래가 몰려온다. (06. 05)

지금까지 암송한 화두를 차례로 생각해 본다. 새로운 기운들이 차례로 들어오는 느낌이었으며, 명상 시 드넓은 대지와 완만한 산 위로 푸른 하늘이 보이고 주변이 아주 편해 보인다. (06. 09)

여덟 번째 화두 (2006년 06월 19일~07월 09일)

여러 가지 다른 형태로 변하는 느낌이다(동물, 식물, 무생물). 주제에 몰입하여 많은 시간을 정진한 것 같다. 피부호흡일까? 바람이 불어온다. (06. 19)

명상 중 노란 황금빛 날파리로 내 몸이 변하여 떼를 지어 날아간다. 무수한 파리가 장관을 이룬다. 주변 모든 것이 소중하고 의미가 많은 것으로 이루어진 느낌이다. (06. 26)

기운의 흐름과 호흡과 별개로 운기가 되는 것을 확실히 느끼겠다. 자연과 동화된 육체의 신비로움을 다시 생각하게 된다. (06. 29)

화두에 접하면 상체 전체로 호흡을 하고 전파음의 혼합된 소리가 시끄러울 정도다. 주변 모든 것들이 순리(順理)에 의해 되어지는데 염려할 것도 없이 즐거울 뿐이다. (07. 05)

수련 체험기를 써 보라는 선생님의 말씀이 있었으나 본인은 아직도 공부가 부족한 것 같은 생각이 든다. 다만 화두를 받을 때마다 다른 기운을 체험하고 수련 전보다는 호흡 상태나 마음 자세가 긍정적으로 많이 변화된 것을 느낀다. 공부는 끝이 없이 항상 진행(進行)되어야 할 것이며 이번 기회는 더욱 수련에 정진하라는 배려로 느끼고 각오를 다시 해 본다.

【필자의 논평】

매우 간결하고 압축된 문장이지만 현묘지도를 수련한 체험들이 전부 다 그 속에 녹아 있다. 현묘지도 수련의 핵심은 무엇인가? 수행자 각자가 주어진 화두를 염송하면서 자기 존재의 정체를 파고 들어가다가 수련 중에 나타나는 화면이나 소리를 통하여 자기 존재의 실상에 도달하는 것이다.

어찌 보면 나 자신은 아무것도 아닌 허공이면서도 눈에 보이는 삼라만상 그 자체이기도 한 것을 공통적으로 실감하게 된다. 보이지 않는 우주 전체이면서도 보이는 우주의 지극히 작은 부분이기도 한 것이다. 이처럼 나 자신은 시간과 공간, 삶과 죽음과 차별과 비교를 초월한 그 무엇임을 깨닫는 과정이기도 한다.

그러한 깨달음과 함께 반드시 마음과 몸이 그전과는 다르게 좋은 쪽으로 변하는 것이다. 그러나 수행자는 자기 개성에 따라 그 표현 방법이 천차만별일 수 있음을 보여 준다. 선호는 도휘(道輝).

현묘지도 수련 체험기 (여섯 번째)

조 태 웅

삼공 선생님은 현묘지도 수련을 지도하시면서 지극정성, 미친 듯 정진하라고 강조하셨고 저는 정말 이 수련을 열심히 수련하여 환골탈태에 이른 심신의 혁명을 가져왔습니다. 선계의 스승님들과 삼공 선생님께 진심으로 감사의 말씀을 드리고 삼가 배례를 올립니다. 약 5개월에 걸친 현묘지도의 8단계 수련 중 생각나는 장면과 특히 기억되는 일들을 적어 보겠습니다.

제1단계 화두

무수한 별들이 백회로 쏟아져 들어오면서 온몸이 떨리고 기쁨이 넘쳤습니다. 대주천 된 다른 도우들은 지난해 말부터 몇 달째 현묘지도 수련을 하고 있는데, 저는 인영 6·7성(인영맥이 촌구맥보다 6, 7배 큰 증상) 치료에 매달리느라 2월 초에서야 제1단계 화두를 받고 몇 배 더 열심히 수련해 앞서간 도우들을 따라가야겠다고 생각하였습니다.

기운이 엄청 들어오는데 기몸살도 심하고 평소에 안 좋던 왼쪽 윗잇몸이 몽땅 붓고 흔들리면서 아파서(치주염) 치과에 가려다가, 선생님께 전화 드렸더니 신중하지 않으면 큰일난다고 주의를 주시므로, 나는 심사숙고 끝에 자연치유력을 믿고 이를 악물고 참아 나가기로 결심하였습니다.

제2단계 화두

풍년이 든 가을 들판에 수확하는 사람들의 풍경이 평화롭고 풍요롭게 펼쳐지고 있었습니다. 지난번에 잇몸병 때문에 두어 주일 고생깨나 했는데 치과에 가지 않고 꾹 참고 버틴 보람이 있어 자연치유 작용에 의해 멀쩡하게 나아서 괜찮아졌으니 신기하기도 하고 무척 기뻤습니다. 치과 의원에 갔더라면 백발백중 이 몇 개를 뽑고 큰일을 당했을지도 몰랐을 것이라 생각을 하니 아찔한 느낌입니다.

제3단계 화두

한참 단전호흡하는 중에 머리도 없어지고 몸도 없어지고 그래도 기분은 굉장히 좋았습니다. 스님들 장례 때 하는 다비식처럼 제 몸이 나뭇더미 위에서 태워져 사라지면서 심신이 엄청나게 변화되었습니다.

제4단계 화두 (11가지 호흡)

평소에 홀수 일엔 탄천 산책로에서 속보 1시간 30분, 짝수 일엔 분당 뒷산에 2시간 산행, 그리고 주말엔 본격적인 광교산 등산으로 병원이나 약국에는 가지 않고 건강하게 살고 있습니다. 이전에는 5시간쯤 걸리던 광교산(수원 소재) 등산 후에는 꽤 지쳤었는데, 네 번째 화두수련 후에는 거의 지친 기분을 느낄 수 없어 체력도 많이 강화되었음을 확인할 수 있고, 세상만사 모든 일에 기분 좋은 자신감을 갖고 나아갈 수 있게 되었습니다.

제5단계 화두

관리, 도인, 스님, 왕관 쓴 사람 등이 보였습니다. 전생의 모습이라 하셨습니다.

제6단계 화두

태양계, 은하계, 우주의 엄청난 별들 사이로 돌아다니다 오고 우주를 느꼈습니다. 평소에 재산 관리 문제, 아이들 신상에 관한 일 등으로 끌탕증을 많이 가졌었는데 이제는 "몽환포영로전(夢幻泡影露電) 그까이꺼(그까짓 것)" 하는 식으로 대할 수 있게 마음도 활짝 넓어지고 여유를 가지게 되니 나 자신도 놀랄 정도가 되었습니다. 그러나 아직도 가끔 버럭 화를 내는 버릇이 좀 남아 있으므로 더욱 노력해서 고쳐 나가야 할 과제라 생각됩니다.

제7단계 화두

단군, 석가, 예수의 모습이 보이고 나와 하나라는 느낌이 들었습니다. 며칠 전 발을 닦다가 깜짝 놀랐습니다. 왼쪽 발뒤꿈치의 지저분하게 갈라지고 아프던 부분이 씻은 듯이 없어졌습니다. 50년 가까이 고생하던 증상이 거짓말처럼 사라졌으니 경혈을 통하여 기운이 잘 순환되고 몸이 많이 변혁된 결과가 아닌가 생각됩니다.

제8단계 화두

단전에 시뻘건 불이 일면서 온몸을 활활 다 태우고 재만 남기고 빌공

(空) 자가 보였습니다. 백두산 천지 푸른 물결 위에 연꽃이 보였습니다.

현묘지도 8단계 수련을 마쳤으니 평생 수련생활 중 중요한 한 과정을 마친 듯싶습니다. 앞으로 이 생을 마칠 때까지 보림을 게을리하지 않을 것입니다. 또 내가 이 시점에서 할 수 있는 하화중생의 방법을 여러 가지로 생각해 보아야 하겠습니다. 『선도체험기』 등 현묘지도에 관한 정보를 더 많은 사람들이 접할 수 있게끔 힘닿는 데까지 단계적, 재정적 후원을 하는 방안 등을 신중히 계획해 볼까 합니다.

【필자의 논평】

직장 동료들끼리 야유회나 회식이 있을 때 회원들이 모조리 돌아가면서 의무적으로 노래를 부를 때가 간혹 있다. 물론 그중에는 가수 못지않게 노래를 잘 부르는 사람도 있지만 간혹가다가 뚝배기 깨지는 소리에 박자도 맞지 않는 희한한 노래가 나올 때도 있다. 이러한 노래에 더 많은 박수가 터져 나오는 수가 있다. 비록 잘하지 못하는 노래지만 진지하게 열심히 부르는 그의 태도가 청중을 감동시켰기 때문이다.

조태웅 도우는 삼공재에 나온 지 13년 동안 한 주도 거르지 않고 열심히 수련에 정진해 왔다. 1937년생으로서 금년에 69세로 국세청에서 정년퇴직한 전직 공무원이다. 아내도 먼저 저 세상으로 보내고 살림을 돌보던 어머니도 작고하고, 지금은 외아들과 함께 오행생식으로 끼니를 잇고 있다. 어쩌면 수련하는 데는 좋은 조건인지 모른다.

비록 유려하지는 못해도 투박하고도 간결한 문장 속에는 현묘지도 수련의 알맹이는 다 들어 있다는 것을 현명한 독자는 벌써 알아챘을 것이다. 선호는 도실(道實)

현묘지도 수련 체험기 (일곱 번째)

박 정 현

2006년 04월 15일

살아가면서 우리는 많은 인연을 만나게 된다. 산다는 것은 인연을 맺는 것, 부모 형제, 남편, 스승, 선후배, 그 많은 만남 중에서도 진실하고 같은 구도자의 길을 걸어가는 사람의 만남은 그리 쉽지 않고, 스승의 인연은 더욱더 그런 것 같다.

18년 전 오른쪽 허리 신경통에 의한 통증으로 많은 고생을 하고 있었고, 병원도 여러 군데 찾아다니며 치료도 많이 받았지만, 그때뿐이고 잘 낫지 않아 하루하루를 고통 속에서 지내고 있을 때 선생님을 만나게 되었고, 선생님의 지도로 마음, 몸, 기 공부를 열심히 한 덕분에 아픔의 고통에서 벗어날 수 있었다. 그때 나는 건강은 의(醫), 약(藥)에 의존하는 것이 아니라, 스스로 가꾸고 지키도록 노력해야 한다는 것을 깨달았다.

선생님한테서 현묘지도 화두를 받고 오던 날 온몸으로 들어오는 강한 기운과 그 기운으로 인해 빙의령들이 쉴 새 없이 들어오고 나간다. 새벽 4시경 왼쪽 배에서 서서히 퍼져 오는 통증으로 인해 새벽을 지새워야 했다. 극도로 통증이 심해 몸을 가누기도 어려운 지경이었다. 더이상 참고 견디기 어려워 아픈 쪽으로 마음을 집중했다.

빙의령 때문이었다. 빙의가 나가고 아팠던 통증이 사라지니 가뿐한 느낌이다. 그전에는 없었던 일이다. 가뭄에 콩 나듯 빙의령이 나갔고 오늘처럼 이렇게 강한 빙의령이 들어온 적도 없었다. 화두 하나에 강한 기운이 실려 있다는 것을 난 온몸으로 체험하게 되었다.

선생님께 많은 감사를 드린다. 생의 차원을 한 차원 더 높이게 해 주는 수련을 시켜 주셔서... 이번 수련을 잘 마치도록 열심히 정진하고, 최선을 다하자고 새로운 마음을 다잡았다.

천지인 삼매 수련

2006년 04월 16일 일요일

화두수련 중 하단전, 중단전의 강한 기운으로 인해 중단전에 기운이 동그랗게 돌더니 뜨겁게 달아올랐다. 중단전이 타 들어가 없어질 정도로 기운이 뜨겁다. 그날 저녁 커다란 화면이 보인다.

파란 하늘이 펼쳐지고 흰 조각구름이 몇 군데 걸려 있다. 별 하나가 반짝거리고 땅에서 무엇인가 날아올라 구름의 심장을 찌르면서 박혀 버린다. 그 틈 사이로 밝고 찬란한 빛이 보였다. 눈이 부실 정도로 충만하고 찬란한 빛이...

수련은 안으로 충만해지는 일이다. 안으로 충만해지려면 맑고 투명한 자신을 무심히 들여다보는 습관을 들여야 한다는 것을... 본래의 자기로 돌아가는 훈련이라는 것을... 현묘지도 수련을 통해 느낀다.

2006년 04월 18일

수련은 계속하는데 화면은 잘 보이지 않고 마음이 다급하고 초조해진다. 앞서간 선배들의 수련을 부러워만 했다. 이런 마음은 나에게 좋은 것은 아닌 것 같다. 낡은 것으로부터, 묵은 것으로부터, 비본질적인 것으로부터 나를 털어 버리고 일어나자.

수련자는 누구나 어디에도 기대서는 안 된다. 세상 어느 것에도 기대지 않고, 오로지 자기 자신의 의지만으로 열심히 그리고 꾸준히 정진하고, 내 마음을 활짝 열기 위해서 무심히 주시하고 관찰하여야 한다. 늘 깨어 있는 내 자신을 바라볼 수 있기를...

오래전부터 왼쪽 손목의 통증으로 인하여 제법 고생하고 있다. 왼쪽 손으로만 무거운 것을 들고 무리하게 사용한 탓이다. 저녁 수련 중 왼쪽 손목에 기운이 통하는지 손을 사용하지 않는데도 통증이 꽤 긴 시간 지속된다. 오래전부터 찾아온 통증이니 빠른 시간 내에 회복될 수는 없을 것이다. 천리 길도 한 걸음부터라는 속담과 어울리듯 하루아침에 낫지는 않겠지만 인내와 끈기로 열심히 수련하면 좋은 일이 있을 것이라 믿는다. 열심히 수련해야지...

2006년 04월 21일

저녁에 공원 한 바퀴 돌고 들어오는데 하단전, 중단전이 뜨겁게 달아오르고 가슴에 시원한 기운이 전해진다. 저녁 9시가 넘어 수련 중에 나 자신이 어딘가로 빨려 들어간다. 그러면서 화면이 펼쳐진다.

아주 작은 화면 속에 동그란 화단이 보이고, 그 화단에 진한 밤색 나무 한 그루가 서 있고, 법복 입은 어떤 남자 하나가 그 나무를 유심히 들여다보고 있는데, 그 남자 티셔츠엔 송충이 두 마리가 붙어 있는 것이 보인다. 그 송충이 색깔은 노란 황금색을 띠고 있었다.

그러면서 화면이 사라졌다. 수련 중에 본 화면 시간은 잠깐이었던 것 같았는데, 시간을 보니 한 시간이 흘러가 있었다. 다시 화면을 보려고 집중하였지만 더이상은 보이지 않고, 누군가가 인당을 위로 잡아당겼다 아래로 잡아당겼다 하는 느낌을 받았다.

유위 삼매

2006년 04월 22일

삼공재를 방문, 선생님께 두 번째 화두를 받았다. 두 번째 화두의 기운은 조용하고 잔잔한 산들바람 같다. "화두에 미쳐야 뜻한 바가 이루어진다"고 선생님께서 말씀하셨다. 그래서 난 좋은 습관을 들이도록 노력하기로 마음을 먹었다.

이러한 노력이 몸에 배면 천성이 될 수 있고, 그 천성은 습관이 되어 나의 생활을 지배하는 큰 힘이 될 것이다. 좋은 습관은 나의 행동을 지배하게 되고, 생활을 지배하고, 나 자신의 성격마저 지배하게 될 것이며, 이런 습관은 나의 수련을 윤택하고 탄탄하게 해 줄 것이다.

2006년 04월 24일

밤 수련 시 머리에는 빙의가 가득 차서인지 머리가 심하게 아프고 재채기도 나고, 코는 좌우로 번갈아 가며 막혔다 뚫렸다 하고, 호흡도 원활하지 않고, 콧물이 줄줄 흐르고, 어깨도 오슬오슬 춥다.

오늘따라 빙의령이 유난히 많이 들어온다. 오늘은 수련도 잘 안된다. 빙의도 잘 안 나간다. 왜 그럴까? 아직 수련이 많이 부족한 탓으로 힘에 부친다. 이럴 때 부부가 같이 수련하면 음양의 조화가 잘 이루어져 많은 힘이 될 텐데...

모든 일에 있어서 문제점에 대하여 내 안에서 해결 방법을 찾으려는 노력을 시작하자. 무엇이 잘못되었는지, 그 이유가 무엇인지 찾아내려는 노력을 하자. 이것이 수련자의 본분이 아닐까... 배 속에서 꾸르륵거리며 가스가 계속 나온다. 몸속의 많은 독소가 계속 빠지나 보다.

2006년 04월 25일

오늘은 왼쪽 귓속이 간질간질하며 가렵고, 오른쪽 눈 안쪽도 간질간질하다. 양치할 때 잇몸에서 피가 나고 아래 잇몸이 부풀어 있다.

2006년 04월 26일

오늘도 귓속이 간질간질하여 면봉으로 파냈더니 귓속에서 누런 고름이 흘러나오는데, 귀가 아프다든지 하는 것은 없고 일상생활하는 데도 지장이 없다. 어제 부풀어 있던 잇몸은 언제 아팠냐는 듯 깨끗이 나았다.

몸에서 독소들이 빠져나가는 현상인 것 같다. 이 수련을 하면서 '삶에 있어서 마음공부와 건강처럼 소중한 것은 없다'라는 생각이 많이 든다. 몸과 마음이 죽음을 향하여 가까이 가 보지는 않았지만, 이 수련을 통하여 더없이 평온해질 수 있음을 깨달았다. 선생님과 선계 스승님께 무한한 감사를 드리고 열심히 수련에 임해야겠다.

2006년 04월 28일

밤 수련 중 화면이 펼쳐진다. 뱀 두 마리가 보인다. 그 뱀 두 마리가 각각 누런 삽살개 한 마리의 엉덩이를 휘감아, 삽살개를 꼿꼿하게 세우더니 멀리 날려 보낸다. 그리고 집이 보이고, 그 집 마루 밑에는 뱀의 새끼들이 나란히 줄을 지어 있다. 어떤 한 남자가 여러 마리의 새끼 뱀들을 집어서 보여 준다. 그러면서 화면이 사라졌다.

2006년 05월 04일

화두가 잘 안 잡히고 화면도 잘 안 보인다. 수련 부족인 것 같다. 잠도 많이 쏟아지고 새벽만 되면 소변이 자꾸 마렵다. 누워서 생각해 본다. 현묘지도 수련을 받고 화면을 볼 수 있다는 것이 나에겐 신기할 뿐이다.

이 세상 모든 사람들은 눈에 보이는 것만 인정하려 한다. 눈에 보이는 세계는 그 모습을 드러내기 전에 눈에 보이지 않는 상태로 존재한다는 것을 왜 모르는 것일까? 안 보이는 상태가 원인이고, 보이는 것은 하나의 결과일 뿐인데... 눈에 안 보이는 것이 영원한 것이고, 눈에 보이는 것은 늘 변하므로 일시적인 것일 뿐인데...

2006년 05월 07일

오늘은 수련도 잘 안되고, 어머님한테 섭섭한 생각이 많이 든다. 어머님은 주위 분들이나 아래 동서들한테는 잘해 주시는데 나에게는 인색하다. 다른 사람들한테는 돈도 안 아끼시는데... 오늘 섭섭한 이유는 저녁에 반찬 하라고 야채 두 가지 정도 사 가지고 오셨는데, 돈이 얼마 들었다느니, 돈도 없는데 사 가지고 왔다느니 하신다.

그 소리를 들으니 화도 나고 섭섭하다. 난 어머님께 이것저것 사 드리고 잘 모시려고 노력했는데, 그건 나만의 생각일까! 같이 사시면서 어머니도 나에게 섭섭하신 것이 많으신가? 섭섭한 마음 지워지지 않는다.

2006년 05월 09일

어머님과의 관계는 점점 서먹해지고, 어머님이 점점 미워진다. 가끔 의견 충돌은 있었지만, 이렇게까지 싫고 미운 감정은 없었다. 시간이 흐를수록 점점 더 싫고 미워진다. 남편한테 분가했으면 좋겠다고 말해 보았지만, 분가하는 것이 해결책은 아닌 것 같고... 한집에 살면서 싫어하고 미워한다는 것, 정말 힘들고 고통스럽다.

나는 요가 지도자 교육을 받기 위해 일주일에 두 번 요가센터에 다닌다. 지도자 교육을 받고 있는 사람은 모두 4명인데 시간이 지날수록 왠지 모르게 따돌림당하는 기분이다. 교육을 받으면서 소외감도 느끼고 소심해진다.

그만둘까 하고도 생각해 보았지만 이번 기회에 그 원인이 어디 있는지 알고 싶었다. 나를 돌아다보고 상대방을 관찰하고... 나 자신에게 그 원인이 무엇인가? 무엇인가... 수없이 물었다. 그 원인은 다른 사람이 아닌 바로 나 자신에게 있었다.

사람과 사람 사이를 이어 주는 것은 정인데 난 내 마음속에 상대방에 대한 경계의 선을 긋고 있었다. 마음의 벽을 세우고 있었다. 아! 바로 이것이었구나! 마음의 벽을 허물어 버리니 같이 요가 공부하는 사람들이 모두 정겹고 편안하다. 수년 동안 수련하면서 귓등으로만 듣고 잊어버렸던 선생님의 말씀들이 주마등처럼 머리를 스쳐간다.

혹 어머님에 대한 내 섭섭함과 미움도 내 마음속에서 나 스스로 만들어 낸 것은 아닐까! 어머님에 대한 섭섭함과 미움을 걷어 버리고 싶다.

2006년 05월 11일

어머님과의 관계가 좋지 않아서인지, 오늘은 빙의령이 더 심해진다. 몸이 많이 피곤하고 눈을 뜰 수가 없을 정도로 눈까풀이 무겁고, 몸이 바닥으로 붙는 기분이다. 많은 기운이 빠져나가고 무기력해지고, 괜히 눈물이 나고, 모든 것이 귀찮아진다. 옛날에 앓았던 우울증이 또 재발하는 것인가? 마음 다스리기가 매우 힘든다.

수련도 지지부진하다. 난 나 자신을 꾸짖는다. 좋은 습관, 열심히 노력하는 습관을 들이자고 나 자신과 약속을 했는데, 약속은 내 양심과의 약속인데 잘 지키질 못했다. 약속을 잘 지키면 나 자신의 참된 '주인'을 찾을 수가 있고, 내 마음의 모든 속박에서 벗어날 수가 있고, 궁극적으로는 대자유인이 될 수가 있건만... 다시 한 번 나 자신과 약속해 본다. 노력하고 실천하는 사람이 되자고...

2006년 05월 12일

어머님과의 좋지 않은 관계가 밥을 할 때나 청소를 할 때나 끊임없이 떠오른다. 어머님에 대한 섭섭함도 미움도 모두가 내 마음속에서 나 스스로가 만들어 낸 것은 아닐까... 그러면서도 돈도 버시면서 생활비 한 푼 안 주시고, 집안일도 잘 안 도와주시고 등등... 혼자서 생각하고, 혼자서 미워하고... 수없이 되풀이하다가, 갑자기 "남에게 의지하려는 거지 근성을 버리라"는 선생님 말씀이 귀를 때린다.

아! 그렇구나! 어머님에 대한 내 섭섭함도 미움도 모두가 내가 좀 힘들 때 어머님께 의지하려는 내 마음속에 있었구나... 그렇다 섭섭함도 미움도 모두가 내 마음속에서 내 스스로가 만들어 낸 것이었다. 원인을 알고 나니, "도란 모두 삶 속에 있다"는 선생님의 말씀이 피부로 와닿는다.

2006년 05월 16일

어느 집의 복도인지 학교 안의 복도인지도 잘 모르겠는데, 여러 마리의 똑같은 동물들이 보인다. 색깔은 약간 누런색이고 키는 작달막하다. 어디를 가는지 줄을 지어 걸어간다. 맨 앞에 가는 동물의 얼굴이 보인다. 귀는 커서 늘어져 있는 해태상의 얼굴을 가진 동물이다. 그러면서 화면이 사라지는데, 선계의 스승님이신가 ! 궁금하기도 하고 신기하기도 하다.

2006년 05월 19일

머리에서 시원하고 차가운 기운이 들어온다. 인당은 누군가가 위아래로 잡아당기는 것 같다. 이런 날을 여러 번 겪었다.

오늘은 집안에 아무도 없고 나 혼자 있다. 어머님과의 갈등에서 벗어나 변해 있는 나를 되돌아보며 즐거워한다. 정말로 딴사람이 된 느낌이다. 전에는 어머님과의 갈등이 언제 끝날까 하는 생각만으로도 가슴이 답답하고 막막하기만 했는데... 지난 시간들이 새록새록 떠오른다.

힘들고 포기하고 싶고 자신 없는 순간에 나를 지탱하여 준 것은 선생님의 『선도체험기』와 현묘지도 수련이라 생각한다. 선생님의 지도와 이 수련이 없었다면 하루하루를 고통 속에서 지내고 있을 터인데... 홀로 있을 때 사람은 단순해지고 순수해지는 것 같다. 홀로 있으려면 최소한의 인내력이 필요한 것 같다. 홀로 있으면서 마음을 비우고 조용히 그리고 무심히 사물들을 지켜보는 그런 시간도 가끔은 필요한 것 같다.

무위 삼매

2006년 05월 27일

유위 삼매 수련을 마치고 무위 삼매 수련에 들어갔다. 무위 삼매 들어가면서 기운이 바뀐다. 유위 삼매 때는 기운이 부드럽고 잔잔한 반면, 무위 삼매 때는 뜨겁고 활기차다. 현묘지도 수련을 정말 지극정성으로 정진해야 될 것 같다. 내 일상의 모든 일들을 저버리고 수련에만 몰두하는 것이 아니고, 내 모든 일상생활 속에서 수련에 몰두하여 본래의 청정한 내 마음을 보는 것, 그것만으로 마음의 흐름을 살피는 일, 이것을 일

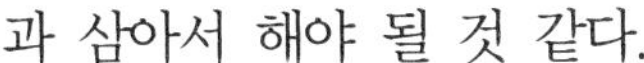
과 삼아서 해야 될 것 같다.

2006년 05월 28일

현묘지도 수련하면서부터 어깨 견정 자리와 목이 너무 아프다. 빙의령 때문에 몸이 아픈 것 같다. 아픈 쪽으로 마음을 집중해 보지만 좀처럼 나아질 기미가 보이지 않는다. 병원에 가서 사진이라도 찍어 보고 싶을 정도로 아프지만 잘 알고 있는 병이라 견뎌 보기로 했다.

2006년 05월 29일

오늘은 양쪽 어깨도 많이 아프고, 그 영향인지 목이 뻐근하고 좌우로 젖히면 뚜두둑하는 소리도 나서 목 디스크 초기 증상이 아닌가 걱정도 된다. 목과 견정 자리가 너무 아프다. 목에다 나무라도 대고 고정시키고 싶을 정도로 많이 고통스럽다.

또한 목뒤에서는 무엇인가가 찌르는 듯이 통증이 오고, 무엇인가가 빠져나가는 기분이다. 오른쪽 어깨 통증이 더 심하게 전해져 온다. 옛날에 아팠던 허리 통증도 다시 도지는 것 같다. 현묘지도 수련받기 전에는 이렇게까지 아픔을 안 느꼈는데, 이 수련을 하면서부터 더 심한 통증이 온다. 그만큼 이 수련은 어렵고 힘든 것 같다. 다른 때 같으면 병원을 찾을 일이지만 지금은 웬만하면 수련으로 극복한다.

2006년 05월 30일

화두를 외우고 있으면 어느새 화면이 펼쳐진다. 내가 어렸을 때 살았던 집 안방이다. 밥상이 차려져 있고, 흰 쌀밥 위에 어디선가 곤충이 여러 마리가 날아와 여기저기 앉아 있고, 상위에도 여러 마리가 날아와 사뿐히 내려앉아 날개짓을 하는 모습이 참 인상적이다.

그중 한 마리가 내 얼굴 가까이로 날아와서 많은 날개짓을 한다. 그 곤충은 지상에 살고 있는 곤충이 아닌 것 같다. 크기는 검지 손가락만하고 날개는 햇볕 아래의 흰 물결과도 같이 눈부시게 반짝인다.

2006년 06월 01일

오늘도 간절한 마음으로 수련에 임했다. 수련 중 화면이 펼쳐진다. 난 깊은 산중턱에 올라와 있다. 설악산을 연상시키듯 푸르고 멋진 풍경이 펼쳐진다. 주위 배경은 벤치 하나와 집 한 채가 보인다. 난 벤치에 앉아서 먼 산을 바라보고 있는데 산 아래에서 어떤 한 남자가 올라와 그 집 안으로 들어간다. 저 집안에는 "누가 살까?"하고 궁금해하다 보니 화면이 사라진다.

저녁 수련을 마치고 누워 있는데 오른쪽 무릎에 통증이 온다. 바늘로 콕콕 찌르듯이 아프다. 무릎이 평상시에 아픈 것이 아니었기에 그쪽으로 기운이 몰리면서 탁기가 빠져나가나 보다고 생각한다.

2006년 06월 02일

저녁 수련 중 몸이 피곤해서 누워서 화두를 외우고 있는데 갑자기 내가 살고 있는 집 배경이 화면으로 펼쳐진다. 집 뒤 베란다에 쌀독이 있는데, 쌀독 옆에 서 계시던 어머니가 갑자기 쓰러지더니 눈을 감으신다.

그러면서 화면이 사라지는데 난 너무 놀랐다. 수련하고 관련이 없는 화면인데 왜 펼쳐졌을까? 걱정이 된다. 어머니는 지금 우리와 함께 살고 있다. 그런데 왜 그런 화면이 펼쳐졌을까, 그 이유가 뭘까 궁금하다.

무념처 삼매

2006년 06월 04일

무념처 수련 11가지 호흡을 하니 옆으로 흔들리고 앞뒤로 흔들리고, 고개가 좌우로 흔들리며 그런대로 잘 진행이 된다. 그런데 몸에 붉은 반점들이 여러 개 생겼다. 긁힌 적도 물린 적도 없는데... 몸에서 탁한 기가 밖으로 나오는 과정인 것 같다. 여러 개의 반점이 생겼는데 계속 관찰을 해야겠다.

2006년 06월 05일

점심 식사 중에 큰 빙의령이 들어왔다. 갑자기 얼굴이 빨개지면서 바닥이 빙글빙글 돌고 쓰러질 것만 같다. 난 정신을 바짝 차리고 내 마음을 '관'하기 시작했다. 호랑이한테 물려가도 높은 파도에 휩쓸려도 정신만 잃지 않는다면, 파도에 휩쓸리지도 않고 호랑이한테서도 살아남을 수 있으리라는 생각으로... 다행이 마음이 안정되면서 얼굴색도 다시 돌아왔다. 수련 단계가 올라갈수록 빙의령의 강도도 세어지는 것 같다. 더욱 더 열심히 정진하고 수련의 질을 높여야겠다.

2006년 06월 06일

오늘은 남편과 마니산에 갔다 왔다. 산행을 하면서 지나간 날들과 나 자신을 돌아보는 시간을 가졌다. '인생은 나그네 길'이라 했던가! 세상은 우리가 태어나 잠시 머무는 어느 한 지점과도 같고, 흘러가는 세월은 여행하는 나그네와도 같은 것!

난 어떤 인생을 살아가고 있는가! 정처 없이 떠다니는 방랑자는 되지 말자. 나에게 주어진 사명의 길을 정성을 다하여 걸어가자. 언젠가는 떠나야 하는 것. 과연 떠나갈 때 난 무엇을 가지고 갈까! 물질은 이 세상에 모두 두고 가지만 수련하는 공덕과, 나보다 남을 먼저 생각하고 돕고 베푸는 공덕은 가지고 가리라. 열심히 수련하여 상구보리하고 하화중생하리라. 나 자신과 또 하나의 약속을 해 본다.

공처 수련

2006년 06월 10일

공처 수련 화두를 받고 오던 날 이상한 일이 벌어졌다. 어깨가 아프고 목이 고통스럽게 아팠었는데, 삼공재에서 나오면서부터 언제 아팠나 싶을 정도로 씻은 듯이 사라졌다. 아팠던 부분들이 서서히 낫은 것이 아니라 갑자기 사라졌다.

나 자신도 믿기 어려운 일이다. 현묘지도 수련받으면서 내 몸속에서 일어나는 일들이 어떤 때는 나 자신도 믿어지지 않지만, 믿지 않을 수도 없는 일이다. 이 모두가 현실로 나타났으니... 이 수련은 신비롭고 경이롭다. 모든 수련생에게 말하고 싶다. 긴가민가 생각하지 말고, 믿고 싶으면 직접 수련하고 체험해 보라고... 그것만이 증명할 수 있으리라고...

2006년 06월 11일

밤 수련 시 화면이 펼쳐지는데 희한한 일이 생겼다. 현묘지도 수련 전 3년 동안 선생님을 찾아뵙지 못한 적이 있었는데, 언젠가 꿈속에서 선생님을 두 번 찾아뵌 적이 있었다. 첫 번째 꿈속에서는 그냥 선생님을 방문해 수련했고, 두 번째 꿈속에서 선생님을 방문했을 때 선생님께서 말씀하셨다. '이 집에서 이사를 가신다'고 했고, 그냥 꿈으로 끝이 났다.

그런데 신기한 것은 이번 수련 중에 3년 전 꿈속에서 보았던 그 집을 보았다. 사모님이 '예전에 살던 집으로 다시 이사하실 거다'고 말씀하셔서 내가 따라간 집은 꿈속에서 본 그 집이었고, 아무도 살지 않는 빈집이었다. 벽지가 떨어져 너덜거리고 구들장들이 드러나 돌멩이들이 방안 가득 널려 있고, 사모님이 힘이 드시는지 돌멩이 위에 잠시 누우신다. 그리고 화면이 사라졌다. 어떻게 이런 일이 있는지 너무나 신기하다. 몇 년 전에 꿈속에서 방문한 집이 수련 중에 빈집으로 왜 보여진 걸까?

2006년 06월 12일

밤 수련 중에 나타난 화면은 어느 식당 안이 보이고, 그 식당 안에서 여자들이 보인다. 내가 주인인 것 같은 그런 느낌이 온다. 어떤 덩치 큰 남자가 들어와 밥을 달라고 한다. 아주 짧은 화면이었지만, 전생에 요식

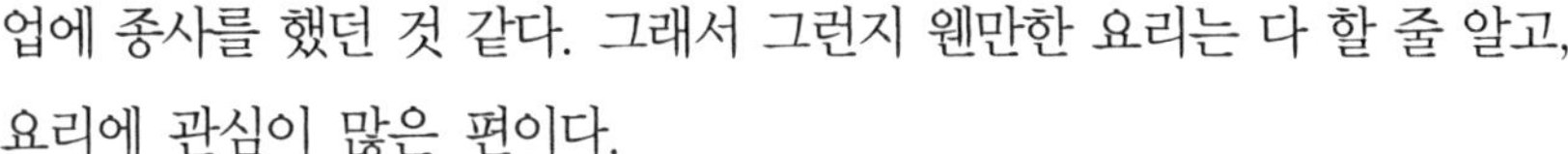
업에 종사를 했던 것 같다. 그래서 그런지 웬만한 요리는 다 할 줄 알고, 요리에 관심이 많은 편이다.

2006년 06월 14일

오늘은 점심을 먹고 나니 속이 매슥거린다. 요즘 가끔 이런 증상이 나타난다. 위가 나쁘다거나 하지는 않다. 빙의령 증상인 것 같다. 빙의령들이 많이 들어와 있으면 속이 매슥거리고 중단전에서 빙의령이 움직이는 것이 많이 느껴진다. 임산부들이 아기의 태동을 느끼듯이 빙의령들의 움직임들이 느껴진다. 밤 수련 시 화면에 토끼장 안에 쥐색 나는 토끼 두 마리가 보인다. 누군가가 그 토끼를 안아 준다.

2006년 06월 15일

이번에는 옷가게가 보인다. 옷가게 안에는 여러 벌의 옷들이 걸려 있고, 한 여자가 옷 정리하느라 여념이 없는 모습이 보인다. 가게 안에는 어떤 한 남자가 양손에 여러 개의 노란 구슬을 들고 나에게 보여 준다.

잠을 자는데 새벽녘에 몸이 근질거려 잠에서 깨어났다. 가려운 것도 아닌데... 다시 누워 잠을 청하면 다시 몸이 근질거린다. 보이지 않는 누군가가 수련하라고 지시하는 것 같다. 늦게 잠이 들어서 몸이 천근만근 무겁고 많이 졸린데 잠을 잘 수가 없다. 많이 힘들지만 일어나 1시간 정도 수련하고 다시 잠자리에 들었다.

2006년 06월 18일

온몸에 기운이 돈다. 발등에서 허리 전체로 돌면서 등으로 기운이 옮겨가더니 바늘로 찌르듯이 아프다. 찌를 때마다 살들이 볼록볼록거린다. 무엇인가가 빠져나가는 느낌이다. 그러고 나서 엄지발가락에 무좀이 약간 있었는데, 이 수련을 받고 나서 무좀도 사라졌다.

식처(識處)

2006년 06월 24일

선생님께로부터 새로운 화두를 받고 수련에 들어갔다. 지난날 선생님과의 첫 만남을 생각해 봤다. 우울증으로 고생하고 있을 때 병원에 가도 병명도 없고, 응급실에 실려 갔을 때도 아무 이유 없이 아팠던 그런 날들이 많았었다.

선생님과의 인연이 없었다면 지금 난 어떤 모습으로 살아가고 있을까? 병마 속에서 하루하루 우울하게 어두운 그늘 속에서 살고 있을 것이다. 선생님과의 좋은 인연으로 나 자신의 생각과 정신을 새롭게 하고, 생의 차원을 높이게 해 주신 고마운 스승님… 언제나 선생님께 감사드리는 마음으로 살아갈 것이다.

2006년 06월 26일

아침에 남편을 직장으로 보내고 나서, 다림질을 하고 있는데 명치끝

쪽에서부터 등 뒤로 통증이 온다. 숨을 쉴 수 없을 정도로 통증이 온다. 또 강한 빙의령이 들어왔나 보다. 요즘은 강한 빙의령들이 많이 들어오는데, 내보내기는 아직은 많이 힘겹다. 잠시 후 통증이 사라지고 마음의 안정을 되찾았다.

2006년 06월 27일

밤 수련 중 조선 시대인지는 잘 모르겠지만, 어느 대감 댁 방안인 것 같다. 어떤 한 남자가 옛날 양반들이 입는 옷을 입고 붓글씨를 나에게 가르쳐 주신다. 한자를 여러 개 크게 쓰셨는데 무슨 글자인지는 잘 모르겠다. 그러고 나서 그 집을 나와 보니, 그 옆에 큰 공간이 있는데 거기에는 성모 마리아상 비슷한 것이 보인다. 하체는 시멘트로 되어 있고, 상체는 살아 있는 모습으로 보인다. 눈은 쌍꺼풀이 없고 얼굴형은 계란형의 모습이다. 아주 미인이라는 생각이 든다.

2006년 06월 28일

저녁 수련 중 벽돌로 높이 쌓여 있는 3미터나 되어 보이는 성벽이 보인다. 그 성벽 위에는 흰옷을 입고 춤을 추듯 여러 사람들이 즐거워하는 모습이 보인다. 어디선가 소리가 들린다. "그 성벽을 올라가라"고... 그 성벽을 올라가야 된다는 생각이 들었으나, 그 성벽이 많이 높아서 어떻게 올라가나 하고 걱정하며 주위를 둘러보는데 주위에는 아무것도 없다. 그런데 두 남자가 나타나서 한 남자는 밑에서 받쳐 주고 한 남자는 위에서 끌어 주어서 겨우 올라갈 수 있었다.

2006년 06월 29일

새벽 수련 중에 삼공재 방문하는 화면이 보인다. 선생님께 인사를 막 드리려고 하는데 내 옆에는 7~8살 정도의 남자아이가 서 있고, 선생님께서 그 아이의 손을 잡고 뭐라고 말씀하신다.

무소유처(無所有處)

2006년 07월 01일

선생님께 수련 점검 후 새로운 화두를 받았다. 화두가 길어서인지 아주 조금 외우다가 잊어버렸다. 이번 수련은 나 자신을 볼 수 있는 마음공부인 것 같다. 내 굽어진 마음을 바르게, 얕은 마음을 깊게, 좁은 생각을 넓게, 모난 생각을 원만하게, 어두운 생각을 밝게 바꾸어 나가도록 나 자신에게 매일매일 최면을 걸어 보자. 긍정적인 마음으로...

2006년 07월 02일

빙의가 점점 심해진다. 온몸에 쇳덩어리를 달고 사는 것 같다. 그래서인지 자주 어지러움증도 있다. 그만큼 빙의의 강도가 강하다. 수련의 단계가 올라갈수록 빙의의 강도도 강해진다.

2006년 07월 03일

밤 수련 중 깊은 산속에 울창한 나무들이 보인다. 그 앞에는 작은 호

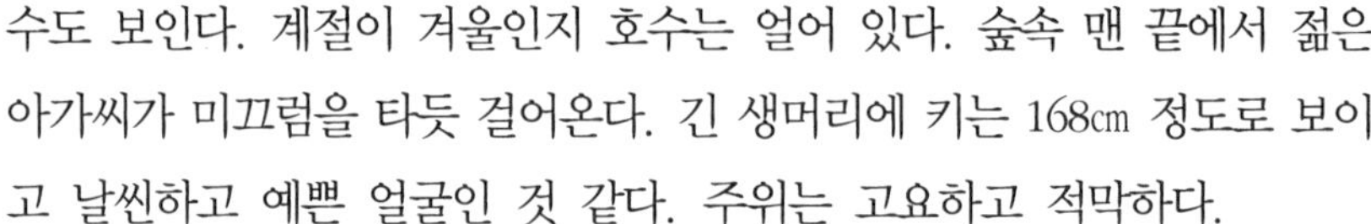

수도 보인다. 계절이 겨울인지 호수는 얼어 있다. 숲속 맨 끝에서 젊은 아가씨가 미끄럼을 타듯 걸어온다. 긴 생머리에 키는 168㎝ 정도로 보이고 날씬하고 예쁜 얼굴인 것 같다. 주위는 고요하고 적막하다.

2006년 07월 04일

요즘은 음식 조절을 한다. 선생님을 찾아뵙지 못했을 때, 한끼 정도는 화식을 해서인지 신장 163cm에 몸무게가 61㎏까지 나간다. 현묘지도 수련 시 다시 선생님께 생식을 구입하여 먹고 등산, 스트레칭도 열심히 한 결과 15일 만에 7㎏이나 감량했다.

살이 찌는 이유는 다 있는 것 같다. 게으르고 먹는 것 좋아하고 저녁에 군것질하고, 그러다 보니 필요치 않은 군더더기가 몸에 붙는다는 것을... 다시는 필요하지 않는 살을 몸에 붙이지 말자.

2006년 07월 05일

저녁 수련 시 어렸을 때 내가 살았던 집이 화면으로 펼쳐진다. 건너방에 툇마루가 놓여 있고, 그 방에 갓난아이가 누워 있는데 엄마가 포대기로 그 갓난아이를 들쳐업고 계신다. 주위에는 여러 사람들이 웅성거린다. 그 아이가 나라는 생각이 든다.

2006년 07월 06일

저녁 수련 중 어디인지는 잘 모르겠는데, 양쪽으로 집 대문들이 보인다. 골목길인데 4~5살 정도의 남자아이가 뛰어나온다. 나는 양팔을 벌려 그 아이를 안아 주었다.

2006년 07월 07일

이번에는 9살 정도의 남자아이가 깊은 숲속에 나무로 가려져 잘 보이지는 않지만, 절 비슷한 집에서 기거하고 있다. 난 여기가 어딜까 하고 생각하고 있는데 누군가가 말해 준다. 소림사라고... 그래서 소림사인 줄 알았다.

비비상처(非非相處)

2006년 07월 08일

선생님께 수련 점검을 받고 마지막 8단계 화두를 받았는데 화두가 길고 말이 헷갈린다. 여러 번 외워도 잊어버리고 또 외우면 엉뚱하게 외워진다. 내 마음에 탐진치가 많아서일까? 내 수련의 목표는 청정한 본성인 사랑과 지혜와 그리고 모든 것으로부터 자유로워질 수 있는 참자유를 얻기 위함이 아닌가! 좀더 내 자신을 맑게 들여다보는 그런 훈련이 필요한 것 같다.

2006년 07월 09일

앉으나 서나 화두에 몰두한다. 화두수련을 하면서 내 내면의 세계에서 게으름, 악심, 애욕 등 근본 업장들이 언제 튀어 올라올지 모르니 살

얼음 위를 걷는 사람처럼 방심은 금물이다. 방심은 마음을 들여다보는 일을 게을리한다는 뜻…

좋은 마음의 향은 어느 향보다 진하고 아름답다. 생선을 묶었던 새끼줄에선 비린내가 나고, 향을 쌌던 종이에서는 향내가…'탐', '진', '치' 삼독심이 비린내라면, '밝은 마음', '아름다운 마음'은 향기일 것이다. 과연 내게선 어떤 향기가 날까? 한 번 생각해 볼 일이다.

2006년 07월 11일

밤 수련 중 깊은 산속에 있는 나와 여자아이 둘이 보인다. 앞의 경치는 나무숲이 울창하고, 그 앞에는 맑고 깨끗한 강물이 잔잔히 흐르고, 강둑 앞에는 노란 잔디로 잘 단장된 무덤 두 개가 보인다. 난 툇마루에 걸터앉아서 보고 있기에 무덤 두 개는 봉분 끝만 보이고, 검은색 두 개의 비석도 끝만 보인다.

누구의 무덤인가 생각만 하였을 뿐 가까이 가 보지는 않았다. 맑고 깨끗하고 잔잔히 흐르는 강둑 위의 무덤 두 개가 무엇을 뜻하는지 모르겠다. 마지막 화면의 무덤을 바라보면서 생각해 본다. 나와 우리 모두는 늙고 죽는다. 우리가 순간순간 산다는 것은 순간순간 죽어간다는 뜻이 아닐까?

"이 세상 왔다가 가는 한 사람의 나그네, 재산을 모으고 부를 자랑하지만, 떠날 때는 빈손으로 떠난다."

이런 글귀가 떠오른다. 너는 주먹 쥐고 이 세상에 왔다가, 갈 때는 손바닥 펴고 간다고…

2006년 07월 14일

나의 수련이 끝난 것 같다. 8단계 수련은 화면 하나로 더이상은 보이질 않는다. 수련이 끝났다고 생각한 것은 화두수련 중 소리가 들렸기 때문이다. "수련이 끝났다"고... 이 수련을 마치고 그동안 많은 것을 느끼고 배웠다.

몇 년 동안 난 수련이 지지부진했었다. 마음으로만 수련을 해야지 하는 생각뿐, 몸으로 행동에 옮기지 못했고, 세월은 그렇게 쏜살같이 달아났다. 이제는 어떤 일이 있어도 시간을 낭비하지 않겠다.

살아 있다는 것은 시간 속에 있음을 의미하고 현재는 쏜살같이 지나가고, 과거는 이미 지나갔고 영원히 다시 돌아오지 않는 것, 현재 이 시간을 붙잡아 열심히 정진하고, 마음을 고요하게 가져야겠다.

내 마음의 주인이 정상적인 사고와 인격을 지닐 수 있도록... 내 마음의 주인이 정상적인 사고와 인격을 지니고 있지 못한다면, 그것이 바로 마음의 불구자가 아닌가? 난 앞으로 나 자신의 자리를 바로잡아야겠다. 물기가 있는 땅에서는 불이 붙지 않고, 마른 땅에서는 불길이 일듯이 몸가짐을 바르게, 정신을 맑게 하고 살아가리라 다짐하면서...

끝으로 제가 수련을 잘 마칠 수 있도록 힘써 주시고 격려해 주신 김태영 스승님, 김양숙, 정무영 선배님 이 모든 분께 깊이 감사드립니다.

【필자의 논평】

독자들의 이해를 돕기 위해 위 체험기를 쓴 박정현 씨를 간단히 소개한다. 그녀는 남편과 한 아들이 있는 평범한 40대의 가정주부로서 삼공재에서 선도수련을 시작한 지는 금년이 12년째다. 부업 때문에 삼공재 수련에는 약간의 공백이 있었지만 그동안 내내 수련을 중단한 일이 없었다. 『선도체험기』가 출판될 때마다 거주 지역 도서관에 5권씩 기증하기를 여러 해 하여 왔다.

그녀의 체험기를 읽고 나자 새삼 인생은 빈손으로 왔다가 빈손으로 간다는 말이 실감난다. 구도자는 바로 그의 손이 비었기 때문에 그 속에서 무한과 영원을 본다. 공즉시색(空卽是色)이요 색즉시공(色卽是空)이다. 구도자가 추구하는 공(空)은 허무한 공간이 아니고 삼라만상이 꽉 들어찬 공(空)인 것이다.

지금까지 삼공재에서 현묘지도 수련을 마친 수련자가 열 명이다. 그들의 공통된 깨달음의 핵심은 바로 이 공(空)이다. 공은 색이고 하나이면서 전체이다. 그러나 그 깨달음의 양상은 백인백색이다.

그 이유는 수행자의 개성이 다르고 전생의 업연과 능력과 품성이 각기 다르기 때문이다. 어떠한 과정을 거치든 간에 바로 공과 색, 하나와 전체를 확실히 깨달았다면 구도자로서는 가장 큰 관문을 통과한 것이다. 박정현 씨는 바로 이것을 성취한 것이다.

현묘지도는 첫 번째 화두를 제외하면 선종(禪宗)의 화두 내용과 다른 점이 없다. 내용은 같지만 화두의 질은 전연 다르다. 선종의 화두는 스승이 제자에게 화두를 주면 그것을 염송하는 동안 화두가 깨지면서 진리를 깨닫게 되지만 현묘지도의 화두는 이와는 다르다.

현묘지도 화두는 마치 아라비안나이트에 나오는 '열려라 참깨!'와 같은 암호와도 같다. 선계 스승들에 의해 예정된 프로그램대로 시청각 교육이 진행된다. 선계의 스승들과 사람의 공동의 노력으로 이루어지는 것이 특징이다. 다시 말해서 신인(神人) 합작이라는 것이다. 그것을 어떻게 알 수 있는가? 수련을 마친 수행자의 수련 효과로 입증할 수 있다. 그런데 이 수련의 핵심은 첫 번째 화두를 통과하는 것이다.

첫 번째 화두수련을 통과하는 것을 천지인(天地人)삼재(三才)를 뚫는다고도 말한다. 이것을 통과한 사람만이 이 수련을 받을 수 있게 되어 있다. 지금까지 삼공재에서 현묘지도 수련을 받은 구도자들은 대체로 2개월에서 7개월 안에 수련을 마쳤다. 선종의 화두수련을 아날로그 방식이라면 현묘지도 화두수련은 디지털 방식이라고 할 수 있을 정도로 고속으로 이루어진 것이다.

첫 번째 화두수련을 마친 사람은 죽을 때까지 병에는 걸리지 않는다고 나에게 현묘지도를 전수한 진허 도인은 말했다. 이 수련을 마친 수련자들은 과연 그 말이 옳은지 여생을 살아가면서 확인해 보기 바란다. 나는 현묘지도를 전수한 지 올해로 15년이 되었건만 아직 질병에 걸려 본 일이 없다.

그러면 고승들이나 고위 성직자들 중에도 질병으로 세상을 마치는 사람은 어떻게 해석해야 되는가 하고 의문을 제기하는 사람이 있을 것이다. 그분들도 만약에 천지인삼재를 뚫는 수련을 했더라면 질병으로 세상을 마치지는 않았을 것이다. 과연 그럴까? 나는 그렇다고 본다. 현묘지도 수련을 마친 사람은 누구나 다 그렇다고 확신을 가지고 대답할 수 있게 될 것이다.

그러나 이 수련을 마친 사람은 이제야 수련이 본격적인 궤도에 들어섰을 뿐임을 명심해야 할 것이다. 그의 앞에는 평생이 걸려도 마치기 어려운 보림이 기다리고 있기 때문이다. 선호는 혜공(慧空).

현묘지도 수련 체험기 (여덟 번째)

설 연 희

2005년 12월 8일

아침 일찍 수련 시 백회에서 용암이 분출하고 있다. 뭔지 모르게 마음이 급해진다. 갑자기 선생님을 찾아뵙고 싶어져서 급히 삼공재 방문, 자리를 잡고 명상에 들자 전체적으로 특히 하단전을 중심으로 큰 공사에 들어가는 듯한 느낌이다. 고려 시대의 복장을 한 지도령 두 분께서 전체적 수련과 보수 공사의 점검 상태로 들어가신 느낌. 영안으로도 확실히 감지가 된다.

선생님께서 현묘지도 수련에 임하라고 하시면서 1단계 화두를 주셨다. 화두를 암송에 들자 바로 전체적으로 강한 기운이 들어온다. 주작, 용, 기타 여러 가지 동물들의 탑이 나타난다. 탑들을 지나 계속 진행 상태에 몰입, 기운이 태극 모양으로 소용돌이친다. 마리산에서 본 듯한 촛대 모습도 보인다.

1단계를 시작하자 전에는 희미하게 보이던 영상들이 마치 스크린처럼 선명하게 나타난다. 그리고는 우주선 같은 모형을 타고 공중으로 떠올라 나이아가라 폭포처럼 생긴 거대한 물줄기가 끝없이 이어진 폭포로 날아간다. 가고 또 가도 긴 폭포가 끝없이 이어진다. 전에는 그 우주선 모형 같은 것을 보고 항상 손을 흔들며 배웅만 하였는데, 오늘은 직접 타고 다닌다. 선생님께 질문하니까 그냥 계속 가 보라고 하신다.

2005년 12월 9일

수련에 임하자 사자상이 떠오른다. 어떤 의미인지 의문이 들었지만 계속 정진을 하자 이번에는 봉화대 모양이 떠오른다. 바닥의 문양이 특이하게 생겼다. 저녁 무렵에는 금빛 탑에서 매화꽃 문양의 항아리를 들어 올려서 항아리를 비우는 영상이 보인다. 그리고는 들어오는 기운이 강렬해진다. 감당이 안 될 정도로 벅차다.

선생님께 질문을 드리니까 그냥 계속 밀고 나아가 정진하라고 하신다. 백회에서 회음까지 원형의 기둥이 만들어진다. 기의 소용돌이, 조금 후 그 기둥을 에워싸고 또 하나의 기둥이 만들어진다. 소가죽처럼 강한 탄력을 지닌 것 같다. 화면에 스치는 장면 하나. 석굴암처럼 긴 통로를 지나자 석불을 어깨에 멘 두 남자가 저만치 앞을 지난다.

2005년 12월 10일

마음이 급한지 수련이 정체 상태인 것 같다. 오늘은 몸 전체가 탑을 이루고 있다. 내부 전체가 마치 수세미 속 같다. 똑같은 층층 구조로 이루어져 있고 색깔은 암청색이다. 머릿속도 은청색의 수세미 속 같다. 이 상태로 원형으로 회전한다. 하나의 거대한 원형 축으로.

2006년 1월 9일

두 분 지도령의 안내로 양옆으로 청사초롱 불이 밝혀진 계단을 계속

올라가서 전각 같은 집으로 들어간다. 도복 한 벌을 주시기에 받아서 입자 정수리로 큰 기운이 관통하며 포근한 기운이 감싸 안는다.

등 모양의 집이 전에는 청색의 도배였었는데 오늘 금색으로 도배를 한다. 도배가 다 되자 너무 휘황찬란하여 눈을 뜰 수가 없다. 가슴이 환희로 벅차서 터질 것 같다. 계속 정진하자 도인 할아버지 한 분이 보이더니 내게 정한수를 부어 주신다. 계속 정진하자 공심이 떠오른다.

1단계의 화두 천지인 삼매를 마치고 2단계의 화두에 들다. 양옆을 청사초롱으로 불을 밝히고 긴 계단이 이어져 있다. 여자 두 분의 안내를 받는다. 머리 양옆의 정수리에서 수직으로 관통하는 기운이 감싸 안는다. 돔 모양의 집이 전에는 청색이던 모습이 바뀌고 있다.

2006년 1월 10일

돔 모양의 집은 금색으로 도배가 된다. 계속하여 도인 할아버지가 보이고 나는 할아버지의 곁을 지나서 계속 정진한다. 조그마한 단상 위에는 정한수가 떠져 있고 나는 또 정진하여 지나갔더니 공심이 떠오른다.

2006년 1월 11일

에스키모의 집처럼 생긴 곳이 처음엔 청색이더니 두 번째는 금색으로 바뀌고, 세 번째는 흰색의 얼음집과 흡사한 집이 완성되었다. (금색의 도복이 보인다.)

2006년 1월 11일

저녁 무렵 원통형의 기둥이 직진을 한다. 양쪽으로 마찰 부분에선 불똥이 튕겨서 닿으면 다 타 버릴 것 같다. 빠르기는 고속전철의 속도와 같은 느낌으로 계속 진행 중이다.

2006년 1월 15일

이제야 천천히 윤곽이 드러난다. 백회 열 때에 선생님께서 장치하여 주신 벽사문이 수련이 한 단계씩 변할 때마다 엄청난 변화가 있다는 것을 이제야 알았으니 굉장히 수련이 더딘 것 같다.

2006년 1월 17일

아침 일찍 짜증이 나고 신경이 날카롭다. 마음은 공심을 느끼는데 몸이 공심이 아닌 것처럼 잘 적응이 되질 않는다. 자중하고 인내하는 습관을 길러야겠다.

2006년 1월 24일

벌집 모양 같기도 하고 꼭 수세미 속 같기도 한 것이 지금까지 진행되어 온 원형의 통속에 장치가 되면서, 구슬 같은 이것들이 금빛이 나는 수세미 속 같은 칸 사이사이로 골고루 스며든다. 내 몸 전체가 구슬을 담아 놓은 그릇처럼 된다.

2006년 1월 24일

마치 벌집 모양 같기도 하고 수세미 속 같은 것이 칸 사이로 스며들면서 보호 장치가 형성된다. 잘 가꾸기 위해서는 보호할 수밖에 없다. 보호하는 느낌이 강하다. 하늘에서 14k 정도의 금테 사슬들이 내려와 내 오른쪽에 장치가 된다. 오른쪽이 많이 약하더니 요즘 들어 계속해서 보강되면서 강화되고 있다.

2006년 1월 25일

저녁 8시 55분, 3단계 화두를 받다.

2006년 1월 26일

아침 일을 하는데 하늘에서 내 백회로 금색 기운이 수직으로 계속 내려온다. 처음에 얼굴이 험하고 무섭게 생긴 방망이를 든 사천왕 모습을 지닌 분이 나타났다. 그분을 지나자 회색의 중심축과 하얀색의 테두리로 된 원통을 뚫고 지나자 꽃잎들이 휘날린다. 꽃잎 문양들이 온 천지 가득 춤추며 휘몰아친다.

회음에서 백회까지 하나의 축이 되어 폭풍처럼 회전한다. 내 중심축이 전체적으로 강렬하게 회전하고 있다. 내가 가질 수 있는 것이 무엇일까? 수없이 많은 생을 지나왔을 터인데... 바르게 정진하고 바르게 알고 가야겠다. 늘 오른쪽에 심한 진동이 온다.

2006년 1월 27일

소강상태로 하루가 갔다. 저녁 무렵에 잠깐 원앙 한 쌍이 백회에서 유유히 노닐며 헤엄치고 있는 모습이 보였다.

2006년 1월 28일

아침에 백회 전체가 변한다. 금색 원형에서 은회색으로 변한다. 백회가 큰 연못 내지는 호수 같다. 조그만 새들이 물을 마시고 있고 큰 새들은 물고기를 쪼고 있다. 호수 주변에는 큰 독수리가 고기를 먹고 있다.

새들이 호수에 가득 모여 노닐고 있다. 아주 오랜만에 백회가 시원하고 청량해진다. 단전에는 불이 붙은 것 같다. 아주 작은 것의 소중함이 절실히 다가온다. 바르게 사는 것이 삶의 원동력이 되고 힘이 된다는 진리를 온몸으로 느낀다. 참으로 바르게 살아야겠다고 다짐해 본다.

2006년 1월 29일

양쪽 팔에 심하게 마비가 온다.

2006년 1월 31일

명상 중에 사각 금판이 뜬다. 무심히 바라보며 부수려고 하는데도 없어지지 않고 닦여진다. 무시하며 사라지게 하려고 해도 자꾸만 닦여진다. 3일째 계속 반복이다. 수련이 전체적으로 무심한 가운데 행하여지는 느낌이다.

2006년 2월 1일

나무뿌리가 백회 중앙에서 뻗어 내려온다. 양쪽 경락 쪽으로 뿌리들이 퍼지고 가운데는 비어 있다. 자라고 또 자라고 커다랗게 뿌리내린다. 무수한 생을 살아오면서 지은 업의 뿌리일까? 선업의 뿌리였으면 좋겠다는 생각을 해 본다. 저녁 무렵 아랫배가 심하게 아파 온다. 금색, 은색으로 무언가 장치를 하다가 다른 것으로 바뀐다.

2006년 2월 4일

입춘이라 잠시 절에 다녀온 후 수련. 여전히 백회에는 나무뿌리가 든든히 자리잡고 있다. 저녁때쯤에는 2단계 수련에서 진행 중이던 수세미 모양의 사슬들 사이로 영롱한 구슬들이 하나씩 들어간다. 예전에 삼합진공 수련 중에 일어났던 상황들이 많은 변화와 함께 더욱 튼튼하고 견고하게 진행되고 있다.

2006년 2월 7일

용 그림 문양이 새겨진 기둥이 보인다.

2006년 2월 8일

한가운데 기둥이 있고, 기둥 아래 위쪽에 원판이 붙어 있다. 선문의 암시 같기도 한데 무엇인지 모르겠다. 내 주위에 큰 변화가 있을 것 같다. 저녁 무렵에 기둥을 가로로 눕혀 보았다.

2006년 2월 9일

원형 기둥 위아래에서 작업에 들어간다. 수련에 있어서 한 치의 오차도 없어야겠다.

2006년 2월 10일

수련 중에 불현듯 떠오르는 생각. 설연희 나 자신의 정체를 알고 싶다.

2006년 2월 14일

머리 전체의 공사가 진행된다. 무엇이라고 표현할 수 없는 중장비가 나를 정비하고 있는 모습이다.

2006년 2월 15일

특수 중장비가 계속해서 공사 중이다. 가끔씩 중단이 아파 오면서 약간의 통증이 수반된다.

2006년 2월 16일

오늘은 백회에서 회음까지 특수 중장비의 청소가 계속된다. 청소가 끝나자 중장비에서 보석이 쏟아져 내린다. 자수정 같은 보석이 하단전 가득 쌓인다. 백회로 보석이 쏟아져 내린다. 휘황찬란한 빛이 반짝인다. 너무나 밝은 빛에 깜짝 놀랄 정도이다.

2006년 2월 16일

수련 중 큰 원통이 하단전에 나타났다. 원통 양끝 쪽에는 큰 원을 중심으로 작은 원들이 연결되어 있다. 초기 수련을 시작했을 때 보였던 모습과 흡사하다. 다른 점은 초기에는 상단전 쪽에 검은 색깔로 나타났었는데 지금은 하단전 쪽이다.

2006년 2월 20일

4단계 화두를 받았다. 수련에 들자 도인 할아버지께서 정한수 떠놓은 것을 내 백회에 부어 주신다. 『선도체험기』 14권 225쪽 참고, 열한 가지 호흡법 : 1. 몸이 앞뒤로 끄덕끄덕 움직인다. 2. 몸이 좌우로 부르르 떤다. 3. 배 속을 주걱이 휘젓는 것 같다. 4. 주걱이 가슴을 휘젓는다. 5. 고개가 좌우로 흔들린다. 6. 고개가 앞뒤로 흔들린다. 7. 고개가 도리질을 한다. 8. 호흡이 일시에 상단전으로 몰린다. 9. 호흡이 일시에 중단전으로 몰린다. 10. 호흡이 일시에 하단전으로 몰린다. 11. 흡(吸)과 호(呼)가 일정치 않고 자유자재로 움직인다.

위의 호흡이 저절로 되었다.

2006년 3월 2일

오후에 선생님과 통화하고 5단계 화두를 받았다. 화두를 잡고 선정에 들자마자 나 자신이 진화(進化) 상태에 든다. 부모미생전 상태가 떠오르면서 미생물에서부터 무수한 진화를 거쳐서 용으로 환생한다. 액체 상태에서 고체 상태로 변한다. 시간이 흐르자 이번에는 크레인이 부실한 하단전 작업에 들어간다.

저울과 추의 영상도 잡힌다. 추호도 의심 없이 정진하라는 느낌이다. 인과응보와 수련은 저울추처럼 정확하다는 암시 같다. 하단전에 무슨 장치가 되면서 한층 더 강화된다. 잠시 후 양쪽으로 일렬로 늘어선 승려들의 모습이 잡힌다. 양쪽 승려들 사이에서 유독 눈에 들어오는 아이가 있다. 아이가 누군가에게 매를 맞는다. 매를 맞는 아이를 한 승려(아니면 임금님 모습)분께서 품안으로 거두어들이신다. 누구일까?

2006년 3월 4일

오늘은 종일 머리가 지근지근 아파 온다. 수련이 진행이 안 된다.

2006년 3월 9일

5단계 화두 진행 상태. 5단계 화두에서는 선정에 들면 새들과 나비들이 자유롭게 창공을 날아다니고 알을 낳는 광경들이 주로 보인다. 나비가 알을 낳고 유충이 되고 번데기로 변하고, 학과 거북이, 기러기, 작은 새, 큰 새... 모두가 알을 낳고 평화롭게 노닐고 있다.

2006년 3월 10일

선정에 들자 승려가 지켜보고 있다. 매를 맞는 수도승, 매를 맞는 아낙(보살?). 5단계 화두를 수련하다가 보면 스님들이 많이 보인다. 아마도 승려였던 전생(前生)이 많았나 보다. 제대로 깨우치지 못하고 방황하던 전생들.

금생에는 훌륭한 선생님을 만났으니까 선생님의 가르침을 좇아서 용맹정진하여 전생의 업장을 모두 소멸시키고 깨달음을 얻어서 인과의 윤회에서 벗어나리라 다짐해 본다. 거대한 기운이 내 안에서 용틀임한다.

나로 인한 모든 인과가 나로 인해 모두 해결되고 소멸되어서 내 중심을 밝히고 걸림이 없이 자유로운 영혼이 깃든 삶이 되었으면 하고 빌어본다. 중단에 끼어 있던 딱지를 떼어 내어서 태우고 청소를 한다. 그 자리를 닦고 또 닦아서 깨끗하게 만든다.

2006년 3월 13일

인과의 법칙, 하늘의 그물망은 성긴 것 같지만 빈틈이 없다고 하신 선생님 말씀이 가슴으로 다가와서 내 전체를 온통 적시고 감싸 안는다.

2006년 3월 15일

코로 열기가 기운이 빠져나간다. 그리고 영안으로 황갈색의 폭이 넓은 끈이 백회로 들어오고 있는 모습이 보인다. 끈이 백회로 들어오면서 접히고 꺾이니까 어린 백로 같기도 하고 기러기 같기도 하고 어린 주작 같기도 한 새가 부리로 쪼아서 바르게 펴고 정리를 한다.

여러 도반들의 도움으로 바르게 가고 있다는 의미일까 하는 생각이 든다. 처음 『선도체험기』를 알게 해 준 도반이 생각난다. 또한 어렵고도 어려운 길이 이 길이라는 생각도 드는 한편 생을 다하여 정진하면 이루어질 것이라는 다짐을 강하게 해 본다.

2006년 3월 25일

수련에 들자 전후좌우로 흰 빛살이 계속 돈다. 그리고 누가 불상을 만들고 있다. 녹여서 만들고 깎고 다듬고 붓으로 칠한다. 반복해서 작업한다. 녹이고 만들고 다듬고 칠하고. 5단계 화두는 나의 과거 생의 정리 같다. 그러면서 본래의 모습을 찾으려는 것 같다. 그리고는 공사는 계속된다. 내 몸 개조 작업, 나의 수련을 시켜 주시고 감독해 주시는 선계의 스승님들의 도움이 커다랗게 마음에 다가온다.

2006년 3월 26일

선생님과 통화를 했다. 멀리 있는 관계로 늘 전화로 성가시게 하는 것 같아서 죄송한 마음 금할 길이 없다. 계속 정진하라는 말씀이 계셨다. 5단계 화두가 유난히 힘들다. 빙의도 유난히 강하게 되는 것 같다.

승려였던 여러 생에서 얼마나 깨우치지 못하고 살았기에 또 얼마나 남을 아프게 하였기에 이렇게 힘이 들까 하는 생각을 해 본다. 아픈 마음조차 놓아 버리고 놓았다는 생각조차 놓아 버리고 놓아 버렸다는 의식조차 잊어버리고... 몽땅 다 놓아 버리면 나는 과연 무엇일까 하는 무상한 생각이 든다. 무상하고도 또 무상한 생이었다. 무상하기 그지없는 나의 생이었다.

2006년 4월 18일

서울에 다녀왔다. 선생님께서 수련 과정을 꼭 메모하라고 하신다. 메모를 안 하면 나중에 후배들에게 수행을 가르쳐 줄 때 굉장한 혼돈이 온다고 하신다. 그때를 대비해서 메모를 꼭 하라고 하신다. 모맥이 심하다는 생식 처방을 받았다.

수련이 이 정도밖에 안 되냐고 혼이 났다. 열심히 하라고 격려해 주신다. 내 중심을 잡고 헤쳐 나가야겠다. 마음의 고삐를 다잡고 앞으로 정진하자. 담아 두는 그릇은 안 되어야겠다. 고인 물은 썩기 마련이니까.

텅텅 비우는 그릇이 되어서 새로운 것을 담을 수 있는 그릇이 되어야겠다. 지금 나는 움켜잡고 놓을 줄 모르는 욕심만 가득한 것 같다. 차분한 마음으로 생각하며 되돌아 반성하고 모든 것을 순리대로 헤쳐 나가야겠다. 무상하고도 무상하다.

2006년 4월 18일

6단계 화두를 받았다. 화두에 들자마자 백회에 있는 벽사문의 장치가 징 모양으로 바뀐다. 삼세가 맞물려 돌아간다. 할아버지, 아버지, 아들... 깨우침이 있었다면, 금생에 인연의 고리가 마무리된다면 얼마나 좋을까? 지금이라도 늦지 않았다. 더욱 정진하리라 다짐해 본다.

2006년 4월 19일

6단계 화두를 암송하자 강력한 토네이도처럼 회오리바람이 몰아쳐 온다. 내 중심이 따라서 회전한다. 백회와 회음이 동아줄처럼 연결되어서 전체가 한 덩어리로 엉켜서 돌아간다. 커다란 원통이 되어서 모든 것을 빨아들이고 담아서 회오리바람처럼 돌아간다. 모든 것이 녹아내려서 하나가 된다.

이것이 끝나자 어린아이가 우는 모습이 보인다. 방금 세상에 태어난 나의 모습 같다. 나를 길러 주시던 부모님도 보이고... 과거의 어린 시절 유년기의 모습이 티브이 화면처럼 선명하게 보인다. 몸으로도 큰 변화가 계속된다.

2006년 4월 20일

6단계 화두수련에 들자 화면이 뜬다. 고구려인지 고려 시대인지 그런 시대의 복장을 한 내가 아주 수줍은 듯한 모습을 하고 앉아 있다. 어느 집 하녀인 듯한 느낌이다. 마주앉은 사람은 금빛 두루마기를 입은 중년 같기도 한 젊은 사람이다. 내게 등을 돌리고 묵묵히 앉아 있다.

화면이 바뀌면서 하녀인 듯한 수수한 소녀에게 한바탕 폭풍이 몰아친다. 심한 모멸감과 고통이 엄습한다. 젊은 남자와 사이에서 축복받지 못할 아이가 태어났나 보다. 소녀의 흐느낌과 절망감을 뒤로하고 아이가 강보에 싸여 어디론가 떠나간다. 지금의 나의 생은 이런 과거의 축적물인 것 같다. 업연이란 어김이 없다. 숙명처럼 끈질기게 따라다니나 보다.

다시 장면이 바뀌면서 아이를 낳은 소녀는 한바탕 홍역을 치르고 속세를 떠나 승려의 길로 접어든다. 6단계 화두에서 느낀 점은 인과란 어김이 없다는 것이다. 지금 생에 만나지는 인연들은 이유 있는 인연들이란 것이다.

2006년 4월 26일

내 몸 전체가 꽃처럼 변한다. 분명 무슨 이유가 있을 것이다. 장면이 바뀌면서 내가 어떤 통 같은 모습으로 보인다. 내 내부를 불로 태운다. 태우고 또 태우고 연마기로 갈아 내고 가스로 달구고 태우고 정화를 하면서 모양을 만들어 간다. 몸이 무슨 기구 같다. 양쪽 방광이 시원하게 치료가 된다. 어린 시절의 일들이 방금 일어난 일처럼 느껴진다.

시공을 초월한 사람처럼 지나간 시절들이 순간순간 스쳐 지나가면서 공간 이동을 하는 것 같다. 시공을 초월한 사람처럼 느껴진다. 나 자신이 수련 중에 원통형으로 바뀌면서 불로 치료를 한다. 아픈 자리를 강한 불로 지지고 내부를 소각한다. 태우고 또 태운다. 태울 것이 없어서 태운다는 것조차도 태워 버린다. 무심. 그 무심 자체로 변한다.

2006년 4월 29일

작은 아이가 자꾸 운다. 어릴 때 사고로 다친 이후 누적된 스트레스가 울음으로 터져 나오나 보다. 건강을 챙겨 주는 것이 급선무일 것 같다. 수련에 들자 라마승 같은 수도승이 보인다. 몸이 주작으로 변한다.

2006년 5월 3일

태우는 것이 계속된다. 이윽고 다 타 버리고 그 자리에 싹이 돋는다. 꽃이 피고, 지고, 씨앗이 열매를 맺는다.

2006년 5월 7일

내부 자체가 화기로 꽉 찬다. 무심, 공심, 자체조차 없는 상태.

2006년 5월 9일

태우고 또 태우고 태우는 것조차 없는 상태.

2006년 5월 10일

어젯밤 꿈에 선생님이 보이더니 오늘 7단계 화두를 받았다. 머리 양쪽에 커다란 기둥이 섰다. 백회 양옆의 혈이 펑 뚫린 상태로 승광, 통천 혈 사이로 강한 기운이 감지된다. 1단계 화두수련 중에 보인 봉화대가 다시 보인다. 불이 더욱 거세게 활활 타오른다.

2006년 5월 11일

아침에 수련에 들자 다 타버린 재 속에서 승려 두 분이 사리를 고르고 있다.

2006년 5월 14일

사리함에 안치하러 가는 것일까? 주황색 가사를 걸친 승려들의 긴 행렬이 이어진다.

2006년 5월 17일

사리함이 화려한 금빛으로 빛난다. 사리탑에 사리함이 부도에 안치되고 승려들이 떠난다. 그 뒤를 봉화대 행렬이 따라서 떠난다.

2006년 5월 20일

8단계 화두를 받았다.

2006년 5월 30일

오늘로 화두를 받은 지 10일째다. 특별한 변화보다는 나 자신을 바로 세우고 정화하는 작업이 계속 진행 중이다. 하단전에 큰 공사가 들어간 것 같다. 아침부터 탁기가 쏟아지고 있다. 심한 악취가 나는 탁기 덩어리들이 쏟아지고 있다. 진아로의 행진.

2006년 6월 12일

나를 바로 보는 눈, 나를 직시하고 바르게 행하는 것.

2006년 6월 16일

삼라만상이 공 그 자체이다. 있으면서 없는 자리, 없으면서 있는 자리. 내 모습과 마음은 하늘을 나는 새들에게도 있고 바람에 흔들리는 나뭇가지에도, 시냇가의 물속에도 우리집 추녀 아래 돌 틈에도 있다. 남편이 캐어다 주는 야생화 속에도 있고 앞마당 젖소들에게도 뒤뜰 송아지들에게도 있다. 어느 곳 어느 자리에도 내가 있다. 한없는 자유를 마음껏 들이킨다. 무한한 여유로움. 나를 갈고 닦아서 물처럼 바람처럼 걸림이 없이 살아야 한다. 이것이 무엇을 뜻하는가?

이번 현묘지도 수련에 들어가기 전 대주천 수련 시 흔히 일어났던 일들이 지금 와서 보니까 어린아이 수련 내지는 모습으로 남아 있다. 그런 과정들이 현묘지도 수련을 위한 과정이었던 것 같다. 바로 서는 과정, 바로 보는 눈, 백회가 처음 열리던 날, 이 세상에 다시 태어난 기분이었다. 하늘을 가슴에 안은 느낌이었다.

현묘지도 수련을 마치자 이런 복과 기회를 주신 선계의 할아버지들과 선생님 그리고 도반들에게 한없이 감사한 마음으로 가득해진다. 너무너무 감사하고 또 감사합니다. 무수한 생 속에서 특히 승려로 있던 생에서 큰스님으로 모셨지만 제대로 공양을 해 드리지 못한 업이 금생의 인연으로 이어지고, 또다시 제게 도심을 심어 주시고 키워 주신 선생님께 참으로 감사드립니다. 나를 찾은 끝자락은 또 다른 시작일 것입니다.

공즉시색 색즉시공, 내 중심의 참모습은 공 자체입니다. 텅 비어 있으면서 꽉 차 있는 허공. 언젠가 선생님께서 들려주신 하늘의 그물망은 성긴 것 같으면서 빈틈이 없다는 화두를 잡고 남은 생 열심히 정진 수련하겠습니다.

2006년 7월 27일

가슴 벅찬 환희. 기운들이 수직으로 내려와서 나를 감싸다가 다시 피어오르고 하기를 반복하면서 처음 선생님을 만났을 때부터 전 과정이 영화 장면처럼 스쳐 지나간다. 처음에는 어머님만 천도시켜 드렸으면 하는 마음으로 시작했다. 그것이 나를 수행자로 만들기 위한 첫걸음이었다. 그 후 내 생활 자체를 수행으로 살면서 지금까지 달려왔다. 생활행공으로 행하면 누구라도 이룰 수 있다고 생각한다. 밖으로 놓지 말고 내 내부에 모든 것을 내려놓으면 그 누구라도 생활행공은 이룰 수 있다고 생각한다.

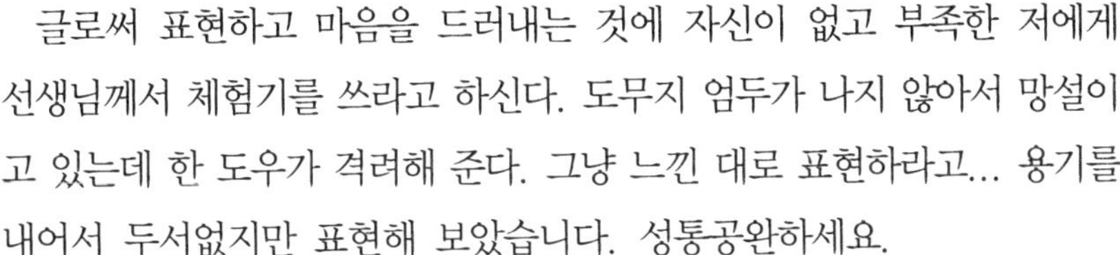

글로써 표현하고 마음을 드러내는 것에 자신이 없고 부족한 저에게 선생님께서 체험기를 쓰라고 하신다. 도무지 엄두가 나지 않아서 망설이고 있는데 한 도우가 격려해 준다. 그냥 느낀 대로 표현하라고... 용기를 내어서 두서없지만 표현해 보았습니다. 성통공완하세요.

【필자의 논평】

이 글을 쓴 분은 지금 경기도 포천의 한 농가에서 밭 갈고 김매고, 수십 마리의 소를 기르고 우유를 짜는 등 하루하루 눈코 뜰 새 없이 바쁘게 돌아가는, 남편과 1남 2녀를 거느린 억척같은 40대의 농촌 가정주부이다.

『선도체험기』를 읽고 삼공재를 찾은 것은 1995년 4월이니까 금년에 12년째 되는, 지칠 줄 모르는 생활 행공가다. 특히 그녀의 다섯 번째에서 여덟 번째에 이르는 화두수련 과정은 지극히 감동적이다. 마치 수렁 속에서 한 떨기의 연꽃이 피어나는 생생한 과정을 있는 그대로 지켜보는 느낌이다.

이렇게 하여 또 한 사람의 도인이 태어난 것이다. 그러나 그녀 역시 수련은 바로 지금 이 순간에 본격적인 궤도에 접어들었음을 명심해야 할 것이다. 앞으로 평생 이생에서 눈을 감는 순간까지 억겁의 세월에 걸쳐서 켜켜이 쌓아 올린 업장을 풀어 버려야 하는 보림의 과정이 남아 있기 때문이다. 나는 이 과정 역시 씩씩한 장애물 선수처럼 지혜롭게 잘 헤쳐 나갈 것임을 확신한다. 선호는 범공(凡空).

현묘지도 수련 체험기 (아홉 번째)

신 지 현

1. 천지인 삼매

삼공재에서 화두를 받고 암송을 하니 집중이 잘 안되었다. 저공비행으로 땅이 빠르게 지나가는 장면과 국자가 달린 그네가 흔들리는 게 보였다. 한참 뒤 생각을 바꾸어 우선 마음을 집중시킨 뒤에 화두를 외우니 확 하고 강한 기운이 왼쪽 위에서 몰려왔다. 그 당시 반가부좌 자세 때 오른쪽 다리가 살짝 들렸는데 그것 때문일까?

집에 돌아와서 반가부좌 자세로도 누워서도 암송했다. 공부가 덜된 탓인지 화두를 잡으면 집중이 잘 안되고 잡생각이 든다. 한 가지 실수한 점은 14권의 삼공 선생님 체험기를 보고 나 역시 똑같은 장면을 봐야 한다고 생각한 것이다. 여러 가지 장면을 보았지만 너무 빨리 지나가서 체험기에 쓸 만큼 의미가 없다.

절벽 위에 북극성이 보였다. 며칠 동안 기운을 받았더니 더이상 기운이 들어오질 않는다. 들어오던 기운도 화두를 외우면 안 들어왔다. 첫 번째 화두가 끝났다는 생각이 들었다.

2. 유위 삼매

이번에도 똑같은 실수의 반복이다. 삼공 선생님처럼 동물이 보여야 한다고 생각했다. 호랑이, 개, 닭 등을 직감으로 느꼈지만 너무 보는 데 치중한지라 맞는지 모르겠고 보인 건 사자와 기린이다. 어쨌든 이번에도 기운이 더이상 들어오지 않아서 삼공 선생님께 다음 화두를 달라고 전화 드렸다.

3. 무위 삼매

화두 없이 명상을 하면 집중이 잘되는 편인데 화두만 들면 자꾸 잡념이 생긴다. 이상하게 여겼는데 줄곧 생각해 보니, 그 잡념이란 것이 아들 돌보기 힘들어서 잠시잠시 보았던 TV드라마 내용과 좋아하는 팝페라 가수 임형주의 노래다.

그때 '하늘이시여'란 드라마에 나오는 배득이란 여자가 입양한 딸 자경이의 등골을 빼먹는 이야기가 한창이었는데, 미처 몰랐지만 무의식 속에 그녀를 얄밉다고 생각하고 있었던 것 같다. 여러 가지 프로그램을 보고 정리하지 못한 감정들의 앙금이 딸려 올라옴을 느끼고 일단 TV 보기를 금하기로 했다.

물론 임형주의 노래도 끊고, 더해서 쓸 때마다 없는 필력으로 골머리를 썩이는 이메일도 당분간 보내지 않기로 했다. 이번에도 들어오는 건 기운뿐이다.

4. 무념처 삼매

유일하게 『선도체험기』 14권에서 나온 대로 똑같이 되었다. 11가지 호흡이 되는데 몸이 흔들리는 수련은 마치 누군가 나를 위에서 잡고 흔드는 것 같다.

5. 공처

내가 정말 기대를 많이 한 수련이다. 왜냐하면 내 전생을 잘 알고 싶었기 때문이다. 이 화두를 받자마자 이사를 가게 되었는데 여러 가지 이사 문제와 손기, 빙의령 천도로 수련이 지연되었다.

이런 문제들이 해결되었다 싶어 다잡고 며칠간 화두를 외우니 무릎과 다리 약간 부분을 빼고 몽땅 사라진 느낌이었고 손기되었던 기운도 예전 상태로 되돌아갔다. 예상보다 전생은 잘 보이지 않고 하늘로 손을 뻗고 있는 천녀(天女)의 그림자와 젊은 서양여자를 보았는데 역사상 유명인인 것 같다.

보인 것은 그것이 다였고 마무리는 '나는 알파와 오메가다' 하는 천리전음이 내 목소리로 들림으로써 공처 수련은 끝났다. 그렇게 전생을 알고 싶었는데 이렇게 끝나니 아쉽다. 사실은 무위 삼매를 할 때쯤 '모든 이의 전생이 너의 전생인데 왜 그리 연연해하나' 하는 자성의 목소리를 들었으면서도 연연해한 것 같다. 어쨌든 천리전음이 그때는 당연한 느낌이었는데 생각할수록 점점 가슴에 와닿는다.

6. 식처

여기까지 수련을 하면서 이때쯤 좀 달라진 내 자신을 느끼게 되었다.

기운도 집중력도 강해지고 개인사에 대한 예측력의 정확도가 높아진 느낌이다. 화두수련도 수월해졌다. 잠시 끊고 있던 TV 프로그램을 보고 음악 등을 들어도 화두에 집중이 잘된다.

첫째 날은 바다와 도시가 보였고, 둘째 날은 도중에 내가 죽었다는 것이 직감적으로 느껴졌다. 정신은 살아 있는데 몸은 기절한 것 같기도 하다. 처음 느껴 보는 이상한 기분이다. 이것이 시해(尸解)인 것일까? 다른 사람들은 시해하면 이것저것 보고 온다는데 보이는 것은 없다.

다음날 화두를 잡자 상, 중, 하단전이 동시에 달아오르고 단전에 소용돌이치는 번개 모양의 에너지가 느껴졌다. 그 에너지의 중심에 내가 있고 이곳이 태양의 중심인 것 같기도 하고 빅뱅의 중심 같기도 하다.

그와 동시에 상단전이 느껴지며 부처님처럼 두 원광이 생겨났다. 내 자신이 기품 있고 한없이 존귀하며 사랑이 가득한 전지전능한 존재로 느껴진다. 내가 고귀한 존재로 승격하였으며 원래의 내 존재가 그런 것이었다는 느낌이 동시에 든다. 수련이 끝난 뒤 눈을 뜨고도 황홀하고 감동적이라 눈물이 났다.

이 세상은 모든 것이 하나이기도 하고 없는 것이기도 하지만, 각자의 개체가 모두 존귀하고 소중하다는 것이 충돌하지 않고 마음에 박힌다. 타인에 대한 흉에 너그러워지고 일상 속의 내 자신이 고귀하고 존엄하며 아름답게 느껴진다.

7. 무소유처

그다지 기운은 들어오질 않는다. 첫째 날은 파동과 구름, 에너지의 움직임 같은 것이 보인다. 둘째 날은 구름 속에 투명한 황금색 용이 보였다. 인간의 눈으로 보기에는 냉혹함 그 자체다. 세 번째 날은 내가 모르는 공룡 같기도 한 파충류가 보인다. 사납고 날카로운 눈매를 하고 있다. 바다가 보이고 갈매기가 보이는데 갈매기뿐인 것도 같고 날카로운 눈매를 한 새 종류를 뭉뚱그려 놓은 것 같기도 하다.

네 번째 날은 곱슬거리는 금발의 귀여운 여자아이가 보인다. 커서 친절하고 상냥한 숙녀가 되었다. 다섯 번째 날은 갈대밭과 노을이 보인다. 그 후로는 기운이 안 들어오는 것을 보니 수련이 끝난 것 같다. 그 당시에는 신경 쓰지 않아서 몰랐는데 순서가 들어맞고 내 자신 저 안쪽에 있는 감정의 정체들을 알 것도 같다.

8 .비비상처

마지막 수련이다. 이 화두를 외우자 바로 기운이 들어오면서 삼각형이 보인다. 반가부좌한 내 자신이 피라미드가 된 것 같다. (피라미드가 에너지를 불러 모으는 모양이라는데 굳이 피라미드 텐트 따위를 사서 돈 버릴 필요가 없다는 생각이 든다) 내가 커지거나 작아진 것 같지는 않은데 나 한 명이 우주를 꽉 채우고 있다. 곧 시간과 공간이 씹던 껌을 뭉쳐 놓은 것같이 엉키기도 하고 그 속을 내가 초월하여 종횡무진하고 있다.

내가 부처임이 느껴지는데 식처 때와는 또 느낌이 다르다. 고요하고 차분하다. 갑자기 대머리에 흰 수염이 북실북실한 도사님이 보였다. 전부터 알고 지내던 친척 같은 느낌이다. 목에 꽃목걸이를 걸어 주는 것 같고 현실에서 보기 힘든 매우 아름다운 붉은색 옷과 거기에 어울리는 붉은색 비녀가 언뜻 보였다.

얼마 후 눈을 떴는데 우리집이 매우 낯설다. 내가 여전히 부처의 마음

상태를 가지고 있어서 무엇을 하고자 하는 마음이 없다. 다시 눈을 감고 화두를 다시 잡았다. 내 목소리로 '마음이 없다' 하는 천리전음이 들려온다. 은근하며 고요한 그 상태로 계속 앉아 있었다.

수련이 끝났다는 느낌이 들어서 양치질을 하러 화장실에 갔다. 거울 속의 내가 부처로 보인다. 그 모습에 합장하고 싶었다.

후기

나는 이미 초견성은 한 상태였고 내게 가장 부족한 것이 기 수련임을 느끼고 있었다. 대주천 수련 한 달 후에 시작한 현묘지도는 많은 기운을 보내 주었고, 내가 공부가 된 부분은 과감히 생략하고 넘어갔으며, 알더라도 어딘가 모르게 부족한 부분은 확실히 보충수업을 시켜 준 느낌이다.

수련이 끝난 지금 선계 스승님들과 삼공 선생님과 현묘지도 공부를 도와주신 신명님들께 감사한다. 아아 수업은 여기까지로 끝났지만 아직도 나의 습기는 많고 구경각까지 가야 할 길은 멀다. 그 생각을 하면 아직도 무섭지만, 자신도 있다. 나는 이미 있고도 없는 부처니까.

【필자의 논평】

간결하면서도 깔끔한 문장 속에 현묘지도 수련 내용이 완벽에 가까울 정도로 정돈되어 있다. 『선도체험기』를 중간에 빼놓지 않고 읽어온 독자들은 이 글을 쓴 사람이 누구라는 것을 잘 알 것으로 믿어 새삼 소개를 하지 않겠다. 혼자몸으로 네 살 난 아들을 홀로 키우는 어려운 환경 속에서도 수련의 끈을 놓치지 않고 정진한 결과 드디어 수련의 한 매듭을 짓게 되었다.

현묘지도 수련의 핵심은 자기 자신의 존재의 실상을 화면과 천리전음으로 선계 스승님들의 도움을 받아가면서 깨달아 가는 것이다. 자기 존재의 실상은 무엇인가? 우주 전체이면서도 그 속의 한 작은 부분이다.

다시 말해서 하나이면서도 전체이고 부분이면서도 삼라만상을 내 속에 품고 있는 존재이다. 무한히 작으면서도 무한히 큰 존재이므로 생과 사와 시간과 공간을 초월해 있다. 신지현 씨는 현묘지도 수련 기간을 통하여 이러한 자기 존재의 실상을 파악했음을 밝히고 있다.

이제 수련의 첫 번째 큰 고개를 넘었고 억겁의 세월을 살아오면서 쌓이고 쌓인 아상과 습기를 완전히 제거해야만 하는 기나긴 보림의 과정에 들어섰음을 글쓴이 자신도 잘 알고 있으니 그녀의 수련을 도와준 나 자신도 큰 보람을 느끼지 않을 수 없다.

이번 체험기를 읽으면서 느낀 점은 똑같은 화두를 받아 현묘지도 수련을 해도 사람마다 수련 내용이 똑같을 수는 없다는 점이다. 그러므로 남의 체험기는 참고는 해도 흉내를 내서는 절대로 안 된다는 것이다. 언제나 자기만의 체험이 소중하다는 것을 알아야 할 것이다. 그리고 수련자의 수행 정도에 따라 나타나는 화면과 천리전음도 서로 다르다는 것이다. 평소에 이미 깨달았거나 체험하고 있는 것은 과감하게 생략이 된다는 점도 유의해야 할 것이다. 선호는 일공(一空).

현묘지도 수련 체험기 (열 번째)

장 국 자

1단계 화두

11월 12일 삼공재에 도착하여 선정에 들어가기 전, 백회의 열림과 벽사문 달기, 기운의 유통과 대주천의 재확인이 끝난 후 선생님께서 주신 화두를 암송하며 선정에 들자, 기운이 백회와 온몸 전체로 들어오더니 캄캄한 밤하늘에 특정한 별들이 뚜렷하게 보였다.

2단계 화두

삼공재에서 화두를 받고 수련 중 궁궐이 보이고 왕관을 쓴 임금님 옆에 사신들이 분주하게 움직이면서 무어라고 말씀을 하시는데 알아듣지 못했다. 화두를 암송만 해도 인당이 욱씬욱씬하고 상, 중, 하단전에 힘이 불끈불끈 치밀어 올랐다.

3단계 화두

삼공 선생님께서 주신 화두를 암송하자 산천초목의 풍경이 펼쳐지고 성전이 보이면서 나중에는 아무것도 보이지 않았다. 시간이 흐를수록 삼매 호흡이 작동되는 것을 알 수 있다. 숨을 분명히 쉬고 있었지만 그게 쉬는 것 같기도 하고 쉬지 않는 것 같기도 했다. 그뿐만 아니라 어떤 때는 손발이 시릴 정도로 음기가 들어오고, 그것이 어느 정도 지나면 이번에는 손발이 훈훈해지고 온몸이 따뜻해지면서 양기가 들어오기도 했다.

4단계 화두

수련 단계가 올라갈수록 피부호흡이 점점 강해진다. 수면 중에도 춤을 추듯 저절로 몸이 돌아갈 정도다. 선생님께서 주신 11가지 호흡법 수련을 하고 있자니 몸이 앞뒤로 끄덕끄덕 움직이고 좌우로 부르르 떨리기도 하며, 배 속과 가슴이 주걱으로 휘저어지는 듯하며 도리질한다. 또한 호흡이 상, 중, 하단전에 일시에 몰리면서 흡과 호가 일정치 않고 자유자재로 움직인다.

5단계 화두

이목구비가 뚜렷한 사람의 모습이 보이다가 사라지면서 마음은 편안하고 느긋하면서 뭐라고 말할 수 없는 황홀한 법열(法悅)과 풍만감이 인당과 중단을 중심으로 온몸을 감쌌다.

6단계 화두

6번째 화두를 받고 계속 암송하자 산천초목이 펼쳐지면서 우주 전체를 휘몰아치는 천둥과 함께 우레 소리가 들렸다.

7단계 화두

단군의 모습이 비친 후 맑은 창공이 한없이 펼쳐지면서 인당이 욱신 욱신 터질 것만 같다. 드디어 화면이 사라졌다.

8단계 화두

호흡이 크게 변화하며 내 온몸에 짜릿짜릿 감전 현상이 일어나고 운기가 활발해지면서 사람, 건물, 나무 화면이 나타났다 사라진다. 우주와 나, 남과 내가 하나임을 깨닫고 확인하는 순간이기도 했다.

1993년에 『선도체험기』를 처음 접한 이후 1999년까지 7년간 나름대로 수련하여 왔고 2000년부터는 삼공 선생님의 본격적인 지도를 받게 되었다. 현재 몸담고 있는 생활 현장을 수련장으로 삼아 지감, 조식, 금촉을 기초로 『천부경』, 『삼일신고』 암송, 절 수련, 등산(평일 새벽 2~3시간, 주말 산행 북한산 6~10시간)을 통해 마음공부, 몸공부, 기공부 어느 하나도 게을리하지 않았다고 자부한다.

그 결과 지금은 현묘지도를 전수받아 그동안의 수련을 모두 정리하는 단계까지 오게 되었다. "염념불망의수단전(念念不忘意守丹田)", "조문도석사가의(朝聞道夕死可矣)"를 잊지 않고 묵묵히 노력하다 보면 나와 같이 몸, 마음이 편안하며 건강을 유지할 수 있는 사람이 되리라 믿는다. 현묘지도를 무사히 마치며 2006년 2월 18일 "도하(道河)"라는 영광스런 도호를 받게 되었습니다.

새삼스레 그동안 살아온 시간을 되돌아보니 색깔도 없고 고정된 형태도 없이 어떤 장애물도 물리치지 않고 굽이굽이 돌아가는 물처럼 항상 자연스럽게 순리대로 살려고 노력해 왔다. 이런 나의 삶과 너무나 잘 어울리는 도호를 지어 주신 삼공 선생님께 깊이 머리 숙여 감사드리며 이처럼 좋은 수련법이 나 하나로 끝날 것이 아니라 나와 가장 가까운 분들부터 사회, 국가, 세계 인류가 수련을 통해 하나가 되는 그날이 오기를 기대하면서 글을 마친다.

【필자의 논평】

결혼도 하지 않고 오직 선도수련을 위해 온갖 정열을 불태워 온 지금은 초등학생을 위한 학원 원장으로 있는 장국자 씨의 13년간의 짧고도 간결한 수행 결산을 읽는 기분이다. 뜻밖의 사고로 중상을 당해 주위의 강요로 입원을 하여 수술을 받고 나서도 주사와 약을 끝까지 거절하고, 병원의 만류를 무릅쓰고 병원을 빠져나와 오직 운기(運氣) 하나로 치료를 끝낸 보기 드문 강골 여성이다.

결국 현묘지도 수련 마지막 단계에서 그녀는 마침내 "우주와 나, 남과 내가 하나임을 깨달았다"고 고백하고 있다. 더이상 무슨 사족(蛇足)이 필요하랴. 선호는 도하(道河).

〈85권〉

다음은 단기 4339(2006)년 3월부터 단기 4339(2006)년 12월 31일 사이에 있었던 필자의 수련 과정과, 필자와 수련생들 사이에 오고간 수련과 인생에 대한 대화 그리고 필자와 독자 사이의 이메일 문답을 수록한 것이다.

추돌(追突) 사고

11월 5일 일요일이었다. 아침에 비가 온다는 예보가 있었지만, 하늘은 잔뜩 흐리기만 할 뿐 비는 오지 않았다. 등산을 할까 말까 망설이다가 그만두기로 하고 그 대신 평소대로 공원을 한 바퀴 도는 새벽 걷기를 40분간 했다. 걷기를 끝낼 때쯤 되자 날씨가 점차 개기 시작하더니 집에 도착했을 때는 구름이 엷어지면서 군데군데 햇볕이 비치기 시작했다.

7시에 아내와 함께 아침 식사를 마치고 나자 하늘은 완전히 개어 있었다. 평소 같으면 일요일 새벽 4시경에 등산차 집을 나서곤 해 왔다. 오늘은 좀 늦기는 했지만, 평소의 코스를 다 못 탄다 해도 등산을 하기로 하고 7시 반쯤 차를 몰았다.

8시경에는 산에 오르게 될 것으로 예상하고 서울 톨게이트에 이르는 고속도로로 접어들었다. 새벽 4시경 어둠 속에서만 달리던 5차선 고속도로에 환한 대낮에 접어들자 마치 생소한 길을 달리는 느낌이었다. 중간에 과천 쪽으로 빠지는 차선으로 변경한다는 것이 수원 쪽으로 가는 길로 잘못 들었다. 중간에 차선을 잘못 들었다는 것을 알았지만 일방통행이어서 중간에 차를 돌릴 수가 없었다.

한 30분 정도 달리다가 톨게이트 직전 정류장 같은 데가 나오자 차를 세웠다. 차를 기다리는 사람들에게 길을 잘못 들었는데 서울로 되돌아가려면 어떻게 하면 좋겠냐고 묻자 천상 수원 톨게이트까지 가서 국도를 타고 서울로 가는 수밖에 없다고 했다. 할 수 없이 톨게이트에 이르자 아무도 없이 비어 있는 곳이 있기에 그곳을 통과하여 차를 몰았다. 한참을 달리자 드디어 수원 톨게이트가 나타났다.

톨게이트 여직원이 요금표를 달라고 하기에 그쪽 톨게이트에 직원이 없어서 그냥 통과했다고 하니까 저 앞쪽에 가서 벌금을 내라고 한다. 그녀의 말대로 차를 전진시키자 여직원이 나타나 요금을 안 낸 경위를 묻고 서류 양식을 내주면서 빈칸을 채우라고 했다. 그대로 하자 천 7백 원을 내라고 하면서 또 한 번 위반하면 최고의 벌금을 내야 한다고 했다. 톨게이트에 수금원이 없으면 수금원이 있는 곳을 찾아가야 하는데 내가 잘못했다는 것을 알았다.

톨게이트를 빠져나와 수원 시내를 가로질러 생소한 국도 중의 서울 표지 차선을 달리기 시작했다. 9시 반경, 시흥 경찰서 관내에 접어들자 시속 3, 40킬로로 차들이 서행하고 있었다. 앞차가 브레이크를 잡으면서 서행하기에 나도 같은 동작을 취하고 있었다. 바로 이때였다. 뒤에서 느닷없이 부딪치는 소리가 났다. 그러나 나에게는 별로 심한 충격은 아니었고 뒤차가 내 차 뒤 범퍼에 부딪친 것 정도로 생각하고 뒤를 살폈다.

그때 버스 한 대가 내 왼쪽 차선으로 분주히 빠져나가는데 운전기사가 시익 멋쩍은 웃음을 웃고 있었다. 나는 속으로 저 친구가 내 차 뒤 범퍼를 부딪치고 나서 미안하니까 그렇게 멋쩍은 웃음을 웃는가 보다 생각하고 그냥 차 흐름에 따라 차를 전진시켰다.

잠시 후였다. 차 흐름이 막혀 잠시 멈추고 있는데 키가 작달막한 연구원(硏究員)형의 한 젊은이가 내 운전석 유리창을 두드리면서 차 문을 올려달라는 시늉을 했다. 차 문을 올리자 그가 말했다.

"아니, 차 사고가 났는데 그냥 가시면 어떻게 합니까?"

"뭐요! 차 사고라뇨?"

"잠깐 나와 보세요."

나는 차를 세우고 차 뒤로 가 보았다. 이게 도대체 어떻게 된 것인가? 내 차 뒤 범퍼 한가운데가 20센티 이상 푹 우그러들었고 트렁크 전체가 찢어질 정도로 차에는 큰 상처가 나 있었다. 내 차를 받은 그 젊은이의 스포티지 앞부분도 심하게 손상되어 있었고 그 젊은이의 부인인 듯한 여성이 얼굴이 사색이 되어 찡그리고 있는 것이 통증을 참는 것 같았다.

우선 내 차로 인하여 교통에 방해되는 것을 피하려고 나는 차를 길가로 몰아다 세웠고 가해차도 그렇게 했다. 차에서 내린 내가 먼저 뒤따라 내린 젊은이에게 물었다.

"도대체 어떻게 된 겁니까?"

"댁의 차가 갑자기 브레이크를 잡는 바람에 충돌한 겁니다. 왜 그렇게 갑자기 브레이크를 잡았습니까?"

"아니 내 앞차가 브레이크를 잡는데 뒤따라가던 차가 무슨 수로 브레이크를 안 잡을 수 있습니까?"

"선생님도 잘못이지만 저도 잘못입니다."

"내가 잘못이라니 그건 말도 안 됩니다. 앞차가 브레이크를 잡는데 뒤차가 무슨 용빼는 재주가 있다고 그대로 직진합니까? 그렇게 되면 추돌 사고밖에 더 나겠어요? 그쪽이 안전거리 미확보로 추돌 사고를 낸 겁니다."

"이왕에 이렇게 사고가 났으니 경찰을 부르는 것보다 보험 처리를 하도록 하시죠."

젊은이가 말했다.

"그럽시다. 길가에서 다퉈 봐야 뭘 하겠소."

"보험은 물론 드셨겠죠?"

"물론입니다. 나는 운전대에 비치되어 있는 보험 서류를 내보였다. 그때 옆에 있던 예의 여자가 말했다.

"면허증 가지고 계십니까?"

나는 배낭 속에서 면허증을 꺼내자 남자가 됐다고 그만두시라고 했다. 그의 차번호와 주민등록번호가 적힌 명함을 그는 나에게 내주고, 나는 내 인적 사항을 적어 주고 상호 보험 회사에 연락하여 처리를 하도록 하기로 하고 헤어졌다. 명함을 보니 그는 이 근처에 공장이 있는 전자 부품 회사의 영업부 직원이었다.

뒤에 안 일이지만 그때 나는 중대한 실수를 했다. 보상을 받아야 할 사람은 피해자인 나이고 내가 가해자의 보험 가입과 면허증 소지 여부를 물었어야 하는데 오히려 가해자가 그 역할을 대행한 것이다. 추돌 사고를 처음 당해 보았기 때문에 저지른 실수였다.

다시 차를 몰고 오면서 나는 고개를 갸웃거리지 않을 수 없었다. 그것은 아무래도 풀리지 않는 수수께끼였다. 추돌 사고를 일으킨 가해자는 분명 그 젊은이인데 그는 왜 일부러 나에게 따라와서까지 사고를 알렸을까?

보통 사람 같으면 자기 차가 앞차를 받아 크게 손상을 입혔는데도 피해 차량이 아무 반응도 없이 전진했다면 슬그머니 뺑소니를 치려고 했을 것이다. 그렇게 되면 가해자로서 보상을 해 주지 않아도 될 것이다.

그런데도 피해자가 추돌 사고를 당하고도 차를 그대로 몰고 가는 것을 보니 가해자가 보기에는 피해 차 운전자가 부상을 당한 것 같지는 않고, 차가 좀 손상을 입었다고 해도 경찰에 신고를 해 보았자 가해자를 어떻게 찾아낼 수 있을 것인가 하고 슬그머니 피해 버릴 수도 있는 일이었다. 한편 피해자인 나는 등산로 입구 주차장에 차를 세운 뒤에야 사고가 난 것을 알아차리고 사고 당시에 차에서 내려 사고를 확인하지 않은 것을 뒤늦게 후회했을 것이다.

그런데 그는 왜 굳이 따라와서까지 사고 난 것을 알리고 사고 처리를 하려고 했을까? 양심에 가책을 받아서 그랬다면 그거야말로 요즘 같은 각박한 세상에 보기 드문 양심가(良心家)가 아니면 의인(義人)이 아닐 수 없을 것이다. 그러나 내가 보기에는 반드시 그런 것 같지만은 않았다. 그럼 왜 자기가 손해날 것을 각오하고 그는 일부러 나에게 사고를 알렸을까?

그러는 동안에 길을 묻고 물어 평소에 늘 다니는 등산로 입구까지 도착했을 때는 벌써 10시 반이었다. 길을 잘못 드는 바람에 추돌 사고 외에 무려 2시간 반이나 손해를 본 것이다. 뒤늦은 등산을 하면서도 나는 내내 풀리지 않는 그 수수께끼에 매달려 있었다.

혹시 그 청년은 피해 차량이 사고를 당하고도 모른 척 그대로 달리자 그 운전자인 내가 교통 규칙도 모르는 무면허 운전자인 줄 알고 일부러 차를 세워 검문을 한 것일까? 내가 만일 무면허 운전자라는 것을 알면 모든 사고의 책임을 나한테 뒤집어씌우려고 그랬던 것은 아닐까? 그래서 운전면허증을 보자고 한 것인지도 모른다.

또 한 가지 의문이 있었다. 차가 그렇게 심하게 찌그러질 정도로 추돌 사고를 냈으면 피해 차 운전자가 심한 충격을 받고 즉시 내려서 확인을 했어야 했을 것이다. 그런데 나는 어떻게 돼서 그렇게 큰 충격을 받지도 않았고 이렇게 평소와 같이 등산까지 할 수 있단 말인가?

뒤에 나보다 운전 경력도 많고 추돌 사고도 당한 일이 있는 아들이 차의 손상 상태를 보고는 74세의 고령인 아버지가 아무렇지도 않은 것은 기적이라고 말했다. 만약에 차가 정차해 있을 때 이 정도로 충격을 받았으면 운전자는 목에 골절상을 입었을 것이라고 했다. 가끔가다가 사고 난 지 며칠 뒤에 목뼈 부상이 나타나는 수가 있다고 한다. 사고 난 지 닷새가 넘었지만 멀쩡한 것을 보니 부상을 입은 것 같지는 않다.

기운의 보호막

그렇다면 내가 그렇게 차가 심하게 우그러질 정도의 추돌 사고를 당했는데도 멀쩡한 이유가 무엇일까? 그게 도대체 무슨 조화란 말인가? 이러한 의문에 매달려 있는 동안 나는 IMF 때인 1998년 1월에 아내와 같이 새벽어둠 속에서 등산을 하다가 경사각도 70도 길이 30미터나 되는 암벽 슬라브에서 얼음에 미끄러져 굴러떨어진 일이 생각났다.

꽁꽁 언 그 바위 비탈에서 구르는 순간 내 몸은 마치 솜이불로 둘둘 말린 것처럼 바위에 뼈와 살이 부딪치는 충격을 전연 받지 않고 무려 30

여 미터나 굴러떨어졌던 것이다. 이 광경은 먼저 내려가 있던 아내가 똑똑히 지켜보았다. 부상당하지 않은 것을 천만다행으로 여겼었다.

그 이듬해인 1999년에 도봉산 할미바위 레이백 코스에서도 실족 추락했는데도 아무 일 없었다. 원래 이곳은 사고가 잦은 곳으로서 누구나 한 번 추락하면 중상을 당하거나 죽음을 면치 못했다. 그런데도 나는 그 일을 당하고도 아무 일 없이 차를 몰고 집에 돌아와 평소처럼 수련생들을 맞이했었다. 그때도 위기 때 기운이 내 몸을 감싸고 있다가 완충작용을 한 것이었다.

그렇다면 그보다 8년 전, 1990년 봄에 도봉산 끝바위에서 추락했을 때는 왜 오른쪽 발뒤꿈치 뼈가 으스러지는 이른바 종골파쇄(腫骨破碎)라는 중상을 입었을까? 지금 생각해 보니 그때는 내 수련이 기의 완충작용을 받을 수준이 아니었던 것 같다.

이것을 보니 나는 아직은 죽을 때가 아니고 할 일이 남아 있다는 느낌이 들었다. 이번 사고는 이런 사실을 새삼 확인해 주는 것 같았다.

산을 내려오는 길에 등산 때만 가지고 다니는 휴대전화가 배낭 속에서 계속 울어댔다. 전화를 받았다. 아내가 차 사고 났느냐고 놀란 목소리로 물었다. 가해자가 먼저 보험회사에 신고한 것 같았다.

누가 내 차를 뒤에서 받았다고 하니까 다친 데는 없느냐고 물었다. 멀쩡해서 지금 등산을 마치고 산을 내려가고 있으니 안심하라고 하고 집에 가서 자세한 얘기하겠다고 했다.

집에 도착하니 우리 측 보험회사 담당자가 추돌 사고는 무조건 가해자가 차량 파손은 말할 것도 없고 인명 피해 일체를 피해자에게 보상해 주어야 한다고 했단다.

그 다음날이었다. 보험 담당 직원이 전화로 가해자가 말하기를 내가 깜빡이도 안 켜고 차선을 갑자기 바꾸는 바람에 추돌할 수밖에 없는 상황이었다고 말한단다. 나는 거짓말이라고 했다. 보험담당자와 통화한 지 잠시 후에 나에게 또 전화가 걸려왔다.

"할아버지 저 어제 사고 일으킨 가해자 우본영입니다. 할아버지께서 깜빡이도 안 켜시고 갑자기 차선을 바꾸시지 않았습니까?"

그는 내 주민등록번호를 보고 나를 할아버지라고 부르는 것 같았다. 하긴 내가 20대에 결혼을 했더라면 그만한 손자가 있었을 것이다.

"어제 사고 현장에서는 내가 급브레이크를 밟았다고만 말하고 차선 바꾼 얘기는 일체 없다가 왜 갑자기 오늘은 그런 거짓말을 꾸며대는 거죠?"

"제 옆에 타고 있던 안사람도 보았거든요."

"차에 같이 타고 있던 부인의 말은 증거 능력이 없다는 것은 아실 텐데."

"할아버지 생각 좀 해 보세요. 사실 제가 모든 책임을 진다는 것은 억울합니다. 더구나 저는 자차(自車) 보험에는 들지 않아서 생돈이 50만원이 들게 생겼습니다."

"억울하다고 해서 그런 거짓말을 꾸며대면 통합니까?"

"그때 사고 현장에서 경찰을 부를 걸 그랬죠?"

"그럼 어제 경찰을 부르지 않고 그때는 왜 보험 처리하자고 했습니까? 이제 와서 자신에게 불리하다는 것을 알고 그렇게 쉽게 거짓말을 꾸며대고도 양심에 가책이 안 됩니까?"

"그럼 할 수 없군요. 보험사에 맡기겠습니다" 하고 전화는 끊어졌다. 가해자의 거짓말을 화두로 삼아 의식을 집중을 하자 점차 그가 그랬어야 만할 이유를 알 것 같았다. 주민등록번호를 보니 가해자는 80년생으로서 26세의 젊은이였고 운전을 한 지도 얼마 안 되고 교통규칙도 잘 몰랐던 것 같다. 그래서 사고 당시 모른 척하고 그냥 현장만 벗어나면 그만이었을 터인데도 순진하게도 굳이 나를 따라와서 사고 처리를 하자고 했던 것이다.

그런데 보험회사에 신고하니까 담당직원이 추돌 사고는 무조건 가해자가 전적으로 보상 책임을 져야 한다고 하니까 생각이 달라졌을 것이다. 보상 책임을 면하려면 어떻게 해야 된다는 주변의 사주를 받았을 가능성도 있다. 추돌 사고 책임을 면하려면 앞차가 깜빡이도 안 켜고 차선을 갑자기 바꾸었을 때는 뒤차가 추돌을 해도 앞차에게 전적인 보상 책임이 있다는 것을 알았을 것이다. 가해자와 통화한 지 얼마 뒤에 보험담당자에게서 전화가 걸려왔다.

"아무래도 일이 쉽게 끝나지 않을 것 같은데요."

"왜요?"

"가해자가 앞차가 깜빡이도 안 켜고 차선을 갑자기 바꾸었다고 일관되게 우기면 결국은 관할 경찰서에 신고를 해서 경찰이 조사하고 판단을 하게 해야 합니다. 그렇게 되면 누가 잘못했는지의 사실여부와는 관계없이 경찰의 결정에 따라 가해자가 결정되고 그렇게 되면 가해자가 일체의 보상 책임을 지게 되고 벌점까지 올라가게 되어 있습니다."

"만약에 내가 경찰 조사로 억울하게 가해자로 결정이 될 경우 내가 불복하면 어떻게 되죠?"

"그때는 소송을 하여 재판에 넘겨져 판사의 판단에 따라야 합니다. 가해자 우본영 씨는 경찰이 판단을 잘못하면 재판까지 가겠답니다. 목격자도 세우고요."

"목격자가 있나요?"

"없으면 그런 거 전문으로 하는 사람에게 맡기면 될 겁니다. 상대가 저렇게 나오니까 우선 경찰에 신고부터 하셔야 되겠습니다."

"내가 사는 관할 경찰서에 신고하면 됩니까?"

"아닙니다. 사고 관할 구역이 안양이니까 안양 경찰서에 신고하셔야 합니다."

"일이 점점 복잡해지는군요. 어디 생각 좀 해 봅시다."

아무래도 가해자가 그렇게 억지를 부리는 것을 보니까 나에게 요구하는 것이 있는 것 같았다. 그 요구를 무시하면 일은 계속 꼬일 것 같았다. 하긴 가해자 우본영은 지금 자기 발등을 찍고 싶도록 후회를 하고 있을 것이다. 현장만 슬쩍 피했으면 아무 일도 없었을 터인데 공연히 긁어 부스럼을 만들었다고 자책을 하고 있을 것이다.

한편 곰곰이 생각해 보면 나에게도 과실은 있다. 사고 현장에서 충격을 감지했을 때 즉시 차를 세우고 내려서 피해 상황을 확인하고 가해자에게 호통을 치고 경찰을 부르든가 운전면허증 제시를 요구하고 인적사항과 보험 여부를 확인했어야 했는데 오히려 가해자가 그 일을 하게 한 것이다.

이것이 가해자가 보기에는 약점이 아닐 수 없었을 것이다. 그래서 나를 따라와 사고 처리를 요구했을 것이다. 가해자 우본영에게는 혹을 떼려다가 도리어 혹을 하나 더 붙인 꼴이 된 것이다. 그가 억울해 하는 것은 바로 이런 점일지도 모른다.

그리고 나는 누구와 무슨 일로 분쟁이 생겼을 때 웬만하면 내가 좀 손해를 보더라도 상대가 억울함을 호소하지 않게 한다는 것이 평소의 내

생활신조다. 손자뻘인 가해자와 할아버지뻘인 피해자 사이에 이런 일로 원만한 해결을 보지 못하고 경찰이나 법원에 불려 다니는 것도 내 취향이 아니었다. 설사 경찰과 법정에 나간다 해도 경찰과 판사도 사람인 이상 이 사건을 공명정대하게 해결해 준다는 보장도 없었다.

거짓말 쇼

생각 끝에 나는 보험 담당자에게 전화를 걸었다.

"아무래도 이대로 나가면 문제가 자꾸만 꼬일 것 같습니다."

하고 내가 말하자 보험 담당자가 말했다.

"상대가 그런 식으로 계속 일관되게 주장하면 경찰이 개입하지 않을 수 없습니다. 거기서 해결이 안 되면 법정에까지 가야 되고요."

"그래서 말인데 아무래도 상대가 나에게 무엇을 요구하는 것 같은데 그것이 무엇인지 알아볼 수 없을까요? 웬만하면 서로 원만한 타협을 보는 것이 좋을 것 같습니다."

"그럼 제가 가해자에게 전화를 걸어 알아보고 다시 전화를 올리겠습니다."

잠시 후 보험 담당자에게서 전화가 왔다.

"방금 가해자 우본영 씨와 통화했습니다."

"뭐라고 하던가요?"

"각자 부상을 입은 것은 자비로 담당하기로 하고 피해 차량의 손상에 대해서는 일체를 보상해 드리겠답니다. 그런데 자기는 자차(自車) 보험에 들지 않아서 자기 차의 수리비 50만 원은 생돈이 들어야 하는데 그중에서 20만 원만 보조해 주시면 깨끗이 정리하겠답니다."

"이제 보니 그 20만 원을 받아 내려고 그런 엉뚱한 거짓말 쇼를 연출했다는 얘기로군요. 그럼 곧 다시 전화하겠습니다" 하고 나는 전화를 끊었다.

내가 전화 통화하는 것을 옆에서 듣고 있던 며느리가 말했다.

"여기서 안양까지 가서 경찰에 신고하시려면 우리 차는 수리 센터에 이미 가 있으니 천상 택시를 이용하셔야 되는데 몇 번만 왔다갔다하면 택시비로 20만 원은 금방 깨지겠는데요. 차라리 20만 원을 주시는 것이 아무래도 좋을 것 같습니다."

그러나 차량 사고 문제로 출근을 늦추고 있던 아들은 반대였다.

"그렇게 하시면 가해자는 그것을 빌미로 아버지가 깜빡이 안 켜고 차선을 갑자기 바꿨다는 그의 주장을 인정하는 것이 되고 그렇게 되면 우리가 점점 더 덤터기를 뒤집어쓰게 됩니다. 그건 절대 안 됩니다."

"악질이라면 능히 그럴 수도 있겠지만 내가 보기에 가해자는 그렇게 악질 같아 보이지 않던데. 사람을 의심하기 시작하면 끝이 없단다."

"그럼, 그러지 않겠다는 각서를 받고 공증을 받아 놓으면 어떨까요?"

며느리가 말했다.

"그렇게 되면 될 일도 안 될 거야."

내가 이렇게 말하자

아내가 말했다.

"20만 원 주어 버리고 맙시다. 보험 담당자가 중간에 서면 농간을 부리지도 못할 거예요."

결국은 20만 원으로 해결을 보는 쪽이 좋겠다는 쪽으로 가닥이 잡혔다. 나는 보험 담당자에게 전화를 하였다.

"그럼 가해자의 요구를 들어주기로 하겠습니다."

"알겠습니다. 그럼 곧 다시 전화 드리겠습니다."

잠시 후, 보험 담당자에게서 전화가 왔다.

"선생님 뜻대로 그렇게 가해자와 합의했습니다. 나중에 딴소리 못하게 우선 제 통장에서 20만 원을 온라인으로 보내 주었습니다."

"수고하셨습니다. 그럼 우리도 곧 20만 원을 보내 드리겠습니다."

통화가 끝나자마자 또 나에게 전화가 걸려 왔다.

"할아버지, 저 가해 차량 운전자 우본영입니다. 그렇게 선처해 주셔서 정말 고맙습니다."

"그럼 이걸로 모든 걸 깨끗이 끝내 버리는 겁니다."

"그럼요. 제가 너무 못되게 군 것 용서해 주세요."

"알았어요. 그렇게 나오니 나도 더 할 말이 없네요. 앞으로는 운전할 때 앞차와의 안전거리를 꼭 지키도록 하세요. 자동차 학원에서는 앞차와의 안전거리 20미터를 지키라고 하지만 실제로 고속도로에서나 자동차 전용도로에서 고속으로 달릴 때 외에서는 그것을 지키기는 어렵습니다.

그래도 나는 보통 때는 앞차와의 거리 10미터 서행 때는 5미터는 무슨 일이 있어도 꼭 지킵니다. 그러면 다른 차들이 그 사이를 비집고 수시로 끼어듭니다. 그것이 싫어서 사람들은 앞차와의 거리를 최대한 줄입니다. 그러다가는 깜빡하는 사이에 추돌 사고를 일으키기 쉽습니다.

그래서 나는 다른 차가 아무 때나 끼어들어 괘씸한 생각이 들어도 꾹 참고 최소한의 안전거리는 꼭 유지합니다. 그렇게 하는 것이 추돌 사고를 빚기보다는 훨씬 나으니까요. 그러니 꼭 안전거리를 최소한이라도 확보하도록 하세요. 이것이 어쩌면 이번 사고에서 얻은 귀중한 교훈이 될 수 있을 겁니다. 경험 많은 선배의 충고라고 생각하세요."

"네, 할아버지, 고맙습니다. 그 말씀 기필코 각골(刻骨) 명심하겠습니다. 그럼 할아버지, 내내 건강하십시오."

우주보다 넓은 마음

세 사람이 좌선을 하다가 두 사람이 나가고 나자 나와 단둘이 남게 된 30대 초반의 직장 여성 수련자인 조미영 씨가 말했다.

"선생님, 조금 창피한 일이긴 하지만 상의드릴 일이 있습니다."

"어서 말씀하세요."

"막상 선생님께 말씀을 드리자니 창피하기도 하고 말을 해야 할지 말아야 할지 망설여집니다. 죄송합니다. 선생님."

"뭘 가지고 그렇게 뜸을 들이십니까? 이왕에 운을 떼셨으니 말씀을 하세요."

"며칠 전에 개봉 영화 극장표 두 장이 생겨서 남편과 함께 퇴근 후에 모처럼 영화 구경을 가기로 했습니다. 그런데 극장 매표소에서 만나기로 한 남편이 시간이 다 되었는데도 나타나지 않는 거예요. 그냥 돌아갈까, 아니면 혼자서라도 볼까 하고 결정을 못 하고 망설이고 있는데 남편에게서 휴대전화가 걸려 왔습니다.

갑자기 일이 생겨서 못 가는 대신에 자기의 심복 부하 직원 한 사람을 보낼 테니 같이 영화 감상을 하라는 것이었습니다. 절대로 엉뚱한 짓할 위인이 못 되니 안심해도 좋다는 말까지 덧붙이는 거예요.

누구냐고 물었더니 '야유회에서도 몇 번 만나서 당신도 얼굴을 잘 아는 사람인데 나 대신 곧 그곳에 도착할 것'이라고 말했습니다. 통화가 끝나자마자 바로 그 직원이 나타나 '사모님'하고 제자처럼 깍듯이 인사를 하는 것이었습니다. 시작 벨이 울려서 우리는 극장 안으로 들어가 좌석을 찾아가 앉았습니다.

짙은 러브신들이 한창 계속되던 영화가 갑자기 끊어졌습니다. 그날따라 정전이 되는 바람에 극장 안은 불시에 암흑천지가 되었습니다. 극장 예비 발전기가 작동하는 사이 30초쯤의 간격이 있었던 것 같습니다. 그 사이에 여기저기서 연인들끼리 진한 키스하는 소리들이 감각적으로 전달되어 왔습니다. 바로 그때였습니다.

남편의 심복 부하인 그 직원이 번개처럼 달려들어 저를 꼼짝도 못하게 포옹을 하고 입술을 덮쳐 왔습니다. 하도 창졸간에 일어난 일이라 미쳐 피하고 말고 할 틈도 없었었습니다. 전광석화와도 같았다고 할까요? 전기가 들어오자 영화 필름은 아무 일도 없었다는 듯이 다시 돌아가기 시작했습니다."

"그럼 그 남자 직원은 그 후 어떻게 됐습니까?"

"어느 틈엔가 도둑고양이처럼 사라져 버리고 말았습니다. 하도 황당한 일을 당하고 혼비백산했던 저는 제정신을 차리고 나자 이 일을 남편한테 이실직고해야 하나 마나 망설이지 않을 수 없었습니다. 남편에게 알리면 그 직원을 그대로 둘 리가 없을 것입니다. 그렇다고 그대로 참고 있자니 괘씸한 생각이 들어 속이 부글부글 부화가 끓어오르고 어떻게 해야 좋을지 모르겠습니다."

"그럼 그 후 그 직원은 어떻게 됐습니까?"

"남편한테 제가 직접 물어보기도 무엇하고 해서 다른 아는 직원을 통해서 알아보았더니 집안에 갑자기 우환이 생겨서 연가를 얻어 직장을 쉬고 있다고 합니다. 이런 때는 어떻게 처신을 해야 할지 궁리를 하다하다 선생님께 여쭈어보는 겁니다. 만약에 선생님이 제 처지라면 이런 때 어떻게 하셨을까 궁금합니다. 솔직하게 말씀해 주셨으면 좋겠습니다."

"나 같으면 모른 척하고 덮어둘 것입니다."

"하긴 선생님께서는 도인이시고 속이 넓으시니까 그럴 수밖에 없을 것입니다. 그러나 저는 속 좁은 아녀자니까 선생님을 따라간다는 것은 뱁새가 황새를 쫓아갈 수 없듯이 불가능한 일이겠지요" 하고 그녀는 자탄하는 것이었다.

"왜 그렇게 자기 자신을 보잘것없는 아녀자로 비하하려고 애쓰십니까? 사람의 마음이란 어떻게 먹느냐에 따라 달라지게 되어 있습니다. 마음이란 능소능대(能小能大)한 것으로서 좁쌀알처럼 작게 먹으면 좁쌀알처럼 작아지고 바다처럼 크게 먹으면 바다처럼 넓어집니다. 그래서 모든 것은 마음먹기에 달려 있다고 하지 않습니까? 일체유심조(一切唯心造)죠.

바다가 넓다고 하지만 사실 사람의 마음은 바다보다 더 넓습니다. 바다보다 더 넓은 것이 허공입니다. 그런데 마음은 그 허공보다도 더 넓습니다. 허공보다 더 큰 것이 무엇이겠습니까? 우주입니다.

그럼 우주보다도 더 큰 것이 무엇이겠습니까? 그것이 바로 우리의 마음입니다. 왜냐하면 마음은 무한하니까요. 그런가 하면 마음은 미립자나 소립자보다도 더 작습니다. 마음은 무한히 작을 수도 무한히 클 수도 있으니까요. 그러니까 마음을 크게 먹느냐 작게 먹느냐 하는 것은 순전히 마음을 어떻게 다스리느냐 하는 인간의 의지에 달려 있습니다.

춘추전국 시대 초나라 장왕(莊王)은 너그럽기로 이름난 군주였습니다. 장왕은 어느 여름날 밤 문무백관들을 모아 놓고 연회를 베풀었습니다. 그런데 갑자기 강한 회오리바람이 일면서 연회장 안의 불을 일시에 꺼

버리는 통에 갑자기 암흑천지가 되었습니다.

그 순간 왕비 옆에 있던 신하 한 사람이 번개처럼 달려들어 왕비를 끼어 안고 입을 맞추었습니다. 그러나 영리한 왕비는 그 북새통에도 정신을 잃지 않고 그 신하의 갓끈을 잡아당겨 떼어내는 데 성공했습니다.

곧바로 왕비는 장왕에게 귓속말로 이 사실을 알리고 이것이 그자의 갓끈이라면서 손에 쥐어 주었습니다. 이제 그자의 목숨은 왕의 손아귀에 들어 있었습니다. 뒤이어 불이 다시 켜지려 할 때 장왕이 큰 소리로 일렀습니다.

"내 명령이 있을 때까지 불을 켜지 말아라. 지금부터 누구를 막론하고 자신의 갓끈을 끊어 버리도록 하라."

때아닌 왕명에 문무백관들은 영문도 모르고 제각기 자신의 갓끈을 떼어 버렸습니다. 이것을 확인한 임금은 다시 불을 붙이게 했고 아무 일도 없었다는 듯이 연회는 진행되었습니다. 그로부터 2년이 지난 후 초나라는 갑자기 이웃 나라로부터 침략을 당하게 되었습니다. 초나라는 전심전력을 다하여 필사적으로 싸웠고 양군은 다 같이 피로에 지쳤건만 전세는 초나라에 불리하여 도성이 함락될 위기에 처했습니다.

이때 난데없이 한 장수가 한 떼의 군마를 거느리고 질풍처럼 나타나 일당백의 기량으로 적군을 산산이 때려 부쉈습니다. 드디어 초나라는 망국의 위기를 넘길 수 있었습니다. 장왕은 적군을 괴멸시킨 그 장수를 높이 치하했습니다.

"그대가 아니었으면 초나라는 망국을 면할 길이 없었을 것이네. 그대야말로 초나라가 영원히 잊지 못할 구국의 영웅일세."

그러나 그 장수는 느닷없이 무릎을 꿇고 엎드려 말했습니다.

“상감마마, 그 말씀은 보잘것없는 소장에게는 지나친 과찬이십니다. 소장은 오직 나라를 위해서 소장이 마땅히 할 일을 다했을 뿐입니다. 더구나 소장은 2년 전 연회장에서 회오리바람으로 불이 꺼졌을 때 왕비마마께 씻지 못할 큰 잘못을 저지른 파렴치한 죄인이었으나 상감마마의 하해와 같은 은총을 입어 살아난 놈입니다. 지금이라도 늦지 않으니 부디 소장의 목을 베어 일벌백계하소서.”

장왕은 부복한 장수를 손수 일으켜 세워 얼싸안았습니다. 그 장수는 왕의 은혜를 갚으려고 이런 때를 예상하고 자기의 가산을 기울여 산속에서 은밀히 군대를 양성해 놓고 때만 기다리고 있었던 것입니다.

이 얼마나 아름다운 장면입니까? 남의 잘못을 덮어 주었을 때 일어날 수 있는 흐뭇한 광경이 아닐 수 없습니다. 알고 보면 이 세상에 너와 내가 따로 있는 것이 아닙니다. 상대의 잘못은 어느 한순간의 실수로 내 잘못이 될 수도 있습니다.

남의 잘못을 일일이 징벌로만 다스린다면 징벌의 악순환만 끊임없이 되풀이될 것입니다. 이때 자기 존재의 실상을 먼저 깨달은 사람이 그 악순환의 고리를 끊어 냄으로써 그만큼 세상은 밝아지고 살맛나는 천국이 될 수 있을 것입니다.

내가 보기에 그 문제의 직원은 자기 잘못을 깨닫고 상사를 쳐다볼 면목이 없어서 연가를 얻어 일단 직장을 쉬고 있을 것입니다. 잘못을 뉘우치고 있는데 상사의 문책과 처벌까지 가해진다면 어떻게 되겠습니까? 이쯤에서 덮어두는 것이 오히려 나을 것입니다.”

“선생님, 좋은 말씀 들려주시고 제 마음까지 열어 주셔서 정말 감사합니다.”

"내가 할 수 있는 일을 했을 뿐입니다."

"선생님 그렇긴 합니다만 이 세상에는 자신의 잘못을 덮어 주면 그것을 반성의 기회로 삼는 대신에 자신의 악행을 조장하는 계기로 삼는 사람도 있지 않습니까?"

"물론 그런 사람도 있는 것이 사실입니다. 그러나 이 세상에는 다행히도 착한 사람이 모진 사람보다 훨씬 더 많은 것이 현실입니다. 실제로 이 세상에는 통계적으로 보더라도 범죄자보다는 선량한 시민이 훨씬 더 많지 않습니까? 악한 사람이나 범죄인 때문에 덕을 베풀지 못한다는 것은 구더기 무서워 장 못 담그는 것처럼 어리석은 일이 될 것입니다. 아무리 지독한 악질이라도 때가 되면 변하게 되어 있습니다. 이 우주 안에 변하지 않는 것은 아무것도 없으니까요."

"선생님, 저의 어리석음을 깨우쳐 주셔서 고맙습니다."

"그렇게 새겨들으시니 나 역시 보람을 느낍니다."

【이메일 문답】

정밀 검사를 받아야 할지 말아야 할지

삼공 선생님 안녕하십니까?

삼공 선생님께 늘 감사한 마음으로 수련생활에 임하고 있는 부족한 제자 오한근입니다. 여느 때와 마찬가지로 『선도체험기』 82권을 아주 유익하게 읽었습니다. 특히 첫 번째로 소개된 '기분 좋은 날' 편에 저와 관련된 내용을 읽으면서 선생님의 제자들에 대한 깊은 사랑의 정도가 삼공재를 드나들 때보다 크게 느껴져 가슴이 뭉클해졌습니다. 저의 인영맥 4·5성에 대해 크게 걱정하지 않으며 지나친 것 같은데 저보다도 선생님께서 더 많이 걱정해 주신 것을 알게 되니 죄송하기 그지없고 그저 감사할 따름입니다.

다름 아니라 제 갑상선 문제로 지난번 방문 때 선생님께 상담한 이후 정밀 검사(갑상선 부종의 조직 검사)를 사양하고 수련에 의존하고 있습니다만, 마음의 갈등이 전혀 없는 것은 아니라는 것이 솔직한 저의 심정입니다.

기왕에 이렇게 된 것, 그 이후의 내용들을 포함하여 좀더 자세한 내용을 알려 드리고 선생님의 자문을 다시 한 번 받고 싶은 생각입니다. 이번 스승의 날에는 그 전날 찾아뵙고도, 매년 해 오던 감사의 인사를 하지 못하고 온 것을 뒤늦게 알게 되었는데 생각해 보니 이 문제에 제정신이 팔렸던 것 같습니다.

다음 주에 집사람과 함께 찾아뵙고 다시 감사의 인사를 올리겠습니다. 제가 선생님 지도를 받으면서 선도수련을 본격적으로 시작한 지가 금년 9월이면 만 5년이 됩니다. 그동안 『선도체험기』에 소개된 내용을 따르면서, 삼공재에 2주에 한 번 정도 찾아뵈면서 세 가지 공부를 위해 나름대로 노력을 하였습니다.

그러나 게을러 열심히 못 한 점과 부족한 점이 많아 수련 정도가 미천하여 아직은 소주천이나 대주천 경지에 이르지 못하고, 요즈음 들어 기운이 들어오는 빈도가 잦아지고는 있지만 그저 단전에 약간의 기운을 느끼는 정도입니다.

지난겨울에는 삼공 선생님께서 직접 축기 점검을 해 주신 결과 이제 60~70% 정도 축기가 된 상태라고 진단해 주셔서 이제 멀지 않았구나 하는 자신감으로 하루빨리 백회가 열리기만을 학수고대하며 수련에 정진하고 있습니다.

사정이 이렇다 보니까 제 자신의 수련 정도를 믿고, 갑상선에 생긴 혹에 대한 조직 검사 권유를 뿌리치기가 솔직히 쉽지 않았고 지금도 약간의 갈등이 남아있는 편입니다. 지금은 조직 검사를 사양하고 수련에만 의존하고 있지만, 저의 몸 상태를 보아 가며 판단을 수정할 필요도 있지 않을까 하는 생각도 어느 정도 갖고 있습니다.

갑상선 문제가 불거진 동기는, 그동안 수련 덕분에 잘 걸리지 않던 감기가 금년에는 체온관리 소홀과 운동 과다로 인한 과로로 자주 걸리게 되었는데, 특히 지난 감기는 심한 고열과 기침을 동반하며 3주 이상 지나도 멎지를 않았습니다.

혹시 폐렴으로 번지지 않았나 하는 우려로 알고 지내는 동네 의원을 방문하였습니다. 기본 검사를 끝내고는 초음파 검사장비가 있으니 방문한 김에 검사나 한 번 해 보자는 원장의 제의로 여러 장부에 대한 초음파 검사를 하게 되었습니다.

검사 결과 다른 장기는 아무 이상이 없는데 우측 갑상선이 다소 많이 부어 있고 외양이 비교적 평이한 편이라 괜찮을 것도 같지만 혹시 악성 종양일 가능성도 있으니 대학병원에서 정밀 조직검사를 받으라며 손수 예약까지 해 주는 것이었습니다.

그래서 예약된 날 대학병원을 방문하여 담당의사의 지시대로 기본 검사(혈액 및 소변 검사와 심전도 검사)를 받고, 조직 검사 및 정밀 초음파 검사는 예약을 해 놓은 상태에서 삼공재를 방문하여 상의를 드린 바 있습니다.

그날 우연히 일본에서 귀국하여 삼공재를 방문한 차주영 님도 마침 갑상선 이상으로 의심되는 부종으로 고생을 하고 있으나, 별다른 병원 치료 없이 수련으로 극복해 가고 있다는 말을 듣고 심리적으로 많은 위안이 되어 돌아왔습니다.

삼공재에서 선생님과 차주영 님의 말씀을 듣고 용기를 내어 예약했던 조직 검사는 취소하고 더이상의 병원 방문은 중단하였습니다. 그런데 집 사람이 걱정된 나머지 저에게 알리지 않은 채 대학병원의 담당의사를 만나 기본 검사에 대한 의사의 소견을 묻고, 제가 조직 검사를 받지 않겠다고 전하였답니다.

담당의사의 대답은 혈액 검사와 소변 검사에서는 특별한 사항을 발견하지 못하였지만, 심전도 검사 결과 심장이 다소 비대하고 고혈압 증세가 조금 있다고 하며, 동네 의원의 초음파 사진으로 판단할 때 갑상선암일 가능성은 30~40%가 될 것 같다고 하였답니다.

집사람은 담당의사의 소견을 듣고는 많이 놀라 며칠간 혼자 걱정하면서 제게 정밀 검사를 받게 할 궁리를 생각하다가 며칠 전 이 사실을 제게 털어놓게 되었으며, 저는 쓸데없는 짓을 하였다며 집사람을 심하게 나무라기까지 했습니다.

그러나 집사람도 같이 수련하는 입장에서 며칠의 시간이 흐르면서 수련도 하나의 방안이 될 수 있다는 생각을 하게 되었으며, 수련을 택하려면 더욱 매진해야 할 것이라고 채근하기에 이르렀습니다.

제가 정밀 검사를 피하는 이유는 조직 검사 후 악성으로 제거 수술이 불가피하다는 최종 진단이 나올 경우, 선도수련을 하고 있는 입장에서 수술은 절대 금물이라는 것을 잘 알고 있지만, 일단 알게 된 이상 수술을 거절하기가 지금보다 훨씬 어렵게 되어 수술을 허락할 우를 범할 것이며, 만일 음성 반응이 나오면 검사 자체를 하지 않은 것과 전혀 다름이 없기 때문입니다.

물론 조직 검사는 국부 마취 후 주사바늘과 같은 작은 기구를 이용한 간단한 시술이어서 일반 수술과는 다르다고 볼 수 있지만, 우선은 악성 종양이 아닐 것이라고 믿고 싶고, 혹시 악성이라 해도 자연치유가 되리라 바라고, 혹시 안 되어 생명이 위험해져 목숨이 위태로워진다 해도 우주의 섭리라 믿고, 인명은 재천이라는 말에 따르려는 마음입니다.

그러나 이런 크지 않은 문제에 목숨까지 걸어야 하며, 한편으로는 지나친 만용을 부리다가 호미로 막을 것을 가래로 막아야 하는 실수를 범하지 않을까 하는 우려가 전혀 없는 것도 아닙니다. 그러던 차에 오늘 아침에 대학병원 담당의사로부터 전화를 받았습니다. 담당의사는 제가 조직 검사를 하지 않은 사정 이야기를 듣고는, 일단 정밀 검사(조직 검사 포함)는 받은 후 진단 결과를 놓고 판단하는 것이 현명하지 않겠냐는 것입니다.

그러면서 동네 의원에서 초음파 검사를 한 후 큰 의료기관에서 정밀 검사를 받으라는 것이나 본인이 정밀 검사를 받으라는 것은 나름대로의 전문가적인 판단에서 내린 결정이므로 따를 가치가 충분히 있을 것이며, 정밀 검사를 받고 결과를 알게 되면 모르는 것보다는 오히려 근심이나 걱정을 감소시킬 수도 있을 뿐 아니라, 합리적 조치도 가능할 것이라는 내용이었습니다.

적다 보니 글의 내용이 상당히 길어졌습니다. 선생님께 번번이 누를 끼쳐 죄송한 생각이 들면서도 다시 한 번 선생님의 고견을 기대하오며, 수련과 더불어 바쁘신 창작 생활에 조금이라도 방해가 되었다면 용서를 바랍니다. 항상 건강하시어 좋은 『선도체험기』를 오래오래 발간하시어 더 많은 제자들이 선도수련의 혜택을 받을 수 있게 되기를 간절히 바랍니다.

2006년 5월 20일
청주에서 오한근 올림

추신 : 위의 갑상선과 관련이 있을지는 모르지만 선생님의 판단에 도움이 되지 않을까 해서 제가 꾼 꿈에 대한 말씀을 드릴까 합니다.

이 일이 있기 대략 한 달 반 전에 그전엔 거의 꿈을 꾸지 않던 제가 하도 기이한 꿈을 꾸었습니다. 꿈속에서 낮은 구릉의 넓은 잔디밭에서 작은 봉우리가 땅에서 솟아오르는데, 이 봉우리가 점점 커지더니 갑자기 봉우리 끝이 터지면서 마치 석유 같은 기름 형태의 검정색 물질이 높이 솟아오르는 것이었습니다.

그러더니 뿜어 오르는 물질이 멀리 떨어져 있는 제 머리로 떨어져 놀라 그만 잠을 깨고 말았습니다. 터지기 직전의 봉우리 크기는 보통 무덤의 절반 정도이며, 모양은 종을 거꾸로 엎어놓은 것 같았습니다. 꿈을 깨고 나서 꿈속의 화면이 너무 선명하기도 하고 마치 석유탐사 업자가 석유를 발견한 것 같은 들뜬 마음이 들기도 해, 며칠 후 생전 처음으로 로또 복권을 만 원어치 사 보았지만 제일 작은 금액에도 당첨되지 않았습니다. 그렇게 하여 잊고 지내다가 갑상선 사건이 생겼고, 이 꿈과 무슨 연관이라도 있을지 모른다고 생각되는 것은 요즈음의 제 마음이 약해져서일까요?

【필자의 회답】

선도수련은 체험과 직감과 영감으로 이루어지는 심신의 변화 과정인데 이것은 과학으로는 해명이 불가능한 수행의 분야입니다. 기문이 열리면서 이러한 변화 과정을 겪는 수행자의 생리는 보통 사람과는 전연 다른 메커니즘에 속하게 됩니다.

과학을 전문으로 하는 학자의 입장에서는 아무리 과학을 초월하는 선도를 공부한다고 해도 과학의 한계를 넘어서기가 무척 어려울 것입니다. 나는 1986년에 선도수련에 뛰어들었으니까 금년에 벌써 20년이 넘었습니다. 그러한 나도 6개월 전부터 고열과 기침을 수반한 심한 기몸살을 앓고 있습니다. 독감과 비슷한 증상입니다. 그러나 단전이 달아오르고 백회로 강한 기운이 들어오므로 조금도 의심치 않고 병원 같은 데는 가지 않습니다.

오한근 씨처럼 단전에 기운을 느끼고 운기조식이 되는 사람은 사고로 인한 외상이 아닌 이상 병원에 가서 몸에 칼을 대면 반드시 큰 변을 당한다는 것을 나는 잘 알고 있습니다. 나의 여제자 한 사람은 병원에서 신부전증으로 진단 받고 투석(透析)을 하는 도중에 사망했습니다. 그 밖에 몇몇 문하생들은 수술을 하고도 다행히 생명은 건졌지만 정신이 반쯤 나간 멍청이가 되었습니다.

과학자가 과학을 무시한다는 것이 어렵겠지만 이것이 현실인 것을 어떻게 합니까? 오늘도 차주영 씨가 다녀갔는데 그때 왔을 때와는 딴판으로 좋아졌습니다. 몸에 칼을 대지 않게 할 자신이 있으면 정밀 검사를 받아도 상관없습니다. 그러나 악성 암이라는 판정이 내려 수술을 해야 한다고 의사가 말할 경우 마음이 흔들릴 정도라면 아예 처음부터 검사를 받지 않는 것이 좋을 것입니다.

잘 아시다시피 현대의학은 각종 암, 고혈압, 당뇨, 심근경색, 뇌졸중, 중풍 등의 성인병의 치병율이 30프로 내외입니다. 이것을 의학이라고 말할 수 있을까요? 그래서 나는 성인병에 관한 한 현대의학을 믿지 않습니다. 단지 교통사고나 안전사고나 재난이나 전쟁으로 인한 외상을 수술하는 현대의학의 능력만을 인정할 뿐입니다.

오한근 씨는 지금 중대한 기로에 서 있습니다. 이렇게 갈등을 느낄 줄 알았으면 처음부터 선도수련을 하지 않는 것이 차라리 나을 뻔했습니다.

그러나 지금은 되물릴 수도 없는 것이 현실입니다. 내가 보기에 문제의 꿈은 수련이 한 단계 뛰어올라 백회가 열릴 징후를 알리는 것으로 보입니다. 부디 현명하고 지혜로운 판단을 내리시기 바랍니다.

가야 할 길을 묵묵히 갈 것입니다

삼공 선생님께

지난 토요일과 월요일 모두 두 번에 걸쳐 보내 주신 응답 메일을 감사히 잘 읽었습니다. 그동안 흔들렸던 제가 다시 똑바로 설 수 있도록 굳게 붙잡아 주시려는 선생님의 은혜에 그저 감사할 따름입니다. 선생님의 메일에 담겨 있는 큰 가르침을 다시 한 번 새기면서 더이상 휘청거리지도 한눈 팔지도 않으면서 제가 가야 할 길만을 묵묵히 갈 것을 다짐해 봅니다.

평소에 입으로는 부동심이니 평상심이니 잘 유지할 수 있다고 장담해 왔는데, 작은 일이지만 막상 제 앞에 닥치고 보니 그동안 알고 있던 것들이 물거품처럼 사라진 것을 보면 아직도 출발선상에 서 있는 느낌입니다. 지금의 이 작은 시련이 수련에 더욱 매진하라는 채찍으로 알고 더욱 열심히 정진하겠습니다.

해몽이나 부탁드리는 것 같아 주저하면서 여쭈어보았는데 뜻하지 않게 좋은 징조를 알려 주셔서 반갑기 그지없습니다. 이번 토요일에 삼공재에서 뵙겠습니다.

청주에서 오한근 올림

세속 생활에 먹혀 버린 수련

안녕하십니까? 저는 대구에 있을 때 삼공재에 출입하기 시작하였고 지금은 직장 문제로 안동에 살게 된 오재철입니다. 마지막으로 선생님을 뵌 지도 반년 이상은 된 듯합니다. 『선도체험기』를 보고 선생님을 사숙하다 처음 선생님을 뵙게 된 후 한때는 단전은 늘 따듯하고 백회에서는 늘 시원한 기감을 느낄 수 있었고, 세상이 한없이 아름답고 모든 것을 다 포용할 수 있을 것 같은 마음을 가지게 되었었습니다.

그러나 결혼 후부터 저의 수련은 퇴보를 거듭하게 되더군요. 수련도 수련이지만 가장으로서 자식으로서 남편으로서 사위로서 사회가 요구하는 역할에 저의 수련이 먹혀 버린 것 같다고 할까요. 그러나 『선도체험기』는 늘 읽고 있었으며 생식도 선생님으로부터 구입하여 10년 가까이 하고 있었는데, 그마저도 지난 반년 이상 못했습니다.

『선도체험기』 81권을 보고 나서는 이제까지 제가 대체 무엇을 하고 있었던 건지 한심하고 삼공 선생님의 연세가 이미 70을 넘어가고 있다는 대목에선 조급함마저 느끼게 되었습니다. 과연 이번 생도 이대로 소일하며 보내야 하게 되는 건 아닐지... 삼공 선생님과는 아주 만나기 힘든 사제의 인연을 접했으면서도 이 핑계 저 핑계로 수련을 어느새 저만치 뒤처지게 두었으니 말입니다.

1996년 2월경 『선도체험기』를 처음 접하고, 1997년 2월에 선생님을 뵙고 이 후 1999. 05. 16. 결혼하기 전까지 정말 자주 찾아뵙고 삼공재에서 수련도 하고 나 자신도 정말 열심히 수련에 박차를 가했었습니다. 당시에 저의 수련 정도는 단전은 늘 따듯하였고 백회에 동전만 한 크기의 얼음이 닿아 있는 듯하여 늘 시원하고 청량한 기운을 느낄 수 있었습니다.

처음엔 담배 때문에 선생님을 뵙지 못하고 있다가 선생님을 뵈러 가기 직전에야 겨우 흡연의 욕구를 통제할 수 있게 되었는데, 선생님을 약 3년 동안 열심히 뵙고 수련하였던 것이 현재의 집사람을 만나면서부터 특히 결혼을 결정하게 된 1999년 2월부터는 이일 저일 결혼 준비로 주말뿐 아니라 평일 근무를 마친 저녁까지도 몸과 마음이 바쁜 시절을 보냈습니다.

그러다 보니 자연 수련을 위한 시간이 줄어들기 시작하였고 신혼 초엔 자신과 놀아 달라는 집사람을 위해, 그리고 결혼을 하였으니 자신들과 어울려 달라는 가족들의 세속적인 요구 사항들을 채워 주기 위해 시간 나면 친지들을 보러 다니고, 집안 대소사에 참석하고, 시댁과 아내가 섞이게 하기 위해 중간에서 해야 하는 아들로서의 또한 남편으로서의 그리고 사위로서의 역할들, 게다가 제가 집안의 장남이자 장손인데다 집사람도 장녀였으므로 장남과 장손 그리고 맏사위로서의 역할들이 결혼과 함께 한꺼번에 저에게 다가오기 시작했지요.

그동안 그런 세속적인 가정사들로부터 벗어나 보려 많은 시도를 해보았지만, 그럴 때마다 가족들로부터 결혼도 하였으니 집안의 각종 잔치와 길흉사 그 외 종반들의 모임등 대소사를 챙겨야 함을 종용받았습니다.

부모님의 수고를 마냥 외면하는 것은 자식으로서의 의무를 저버리는 것으로 구도자의 자세도 아닌 듯하였으며, 맏사위다 보니 처가의 일들도 마찬가지로 부담이 되었고 집사람은 집사람대로 "당신을 보고 시집을 왔는데 시간 나면 자신과 함께할 생각을 않고 혼자 골방에서 눈감고 숨만 쉬면 되는 거냐"고 섭섭함을 드러냈습니다.

아내는 늘 함께 있어 주기를 바라는 태도를 지금까지도 고수하고 있으며, 그동안 제게 두 명의 자녀가 생겨(6살 딸과 4살 아들) 육아를 위한 아비로서의 역할도 더해졌으므로 수련을 위한 시간을 할애하는 데 더욱 애로가 생기다 보니 구도생활을 지속하는 데 어려움이 있었습니다.

이런 생활들이 지속되다 보니 마음은 늘 수련에 가 있으나 실제 단전호흡이나 명상을 할 시간도 책을 볼 수 있는 시간조차도 심지어 회사 업무를 위한 서적조차 보기 어려운 지경이었습니다. 몸은 점점 게을러져 가고 있었는데 금년 봄 어느 날 보니 작년에 입던 바지를 새로 입으려 꺼내 보니 사이즈가 허리둘레를 감당하지 못하고 빽빽해져 있음을 알게 되었습니다.

그동안 생식을 하고는 있었으나 저녁은 집에서 식구들과 화식을 하여야 했고 회사 일로 직원들, 관계자들과 점심 식사를 해야 하는 경우가 빈번해짐으로 제대로 된 생식을 지속할 수 없었으며 밥과 물을 따로 하는 식사도 요리라고 해 놓은 집사람의 정성을 봐서 들지 않을 수 없었습니다.

간혹 그런 식사법으로 인해 심한 부부싸움을 하기도 하는 등 지속해내기 어려운 점들로 밥따로 물따로 식사도 힘들게 하다가 그만두게 되더군요. 『선도체험기』가 새로이 나올 때마다 얼른 가서 사 보는데 남들은 모두 뒤쳐지지 않고 부지런히 수련을 하는 것을 보면 부럽기도 하고 스스로 자신에게 실망하기도 합니다.

다시 시작하리라 다짐해 보지만, 그동안 이미 느슨해진 몸과 마음이 자꾸 핑곗거리만 찾아 늘어지고 결국엔 가정생활로 인하여 결심은 작심삼일이라 다시 포기해 버리기 일쑤입니다. 지금은 직장에서도 어려운 상사와 참여정부의 변화와 혁신을 따라가느라 근무 환경도 지나치게 많이 변했습니다.

위에서 요구하는 사항도 늘어 가고 있는 등 어려움을 겪고 있는 터라 마음이 느긋하지 못하다 보니 일상생활에서 가족들에게조차 격한 감정을 노출하는 경우가 많아지고 늘 몸과 마음이 피곤하고 지쳐 있는 것을 스스로 느낄 수 있을 지경입니다.

그러나 이 모든 것을 극복하고 저는 다시 삼공 수련을 시작하리라 오늘 아침도 다짐하고 있으며 설령 그것이 작심삼일이 되더라도 작심삼일이 되면 다시 작심을 하기를 거듭할 것이며 이번 생에 제가 접한 수련의 기회를 결코 놓치고 싶지 않습니다. 이리 게으른 제자라도 내치시지 않으신다면 꾸지람을 각오하고 내일이라도 다시 선생님을 찾아뵙고 생식부터 처방을 받아 새로운 시작의 계기로 삼고자 합니다.

안동에서 부끄러운 제자 오재철 올림

【필자의 회답】

세속 생활에 수련이 먹혀 버린 것이 아니라 게으름에 수련이 먹혀 버렸다고 말하는 것이 정확할 것입니다. 이 세상에는 세속 생활에 적응하면서도 수련을 잘해 나가는 구도자들이 얼마든지 있기 때문에 하는 말입니다. 결혼생활, 장손, 장남, 맏사위 역할이 수련을 망친 것이 아니고 수련에 대한 열의가 식은 데에 주원인이 있음을 자각해야 합니다. 지극한 정성만 있다면 시장 바닥이나 지옥 속에서라도 얼마든지 수련은 할 수 있습니다.

『선도체험기』를 읽어 보면 오재철 씨보다도 훨씬 더 어려운 환경 속에서도 열심히 수련을 하는 구도자들이 얼마든지 있습니다. 지척이 천리라는 말이 있습니다. 집안에 수만 권의 책이 있어도 읽지 않으면 무슨 소용이 있겠습니까? 그러나 비록 그 책들과 천리나 떨어져 있다고 해도 꼭 읽으려는 열의만 있으면 어떻게 해서라도 구해서 읽을 수 있습니다.

자기 옆집에 훌륭한 스승이 살아도 관심이 없으면 언제까지나 남입니다. 그러나 그 스승의 집과 천리나 떨어져 산다고 해도 마음이 그 스승 곁에 늘 가 있는 사람은 어떻게 해서든지 그 스승을 만날 수 있고 그에게서 배울 수 있는 기회는 오게 마련입니다. 그러니 부디 결혼 탓, 장남 탓, 맏사위 탓, 직장 탓하지 말고 마음이 구도와 멀리 떨어져 있음을 자책해야 할 것입니다.

우리는 무슨 일을 하기로 마음속에 크게 작정을 하면 모든 여건들이 그 일이 이루어지도록 조성되게 되어 있습니다. 이것이 우리의 잠재의식의 무한한 능력입니다. 그래서 일체유심조(一切唯心造)라는 말이 생겨난 것입니다. 성패는 어디까지나 마음에 달려 있습니다. 마음이 문제지 여건과 환경이 문제가 되는 것은 아니라는 말입니다. 환경 탓만 하지 말고 어떻게 하든지 그 환경에 알맞게 자기를 적응시켜 나가야 합니다.

수행자는 남들과 똑같이 자고 똑같이 먹고 즐기면서 수련을 병행할 수는 없습니다. 보통 사람이 8시간을 자면 구도자는 6시간만 자고 두 시간 일찍 일어나 얼마든지 수련에 할애할 수 있습니다. 처음에는 그렇게 하기가 무척 힘들겠지만 한 달만 눈 딱 감고 실천하면 어느덧 몸에 익어 습관이 될 것입니다.

두 시간 일찍 일어나는 것까지 부인이 간섭하려고 하지는 않을 것입니다. 환경과 여건에 지배만 당하지 말고 그것을 이용하는 지혜를 구사하시기 바랍니다. 다른 구도자들이 다 하는 일을 현명한 오재철 씨가 왜 못 한단 말입니까? 이 시간부터라도 늦지 않았으니 부디 분발하기 바랍니다. 삼공재에 오는 것은 언제나 환영입니다.

저의 게으름 탓입니다

선생님 답장 잘 받았습니다. 말씀과 같이 저의 수련은 외부의 탓이 아니라 결국은 저의 게으름으로 인한 것임을 알겠습니다. 지난 5월 저의 체중은 74Kg(키 174)에 도달하였음을 알고 그때부터 다시 심기일전하여 아침에 운동하고 잠시라도 짬을 내어 정좌 수련도 하고 있습니다.

그러나 아직 단전에 온기를 느끼고 미세한 진동을 느끼게 된 정도로의 기감 회복 외에 별다른 진전은 없습니다만 이번에는 절대 수련의 끈을 놓치지 않고 실행하려 마음을 다잡고 있습니다.

여기는 안동이라 지금 출발하면 선생님을 뵐 수 있는 시간이 짧겠지만 그래도 지금 출발하여 오늘 뵈러 갈까 합니다. 제 자신이 그동안 선생님께 부끄러워 10년 전 처음 삼공재에 출입할 당시처럼 허락을 구하지 않을 수 없었는데 이렇게 곧바로 허락해주시니 감사합니다.

안동에서 오재철 올림

기운의 질이 바뀐 듯합니다

안동의 오재철입니다. 스승님 그간 평안하셨는지요? 지난번 삼공재를 방문하여 부끄러운 마음과 다른 도우들의 수련 상황을 보곤 부러운 마음을 가득 안고 왔습니다. 그분들의 수련에는 미치지 못해도 지난번 삼공재를 다녀온 후 저의 수련 상황을 알려 드리고자 글을 올립니다.

이번에 새로운 각오로 수련을 시작한 후 단전에 대한 관찰을 꾸준히 하고 있는데 삼공재를 방문하기 전의 느낌은 단전이 그냥 따뜻한 온기를 느낄 정도였습니다. 그런데 방문 후부터 단전은 마치 벌건 불꽃을 피우며 장작불이 타고 있고 그 불꽃의 따가운 열기가 몸의 이곳저곳으로 갔다가 탁기를 태우고 나서 사그라지는 듯한 느낌입니다. 정좌를 하면 단전은 금방 달아올랐고 우측 등 쪽으로도 뜨거운 기운을 느낄 수 있었으며 백회가 욱신거리기까지 했습니다.

그리고 회사에서 점심시간에 사람의 왕래가 드문 문서고에서 정좌 수련을 약 30~40분 정도 하는데 역시 단전은 뜨겁게 달아올랐고 엉덩이 부분부터 등 쪽에 열기를 느꼈으며 간혹 백회 부위가 욱신거리고 인당은 어떤 물체가 접촉되어 있는 듯한 느낌이었습니다.

이틀 전부터는 다시 다른 느낌이 생기기 시작했습니다. 아침에 몸공부 후 정좌하고 호흡을 시작하자 단전의 온기만 느껴질 뿐 그 전날까지 바로 느껴지던 장작불 같은 기운은 느껴지지 않았습니다. 왜 이러지? 하는 생각으로 계속 호흡을 하며 지켜보고 있노라니 약 15분 후 즈음부터 온기의 정도가 점차 강해지기 시작했지요. 그리고 이전의 강한 뜨거움이 아니라 뭐랄까 부드러운 열감이랄까? 그런 기운이 서서히 느껴지기 시작했으나 출근 준비에 곧 자리를 걷고 말았습니다.

그리고 오늘 아침 몸공부 후 다시 정좌하고 호흡을 시작하자 은은한 온기가 미약하게 느껴지다 약 10분 정도 경과 후 서서히 단전이 달아오르기 시작했으며, 그 느낌은 마치 장작불이 다 타고 나서 남은 숯에 불이 붙어 벌건 것처럼 보기에 부드러우나 속으로 그 열기가 갈무리되어 있는 느낌이었습니다.

그리고 그런 도중 등 쪽으로도 이전처럼 열이 훅하고 이는 것이 아니라 은근한 느낌으로 훈훈한 정도의 열감이 아래서부터 등줄기를 타고 백회까지 천천히 상승하는 느낌을 받았으며 그 이후 인당이 지긋이 눌리는 느낌까지 받았으나 아직 몸의 앞쪽 임맥으로의 흐름은 느끼지 못했습니다.

몸에 기운이 돌 때 뜨거운 물이 경락을 타고 흐르는 듯하다고 알고 있는데 그러한 상태에 미치지 못하는 것을 보면 기감이 둔하거나 수련에 대한 욕망 때문에 느끼는 착각이 아닌지 모르겠습니다.

그리고 기운도 그 질이 변한 것이라기보다 빙의 현상이 아닌지 의심스럽구요. 특별한 이유 없이 약 2주 전부터 좌측 어깨 승모근이 아프기 시작했고 약 3일 전부터는 오른쪽 어깨에도 비슷한 통증이 생겨 목을 돌릴 때 어깨가 아프고 저린 증상이 나타나고 있는 것을 보면 그런 생각이 들기도 하고, 괜히 영안도 뜨이지 않은 주제에 몸공부가 부실해 그런 것을 별생각을 다 한다 싶기도 합니다.

어쨌든 삼공재를 방문하기 전과 후의 기운의 강도가 달라졌다고 느끼고 있으며 며칠 전부터는 기운의 질이 바뀐 것인지 제 몸이 바뀐 것인지 또 다른 기운의 변화를 느끼고 있습니다.

4339(2006). 07. 29.
안동에서 오재철

【필자의 회답】

기운도 바뀌고 몸도 마음도 바뀌고 있습니다. 소주천 수련이 시작되었으니 더욱더 수련에 박차를 가해야 합니다. 행주좌와어묵동정(行住坐臥語默動靜) 염념불망의수단전(念念不忘意守丹田)해야 할 것입니다.

물동이를 이고 가는 아낙처럼 매사에 조심하고 삼가야 합니다. 풀리지 않는 의문에 부닥치면 지체 없이 메일을 띄울 것이며 메일 교신으로 해결이 되지 않으면 삼공재를 찾는 것이 좋을 것입니다.

현묘지도 수련 체험기 (11번째)

성 재 모

나는 어린 시절부터 혼자 있기를 좋아했고 한 번 시작한 일은 포기하지 않고 목적을 달성할 수 있을 때까지 부지런히 정진하는 버릇이 있어 왔다. 선도수련을 하게 되었고 그런 중에 삼공 선생님을 뵙게 되었다.

현묘지도 수련을 전수해 주셔서 부지런히 정진한다고 했지만 다른 수련자보다 늦게 수련 체험기를 쓰게 되었다. 혹시라도 후배 수련자에게 도움이 될 수 있지 않을까 하는 생각에서 이제까지 살아온 길을 간단하게 적어 보려 한다.

나는 현직 대학교수로 한국에서 동충하초(冬蟲夏草)를 처음으로 연구하였고, 지금은 일본과 중국에서 성공하지 못한 송이버섯 인공 재배법을 연구하여 온 버섯균학자다. 또한 선도에도 남다른 관심을 가지고 나름대로 부지런히 정진하고 있으며 수련 중에 얻은 영감을 생명공학에 적용하여 좋은 결과를 얻기도 했다.

나는 부여에서도 멀리 떨어진 시골에서 5남매 중 장남으로 태어났다. 누나가 셋, 남동생 하나인 1944년생이다. 누나가 셋인지라 어머니가 3년 동안 절에 다니면서 부처님한테 기도를 드린 후 꿈속에 흰 돼지를 두 마리를 품에 안은 태몽을 꾸시고 나와 남동생이 태어났다. 현재 동생은 초등학교 교장으로 있고 정년을 맞을 준비를 하고 있다. 1남 1녀를 두었는데 모두 결혼을 시키어 가정을 이루고 있다.

해방 바로 전해 모두가 어려울 때에 태어났지만 부모를 잘 만나 귀여움을 받으면서 어린 시절을 보냈다. 어렸을 때부터 같은 또래의 아이가 없어서 혼자 하늘만 보고 많은 시간을 보내면서 자랐다. 내가 사는 동네에서 멀리 떨어진 초등학교에 다닐 때는 동행하는 동급생이 없어서 혼자서 많은 생각을 하면서 다녔다. 학교에 들어가자 바로 6·25동란이 일어났고, 한글을 4학년 때 가서야 깨쳤다.

중학교에 들어가 공부를 한다고 했지만 환경이 열악하고 전깃불도 없는 상태에서 공부를 제대로 할 수 없었다. 면 소재지 중학교에서는 공부를 잘하지도 못하였는데 대전에 있는 명문 고등학교에 합격을 한 것은 내 인생에서 기적이었다.

지금 이렇게 성장한 것은 그때 3년 동안 부지런히 공부한 덕택이라고 생각한다. 고등학교 다닐 때 정말 나름대로 공부를 부지런히 하였으나 성적은 언제나 맨 끝에서 맴돌았다. 고2 때 4·19가 일어났고 고3 때 5·16이 일어나서 공부를 제대로 할 수 없었다.

농과대학에 들어갔으나 데모로 자주 휴교하는 통에 공부할 기회를 갖지 못한 채 3학년을 마치고 군대에 갔다. 우리집은 엄격한 유교 가정이고 절에는 익숙하지만 기독교에 대하여서는 알지 못했는데 무슨 인연인지는 모르지만 군종 하사관으로 근무하면서 구약과 신약을 원어로 읽을 기회를 가지게 되어, 이때부터 종교 세계와 인연을 갖게 되어 더 다양한 삶을 사는 데 도움이 되었다.

졸업 후 스승의 추천으로 농촌진흥청에서 식물병리에 관한 일을 하게 되어 균을 알게 되었고 그때 통일벼를 만드는 데 동참했다. 학문에 커다란 전기를 마련하게 된 것은 자문관으로 온 미국의 유명한 식물병리학자인 스나이더 박사를 만나면서부터였다. 6년간 그와 같이 생활을 하면서 식물병리학의 기초를 다지었다.

1977년 그분의 제자인, 식물병리학자이며 이 분야에서 세계 일인자인 쿠크 박사를 소개받았다. 그의 주선으로 정부 장학금을 받아 미국에서 식물병리학 공부를 할 수 있었다. 그때부터 새로운 학문을 접하게 되었고 균에 대한 연구의 기반을 닦는 데 많은 도움을 받았다.

농촌진흥청에서 15년간 연구 생활을 하고 대학교수가 되어 1984년 41세에 직장을 대학교로 옮겼다. 그때부터 산을 대상으로 연구를 하게 되었는데 같은 해 동충하초와 천마버섯을 이용한 천마의 생산과 송이에 대한 연구를 시작하였다.

그때 너무 연구에 몰두한 탓인지 몸이 약해져 도저히 교수생활을 할 수 없을 정도였지만 의지력으로 견디어 내었다. 그것이 계기가 되어 그때부터 불교에 입문하여 『화엄경』과 『법화경』을 비롯한 모든 경전을 읽게 되고 스님들의 법문을 듣게 되었다.

관세음보살을 염송함과 동시에 아침과 저녁으로 108배를 하는 것이 하루의 일과가 되었다. 절에서는 선 공부를 체계적으로 할 수 없기 때문에 모 선원에 1986년부터 10년간을 다니면서 선도 공부를 하게 되었지만 일정한 수준 이상은 진전이 없었다. 그러나 우리 민족의 경전인 『천부경』, 『삼일신고』, 『참전계경』을 탐독하게 된 것은 내 생에 있어서 중요한 계기가 마련되었다고 본다.

그 선원에서 김태영 지음 『선도체험기』를 1, 2, 3권을 보고 마음에 끌리어 계속 읽었다. 삼공 선생님과 1994년 12월 4일 인연을 맺게 되어 지금까지 수련을 하게 되었다. 『선도체험기』를 1권에서부터 83권까지 여러 번 정성스럽게 읽고 거기에 나온 대로 생활을 하려고 노력하고 있다.

그러한 인연으로 선도와 학문에 어느 정도 성과를 얻는 계기가 되었다. 동충하초 외에 천마버섯과 천마와의 공생관계를 알아내어 농가에서 재배하게 되었다. 이러한 학문적인 연구 성과를 거둔 것은 선도수련을 부지런히 한 인연이 아닌가 생각된다. 연구 테마가 마음속에 떠올라 문서화되면 연구비와 연구원이 스스로 찾아왔다. 학문으로 보람을 느끼는 것보다는 내 마음을 마음대로 조절할 수 있는 능력을 갖게 된 것이 나에겐 더 소중하다.

삼공 선생님 덕분에 생식을 생활화하여 맛의 세계에서 벗어날 수 있게 되었다. 술과 담배 그리고 색욕에서도 벗어날 수 있었다. 주위의 도반들에게 선도를 권하고 삼공 선생님에게 소개하여 같은 길을 걷고 싶지만 따르는 사람은 별로 없다. 이제까지 인연을 맺고 변함없는 관계를 유지하는 도반들이 모두 잘되기 바란다.

2005년 11월 06일 일요일 비

주말이면 도시에서 탈피하여 찾아오는 장소가 있다. 강원도 횡성군 청일면 고시리에 있는 태기산 자락에 있는, 양지말이라고 부를 정도로 해를 늦게까지 볼 수 있는 자그마한 마을이다. 이곳은 뒤에는 산으로 둘러 쌓여 있고 앞으로는 논과 개울이 있고 멀리에 산이 여러 겹으로 보이는 경관이 좋다.

이곳에 동충하초(冬蟲夏草)를 재배할 수 있는 조그마한 공장과 돌과 진흙만을 이용하여 도반들이 토담집을 하나 지어 주었다. 그래서 그 집을 삼공 선생님이 지어 주신 선호로 도양(道養)이 거처하는 토담집이라 도양당(道養堂)이라고 명명했다.

주말이면 생활을 이곳에서 하고 있다. 도양당에 오면 다른 장소에서 느끼지 못하는 기운을 느낄 수 있고 마음이 편안하다. 2005년 11월 초순 어느 날 이 집에서 명상을 하는데 전화가 왔다. 현묘지도를 전수하려고 하니 시간 나는 대로 삼공재로 오라는 것이었다.

2005년 11년 07일 월요일 맑음

하지정맥 수술을 한 다리가 많이 불편하다. 그러나 백회에서는 많은 기운이 들어오고 하단전도 따뜻하여 요사이는 마음이 언제나 편안하다. 환경을 탓하지 말고 언제나 그 환경에 적응하면 모든 일이 잘된다는 평범한 진리를 터득하게 되었다.

2005년 11월 09일 수요일 맑음

삼공 선생님을 찾아뵙고 현묘지도 수련을 위한 첫 번째 화두를 받았다. 염송하는 동안 경맥을 따라 기가 움직이면서 하단전으로 전부 모여 뜨거운 용광로처럼 달아오른다. 그런 다음 몸이 흰색으로 변하면서 하단전만 있는 것 같았다.

눈앞이 흰색에서 검은색으로 변하면서 아무것도 보이지 않았다. 그 후 흰색으로 변하면서 단전이 뜨거워지고 마음은 편안하다. 화두를 염송하면 백회와 장심과 용천에서 기가 들어왔다. 춘천으로 버스를 타고 오면서도 제1화두를 놓지 않았다.

2005년 11월 13일 일요일 흐림

고시리 토담집에서 화두를 잡고 장작불을 지피어 방이 따뜻해지자 피곤하였는지 모처럼 잠을 잘 잤다. 아침에도 일어나 절 수련을 하고 화두를 잡고 있었으나 별다른 변화는 느끼지 못하였다.

2005년 11월 16일 수요일 맑음

아침 4시에 일어나 화두를 잡고 온 힘을 다하여 매달리었다. 5시에 몸 전체가 캄캄하게 변하면서 바로 동해 바다 위로 이글거리면서 해가 힘차게 솟아오르다가 해면으로 반쯤 보일 때 더이상 떠오르지 않고 그대로 있다. 둥근 해가 떠오르자 하단전에 통로가 만들어지면서 해가 빨려 들어와 하단전을 달구었다.

다른 어느 때보다 단전이 따뜻해지면서 마음이 평안하다. 오랫동안 해와 하단전은 통로가 연결되어 있다. 얼마 후 심우도(尋牛圖)에 나오는 소처럼 발과 손끝에서부터 흰색으로 변하면서 곧이어 몸 전체가 흰색으로 변하였으나 하단전만은 태양처럼 붉게 열을 내고 있다. 하단전의 열기는 하루 종일 계속되었다.

2005년 11월 17일 목요일 맑음

잠자는 동안에도 화두는 이어졌고 5시에 일어나서도 계속되었다. 태양이 뜨면서 통로를 통하여 하단전으로 들어오자 하단전이 태양이고 내 몸이 우주고, 세포 하나하나가 모여 내 몸이 형성되는 것처럼 물체가 모여서 우주로 존재하는 것 같았다.

이 수련을 하기 전에는 우리 몸이 지구와 같다고 비교한 적은 있다. 오대양 육대주는 오장육부와 같고 털은 숲이며 피는 물이고, 뼈는 바위이고 살은 흙이라고 하는 것은 별로 놀라운 일이 아니었다.

그러나 현묘지도 수련에서 화두 1호를 받고부터는 우주가 나라는 느낌이 들었다. 지금 내가 잡은 화두가 내 몸속과 마음속에 있다. 앞으로 전개될 이 엄청난 일을 어떻게 소화할 수 있을까? 오늘도 태양이 하단전에 와서 뜨겁게 달구고 거기에서 조화롭게 모든 것이 연결되는 것을 보았다.

2005년 11월 19일 토요일 맑음

많은 기운을 받아서 그러한지 매우 피곤하여 일찍 잠자리에 들었지만 오늘은 다른 때 보다 늦게 일어났다. 토담집에서 화두를 잡고 있으면 백회를 통하여 많은 기운이 들어온다.

2005년 11월 25일 금요일 맑음

화두를 받고 수련 중에 한 가지 살아가는 데 흔히 당하는 일이 벌어졌다. 학생들과 함께 송이와 동충하초를 접종하려고 가는 길에 공장과 토담집에 들렀더니 문이 쇠사슬로 막히어 있어 들어갈 수가 없다.

앞집에서 문을 잠그고 차의 진입을 막았다. 허가 난 집이고 시멘트로 포장된 길이 자기의 땅이라고 하여 길을 막는 것이 이해가 안 되었다. 이웃 간에 화목하지 못한 것은 내가 부덕한 소치니까 좋게 해결하도록 노력을 하여야겠다.

2005년 11월 26일 토요일 맑음

학생들과 함께 봉화에 도착하여 송이균 조사구를 만들면서도 생각은 전부 막힌 길에만 쏠리었다. 잠긴 문을 해결하려면 어떻게 처신을 하여야 할까? 새벽 3시에 일어나 화두가 해결하여 주리라 믿고 관을 하였다.

그 길 중에는 나의 땅도 있으므로 길을 막은 것에 대한 보복을 하여 많은 장애를 받도록 하여야 한다는 생각이 일어났다. 그렇게 마음을 먹는 순간 피가 솟구치면서 정신이 없을 정도로 괴로웠다. 이것은 좋은 방법이 아니다. 어떻게 하든 나쁜 마음을 내지 말고 어렵지만 참기로 하였다. 그리고 모두 요구하는 대로 들어주기로 마음을 먹었다.

2005년 11월 27일 일요일 맑음

일을 마치고 저녁 때 돌아와 보니 문이 열리었다. 문제의 발단은 공장에서 공사하는 사람과 약간의 충돌로 일어난 일이었다. 다행이다. 이러한 일이 다시는 없었으면 좋겠다.

2005년 11월 30일 수요일 맑음

길 막은 것에 대하여 그에게 상의를 한 바 있는 스님에게서 전화가 왔다. 길을 막았다고 하였는데 어떻게 되었느냐고 물었다. 다행히 잘 해결되었다고 하니 그 사람을 통하여 수련시키어 한층 높은 경지에 가도록 도움을 주는 것이라고 한다.

상대의 마음을 그의 처지에서 이해하고 모든 조건을 들어주겠다고 작정하니 문이 열렸다고 스님에게 말하였다. 스님이 말하기를 내가 모든 사물을 대할 때 어떻게 대하느냐에 따라 상황이 달라진다는 것이다. 지금부터 세간에 살면서 출세간에 사는 것을 터득하라는 섭리를 가르치는 것으로 달게 받아들이라고 한다.

오직 중심을 잡고 바르고 착하고 슬기롭게 행동을 하면 원하는 대로 이루어지고 이것이 깨달음에 도달하는 것이라고 한다. 매일 살아가는데 그렇게 즐거울 수가 없고 이제는 걸릴 것도 없다.

2005년 12월 01일 목요일 흐리다가 눈

요사이 주위의 사람들을 보면 자기만을 생각하면서 살지 다른 사람은 조금도 배려하지 않는 것 같다. 문명과 산업이 발달하면 할수록 자기중심으로 가는 것 같다. 그럴수록 이타행을 해야지. 수련을 통하여 만나는 사람이 잘되어야 나도 잘된다는 것을 알았다.

만나는 사람이 전부 부처님이고 관세음보살이라는 깨달음으로 이끌어 주는 선지식임을 알았다. 그래서 많은 사람이 이 깨달음을 얻기 위하여 그렇게 갈구하는 것이 아닌가 생각된다. 지금부터 만나는 모든 사람이 감동할 수 있도록 부처님처럼 대하려고 한다. 깨달음에 이르려면 욕심을 버리고 마음 편안하게 하는 것이 중요하다. 여전히 단전과 백회에서 기운이 들어와서 마음이 평안하고 희열을 느낀다.

2005년 12월 09일 금요일 맑음

화두를 잡고 이제까지는 무엇인가 얻기 위하여 화두를 염송하였는데 이제부터는 화두 자체가 마음을 평안하게 하고 화두로 인하여 호수처럼 맑아지니 이것으로 충분한 것 같다. 이렇게 정진하다 보면 알 수 없는 마음의 세계를 알게 되고 마음도 넓어지리라고 본다.

화두를 가지고 어떠한 경지에 들어가는 것도 중요하지만 마음을 잘 닦아 다른 사람에게 기쁨과 행복을 주는 것도 중요하다고 본다. 한번 다시 현묘지도 수련으로 다른 사람을 생각할 수 있는 사람이 되는 원력을 세우고 싶다.

2005년 12월 10일 토요일 맑음

토담집에서 화두를 잡고 참구하였다. 화두를 받은 후부터 좋은 일과 나쁜 일이 번갈아 일어난다. 모든 것은 수련을 위하여 일어나는 일이라는 것을 체득하였기 때문에 어떠한 일이 일어나든 바르게 보고 슬기롭게 판단할 수 있는 힘이 생기었다. 이래서 수련은 꼭 필요하다.

2005년 12월 12일 월요일 맑음

수련이 별로 진전이 없다. 오늘도 별로 하는 것 없이 하루를 보내는 것 같아 안타깝다. 그렇지만 기운이 들어와서 하는 일에 자신이 생기면서 남을 생각하는 마음이 생긴다. 저녁에는 1시간 동안 절 수련을 하였다.

2005년 12월 14일 수요일 맑음

절 수련을 하는 동안 온몸에 기운이 솟아나고 마음이 평안하여진다. 요사이 많은 선지식이 에워싸고 돌보고 있는 것을 느끼고 있다. 단전이 이글거리면서 떠오르는 태양의 기운이 들어오면서 이것을 몸이 감지한다. 이제부터는 내가 하는 일이 이웃을 위하고 그들을 행복하게 해야 한다는 생각을 한다. 이러한 자세로 부지런히 수련하여 우리가 사는 사회가 맑아지기를 바란다.

2005년 12월 26일 월요일 맑음

무슨 일이 일어나면 우리는 언제나 먼저 자기 이익을 생각하고 유익하면 받아들이고 해로우면 버리려 한다. 이것은 깨달음에 도달하는 데 넘어야 할 산이다. 살아가는 동안 우리는 이런 일을 수없이 경험한다. 이것이 걸림돌이고 이것 없이 생활하는 것이 인생을 멋있게 사는 것이라고 흔히들 생각한다. 그러나 말로는 걸림이 없어야 된다고 하면서 하루에도 몇 번이나 덫에 걸리고 있다.

양양에서 하룻밤을 보내면서 걸림이 없는 삶이 무엇인가 생각하여 보았다. 지금 복제 연구를 하는 교수를 보면서 같은 과학자로서 많은 생각을 하게 되었다. 잘 나갈 때는 모든 사람이 그의 편이 되었는데 지금은 아무도 그의 편이 되어 주는 사람이 없다.

이것이 우리의 삶이다. 용기가 있는 사람이 없고 오직 자기만을 생각하고 자기의 이익을 위하여 처신을 한다. 걸림이 없이 지금처럼 연구를 계속한다면 아무 문제가 없을 것 같다. 지금부터는 성내는 마음을 없애고 할 수 있는 일이면 상대가 요구하는 대로 해 주는 것이 마음의 부담도 없고 걸림이 없는 삶이 되리라 본다.

우리가 아무리 노력을 해도 그 업연에 따라 되는 일은 되는 것이고 안 되는 일은 안 되는 것이다. 이것이 기운이며 이것을 잘 이용하면 평안한 마음으로 정진할 수 있으므로 보람이 있는 삶을 살 수 있고 좋은 결과도 얻을 수 있다. 양양에서 좋은 것을 깨닫고 간다.

2005년 12월 27일 화요일 맑음

양양에서 5시에 일어나 절 수련을 하면서 화두를 잡았다. 양양군 지역혁신협의회에 참석하여 송이 배양에 대하여 발표하고 질문을 받았다. 질문자의 요구는 거의 다 빨리 좋은 결과를 내어 달라는 것이다.

연구는 마음먹은 대로 되는 것은 아니지만 부지런히 정진하여 좋은 결과를 나오게 하려고 노력 중이니 서두르지 말고 조금 여유를 가지고 지켜봐 달라고 했다. 그러나 연구를 모르는 행정가는 빠른 결과를 얻기를 바라기 때문에 연구자와 자주 분쟁을 일으키곤 한다. 그들을 달래면서 주장할 것은 주장하여 좋은 결과가 나오도록 노력을 하려고 한다. 이러한 일들이 일어났을 때 화두를 생각하고 관을 하면 바르게 판단이 되어 현명하게 해결을 볼 수도 있다.

많은 사람들이 주위에 있다가 사라지는 것이 인생이라고 생각한다. 불경에 "가는 것은 잡지 말며 오는 것은 거절하지 말라"라는 말이 있다. 그러나 이러한 말보다는 많은 사람들이 주위에 머무르게 하려면 매력이 있어야 된다. 매력은 재력, 권력, 학력과 능력에서 생긴다. 이것이 없어지면 사람들은 사라지는 것이므로 누가 나에게서 사라지는 것을 서운해 하지 말고 매력이 있는 삶이 되도록 안주하지 말고 정진해야 할 것이다.

2006년 01월 01일 일요일 맑음

2006년 새해가 밝았다. 토담집에서 제1화두를 가지고 지내는데 해가 들어오면서 하단전이 달아오른다. 올해도 화두를 잡고 수련을 하는 공덕으로 나와 내 주위에 있는 모든 사람과 모든 생물들이 좋은 한 해가 되기를 염원하였다.

올해는 주위의 모든 사람이 길잡이 늑대를 만나기를 바란다. 옛날부터 아메리칸 인디언들 사이에 길잡이 늑대의 전설이 있다. 길잡이 늑대란 그들이 사냥을 하다가 길을 잃어 방황할 때에 간절히 기도와 명상을 하고 눈을 뜨면 어디선가 홀연히 늑대가 나타난다.

그 늑대를 따라가면 길을 안내하여 무사히 목적지까지 데려다준다고 한다. 지금을 살아가는 우리도 길잡이 늑대를 만날 수 있다고 한다. 그러나 반드시 4가지 덕목으로 생활을 하는 사람에게만 나타난다고 한다. 정직, 성실, 검소, 겸손이 그것이다.

2006년 10월 03일 화요일 맑음

개천절이라 오래간만에 휴식을 취하기 위하여 토담집에서 화두를 잡고 있는데 대학 때 친한 친구이고 대학교수로 있는 친구의 어머니가 돌아가시어 현대 아산병원에 있다는 전화를 받았다. 토담집에서 나와 서울로 향하였다.

서울에 오면 시간이 있으면 맨 먼저 방문하는 곳은 삼공재였다. 그곳에서 선도수련을 하는 것이 일상생활이다. 삼공 선생님과 마주앉자마자 2005년 11월 16일에 본 장면이 나타났다.

몸 전체가 캄캄하게 변하면서 바로 동해 바다 위로 해가 힘차게 이글거리면서 천천히 떠오르고 해면으로 반쯤 보일 때 더이상 떠오르지 않고 그대로 있다가 바로 완전한 해가 되면서 하단전에 통로를 만들면서 해가 빨려 들어와 단전을 달구고 있다.

다른 어느 때보다 하단전이 따뜻해지면서 마음이 편안하다. 오랫동안 해와 하단전은 통로가 없어지지 않고 연결되어 있다. 얼마 후 심우도(尋牛圖)에 나오는 소처럼 발과 손끝에서부터 흰색으로 변하면서 곧바로 전체의 몸이 흰색으로 변하였다.

그다음은 일곱 별이 연달아 들어오고 산들이 들어오고 강이 들어오고 생물과 모든 것이 들어오면서 하단전이 하나의 용광로가 되면서 뜨거운 불덩어리로 변하는 것으로 11개월 만에 제1화두를 끝을 맺게 되었다.

제2번째 화두를 받는 순간 상단전에서 설명할 수 없는 파란빛의 원형으로 된 통로를 통하여 그전에 들어왔던 태양이 빠져나가고 일곱 별이 고속도로에 있는 터널을 지나는 차의 속도보다 빠르게 빠져나가면서 터널이 점점 작아지더니 하나의 작은 점이 되고 다시 그 점이 통로로 변하면서 백회로 연결된다. 뒤이어 상단전에서 모든 것들이 백회로 들어와 척추를 통하여 명문을 지나 하단전에 모인다.

그 기운이 올라와 중단전에 머물면서 중단전이 뜨거워지면서 몸 전체가 아무것도 없는 백지상태가 되었다. 바로 중단전에 연꽃의 봉오리가 생겼다. 거기서 연꽃이 피는데 꽃의 가장자리가 붉은빛을 띠고 화려하게 수술과 암술이 피어오르면서 중단전은 뜨겁게 달아올랐다.

연꽃이 하나의 용광로로 변하면서 하단전에서 오는 기운이 뜨거운 기체로 변하여 상단전으로 이동하였다. 점멸등처럼 번쩍번쩍하면서 중단전에서 시작하여 상단전으로 이동한 기운은 백회를 거쳐 명문을 통과하여 하단전을 지나 중단전에 자리를 잡고 기운을 받아 움직이는 모습이 선명하다. 그 기운은 계속 순환한다.

이렇게 수련을 하고 현대 아산병원에 들려 친구의 어머니께 분향하였다. 춘천에 오면서도 화두를 잡고 있었으나 그 이상은 진전이 없었다.

2006년 10월 04일 수요일 맑음

아침에 일어나 화두를 들고 절 수련을 하였으나 다른 것은 떠오르지 않았지만 전날에 일어난 일을 전화로 삼공 선생님께 말씀드렸다. 제3화두를 삼공 선생님으로부터 받았다. 집에 와서 화두를 염송하면서 절 수련을 하였다. 화두를 들고 몸에서 일어나는 현상을 보는데 백회가 넓어지고, 중간 부분에서 욱신욱신거리면서 무거움을 느끼었다.

2006년 10월 05일 목요일 맑음

추석 전날이지만 아침에 삼공 선생님을 만나기 위하여 기차와 전철을 타고 가는 동안에도 제3화두를 잡았지만 제1, 제2화두 때보다 많은 기운이 들어오지 않고 백회만 넓어지면서 약한 기운이 들어왔다.

삼공 선생님 앞에서 1시간 화두를 잡고 있는데 몸이 가벼워지면서 비행선처럼 위로 떠서 빠른 속도로 가는데 어떤 때는 아름다운 풍경과 험한 산을 지나고 폭풍우를 만나기도 하였다. 먼저 도착한 곳은 산에 있는 커다란 절로 많은 사람이 반갑게 맞아 주고 상석에 자리를 마련하여 주었다. 많은 사람들이 경의를 표하였다.

앞에 전개되는 풍경은 이루 말할 수가 없이 아름다웠다. 구름을 타고 분쟁 지역에 나타나서 행복을 찾아 주는 사람으로 화면이 몇 번 나타났다. 군의 대장으로 군대를 지휘하는데 싸움이 벌어졌다. 상대방을 포위하여 싸우지 않고 희생자 없이 항복을 받아 이기는 장면도 나타났다. 대궐에 주석하여 많은 신하들과 국정을 논의하는 장면도 나타났고 그 자리가 학생을 가르치는 강의실로 변하여 열심히 강의하는 모습도 보였다.

커다란 도시와 강과 함께 아름다운 도시의 화면도 나타났다. 육대주 오대양이 보이면서 산을 사람들과 함께 찾아다니는 화면과 아픈 사람을 치료해 주는 화면도 있었다. 이것이 전생의 장면들이 아닌가 생각이 된다.

제 3화두를 통하여 전생을 보았으니 이제 앞으로 살아가는 것도 답답하지 않게 되었다. 삼공 선생님을 만나고 또 수련에 부지런히 정진하였기 때문에 전생의 모습을 볼 수 있었다. 그 결과 현생에서도 어느 누구보다 바르고 참되고 지혜롭게 살려고 노력하고 있으니 다음 생도 좋은 생을 살 것이라는 생각이 든다. 춘천으로 오는 버스에서도 이 화면이 끝나지 않고 연속하여 떠오르고 저녁에 절 수련하는 동안에도 이 화면은 떠나지 않는다.

2006년 10월 06일 금요일 맑음

저녁에 제 3화두를 가지고 잠이 들었는데 어제부터 전생의 화면이 나타났다. 추석이라 제사상을 마련하고 절을 하는데 돌아가신 아버지와 어머니의 얼굴과 함께 아는 분들이 나타나서 도인이 되었는데 왜 절을 하느냐고 한다. 그들은 나와 맞절을 하고 덕분에 좋은 세상으로 가게 되어 고맙다고 말하면서 하늘을 향하여 웃으면서 사라졌다.

짬만 나면 늘 찾아가서 시간을 보내는 횡성의 토담집을 향하여 집을 나섰다. 버스 속에서도 어제 나온 화면이 영상물처럼 나타난다. 스승이 된 모습과 그 옆에 많은 제자들이 있는 모습, 왕으로 생활하는 모습, 장

군으로 생활하는 모습이 보인다. 세계의 산과 들을 돌아다니면서 무엇을 찾는 모습이 지금의 나와 흡사하다.

토담집에 도착하여 화두를 잡고 있다가 삼공 선생님에게 전화로 이야기를 드렸더니 내일 3시까지 오라고 하신다. 추석 다음날이라 차편이 어떨지 모르지만 가려고 마음을 먹었다. 제1화두에선 하단전을 통하여 기를 받고, 제2화두에서 상단전에서 나간 기운이 백회로 들어와 임맥을 통하여 돌다가 중단전에서 모이더니 연꽃이 피었다.

이것이 용광로로 변하면서 뜨거운 기운이 상단전을 거쳐 한 바퀴 돌더니 계속적으로 돈다. 저녁에 한 시간 동안 절 수련을 하면서 제3화두로 전생의 화면을 보는 것을 위시하여 우리가 이해할 수 없는 일을 체험하고 있는 것이다.

2006년 10월 07일 토요일 맑음

횡성 토담집이 위치한 곳은 하루에 버스가 5번 다니는 강원도의 오지 마을이다. 서울에 가려고 7시 20분 차로 원주에 나가서 서울행 버스를 타고 가는 동안에도 화두에 전념했으므로 지루한 줄도 모르게 서울에 11시 10분에 도착하여 시간이 너무 이르기 때문에 선릉역에 내려 선릉에 들어가서 조용하게 의자에 앉아 화두를 잡았다.

서울 한복판에 이렇게 좋은 휴식처가 있다는 것만으로도 이곳에 살고 있는 사람들은 행복하리라. 불교방송에서 어제 들었던 스님의 법문이 떠오른다. 우리는 생각 때문에 모든 사물을 바로 보지 못한다고 한다. 된장국을 먹어도 처음에만 된장국의 맛을 알지 다른 생각으로 맛을 모르고 먹는 것이 우리의 삶이다. 자기를 발견하는 것이 중요한데 된장국의 맛을 알고 먹을 때가 바로 자기를 발견하는 것이고 이것이 깨달음이다.

삼공 선생님과 마주앉았다. 삼공 선생님께서 이제까지 일어난 일을 이야기하라고 하시었다. 절에서 주석 자리에 앉아 법문을 하는 것과 국사를 다스리는 왕의 모습과 군대의 지휘관으로 적군을 항복을 받은 이야기, 오대양 육대주를 다니면서 버섯을 찾아다니는 광경과 많은 사람을 모아 놓고 강의를 하는 모습과 아픈 사람들을 치료하는 모습에 대하여 이야기를 하였더니 더이상은 화면이 나오지 않느냐고 물었다. 그다음부터는 내 몸속이 검은색으로 변하다가 바로 흰색으로 변했다고 했다. 그리고 받은 것이 4번째 화두인 11가지 호흡법이다.

11가지 호흡방법을 받고 한 10여 분이 지났는데 이제까지 어느 상태에서도 진동을 하지 않았는데 이번은 순서대로 진동과 함께 호흡이 되었다. 이 호흡을 무사히 마치고 또다시 제5화두를 받았다. 이제 정말 수련이 시작되는 것 같다. 조금 시간이 지나 버스를 타고 원주에 도착하여 횡성에 있는 토담집으로 돌아왔다. 이곳은 언제 보아도 기운과 평안함을 주는 장소이다. 이 화두로 나를 발견하려고 한다.

2006년 10월 10일 화요일 맑음

서울에 가서 삼공 선생님을 만나다. 제5화두에서 불생불멸(不生不滅), 부증불감(不增不減), 불구부정(不垢不淨)이라는 글자가 나타났다고 말씀을 드렸더니 제6화두를 주셨다. 제6화두를 잡고 30분이 지난 후부터 검은색 바탕에 흰 글자로 지(止) 자가 나타났다. 그리고 아무 글자도 나타나지 않았다. 내가 불생불멸, 부증불감, 불구부정으로 본래 있는 것이므로 오고감도 없는 것으로 지(止) 자가 나타난 것 같다.

버스를 타고 춘천으로 오는 동안 화두를 잡았지만 더이상 화면은 나타나지는 않았다. 백회에서 많은 기운이 들어와 머리가 뻐근하다. 매일 저녁 자기 전에 1시간 동안 절 수련을 했다. 하단전에서 기운이 들어오고 중단전을 거쳐 상단전을 지나 백회에서 일부는 빠져나갔다. 기운의 일부는 임맥을 통해 하단전에서 새로이 들어오는 기운과 함께 녹으면서 위로 상승하는 것이 반복된다. 아직도 지(止) 자 이외는 아무것도 나타나지 않고 화두를 가지고 잠자리에 들었다.

2006년 10월 11일 수요일 흐림

4시 50분에 일어나 평상시대로 『천지팔양신주경』을 염송하였다. 화두를 잡고 놓치지 않아서인지 절 수련을 하는데 단전으로 기운이 들어오면서 '나는 불생불멸(不生不滅), 부증불감(不增不減), 불구부정(不垢不淨) 그 자체이고 오고 감도 없이 그냥 있지만 그것이 몸으로 들어와야 내가 성립될 수 있다.'

이런 생각이 떠오르면서 절 수련을 하는데 그 생각이 내 단전으로 들어오면서 단전이 뜨거워진다. 단전에서 내가 나와 백회로 전부 빠져 나가면 이생은 끝나지만 그 본체는 그대로 있다는 것을 알게 되었다. 이것은 누구에게나 있고 그것 자체는 사람의 근기에 따라 몸뚱이로 들어오고 나가므로 그것을 어떻게 다스리고 가꾸는 방법에 따라 우리의 몸이 나타나고 그 삶도 달라진다.

집에 와서 절 수련을 하는데 이제까지 외부로부터 하단전으로 들어오는 기운이 들어오지 않고 하단전 자체에서 열이 생기면서 불을 지펴가는 감을 얻었다. 이것은 이제부터는 내 안에서 기운을 생성할 수 있는 능력을 만드는 시도로 본다. 제6화두에 대한 대답을 바로 얻을 수 있을 것 같다.

2006년 10월 12일 목요일 흐림

아침에 일어나 제6화두를 가지고 절 수련을 시작하였다. 어제저녁에는 외부에서 들어오는 기운이 없어 희미하게 하단전을 느꼈었는데, 오늘 아침은 확연하게 하단전을 느끼며 온화함과 말할 수 없는 희열감을 느낄 수 있다.

단전은 달아오르면서 장심과 백회와 용천에서 기운이 들어오면서, 하단전에서만 불이 모락모락 타오르고 내 모습은 간 데가 없다. 이제부터 제6화두는 나를 찾아내는 하나의 과정이 시작되는 것 같다. 염념불망 의수단전하면서 지켜보려고 한다.

2006년 10월 13일 금요일 맑음

이번 일본 회사 방문은 2004년 8월에 이어 두 번째이다. 그때는 동충하초를 제품화하기 위하여 초청을 받아 동충하초에 대한 세미나를 하기 위해서였다. 세미나에는 회장을 비롯하여 모든 회사원들이 참석하였고 열기도 대단하였다.

성사마로 소개하면서 산속 깊은 곳에서 동충하초를 찾아내어 제품화하여 우리가 먹을 수 있게 한 학자로, 일본에는 없는데 한국에는 있는 이 선생이 바로 한국에서 온 성사마라고 소개를 하였다. 세미나는 열의가 대단했다. 그 인연으로 서로 기술을 합하여 세계에서 제일가는 제품을 만들자고 하고, 이제까지 협의하여 완전하게 합의를 하고 그 결실을 맺었다.

그래서 회사의 초청으로 창립 90주년 기념행사에 참가하였다. 식장은 생각한 것보다는 엄청나서 말할 수가 없을 정도로 웅장하고 초청된 사람도 1,200명이나 되었다. 이러한 회사와 힘을 합하여 동충하초를 가지고 제품을 만들어, 좋은 결과가 오리라 기대를 한다.

2006년 10월 14일 토요일 맑음

일본도 한국과 마찬가지로 날씨가 맑다. 아침까지 화두는 계속되었고 여전히 단전은 살아 움직이고 있다. 지금 모든 것이 내 앞에 다 있는데 무엇을 얻으려고 한다. 내가 어디서 온 것도 없고 가는 것도 없이 본래 그대로 있어 인연에 따라 사대(四大)가 모여서 이루어진 것이다.

이 사대가 모인 개체가 어디를 찾아가는 곳에 따라 생이 달라지고 또 모였을 때도 어떻게 행동하는 것에 따라 삶이 달라지는 것이다. 착하고 바르고 슬기롭게 살면 모든 결과는 좋은 쪽으로 온다. 언제나 지금 이 순간이 중요하다. 이 순간을 놓치지 말고 최선을 다하는 것이 중요하다.

2006년 10월 15일 일요일 맑음

회사의 전무와 함께 저녁 식사를 하면서 앞으로 서로 손잡고 세계에서 제일가는 제품을 만들기로 약속을 하였다. 연구한 동충하초가 일본에서 제품화되어 세계로 간다면 제일 처음 동충하초 연구를 할 때 생각한 것이 원력이 되어 그 가능성은 점점 현실화된다.

그래서 사람은 생각이 중요하고 그 생각을 원력으로 바꾸면 자기가 바라는 대로 된다. 이것은 참되고 바르고 정직하게 연구한 결과라고 본다. 이번엔 전무를 만나고 나서 우리가 하여야 할 일이 무엇인가를 알았다.

동충하초를 이용하여 제품을 만드는 데 있어서 재료는 한국에서 제공하고 제품은 일본에서 만들면 건강에도 좋고 한일 우호관계도 돈독히 할 수 있도록 하자고 전무가 제안을 하였다. 그렇게 되기를 기원하면서 노력하려고 한다. 이번 출장은 정말 보람이 있는 출장이었다. 이러한 좋은 일 때문인지 기운이 백회를 통하여 들어오고 하단전의 열기로 마음이 단전에 머무르는 것을 알았다.

2006년 10월 16일 월요일 맑음

깊은 잠 속에서 나는 어디에서 와서 어디로 가는가에 대한 답이 나왔다. 나는 원래 불생불멸(不生不滅), 부증불감(不增不減), 불구부정(不垢不淨)하며 색즉시공(色卽是空)과 공즉시색(空卽是色)에서 나왔다는 것이, 새벽 4시에 화두를 잡고 있는데 선명하게 나타났다.

일본에 오면 많은 빙의령이 내 백회를 통하여 들어오는 것을 경험하였다. 2004년에 방문하였을 때보다는 덜하지만 또다시 내 몸에서 두드러기가 나타나기 시작하였고 그때처럼 기침도 나오고 몸도 나른하다. 원한을 갖고 일본에 간 많은 한국인의 원혼이 나에게 빙의되었다. 그래서 빙의령을 전부 받아들이고 천도하기로 마음을 먹었다.

2006년 10월 17일 화요일 맑음

일본에서 좋은 성과를 올리고 수련도 무사히 마치고 돌아왔다. 시작하면 언젠가는 끝이 있는 것과 같이 이번 여행은 일본에 있는 동반자와 힘을 합하면 인류를 위한 획기적인 업적을 남길 수 있으리라 본다.

2006년 10월 20일 금요일 맑음

삼공재에 가서 제7화두를 받았다. 화두를 들고 삼공재에서 명상에 잠기었는데 내 몸이 완전히 없어지고 단전만 남았다. 춘천에 오면서 화두를 잡고 어려움 없이 도착을 하였다.

2006년 10월 21일 토요일 맑음

아침에 일어나 먼저 화두를 잡고 절 수련을 시작하였다. 화두를 잡으면서 마음속에 오늘부터는 만나는 모든 인연이 있는 사람이 잘되도록 기운을 보내기로 하였다. 그래서 이 세상을 걸림이 없는 자유로운 삶을 살기로 하였다.

사실을 정확하게 보면 물건은 그대로 있는데 노력을 하지 않고 사람들은 거기에 집착을 한다. 나만이라도 현실을 바로 보고 집착에서 벗어나서 기쁨을 갖고 다른 사람도 기쁨이 될 수 있도록 하여야겠다. 이것이 화두가 준 열쇠이다. 보이지 않는 마음을 바르게 보고 우리 주위가 맑아지고 근심 걱정이 없이 살도록 하는 것이 이 화두이다.

화두를 가지고 토담집에서 들어간 후 바로 몸은 투명한 상태로 변하면서 보이지도 않는 넓은 벌판에 사람이 가득 모이었다. 착하고 바르고

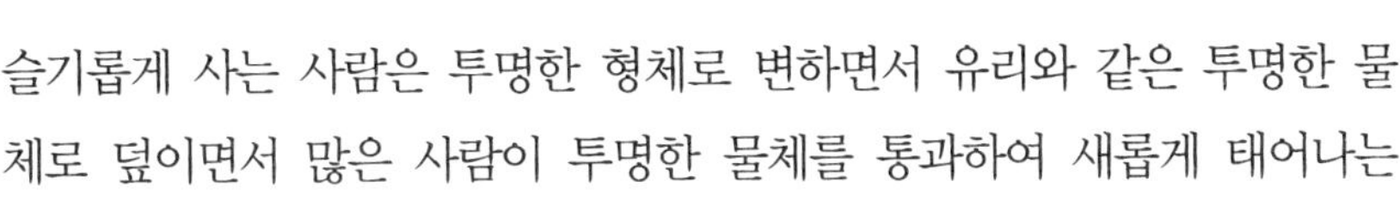

슬기롭게 사는 사람은 투명한 형체로 변하면서 유리와 같은 투명한 물체로 덮이면서 많은 사람이 투명한 물체를 통과하여 새롭게 태어나는 모습의 화면이 나타났다.

2006년 10월 22일 일요일 비

아침에 일어나 절 수련으로 하루를 시작하였다. 토담집에서 오래간만에 휴식을 취하려고 하였으나 사촌 매형이 돌아가셨다는 소식을 접하고 빈소인 대전 을지병원에 가서 분향을 했다. 오는 도중에 오래간만에 비가 내렸다.

차에서도 화두를 잡고 명상에 잠기었는데 여전히 내 몸이 아무것도 없이 비어 투명하게 된 다음 덮이어 있는 투명한 물체 밖으로 나오는 모습이다. 이와 같이 우리의 몸은 색에 따라 여러 가지로 나타나는 것을 알 수 있다.

대전에서 원주로 오는 버스에서도 화두는 계속되었다. 투명한 장막에서 물이 새어 나오듯 하여, 각기 인연에 따라 모습을 갖춘다. 아주 작아서 보이지도 않은 것으로 내가 변하고 그 작은 것이 인연에 따라 모양을 갖추는 것이 너무나 경이롭다. 이제 나를 알 수 있다. 그리고 어떻게 살아야 할지도 알 수 있다. 여전히 단전과 온몸으로 기운이 들어온다.

2006년 10월 23일 월요일 맑음

오래간만에 저녁에 빗소리를 들었다. 제7화두를 잡고 잠이 들었는데 잠자리에서 사람이 많이 모여 있다. 투명한 유리와 같은 물체가 생기면서 아주 작아진 투명 유리와 같은 물체를 통하여 나온 것이 다시 나의 모습으로 변하였다.

다른 사람들도 그렇게 변하는 것을 볼 수 있었고 투명한 유리에 악업소멸(惡業掃滅) 인류평화(人類平和)가 분명하게 쓰여 있다. 앞으로 나올 선지자는 이제까지는 말씀을 전하여 그대로 행동하는 사람에게 마음의 평안을 얻게 하였으나, 다음의 선지자는 악업을 소멸할 수 있는 선지자가 나와 인류의 평화를 이룰 수 있다고 생각되었다.

2006년 10월 25일 수요일 맑음

평소에 하는 대로 관세음보살을 염송하면서 한 시간 동안 절을 하였다. 요사이 너무 기운이 들어와 정말 좋다. 서울 코엑스에서 2006 대한민국기술대전에서 동충하초를 참관하고 삼공재에 들러 삼공 선생님한테 가서 제8화두를 받았다.

조금 긴 화두지만 이 화두를 마치면 삼공재에서 11번째 현묘지도 과정을 통과한 사람이라고 한다. 이 화두를 받자마자 내 몸에서는 알 수 없는 기운이 백회로 들어오면서 편안함을 느끼었다.

삼공 선생님과 수련에 대한 이야기와 앞으로 한국이 잘살 수 있는 일과 선도를 보급하는 일에 대하여 이야기를 나누었다. 본격적으로 선도를 시작한 것이 1987년에 춘천에 있는 모 선원에서 1997년 12월 4일까지 10년 동안 수련을 하였지만 일정한 수준에서 더이상 진전이 없다가 1997년 12월 4일 삼공 선생님을 만나고 수련에 진척이 있었는데 이번에 현묘지도 수련까지 마치게 되어 기쁘기 한량없고 이제부터는 인생을 다르게 시작할 수 있을 것 같다.

이 수련을 통하여 심신은 물론 우리가 가장 필요한 주식(主食)을 생식(生食)으로 해결할 수 있는 것이 얼마나 삶을 간편하고 자유롭게 하여 주었는지 모른다. 이제 남은 것은 다른 사람의 모범이 되고, 선도 세계는 물론 생명공학자와 교수로 많은 사람과 함께 잘살 수 있는 길을 발견하기를 진심으로 바란다. 이제부터는 나는 없고 우리만 있도록 최대한 노력을 하려고 한다.

2006년 10월 26일 목요일 맑음

아침에 일어나 절 수련을 하였다. 학교에 와서 강의를 하고 연구실에 있는데 화두를 받고 난 후에 많은 일이 발생하였지만 모든 일이 잘 해결되고 소원해진 사람들로부터도 소식이 왔다.

이제 모든 꼬인 인연이 해결이 되어 걸림이 없는 생활이 될 것 같다. 제8화두를 가지고 수련을 하는데 하단전에 들어온 해와 일곱 별과 모든 물건이 하단전에 있다가 내 모습이 없어지면서 각각 자기 자리에 가면서 모든 것이 끝났다.

그리고 여전히 단전과 백회로 많은 기운이 들어오고 나가면서 안정이 되고 모든 것이 제자리로 가서 편안해지는 과정을 보았다. 현묘지도 수련을 하면서 나는 물론 아무도 상상할 수 없는 일이 몸안에서 일어나는 것을 보았다.

앞으로는 이번 수련 중에 일어난 경험을 바탕으로 이제까지 살아온 이기형(利己型)과 거래형(去來型)에서 벗어나 이타형(利他型)으로 사는 삶이 되도록 하여야겠다. 이 수련의 제1화두에서 하단전에 들어온 모든 것이 제8화두에서 제 위치에 원대 복귀하는 것을 경험하였다.

이와 같이 모든 것은 원래부터 그 자리에 있는 것인데 우리는 그것을 가지려고 애를 쓴다. 앞으로 더욱더 정진하여 이러한 것을 많은 사람들에게 알리어 사회가 밝아지도록 노력을 하려고 한다.

2006. 10. 27. 금요일 맑음

아침에 일어나 절 수련을 하면서 8번째 화두를 가지고 내 몸안에서 일어나는 모습을 관찰하였다. 어제저녁에 나타난 것처럼 단전에 해와 일곱별을 비롯하여 사람과 짐승이 들어와 용광로에서 녹은 벌건 쇳물처럼 되더니 밖으로 전부 나가 전부 제 모습을 찾아 본모양으로 되돌아가 정상적으로 운행이 되었다.

그리고 나와 인연이 있는 사람들이 하나씩 나타나고 나의 본모습이 사라지면서 인연이 있는 사람의 속으로 들어가 모두가 하나가 되는 것이다. 그러면서 나와 같은 상태로 변하면서 모두들 행복해지는 것이었다.

2006년 10월 28일 토요일 맑음

토담집에서 조용하게 잠을 자고 아침 5시에 일어나 제8화두를 잡았다. 투명하게 된 내 몸이 인연이 있는 사람에게 들락거리는 것을 보았다. 그들이 근심과 불안에서 벗어나 기쁨과 행복을 누리기를 염송하였다.

관세음보살을 20년 동안 염송하여 왔는데 현묘지도 수련을 통하여 이제는 관세음보살이 바로 나 자신이라는 것을 알았다. 앞으로는 이제까지 수련한 것보다 더 많은 열과 성을 다할 것이다. 더욱더 언행에 신중을 기하고 근신할 것이다. 누구를 대하든 겸손할 것이며 다른 사람의 귀감

이 될 것을 다짐한다.

2006년 10월 30일 월요일 맑음

아침에 일어나 관세음보살을 염송하면서 1시간 동안 절 수련을 하였다. 이제는 현묘지도 수련으로 나 자신이 관세음보살이 되었고 이제야 중생에서 부처가 된 느낌이다. 이제는 바라는 내가 아니고 해 주는 내가 되었다.

말할 수 없이 마음이 평안하다. 집에 와서도 한 시간 동안 관세음보살을 염송하면서 절 수련을 하였다. 내가 주인이 되는 것을 이제야 알았으니 남은 여생 동안 주인 노릇을 하다가 가려고 한다.

지난해 11월 9일부터 올해 10월 3일까지 제1화두로 시간을 보낸 후 제2화두를 받은 지 1개월 만에 현묘지도 수련을 마치게 되었다. 지난 11개월 동안 보이는 현상계에서는 도저히 이해할 수 없는 일들을 경험을 하였다.

이제 내 하단전에 해와 일곱 별을 비롯하여 모든 생물과 모든 무생물이 들어와 하단전의 용광로에서 하나로 되었다가 다시 원위치 되는 것을 체험하였다. 앞으로 나를 필요로 하는 곳이 있으면 주저 없이 나설 것이고 사회가 맑아질 수 있도록 노력하려고 한다.

이렇게 할 수 있도록 지도를 하여 주신 삼공 선생님께 감사를 드린다. 아무쪼록 현묘지도가 널리 보급되어 이생에 몸을 받고 살아가는 동안 대한민국이 발전하여 다른 나라에도 도움을 주어 인류평화(人類平和)가 오기를 바란다. 아울러 동충하초를 하면서 화두처럼 잡고 실제적으로 우리 인류의 건강에 도움을 줄 수 있는 날이 오기를 바란다.

원래 나는 숫자 10을 좋아한다. 10을 좋아하는 것은 10년이면 강산도 변한다는 말과 같이 한 번의 강산이 변하여야 우리가 바라는 일이 성취되기 때문이다. 이제까지 모든 것은 10년 기준으로 변한다. 직장도 한자리에서 15년 동안 있다가 대학으로 옮기어 20년 동안 있다가 정년을 맞게 된다. 동충하초 연구를 한 지 20년이 되어 그 결과로 국내는 물론 외국에서도 그 성과를 인정받았고 산업화로 국민 건강에도 기여할 수 있게 되었다.

천마 연구도 10년 동안의 연구로 재배 방법을 완성하였다. 송이도 10년을 연구하면 좋은 결과가 나오리라 본다. 무엇인가를 이루려면 10년을 부지런히 정진하여야 된다고 본다. 하물며 선도수련은 우리가 생사일여(生死一如)의 경지에 들어가는 것이다.

부지런히 정진하여 많은 사람이 현묘지도 수련을 받아 생사대사(生死大事)를 이룰 수 있기 바란다. 이제까지 살아온 삶보다 다른 사람을 생각하는 삶이 되도록 노력할 것을 다짐하면서 현묘지도 수련 체험기를 마치려고 한다.

【필자의 논평】

위 체험기를 쓴 성재모 님은 현직 대학교수로서 버섯을 연구하는 학자다. 버섯 중에서도 동충하초(冬蟲夏草) 분야에의 권위자다. 1997년에 삼공재를 찾아오기 시작했으니 벌써 햇수로 10년이다. 그의 말대로 하나의 결실을 맺을 때도 된 것이다.

내가 그에게 현묘지도 첫 번째 화두를 준 것이 2005년 11월 9일인데 무려 11개월 동안이나 그 자리에 머물러 있다가 금년 10월 3일에야 첫 번째 화두를 깼다. 수련의 성패는 인내력과 지구력에 달려 있다. 내 체험에 따르면 수련은 반드시 빨리 된다고 해서 능사는 아니다. 좀 늦게 되더라도 확실하게 되는 것이 더 중요하다.

특히 현묘지도는 첫 번째 화두를 잡는 순간부터 엄청난 기운이 들어와 심신을 지속적으로 진화시킨다. 심신에 결함이 있는 수련자는 각 단계에서의 그 결함들이 완전히 치유되고 해소될 때까지 화두 수행은 진행된다.

첫 번째 화두가 오래 끈 대신에 두 번째 화두부터 여덟 번째 화두까지는 불과 27일 만에 고속으로 끝내 버렸다. 수련 진도가 지지부진하다고 생각하는 후배 수련자들은 결코 실망하지 말아야 할 것이다. 그의 두드러진 면모는 선도 수행을 그의 연구와 신앙과 일상생활과도 절묘하게 조화시킬 수 있었다는 것이다.

물이 모든 제품의 성분을 조화시키는 기초 재료가 되듯이 그에게 선도 수행은 그의 연구와 신앙과 일상생활의 밑거름이 되었다. 이 수련을 통하여 자기 존재의 실상을 깨달은 그가 이제부터 할 일은 하화중생도 중요하지만 억겁의 생을 전전하면서 켜켜이 쌓아온 습(習)에서 벗어나는 일이다. 그래야 비로소 정등각불(正等覺佛)이 될 수 있는 것이다. 이 생에서 숨을 거두는 순간까지 한시도 보림을 게을리하지 말아야 할 이유가 여기에 있다. 선호는 도양(道養).

저자 약력

경기도 개풍 출생
1963년 포병 중위로 예편
1966년 경희대학교 영어영문학과 졸업
코리아 헤럴드 및 코리아 타임즈 기자생활 23년
1974년 단편 『산놀이』로 《한국문학》 제1회 신인상 당선
1982년 장편 『훈풍』으로 삼성문학상 당선
1985년 장편 『중립지대』로 MBC 6.25문학상 수상

저서로는 단편집 『살려놓고 봐야죠』(1978년), 대일출판사, 민족미래소설 『다물』(1985년), 정신세계사, 장편 『소설 한단고기』(1987년), 도서출판 유림, 『인민군』 3부작(1989년), 도서출판 유림, 『소설 단군』 5권(1996년), 도서출판 유림, 소설선집 『산놀이』 ①(2004년), 『가면 벗기기』 ②(2006년), 『하계수련』 ③(2006년), 지상사, 『선도체험기』 시리즈 등이 있다.

약편 선도체험기 18권

2022년 04월 15일 초판 인쇄
2022년 04월 25일 초판 발행

지 은 이 김 태 영
펴 낸 이 한 신 규
본문디자인 안 혜 숙
표지디자인 이 은 영
펴 낸 곳 글터
주소 05827 서울특별시 송파구 동남로 11길 19(가락동)
전화 070 - 7613 - 9110 Fax02 - 443 - 0212
등록 2013년 4월 12일(제25100 - 2013 - 000041호)
E-mail geul2013@naver.com

ISBN 979 - 11 - 88353 - 45 - 3 04810 정가 20,000원
ISBN 979 - 11 - 88353 - 23 - 1(세트)